KB253432

몽타주

최수철

1958년 춘천에서 출생, 서울대학교 불문과와 같은 과 대학원을 졸업했다. 1981년 조선일보 신춘문예에 소설 「맹점」이 당선되면서 등단했다. 소설집으로 『공중누각』(1985), 『화두, 기록, 화석』(1987), 『내 정신의 그믐』(1995), 『분신들』(1998), 『모든 신포도 밑에는 여우가 있다』(2001) 등이, 장편소설로 『고래 뱃속에서』(1989), 『어느 무정부주의자의 사랑』(4부작, 1991), 『벽화 그리는 남자』(1992), 『불멸과 소멸』(1995), 『매미』(2000), 『페스트』(2005) 등이 있다. 윤동주문학상(1988), 이상문학상(1993) 등을 수상했다. 현재 한신대학교 문예창작과 교수로 재직 중이다.

최수철 소설집

몽타주

펴 낸 날 2007년 3월 2일

지 은 이 최수철
펴 낸 이 채호기
펴 낸 곳 ㈜문학과지성사

등록번호 제10-918호(1993. 12. 16)
주   소 서울 마포구 서교동 395-2(121-840)
전   화 02)338~7224
팩   스 02)323~4180(편집)   02)323~4180(영업)
전자메일 moonji@moonji.com
홈페이지 www.moonji.com

ⓒ 최수철, 2007. Printed in Seoul, Korea

ISBN 978-89-320-1758-7

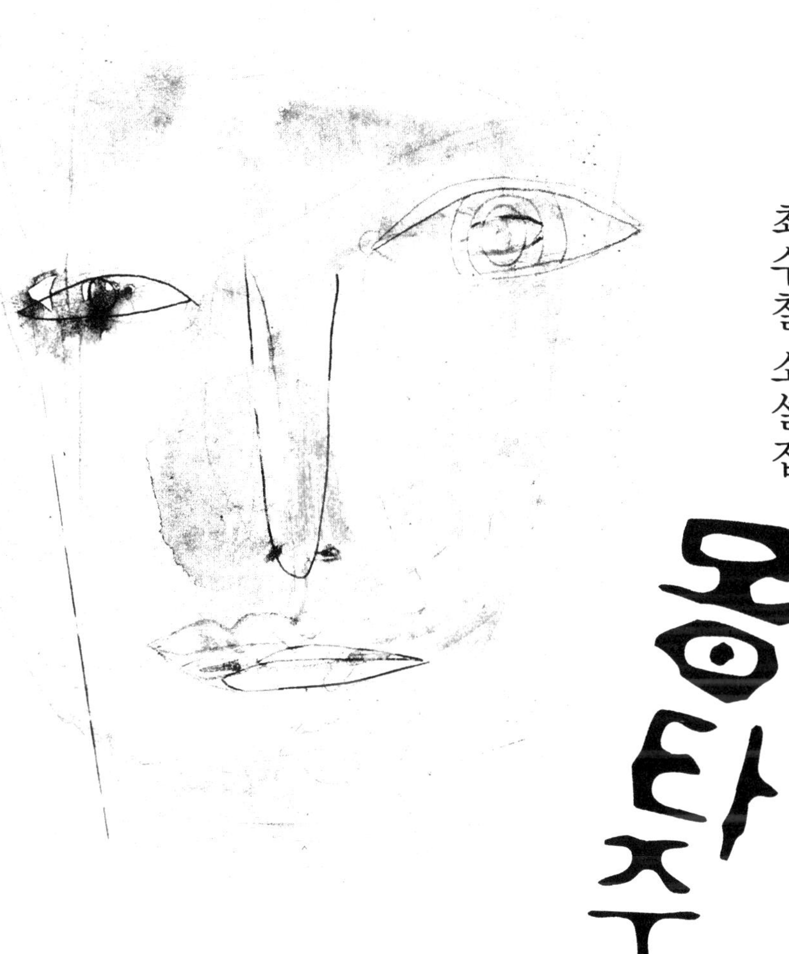

최수철 소설집
몽타주
문학과
지성사
2007

몽타주

서른일곱번째 생일을 맞던 날 나, 윤세화는, 나 자신의 삶이 누군가 다른 사람들의 삶, 다른 사물들의 모습으로 짜 깁기되어 있다는 느낌을 강하게 받았다.

1

사회적으로 나의 공식 직함은 몽타주 화가이다. 물론 삼십대 중반의 독신 여자가 경찰서에서 몽타주 그리는 일만으로 생활을 꾸려나가는 것은 쉽지 않은 일이다. 실제로 나는 응용미술 분야에서, 말하자면 코디네이터나 디자이너, 실내 장식가 등등의 프리랜서로서 일해왔고, 그것으로 근근이 생활을 꾸릴 수 있었다. 방금 내가 과거형으로 말한 이유는, 언젠가부터 그러니까 아마도 내가 몽타주 일을 시작한 이후부터, 일감이 줄어들어 생계의 위협을 받고 있기 때문이다.

그렇게 된 이유가 몽타주 작업과 밀접한 관련이 있는지 여부는 나로서도 잘 알 수가 없다. 어쩌면 이미 내 감각이 녹슨 탓인지도 모르지만, 짐작컨대 내 관심이 점점 더 몽타주 그리는 일 쪽으로 기울어지고 있다는 사실이 지금의 어려운 상황과 무관하다고는 할 수 없을 것이다. 하지만 나는 아무런 불만이 없다. 오히려 나는 이 상태로 계속 나아가서 그 끝에 이르고 싶은 욕망을 가지고 있다. 아울러 조만간 나는 그동안 그려왔던 몽타주들을 한데 모아 화집을 만들 계획도 품고 있다. 그러려면 당연히 경찰의 허가를 받아야 할 터인데, 여의치 않다면 나만의 개인 화집으로 만족할 수도 있을 것이다.

몽타주 화가로서 나는 비교적 성공적인 경력을 쌓아왔다. 경찰과 화가들이 연계되어 있는 이 방면에서, 몇 년 전부터 나는 항상 일급으로 분류되었고, 거기에 이의를 제기하는 사람은 아무도 없을 것이다. 내가 남들보다 더 수완을 발휘할 수 있었던 데에는 그만한 이유가 있다고 나는 자부한다. 목격자의 증언을 들으며 몽타주를 그릴 때, 나는 단순히 내가 들은 바를 바탕으로 하여 가능한 한 정확히 그리려는 데 멈추지 않았다.

나는 목격자들을 대할 때 언제나 그들과 세밀한 대화를 나누었고, 그러면서 그들의 눈으로 사건을 보고자 노력했다. 또한 나는 목격자들을 만나기 전에 현장 사진을 보는 것을 원칙으로 삼았고, 수사관들로부터 사건의 전반적인 윤곽과 특징에 대한 정보를 얻는 일도 소홀히 하지 않았다. 또한 나는 나중을 대비하여 내 경험을 넓고 깊게 하기 위해, 내가 관여한 범인이 출두하는 재판정을 찾기도 했고, 형사들이 사건을 해결하고 벌이는 자축 파티에도 모습을 드러내곤 했다.

그리하여 증언과 사진과 정보가 서로 어울려 내 속에서 뭔가 생생한 감각이 생겨날 때, 비로소 나는 몽타주를 그렸다. 달리 말하자면, 나는 분석과 직관의 힘을 동시에 발휘하여 먼저 사건 전체를 머릿속에서 재구성하고, 그렇게 떠오른 광경을 끊임없이 환기하며 범인 혹은 용의자 얼굴의 각 부분을 그려나갔던 것이다.

그 결과, 내가 그린 몽타주를 보고서 처음에는 목격자들

이 놀랐고, 나중에 사건이 해결되었을 때에는 수사관들이
놀랐다. 하지만 그런 작업 과정이 내게는 지극히 자연스러
웠다. 각 과정이 차례차례 맞물리며 저절로 이루어졌다고
해도 과언이 아니었다. 하지만 그러다 보니 나는 자주 수사
관과 비슷한 존재가 되어가고 있었다. 나는 문득문득 수사
관처럼 행동하는 나 자신을 발견하고서, 때로는 멋쩍은, 또
때로는 섬뜩한 느낌을 스스로 받곤 했다. 일종의 직업병에
시달리듯이, 나는 집에 돌아와서도 내내 범행에 대해 생각
하고, 상상 속에서 가상의 인물인 범인의 뒤를 쫓는 일에
나도 모르게 몰두했던 것이다.

물론 그런 내게도 실수는 있었다. 한번은 내가 그린 몽타
주가 범인 주변의 다른 인물의 얼굴을 정확히 재현하여 그
인물로 하여금 곤욕을 치르게 한 것이다. 대형 보석상에서
벌어진 절도 사건이었는데, 범인은 십대 후반의 한 소녀였
다. 내가 그린 몽타주 속의 얼굴은 그녀와는 전혀 달랐고,
오히려 그녀의 친구였던 다른 소녀의 얼굴과 놀랍도록 닮아
있었다. 하지만 결국 그 무고한 소녀를 추궁하던 중에 단서
를 얻어 범인을 잡게 되었는데, 그 일로 애꿎게 용의자 신
세가 되었던 그 소녀는 경찰서에서 나오는 길로 미장원으로
달려가 삭발을 해버렸다. 나에 대해 품게 된 원한을 그런

식으로라도 표현해야 했다는 것인데, 요즘도 툭하면 전화로, 혹은 직접 찾아와서 내게 삭발한 머리를 들이밀며 노골적으로 불만을 터뜨리곤 했다. 그녀가 주로 하는 말은, 이렇게 삭발이라도 하지 않았다면, 자기 손으로 머리카락을 모두 뽑아버리고 말았으리라는 것이었다.

그러나 그 일은 단지 내 잘못이라고만은 할 수 없었고, 실제로 흔히 일어날 수 있는 일이었으며, 그리하여 나의 명성은 손상되지 않고 유지되었다. 하지만 나는 그로 인해 크게 고통을 받았고, 그 고통이 내 속에 들어 있는 불안감을 증폭시키기에 이르렀다. 나는 내가 몽타주 화가로서 자리잡을 수 있게 된 것이, 전적으로 내 직관과 분석, 혹은 내 노력의 결과라고는 생각하고 있지 않았다. 그 이상, 혹은 그 이하의 그 무엇, 심지어 내 속에 들어 있으면서 나를 위협하고 있는 어떤 치명적인 것, 미지의 그것이 나로 하여금 몽타주 작업에 몰두하게 하면서, 나를 어디론가 이끌어가고 있다는 느낌이 드는 것이다. 그리고 그 불길한 예감이 결국 내 앞에 현실로 나타나고 말았다.

2

　내가 생일을 맞기 한 달 전쯤부터 적잖이 엽기적인 살인 사건이 연이어 세 건이나 발생했다. 그 사건들 사이에는 분명히 연계가 있는 듯이 보이지만 아직 확정적으로 단언할 수는 없는 상황이었다. 우선 시신들은 모두 얼굴과 몸이 철저하게 해체된 상태에서 발견되었다. 범인은 날카로운 흉기로 얼굴과 목과 손과 발과 성기와 가슴과 배, 요컨대 거의 몸 전체를 어지럽게 갈라놓았고, 대부분의 상처는 뼈가 허옇게 드러날 정도로 깊었다. 때문에 지문이나 치아나 인상착의 등등, 피살자의 신원이 밝혀질 소지는 전혀 남아 있지 않았다. 치명상은 모두 목에 있었는데, 과다출혈이 사인이었다.

　언뜻 보기에 범행 장소에서는 공통점이 없는 듯했다. 시신 하나가 심야에 도심의 한 고층 건물 승강기에서 발견되었다. 그 후 열흘쯤 후에 두번째 시신이 기차 객실 한구석에 처박혀 있었고, 그로부터 일주일쯤 후에는 세번째 시신이 흔히 허니문카라고 불리는, 여러 개의 쇠 상자에 사람들을 태우고 거대한 풍차처럼 돌아가는 놀이기구 안에 붉은색

담요에 덮여 있었다.

사건이 워낙 심각했던 터라 수사관들은 촉각을 곤두세웠다. 내가 그들의 수사 회의 장소에 불쑥 모습을 나타냈을 때, 마침 세 사건 사이의 연관성에 대한 논의가 이루어지고 있었다.

그때 탁형사가 안으로 들어서는 나를 힐끔 쳐다보고는 말했다.

"웬걸, 범행 장소가 모두 움직이는 공간이잖아. 일종의 모빌처럼 말이야."

전담반 수사관들 중의 하나였던 탁형사는 평소에 날카로우면서도 도전적인 말을 자주 던지는 위인이었다. 그러나 그의 말은 비교적 논리적이었고, 나름대로 핵심을 건드리는 면이 있었다. 이번에도 그의 말은 듣고 보니 그럴듯했고, 다른 수사관들도 인상을 찌푸리며 고개를 끄덕였다.

사실, 내가 몽타주 화가가 된 것도 그의 권유에 의해서였다. 몇 년 전 내가 코디네이션을 맡았던 한 갤러리의 전시장에 강도가 들었다. 새벽녘에 침입한 강도는 물건을 훔쳐가는 대신, 전시 중이던 회화 작품들을 모두 훼손시켰다. 정신착란 상태에서 저지른 충동적인 범행이었는데, 낮에 관람한 그림들 중의 하나가 그를 자극한 모양이었다. 사십대 초반의 그 사내는 이미 낮에 전시장에서 난동을 부리다가 경비원에 의해 쫓겨난 바 있었다. 그 사건의 수사를 맡은 사람이 탁형사였는데, 나는 그에게 그 사내의 인상착의를 종이에 대충 그려서 건네주었다. 나중에 들려온 말로는, 그 그림이 그 사내를 체포하는 데 상당한 역할을 했다고 했다. 그리고 며칠 후 탁형사가 나를 찾아와 몽타주를 그려보지 않겠냐고 제안한 것이다.

그렇게 그와 나의 인연이 시작되었다. 그러나 얼마 전부터 나는 탁형사를 마주할 때마다 불쾌감이 치미는 것을 견딜 수 없었다. 얼마 전에 나는 그와 잠자리를 같이하는 실수를 저질렀기 때문이었다. 그것은 내 인생에서 가히 치명적인 실수라고 할 만했다. 사실, 그와 한 침대에 들게 된 것도, 그가 툭툭 내뱉는, 그러면서도 정곡을 찌르는 도발적인 말에 나도 모르게 이끌린 탓이었다.

"이해해요. 몽타주 그리는 게 어려울 때가 있는 법이지요. 사건 현장이나 목격자의 증언에서 범인의 죄의식이 전혀 감지되지 않을 때 특히 그렇지요. 뿐만 아니라 범인이 범행을 저지를 때 전혀 머뭇거리지 않았다거나 어떤 감정의 동요도 느끼지 않았다는 인상이 들 때, 몽타주는 그려지지 않아요. 게다가 때로는 오히려 범인에 대한 선입견이 필요하기도 하지요. 악마나 죄인의 얼굴을 바라보고 있다는 확신이 들어야 그림도 그릴 수 있다는 거예요. 수사를 할 때도 마찬가지거든요."

물론 나는 그 말을 액면 그대로 받아들이지는 않았지만, 여하튼 그 이후로 그를 다시 보게 되었다. 그는 다분히 강퍅한 외모를 지니고 있었는데, 그 인상이 오히려 시곗바늘처럼 정확한 리듬으로 내게 일종의 안정감을 불러일으켰다. 뿐만 아니라 그가 아무렇지 않게 던지는 말들 역시 날카로운 끝과 정처럼 내 얼어붙은 감정을 쪼아대고 두드려댔다.

언젠가 그는 이런 말도 했다.

"특히 엽기적인 사건을 접하면 지독한 불쾌감이 등줄기를 훑어요. 그런데 그 불쾌감이 세상사는 일을 더 실감나게 하는 것도 사실이에요. 마치 강력한 오르가슴을 느낀 후에 다시 성적인 자극이 가해져서 진저리를 치게 되는 것과 비슷하지요. 산다는 건 정말 진저리 쳐지는 일이에요."

그가, 함께 샌드위치를 먹으며 내게 그 말을 했던 날, 나는 그를 내 집에 들였다. 묘하게도 나는 내가 그를 집으로 데려가면서도, 반대로 그가 나를 자기가 원하는 장소로 데려가는 듯한 기분이 들었다. 그리고 그날 밤, 나는 남녀가 함께 밤을 보낼 때, 특히 남자 쪽의 표정이 얼마나 변화무쌍하게 달라지는지 여실히 깨달았다. 그는 여자의 몸을 열기 위해 애걸하는 것도 마다하지 않았고, 스스로 자기도취에 빠져서 진지하게 감정을 호소했고, 또 때로는 근엄했고 동시에 강압적이었으며, 성행위를 오래 끌기 위해 사정을 참으려고 안간힘을 쓸 때는 비굴함을 감추려 하지 않았다. 그리고 사정을 할 때는, 그야말로 진저리를 쳤다. 게다가 그 후로 그는 속물적이기까지 했는데, 몽타주를 완성하기 전에 적어도 남들보다 한 시간 앞서 자기가 그 그림을 보게 해달라는 요구를 하는 데 아무런 주저함이 없었다. 그렇듯 그는 뭔가 목적한 바를 얻기 위해서는 표정이나 태도를 바꾸는 데 능했는데, 그 점을 스스로 즐기는 듯했으며, 한마디로 몽타주를 그려내기가 어려운 위인이었다. 그 결과, 이제 그와 나 사이에는 탁형사 특유의 거친 말과 강퍅한 표정 밖에는 남은 것이 없었다. 대체 내가 그와 무슨 짓을 벌인 것일까.

3

당연한 노릇이지만, 탁형사의 그 한 마디 말로 세 사건 사이의 연관성이 확보되었다고 할 수는 없었다. 그러나 수사관들 사이에서는, 범인이 시신을 다룬 방식과 관련된 몇 가지 정황상 동일범의 소행일 것이라는 쪽으로 의견이 모아지고 있었다. 별개의 사건일 가능성도 완전히 배제하지는 않았지만, 동일범에 의한 연쇄 사건으로 보고 접근하는 것이 여러모로 효율적이라는 것이었다. 그러나 세번째 사건이 발생한 지 삼 주가량 지난 후에도, 사건은 내내 아무 단서도 없이 오리무중을 벗어나지 못했다. 그야말로 무엇보다도 먼저 사건 자체에 대한 적절한 몽타주가 시급한 상황이었다.

그러나 다행히 목격자들은 있었다. 살인이 벌어진 그 시각에 범행 장소인 심야의 건물과 기차역과 놀이공원에서 수상한 행동을 보이는 인물이 여러 사람의 눈에 띄었다. 당연히 나는 탁형사와 함께 그들을 만나서 곧바로 몽타주 작업에 들어갔다. 하지만 작업은 처음부터 수월하지 않았다. 그때 이미 나는 이번 사건들이 쉽게 해결되지 않으리라고 예측했다. 불행하게도 세 사건에 대한 목격자들의 증언이 서로 크게 엇갈렸던 탓이었다. 때문에 몽타주 화가로서 나는 그 사건들이 한 사람의 연쇄살인범에 의해 자행되었다는 사실에 의심을 품지 않을 수 없었다. 하지만 그보다 더 큰 문제는, 심지어 한 사건의 용의자에 대한 목격자들의 증언조

차도 명백히 서로 상충되고 있다는 사실이었다.

그동안 일을 해오면서 이런 경우를 겪지 않은 것은 아니었다. 뛰어난 몽타주 화가는 서로 모순되는 목격담들을 가지고 직관과 분석을 통해 미처 목격자들이 보지 못한 얼굴을 찾아내야 하는 것이었고, 그런 의미에서 그 작업은 거의 창조적이라고 할 수 있었다. 그러나 이번에는 지금까지 내 속에서 거의 자동적으로 이루어지던 연상과 상상의 작동에 장애가 발생했다. 범인 혹은 용의자는 얼굴의 윤곽이 흐릿하게 지워진 채 짙은 안개 너머에 서서 나를 향해 조소를 보내고 있는 셈이었다. 그 미지의 인물에게서는 이상한 힘이 배어 나와 내게까지 전달되었는데, 나로서는 끊임없이 나를 교란시키는 그 힘의 정체를 도무지 알 길이 없었다.

마음을 다잡고서 스케치북 앞에 바싹 다가앉아 연필을 잡아보지만, 매번 나는 연필의 선이 내가 원하지 않는 쪽으로 그어지고 있음을 분명히 느낄 수 있었다. 내가 그린 그림에 불만을 느끼기는 목격자들도 마찬가지였다. 그때마다 나는 하릴없이 연필을 놓아버릴 수밖에 없었다. 내가 안팎의 난관을 무릅쓰고 몽타주를 그린다면, 입체파 화가들의 그림처럼 각 부분이 조각나고 서로 부딪치고 떨어져나간, 파편화된 얼굴이 나타나게 될 것 같았다. 그리고 내가 그린 그 그림을 내 눈으로 보고 있노라면, 내 얼굴의 이목구비가 뒤엉 키다 못해 뭉개지는 듯한 느낌이 들 것이 분명했다.

몽타주 작업이 지연되듯이, 수사에도 여전히 진전이 없었다. 그러나 워낙 많은 미해결 사건들을 겪어온 수사관들이라, 겉으로는 상부의 독촉에 시달리며 지독한 스트레스를 받는 듯한 인상을 풍기지만, 실상 그들이 속으로 심드렁해하고 있다는 것을 나는 잘 알고 있었다. 그래도 나는 지푸라기라도 잡는 심정으로 하루빨리 수사가 범행의 윤곽을 잡아내기를 기다렸다. 그렇게 되면 내 작업도 좀더 분명하게 방향을 잡을 수 있을 것 같았기 때문이었다.

그러나 기껏해야 주로 탐문 수사에 의존하고 있던 수사관들은 또한 그들 입장에서 내가 어떤 성과를 내놓기를 바라고 있었다. 그러다 보니 나와 형사들 사이에서는 알게 모르게 불신감이 싹트기 시작했다. 이를테면 공조 체제에 이상이 생긴 것이었다. 때로 나는 그들의 그런 무력하고 안일한 태도에 분노를 느끼기까지 했고, 또 그들은 그들대로 내 능력에 의심을 품고 있는 기색이 역력했다. 그러나 여태껏 나는 내가 그린 몽타주에 나 자신이 완전히 확신을 가지기 전까지는 결코 그들 앞에 내놓은 적이 없었다. 그들 또한 나의 그런 고집을 잘 알고 있었던 터라, 섣불리 채근하려 들지는 않았다.

사정이 그러했던 터라, 세 사건의 현장 사진을 아무리 들여다보아도, 형사들과 함께 릴레이 수사 회의에 빠짐없이 참석해보아도, 그들과 일일이 오래 잡다한 대화를 나누어보아도, 목격자들과 가슴을 터놓고 감정적인 유대감까지 동원하며 소통을 시도해보아도, 그런 의례적인 방식으로는 타개책을 찾을 수 없었다. 하기야 목격자들에게도 문제가 있었다. 그들 대부분은 제법 자신감이 보이는 얼굴로 눈을 반짝이다가도, 막상 구체적으로 용의자의 인상착의에 대해 말을 하기 위해 입을 벌리려는 순간, 얼굴 위로 당혹감을 떠올리는 것이었다. 그러고는 거의 예외 없이 더듬거리며 일관성 없는 말을 늘어놓기 일쑤였다. 비교적 근거리에서 본 경우에도 왠지 심정적으로 착잡함이 앞서서 세부적인 묘사를 하는 데 어려움을 겪는 듯했다.

그러나 정작 큰 문제는 나 자신에게도 있다는 사실을 나는 모르지 않았다. 사실, 언젠가는 이런 일이 닥치리라고 생각하고 있었다. 때문에 나는 그동안 내내 아슬아슬하게 줄타기를 하고 있었고, 떨리는 발걸음으로 살얼음을 건너고 있었다. 그런데 이제 갑자기 나의 직관이 얼어붙고 있었다. 말라가고 있다고도 할 수 있었다. 직관의 호수가 강철판처럼 경직되거나 바싹 마른 바닥을 드러내고 있는 상태였고, 그러다 보니 내 머릿속에서는 분석의 성마른 칼날이 헛되이 번득이고 있을 뿐이었다.

하지만 그렇다고 포기하기에는 때가 너무 일렀다. 내가 나 자신에 대한 불안감과 의구심으로 인해, 작업을 제대로 수행할 자신감마저 상실하고 있는 것이 사실이었지만, 그 끝이 이렇듯 급작스럽게 닥친다는 데에는 미심쩍은 데가 있었다. 그렇다면 내가 봉착한 이 어려운 상황에서 가장 큰 책임을 물을 사람은 나 자신이 아닐 수도 있었다.

생각이 거기에 미친 나는 몸을 벌떡 일으켜서 부검실로 달려갔다. 나는 부검실을 좋아하지 않았다. 갓 죽은 시체를 보는 일은 살인자의 몽타주 작업에 오히려 방해가 되었다. 아마도 몽타주 속의 얼굴 또한 시체를 연상시키기 때문이 아닐까 싶었다. 따라서 나는 최악의 경우가 아니라면 부검실을 찾지 않기로 마음을 정한 바 있었다. 경찰서에서 그리 멀지 않은, 과학수사원의 별관 건물에 있는 부검실은 내게 이를테면 금기의 장소였다. 그래도 예전에 단 한 차례 들른 적이 있는데, 그때도 시체를 보는 게 필요했기 때문이라기보다, 시체 보기를 마다하지 않는 나 자신의 부지런함과 모험심을 과시해보고 싶었을 따름이었다. 그러나 그 후로 나는 오랫동안 후유증에 시달렸다.

부검실에서는 정박사가 약간 놀란 얼굴로 나를 맞았다. 내가 그곳을 싫어한다는 사실을 그도 익히 알고 있었기 때문이었다. 나는 머뭇거리며 두서없이 내 고충을 털어놓고서 이 상황을 넘어서기 위해 모든 수단을 강구해야겠다고 말했다.

그러자 그는 평소처럼 냉소적인 표정에 미소를 떠올리며 말했다. 내가 부검실에 발길을 들이지 않는 데에는 정박사의 그런 웃는 시체 같은 표정에 대한 반감도 크게 작용을 했던 터였다.

"이거야말로 영광스런 방문이군요. 잘 지내고 있었나요? 하기야 방금 전에 문을 열고 들어서는 것을 보면서 오죽하면 여기에 나타났을까 싶었어요. 그럼 시작해볼까요? 세화씨가 하는 일과 내가 하는 일은 정반대지요. 세화씨는 짜맞추고, 나는 분해를 하지요. 그런데 어느 쪽이 한 수 위일까?"

그러고서 그는 시신 보관용 캐비닛의 이름표를 살피며 세 구의 시신을 하나씩 꺼내놓고는 다시 말했다.

"그런데 이 시체들에게서는 내가 할 일이 전혀 없었어요. 이미 다 헤쳐지고 갈라져 있었으니까. 그러니 이제부터는 세화씨의 몫이지요. 자, 보세요. 시신들이 이렇게 모두 벌거벗은 채 사지를 벌리고 두 팔을 활짝 펼친 상태로 누워 있었다는 것은 무슨 뜻일까요? 몸이 화두인 시대에 인간 육체의 종착점을 보여주려는 것처럼 여겨지지는 않나요? 범인이 변장술이 뛰어난 데다가 신출귀몰하는 것이 거의 뤼팽 수준이라면서요?"

부검의는 말을 계속하면서 내게로 다가왔다. 친근감을 표시하기 위해서인지는 몰라도, 그는 나와 거의 몸이 닿을 정도로 가까운 거리에서 멈춰 섰다. 그 순간, 나는 더 볼 것도 없이 곧바로 몸을 돌려 부검실을 나와버렸다. 까닭 모르게 부검의의 말이 비아냥대며 치근거리는 것처럼 들렸고, 그의 몸에서 마치 퀴퀴한 악취가 풍기듯 싸늘한 기운이 내게 전해졌기 때문이었다. 하지만 그보다는 시신들의 얼굴이 마치 함부로, 악의적으로 그려진 고약한 몽타주처럼 보였던 탓이었다. 때문에 그곳에 더 머물러 있다가는 공연히 산 자와 죽은 자들로부터 봉변이라도 당할 것 같은 기분이 들었을 정도였다.

길을 걸으면서 나는 두 눈을 부릅뜨고 이를 악물고서, 이 상황을 냉철하게 바라보기 위해 애썼다. 시신들의 상태를 보고서 뭔가 도움을 얻으려 했다는 것 자체가 부질없는 노릇이었다. 그러나 따지고 보면 단순한 사건이었다. 온통 헤쳐진 세 구의 시체가 움직이는 장소들에서 발견되었고, 여러 명의 목격자들이 있는데, 그들의 증언이 엇갈리고 있다는 것, 그것이 전부였다. 하지만 나는 그 단순한 사건으로 인해 내 삶이 일대 위기에 처했다는 사실을 인정하지 않을 수 없었다.

4

　화가로서의 경력을 쌓기도 한 나로서는 부검실에서 그 시신들을 보았을 때, 프란시스 베이컨의 그림들을 떠올리지 않을 수 없었다. 짐작컨대, 베이컨과 같이 그로테스크한 그림을 그리는 화가들은 엽기적인 사건 현장 사진들을 보고서 자기 그림의 영감을 얻은 것이 분명했다. 그토록 집요하게 훼손된 신체에 매달리면서 그는 인간성의 어느 부분을 복원하려 했던 것일까. 하지만 내가 베이컨 같은 화가들의 작업에 의구심을 품는다면, 반대로 그들은 지금 내가 하고 있는 일에 대해 뭐라고 말을 할 것인가.
　부검실에서 나온 뒤로 나는 몽타주 그리는 일을 그만두는 문제에 대해 다시금 생각했다. 그동안 간간이 그런 생각이 습관처럼 들기는 했지만, 이번처럼 진지하고 심각하기는 처음이었다. 그러나 곧 이어 몽타주 작업을 그만두고 내가 제대로 할 수 있는 일은, 내가 이렇게 몰두할 수 있는 일은 무엇이 있을까 하는 질문이 떠오르자, 아무런 대답도 찾을 수 없었다. 결국 나는 다분히 굴욕적인 심정으로 다시 일에 매달리기로 마음을 정했다.

하지만 목격자들의 증언은 계속 충돌을 일으켰고, 내 손길은 더욱 어지러워졌다. 심지어 내 스케치북 위에서 여러 개의 이목구비가 자기들끼리 싸움을 벌이면서, 자기 자리를 차지하기 위해 서로를 밀어내기까지 하였다. 어느 날, 나는 그렇듯 막무가내로 개성을 드러내고 고집을 피우면서 제 영역을 요구하는 눈과 코와 입과 귀의 모양들을 물끄러미 내려다보고 있던 중에, 그것들이 묘하게 나의 내면을 건드리고 자극하고 있다는 느낌을 받았다. 마치 내가 기억하지 못하는 내 어린 시절의 트라우마 같은 것들이, 달리 말해 그 이목구비 하나하나와 관련된 나쁜 기억들이, 그러나 불완전한 기억들이 끊임없이 일깨워지는 듯했다. 그러나 막상 과거를 돌아보며 곰곰이 생각에 몰두해보아도, 딱히 떠오르는 것은 없었다. 하지만 그 불가해한 느낌이 불완전한 몽타주를 만들어내는 데 모종의 역할을 하고 있다는 것은 분명한 노릇이었다.

나는 난데없이 왜 그런 일이 내게 일어나고 있는지 이해할 수 없었다. 그러자 이해할 수 없는 또 다른 직감이 뒤를 따랐다. 여하튼 몽타주가 그려지지 않는 것이 내 책임이기도 하듯이, 이 사건에서 해결의 실마리가 내 속에 있다는, 이 사건 자체의 책임이 내게도 있을 수 있다는 막연한 깨달음이었다. 또한 나는 이 사건이, 혹은 그 세 구의 시신이 내게 뭔가 메시지를 전하려 한다는 느낌도 들었다. 그러자 그 시신들 또한 내게 애걸하고 협박하고 달래고 권유하는 듯한 기분도 떨칠 수 없게 되었다. 이를테면 인간과 인간, 혹은 인간과 사물 사이에서 이루어지는 온갖 소통의 부정적이고 긍정적인 모든 방식이 그 속에 들어 있다고 여겨진 것이었다.

그때부터 나는 마침내 내게서 정체 모를 이상 증상이 생겨나고 있음을 감지하지 않을 수 없었다. 그중에 가장 특징적인 사실은, 그동안 짐짓 구석에 밀어두었던 최근 몇 년의 상황이 슬그머니 고개를 쳐들기 시작했다는 점이었다.

나는 언젠가부터 범인들의 상상적인 얼굴에 집착하고 있었고, 내게는 그것들이 바깥세상과 이어지는 유일한 통로였다. 말하자면 나는 내가 맡은 사건에 강박적으로 집착하는 형사처럼, 집 안에 있으면서도 내내 범행과 범인에 대한 생각에 몰두하고 있었다. 그러다 보니 나는 차츰 현실감각을 잃을 수밖에 없었고, 나를 둘러싼 실제적인 것들과도 거리를 두게 되었다. 그 결과, 나와 관련된 모든 것들, 심지어 가족 관계는 물론이고, 나 자신의 과거까지도 흐릿해져가고 있었다. 하지만 나는 그러한 상황이야말로 내게서 직관과 분석의 힘이 더욱 강해지게 하기 위해 치러야 하는 일종의 대가라고 생각하고 있었다. 그리하여 나는 나 자신이 투명한 존재, 인간성을 넘어선 어떤 특별한 존재가 되어가고 있다는 일종의 희열을 암암리에 느끼고 있었다.

그런데 이제 그동안 골방에 들어 있던 나의 과거가 슬그머니 고개를 쳐들고서 내 감각과 의식을 자극하기 시작했다. 그러나 그 과거의 기억들은 온전하지 않았고, 나는 마치 아주 낯선 사람의 지나온 삶에 대한 이야기를 듣듯이 나 자신의 과거와 대면하게 되었다. 그러면서 나는 내심 크게 놀라지 않을 수 없었다. 그 과거라는 것이 그동안 막연하게나마 인식하고 있었던 것과는 완전히 달라진 모습으로 머릿속에 떠오르고 있다는 사실을 깨달았기 때문이었다. 과거의 장면들이 혼란스럽기 짝이 없어서, 한마디로, 내 과거가 여러 가지 잡다한 것들로 짜깁기되어 있다는 느낌을 강하게 받았던 것이다. 어느 사이에 그렇게 되고 말았다.

어른이 된 이후로, 내 과거에는 일관된 게 없었고, 그래서 때로는 변화무쌍하고 파란만장하게까지 여겨졌다. 그 혼란스러운 기억 속에서 나는 한때 남자관계가 무척 복잡했던 여자였다. 그러나 가만히 들여다보면, 복잡했다기보다, 어느 한 남자에게 여간하여 집중할 수 없었던 것으로 드러났다. 때문에 이제 그 남자들의 얼굴도 모두 모호해지거나 아예 지워져버린 상태였다.

나는 어느 도시 중심가의 상가 건물에서 유년 시절을 보냈다. 나의 부모는 너무 바빴고, 병약한 나는 항상 일찍 잠에 곯아떨어졌던 탓에, 서로 얼굴을 보기가 힘들었다. 그러나 나는 낮에는 항상 많은 사람들에 둘러싸여 지냈다. 아마도 그때부터 나는 수없이 많은 사람들이 드나드는 그곳에서, 신뢰도 사랑도 가질 수 없는 삶을 살고 있다는 느낌을 받은 듯했다. 일찍이 내 작고 어린 뇌 속에서 사람들의 얼굴은 무수히 겹쳐지고 밀려나고 대체되었다.

그런데 이제 문득, 서른일곱번째 생일을 맞던 날 나, 윤세화는, 나 자신의 삶이 누군가 다른 사람들의 삶, 다른 사물들의 모습으로 짜깁기되어 있다는 사실을 절실히 깨달았다. 어쩌면 내 몸이 점점 비만해지고 있는 까닭도 거기에 있는지도 모를 일이었다.

하지만 어찌 되었든 나로서는 몽타주 작업을 그만둘 수 없었다. 나는 돌아갈 곳이 없었고, 돌아갈 얼굴이 없었으므로, 이렇게 계속 나아가야 했고, 계속 그려야 했다. 지금까지 그래왔듯이 앞으로도 나는 내가 그린 몽타주들을 하나도 버릴 수 없었다. 그 속에는 내 삶과 관련된, 나의 시간과 연관된 모든 세부적인 부분들이 들어 있기 때문이었다. 그 몽타주들은 또한 내게 『도리언 그레이의 초상』이기도 했다. 고통스럽지만 받아들일 수밖에 없는 사실이었다.

5

다행인지 불행인지, 네번째 사건은 일어나지 않았고, 따라서 더 이상 시신은 없었다. 그와 더불어 수사도 공전을 거듭하고 있었다. 시간이 계속 지나고 있는데도, 사정은 전혀 나아지고 있지 않은 셈이었다. 오히려 시간의 흐름과 더불어 사건은 미궁 속으로 점점 더 깊이 빠져들고 있었다. 그와 마찬가지로, 사건의 윤곽은 선명하게 드러나는데, 범인의 얼굴은 점점 더 흐릿해져가고 있었다. 사건 현장의 풍경 속으로 자연스럽게 묻혀버리거나, 그 얼굴 스스로 그 풍경 속 어딘가로 숨어들어, 보일 듯 말 듯한 회심의 미소를 짓고 있는 것이었다.

그러나 놀랍게도, 혹은 어처구니없게도 목격자는 계속하여 늘어나고 있었다. 연쇄 살인 사건이 미궁에 빠졌다는 소식이 방송을 타면서, 목격자라고 자칭하는 사람들이 하나둘 경찰서로 연락을 취해오는 것이었다. 하지만 늘어나는 목격자는 오히려 몽타주 작성에 방해가 되었다. 심지어 불과 십여 분 간격으로 범인을 목격했다고 주장하는 사람들 사이에서도 증언이 엇갈리는 데에는 아무런 변화가 없었다. 그리고 그때마다 그동안 몽타주 작업을 하며 내 속에 쌓여왔던 회의적인 감정들이 아프게 되살아났다.

그렇다고 언제까지나 그저 손을 놓고 있을 수도 없는 노릇이었다. 때문에 나는 내 원칙을 잠시 접어두고서, 목격자들의 말에 따라 불완전한 몽타주를 그야말로 남발하기에 이르렀다. 그러나 내가 그린 그림을 정작 목격자 자신도 탐탁해하지 않았고, 다른 목격자들은 거칠게 고개를 저으며 범인의 모습과 전혀 다르다고 반박했다. 하지만 나는 계속하여 몽타주를 그렸다. 말하자면 오류를 무릅쓰고, 적절하지 않다는 것을 뻔히 알면서도 몽타주 제작에 몰두했다. 나로서는 흡사 자기 병사들로 하여금 세상을 교란시키게 하기 위해 그들이 승리를 거둘 때까지 끊임없이 사지로 몰아넣는 사악한 장군의 심정이었다. 그로 인해 형사들이 여러 개의 몽타주를 들고 다녀야 하는 진풍경이 생겨났다. 형사들의 손에서는 자신들도 믿지 않는 몽타주, 대상이 없는 몽타주가 수없이 구겨지고 찢겨졌다.

그렇듯 뒤로 돌아갈 수 없는 자로서 안간힘을 쓰고 있다보니, 내 심리 상태에서의 이상 증상도 점점 더 심화되어갔다. 깨어 있는 동안에도 나는 자주 일종의 백일몽에 빠져들곤 했다. 뜬눈으로 꾸고 있는 그 꿈속에서는, 시야에 들어오는 모든 사람들이 몸의 윤곽은 그런대로 분명한데 얼굴은 예외 없이 사라진 상태였다. 그리고 환몽의 와중에도 나는 그 빈자리에 얼굴들을 쉬지 않고 그려 넣었다. 그중에는 심지어 나의 것과 놀랍도록 흡사한 얼굴도 들어 있었다. 내가 이를테면 나 자신이 몽타주 되는 삶을 살고 있다는 느낌이 든 것도 그 때문일 것이다. 나는 매 순간 갑갑해서 견디기 어려웠고, 때로는 심한 번열증에도 시달렸고, 그러는 동안 내 몸은 계속하여 양파 껍질처럼 벗겨져 나갔다.

또한 나는 일종의 자각몽을 꾸면서 희한한 경험을 했다.

잠을 자면서 나는 자주 내 몸이 너덜너덜해지는 악몽을 꾸곤 했다. 꿈속에서 나의 집에는 모든 모서리에 핏물이 배어 있었고, 눈에 보이는 모든 것이 피의 격자이자 액자였다. 나는 어린 나이에 암살자의 손에 의해 비명횡사한 중국의 황제이기도 했다. 어린 황제의 죽음처럼, 암살자의 손이 젖은 미농지를 끊임없이 내 얼굴 위에 겹쳐 올려놓았고, 결국 나는 질식사를 당하는 것이었다. 그 미농지들은 사람 얼굴 모양을 한 가면들이었고, 꿈속에서 그 가면들은 책장처럼 좌르르 펼쳐지고, 역시 책장처럼 탁 소리를 내며 닫히기도 했다. 얼굴이 온통 파헤쳐진 채 나 자신이 부검대 위에 누워 있는 꿈을 꾸기도 했다. 그럴 때면 부검의의 손길이 내 몸을 주무르며 마치 레퀴엠을 연주하는 듯한 느낌도 들었다.

거리를 걸을 때면, 내 코와 똑같은 여자, 내 귀와 똑같은 남자, 뿐만 아니라 내 입과 똑같은 개, 내 눈과 똑같은 고양이를 만나곤 했다. 그러다가 꿈에서 깨어날 때쯤에는 내 주위에 온통 해체된 육체의 각 부분들이 제 스스로 돌아다녔다. 눈썹들이 나란히 줄을 맞추어 행진을 했고, 수없이 많은 코와 귀가 서로 쌍을 이루어 골목 모퉁이에서 불쑥불쑥 모습을 나타냈다. 얼굴과 몸 조각들의 반란이 일어나, 우주의 질서가 뿌리째 흔들리고 있었다.

그렇게 부실하고 몽롱한 정신으로 나날을 보내면서도 나는 매일 경찰서에 출근하다시피 했다. 언제든 부검실에 다시 들를 용의도 없지 않았다. 그러다 보니 자연히 실제 세상도 이상해 보이기 시작했다. 우리 아파트에는 격일로 근무하는 두 명의 관리인이 있었는데, 젊은 쪽의 관리인이 신기해하는 눈길로 나를 바라보았다. 그는 내가 거의 집 밖으로 나오지 않고 살아간다는 것을 알고 있었기 때문이었다.

그러던 어느 날, 나는 그 젊은 관리인의 뺨과 목에 희미한 문신 자국이 있는 것을 보았다. 레이저 시술로 문신을 제거하고 남은 흔적이 분명했다. 그런데 그 자국 위로 원래의 문신 모양이 꿈틀거리며 살갗 위로 떠오르기 시작한 것이었다. 만개한 장미가 꽃잎을 살랑살랑 흔들었는데, 그 모습이 얼마나 생생한지 진한 향기가 콧구멍 속으로 밀려 들어오는 듯했다. 그 후로 나는 그렇듯 진상을 가장한 헛것이, 혹은 허상을 가장한 진상이 보이는 현상을 길에서든 어디에서든 수없이 경험했다.

관리인의 존재가 나를 성가시게 하기 시작한 것도 그때부터였다. 나와 마주칠 때마다, 그는 내 얼굴을 뚫어지게 바라보았다. 무례하게 여겨질 정도여서 당연히 불쾌감이 느껴졌다. 그러나 그는 내 반응 따위는 개의치 않는 듯했다.

한번은 그가 한 늙수그레한 남자와 이야기를 나누고 있었
는데, 나를 보자 갑자기 목소리를 높여서 이렇게 말했다.

"그런데 난데없이 방 안에서 목탁 소리가 울리더라고. 그
런데 그 소리가 정말로 부처님 방귀 소리처럼 들리는 거야.
부처님이 뭘 제대로 먹었겠어. 그러니 헛방귀 소리일 수밖
에. 그러니 내 말 알아듣겠어? 목탁 소리든 뭐든 모든 게
헛방귀 소리란 말이야."

사십대 후반으로 보이는 관리인이 육십대는 되어 보이는
남자에게 그렇게 반말을 쓰고 있었다. 나는 육십대 남자의
얼굴에 놀라 어리둥절한 표정이 어리는 것을 놓치지 않았
다. 나는 그가 일부러 나보고 들으라고 그런 소리를 하고
있는 것임을 눈치 챘다. 그런데 그 순간, 나는 그에게 기이
한 친밀감을 느꼈다. 분노와 경멸감이 섞인 실로 묘한 친밀
감이었다. 이해하기 힘든 그 감정은 나를 뒤흔들었고, 내
눈을 번쩍 뜨게 했다. 그리고 그때 비로소 나는 이 상황에
서 발상을 완전히 새로이 해야 한다는 사실을 깨달았다.

그와 동시에 이 세상 모든 것에 대한, 나 자신에 대한, 또
한 범인에 대해서까지 그 기이한 친밀감이 생겨나며 나를
뒤흔들었다. 심지어 범인에 대한 공감, 범인과 일체가 되는
느낌까지 찾아들었다. 범인의 비어 있는 얼굴과 내 얼굴이

맞물린 것도 그 순간이었다. 일종의 정신적 스톡홀름 신드롬 같은 것이 나를 찾아든 것이었다. 그와 동시에 나 자신에 대한 절실한 자각도 뒤따랐다. 나야말로 얼굴이 지워진 헛것인 존재였다. 우선 너덜너덜해진 나 자신부터 짜 맞춰야 했다. 내 실물을 찾아서 나를 조정하고, 불확실함을 극복하고, 나아가 나의 이미지를 완성해야 했다. 나는 나 자신의 몽타주를 그려야 했다. 그래야만 이 상황을 해결할 수 있는 것은 물론이고, 나 자신이 폐기처분될 위기에서 벗어날 수도 있을 것이었다. 이제 비로소 막연하게나마 분명한 방향성과 자신감이 획득되었다고 해도 과언이 아니었다.

6

그리하여 나는 나 자신이 적극적으로 변신해야 할 필요성을 절실히 자각했다. 곧 그 자각을 실행에 옮기기로 한 나는, 필요하다면 존재하지 않는 인물을 창조하여 범인을 만들어낼 무모한 용기도 있었다. 아니면 내 주변의 어느 한 인물을 범인으로 지목하여 그의 몽타주를 그려서, 그로 하여금 내가 놓은 덫 속으로 꼼짝 못하고 빠져들게 할 수도 있었다. 평소 같으면 터무니없게 여겨졌을 그런 생각이 어느 덧 내 머릿속에서 저절로 이루어지고 있었다.

예컨대, 얼마 전부터 내게 성가신 존재가 되어버린 아파트 관리인을 범인으로 가정하고서, 그가 저질렀을, 혹은 저지르게 될 사건을 조작하고 싶은 충동을 느끼기까지 했다. 심지어 그를 이번 연쇄 사건의 범인으로 몰아 그의 몽타주를 경찰에 넘기는 건 어떨까 싶기도 했다. 그러자 내 머릿속에서 관리인은 얼굴만 오뚝하게 드러나고 몸은 조그맣게 축소된 채, 오뚝이 인형처럼 건들거리며 움직였다.

그 순간, 전혀 혹은 미처 떠올리지 못했던 생각들이 강하게 뇌리를 스쳐갔다. 나의 이런 변화, 나의 이런 엉뚱한 생각들이야말로 연쇄살인범이 원한 게 아니었을까. 범인은 오직 나를 겨냥하여 그런 기괴한 짓을 벌인 것이 아니었을까. 지금 그는 나를 도발하고 있고, 내게 도전하고 있는 건 아닐까. 그동안 내가 내심으로 겪고 있던 갈등을 간파하고서, 나를 곤경에 처하게 하여, 마침내 위기에 몰아넣어 파멸시키려는 게 아닐까. 그렇다면 그가 의도적으로 목격자들에게 혼란을 일으킨 것일 터이다. 어쩌면 그 자신도 몽타주 화가여서, 자신이 경험한 고충과 고통을 극적으로 재현하여, 나를 시험에 들게 하려는 건지도 모른다. 시신들은 단지 힌트

일 뿐이고, 그가 내게 문제를 제기하는 것, 세 개의 힌트가 주어진 수수께끼를 내고 있는 것일 수도 있다. 그는 타인들의 얼굴을 훼손시켜 그 위에 자신의 비밀스런 몽타주를 그려놓고서, 내게 그 그림을 짜 맞춰보라고 꼬이고 있는 것이다. 지금 내 앞에는, 살인자가 스스로 그리는 몽타주, 목격자들의 증언을 유발하여 살인자 자신이 그리는 몽타주가 놓여 있는 것이었다. 그리하여 나로 하여금 만약 그 몽타주를 그릴 수 없다면, 나 자신이 제4의 범행을 저지르도록 충동질하는 것이었다.

아마도 그런 생각들은 피해의식에서 비롯된 망상에 불과할지도 모를 일이었다. 하지만 그 망상이 일단 머릿속에 자리를 잡자, 어느새 깊이 뿌리를 내리기 시작했다. 그러나 나는 물에 빠져 지푸라기라도 잡는 심정으로 나 스스로 그 망상에 매달렸다.

그 후로, 나는 세상을 다르게 보게 되었다. 어디에서든 마주치는 사람들의 얼굴이 모두 비슷비슷해지고 있었고, 때로는 몸이 기승을 부려 얼굴이 몸속에 묻힌 모습으로 보이기도 했다. 그 몸을 마구 파헤치고 해체시켜야 그곳에서 비로소 진짜 얼굴이 나올 듯했다. 나로서는 객관성을 유지하기가 어려워졌고, 내 속에서 모든 경계가 허물어지고 있었

다. 그러자 내가 움직일 때마다, 거짓 몽타주들, 허상 몽타
주들이 내게 덤벼들기 시작했다. 요컨대 세상이 내게 적대
적인 공격을 가하기 시작한 것이었다. 그것들은 내가 나만
의 세계에 오만하면서도 자폐적으로 빠져들어 있었다고 질
책했다.

그러는 동안에도, 목격자들은 계속하여 나타났고, 그들
은 마치 오래도록 순번을 기다리고 있었다는 듯이 내 앞에
서 원무를 추었다. 그들은 내게 뭔가 자백을 강요하는 듯했
다. 나로 하여금 몽타주 그리는 일에서 내 무능력과 내 부
도덕함을 인정하라고, 그러니 몽타주를 포기하거나, 아니
면 차라리 나 자신이 범인임을 실토하라고 종용하는 것 같
았다. 그 뒤에서 범인은 시신들의 이 처참한 모습이 바로
당신들 영혼의 몽타주라고, 우리 모두의 내면이 이토록 끔
찍하게 일그러졌다고, 사람들이 이 광경을 꼭 보아야 한다
고, 이 추악하고 불결한 우리 자화상 몽타주를 보아야 한다
고 끊임없이 속삭이고 있었다.

그러나 나는 속수무책으로 당하지만은 않았다. 이미 나는
변했으므로, 내 방식으로 저항하고 반발했다. 나는 이제까
지와는 달리 훨씬 더 비장한 각오로 몽타주를 그렸고, 그것
들을 전단처럼 세상에 뿌렸다. 이윽고 내가 퍼뜨린 가상의

몽타주들이 또한 낚시질의 미끼처럼 새로운 목격자들을 물고왔고, 그들의 증언은 내게 일용할 양식이 되었다.

내가 그렇게 고군분투하고 있는 동안, 내 주변에서도 이상한 일들이 일어났다. 삭발 소녀가 가출을 하여 어디론가 사라졌고, 나는 그 소식을 탁형사의 입을 통해 들었다. 그리고 탁형사 자신도 그날 이후로 종적을 감추었다. 뿐만 아니라, 부검의도 우편으로 사직서를 보냈는데, 아무도 그의 행방을 알지 못했다. 탁형사와 연락이 되지 않아 경찰서에 들렀다가 그 사실을 알게 되었을 때, 또 다른 불길한 예감이 얼음물처럼 등줄기를 훑었다.

7

며칠 후 그 불길한 예감도 현실로 나타났다. 늦은 시각에 외출하고 돌아온 나는 일부러 관리인 사내와 눈을 마주치기를 피하고서 현관을 지나 아파트 건물 안으로 들어섰다. 관리인이 뒤에서 뭐라고 말을 하는 듯했다. 그러나 나는 들으려고도 하지 않고서, 곧바로 승강기에 올라탔다. 그때 그가 막 닫히려는 문을 열어젖히며 안으로 뛰어들었다. 그러고는 다짜고짜 내 몸을 거칠게 껴안고서 입술로 내 목덜미를 부비는 한편, 두 손으로 내 몸 이곳저곳을 거칠게 움켜쥐었다.

나는 저항할 힘도 없이, 크게 뜬 눈으로 천장을 올려다볼 수밖에 없었다.

승강기가 마침내 육층에 이르렀을 때, 그가 뜨거운 숨을 내쉬며 내 귀에 대고 음산하고 공격적인 목소리로 중얼거렸다.

"오늘 밤 자정이야. 잊지 말라고."

나는 그를 밀치고서 승강기 밖으로 뛰쳐나갔다. 내가 몸을 돌려 뒤를 돌아보자, 그가 승강기 한가운데에 꼿꼿이 서서 무표정한 얼굴로 나를 노려보고 있었고, 천천히 문이 닫혔다. 나는 떨리는 손으로 아파트 문을 열고 안으로 들어갔다. 그리고는 곧바로 거실 소파 위로 널브러졌다. 나는 나를 둘러싼 시공간이 마구 일그러지는 것을 느꼈다. 방금 전에 나는 그 사내의 거친 자극과 협박의 말로 인해, 내 몸과 마음이 번쩍 깨어나는 듯한 느낌을 받았다. 그리고 이제 비로소 이 모든 일들의 진상을 깨달았다.

이 끔찍한 사건의 중심에는 바로 내가 있었다. 모두 나 자신이 벌인 일들이었다. 한편으로는 망상이 또 다른 망상을 불러온 것인지도 모른다는 생각이 들지 않은 것은 아니었다. 하지만 그렇게 여기기에는 그 깨달음이 너무도 확고하고 선명했다. 비틀려버린 시공간 속에서 과거와 현재가 뒤섞여버렸지만, 진상은 분명했다.

내가 관리인을 사주하여 범행을 저지르게 한 것이었다. 그가 삭발 소녀와 탁형사와 부검의를 죽였다. 실제로 살인을 한 건 그 사내였지만, 그는 내 뜻에 따른 것이었다. 내가 왜 하필 그 세 사람을 죽이고 싶었는지는 여전히 모호했다. 아마도 그들이 내 존재를 위기에 빠뜨렸다고 판단했기 때문인 듯했다. 돌이켜 생각하면, 아무리 그렇다 하더라도 어떻게 죽일 마음을 품었고 그 욕구를 행동에 옮겼을까 싶었다. 하지만 오죽하면 그랬을까 하는 생각에, 나에 대한 연민이 강하게 밀려들었다.

그 외의 모든 것에 대한 기억은 생생하게 떠올랐다. 죽은 세 사람 가운데, 여자는 머리를 삭발한 상태였고, 젊은 남자는 목에 탄피 목걸이를 매고 있었고, 늙은 남자의 곁에는 피에 젖은 흰 가운이 떨어져 있었다. 왜 진즉에 생각이 거기에 미치지 못했을까. 여자는 머리를 북쪽에, 젊은 남자와 늙은 남자의 머리는 각기 남서쪽과 남동쪽에 두고 있었다. 내가 일부러 시신들을 그렇게 배치하라고 관리인에게 요구한 것이었다. 그 점은 사건 현장 보고서에서도 분명하게 확인된 터였다. 물론 그들은 각기 다른 장소에서 발견되었지만, 나는 그들을 한자리에 모아들여 내 머릿속에서 그들의 다리를 가지고 정확히 정육각형을 만들었다. 그들의 다리는 모두 길이가 비슷했다. 어쩌면 그들이 서로 다리 길이가 같았기 때문에 애꿎은 희생물이 된 게 아닌가 싶기도 했다. 정육각형을 만들려면 길이가 같은 여섯 개의 다리가 필요했기 때문인데, 그러나 그 점은 여전히 불분명했다.

여하튼 각기 다른 곳에서 120도 각도로 다리를 벌린 모습으로 발견된 그들은 내 머릿속에서 발바닥을 서로 붙인 채 정육각형을 이루고 있었다. 그 정육각형은 고래로부터 악마를 가두는 봉인 장소였다. 그러나 그것은 또한 나 자신의 관이었다. 자기 자신조차 낱낱이 해체해야 직성이 풀리는 인간, 악마에 들린 자인 나는 타인들의 시신들로 만들어진 관이 필요했다. 하지만 사실 그 육각형이 가지는 의미는 무궁무진했다. 그것은 신비로운 미지의 인물의 얼굴이었다. 그리고 그 얼굴은 동시에 나의 얼굴이기도 했다. 나는 나자신이 누군가가 그릴, 혹은 내가 그릴 몽타주의 주인공이 되고 싶었던 것이 분명했다. 관리인이 범행을 저지를 때 나자신이 그와 비슷한 차림으로 인근 지역을 돌아다녔다. 그때 나는 거의 몽유병 상태였고, 나중에 관리인이 합세하여 그 자신도 목격자들을 만들어냈다.

나는 몸을 떨며 일어나 앉아서 두 손바닥에 얼굴을 묻었다. 다시금 나에 대한 연민이 밀려왔고, 그러자 심장이 납덩어리로 변한 듯이 무거워졌다. 육각형 안으로 세 개의 성기가 열려 있었고, 그 육각형에서 나가는 통로가 또한 그 세 개의 성기였다. 그 세 쌍의 가랑이가 만든 지옥 속에 내가 빠졌구나. 이렇게 세상에게 또 능욕을 당했구나. 나는 손바닥을 겹쳐 입을 틀어막고서 입 안으로 그렇게 중얼거렸다.

그런데 나는 관리인에게 어떤 대가를 약속했을까. 돈이나 내 몸, 아니면 내 목숨을 그에게 주겠다고 한 것일까. 혹시 그가 어떤 범행의 범인인 것을 내가 알아내어, 그의 몽타주를 경찰에 넘기겠다고 오히려 내 쪽에서 협박을 했던 것은 아닐까. 그가 보는 앞에서 내가 그의 몽타주를 찢어버리고서 앞으로 다시는 그 누구의 몽타주도 그리지 않겠다고 다짐을 한 건 아닐까. 그런데 그가 심각한 위험을 감수하면서까지 내게서 원한 것은 대체 무엇일까.

하지만 여하튼 이제 진상이 밝혀졌다. 그렇다면 이제 내 손으로 사건을 해결해야 했고, 그러려면 내가 나 자신의 몽타주를 그리면 되었다. 그 육각형 안의 빈 공간을 내가 채우면 되었다. 관리인이 그들을 해체하였으니, 내가 다시 모

으면 되었다. 애초에 나는 세 인물을 합성하여 나 자신의
몽타주를 그리려 한 것이었다.

사람 얼굴 모양의 그 육각형은 내가 해낸 최상의 몽타주
였고, 짜깁기된 내 삶의 실상이었다. 어차피 원상 회복은
안 되고, 원상이 뭔지 알 수도 없는 이 삶에 대한 근원적 분
노, 그 분노로 인한 적개심에 사로잡혀 있던 내 본연의 모
습을 나는 당신들을 통해 보여주고 있는 것이었다.

나는 고개를 들어 시계를 바라보았다. 관리인이 말한 자
정까지는 삼십 분가량 남아 있었다. 나는 나와 관리인의 얼
굴 몽타주를 그린 후에 스캔하여 그림 파일로 만든 뒤에 경
찰서의 24시간 대기조 앞으로 발송했다. 나란히 놓여 있는
두 장의 그림 속에서 관리인과 나는 서로 잘 어울렸다. 나
는 습관처럼 수면제 세 알을 맨입으로 삼킨 뒤에 소파에 반
듯이 누웠다. 이제 나머지 일의 처리는 관리인의 몫이었다.

비교적 편안하게 찾아온 잠 속에서 나는 꿈을 꾸었다. 꿈
속에서 시간은 자정이 넘어 있었고, 거실에는 나 말고 아무
도 없었다. 나는 밖으로 나와 승강기를 타고 아래로 내려갔
다. 아파트 현관 앞에는 사람들이 모여 있었다. 그중에는
탁형사도 있었고, 그가 관리인의 손목에 수갑을 채우고 있
었다. 바깥에서는 주차장 쪽 가로등 밑에 삭발 소녀가 삐딱

하게 서 있었다. 나는 그녀와 탁형사 사이에 음모나 치정의 관계가 있음을 직감했다. 관리인은 무표정한 얼굴로 나를 노려보고 있었다.

탁형사가 내 어깨를 어루만지며 말했다. 당신이 보내준 몽타주 덕분에 이자를 잡았지. 그런데 이건 또 뭐지? 왜 이걸 함께 보낸 거야? 탁형사가 내게 나의 얼굴이 그려져 있는 종잇장을 내밀며 다시 말했다. 대단한 유머 감각이군. 그때 바닥에 떨어져 있는 그림책 하나가 내 눈에 들어왔다. 그것은 내가 만들려고 했던 화집이었는데, 제목은 '분석과 직관'이라고 되어 있었다. 그 화집의 책갈피에서 인간의 얼굴들이 스멀스멀 기어 나왔다. 내가 그린 그림들, 나의 그로테스크한 창작품들, 내 생명력의 일부인 그것들이 살아 움직이며 나를 둘러쌌다. 그러자 현관을 중심으로 한 그 공간이 빙글빙글 돌아가기 시작했다. 그 움직이는 장소가 내 눈앞에서 모빌처럼 현란하게 변화무쌍한 모습을 보이고 있었다.

8

내가 잠에서 깨어난 것은 새벽 세 시쯤이었다. 나는 흐느적거리는 사지를 어렵게 움직여서 방을 나와 승강기를 타고 아래로 내려갔다. 현관에는 아무도, 관리인도 없었다. 나는 밖으로 나가서 텅 빈 거리를 따라 걸었다. 나는 내가 전혀 새로운 인물로 다시 태어난 듯한 느낌이 들었다. 현실을 정확히 재현하는 일이 불가능한 게 아니라 무의미해진 세상에서, 이제 나는 초상화 화가가 되어 있었다. 검은 허공에서는 사람 얼굴 모양을 닮은, 끈 끊어진 연과 풍선 같은 것들이 둥둥 떠다니고 있었다. 그것들은 몽타주의 사랑과 몽타주의 분노에 대해 이야기하고 있었다. 그 이야기가 끝나면 이제 당신들이 몽타주를 해야 하는 것이다. 삶은 혼란스러운 것, 거기에서 삶의 본질에 대한 편집의 가치가 생겨나는 것, 몽타주 작업은 실상 자신의 허상과 끝없이 싸움을 벌이는 것, 그러나 인간의 육체는 오직 사랑을 위해 존재한다는 것, 육체가 인간의 궁극적인 초상화를 그릴 수 있는 캔버스라는 것, 이를테면 자기 얼굴을 바꿔놓을 수 있는, 모든 얼굴을 되살릴 수 있는 몽타주에 대한 꿈, 이제부터 나는 그 미래의 꿈속에 내내 잠겨 살아갈 것이다.

쉬지 않고 걸음을 옮기는 동안, 내 누더기 같은 몸, 내 누더기 몸의 틈새로부터 처음에는 진물과 고름이 흘러나오더니, 차츰 그것들이 맑은 피와 환한 빛으로 바뀌어갔다. 나는 박해자들의 칼날에 잘린 자기 머리를 손에 들고 걸었다는 순교자처럼, 내 갈라진 몸을 끌어안고 계속하여 걸음을 옮겼다.

메신저

1

　지구상의 어느 오지에서는 얼마 전까지만 해도 사람들이 나뭇가지처럼 생긴 자벌레를 귓속에 집어넣었다고 한다. 자벌레는 귓속의 귀지를 모두 먹어버리고서, 한참 후에 살이 통통하게 쪄서 밖으로 기어 나온다. 젊은 시절의 어느 날 내가, 산속의 한 폐가에서 홀로 누워 잠이 들었을 때, 뭔가가 귓속으로 들어왔다. 깜짝 놀라 벌떡 몸을 일으킨 나는 처음에는 실내의 어두운 구석에서 굴러다니던 먼지 덩어리 같은 것이 우연히 귓구멍에 걸린 줄로 알았다.

　그러나 곧 나는 그것이 살아 있는 벌레, 바퀴벌레라는 것

을 직감했다. 순간, 수박이 통째로 갈라지듯, 머릿속에 쩍
쩍 금이 가는 듯했다. 나는 그 끔찍한 느낌을 무릅쓰고서
손전등을 찾아 들었다. 그러고는 불을 켜서 불빛을 귀에 비
추었다. 그렇게 하면 그 바퀴벌레가 안쪽으로 더 깊이 파고
드는 대신, 불빛을 보고 출구가 어느 쪽인지 알고서 도로
밖으로 기어 나오리라 생각했기 때문이었다.

얼마 후, 바퀴벌레는 귓구멍에서 튀어나와 마룻바닥을 줄
달음질쳤다. 그 후로 나는 귓속으로 들어가는 것이 자벌레
냐 바퀴벌레냐에 따라 전혀 다른 결과가 벌어진다는 사실을
한시도 잊지 않았다. 자벌레는 귓속을 깨끗이 세척하여 우
리를 편안하게 해주는 데 반해, 바퀴벌레는 그 좁고 어두운
구멍 속에서 마구 분탕질을 쳐대서 혼란과 고통을 가중시킨
다. 지금 나는 우리 가슴, 혹은 영혼 속으로 기어 들어갔다
가 나오는 벌레들, 자벌레와 바퀴벌레에 대해 생각한다. 그
것들이 각기 벌이는 세척과 공생의 행위, 그리고 분탕질과
파괴의 짓거리에 대해 오래 생각에 잠기곤 하는 것이다.

2

　당신들의 시대에서 그리 멀지 않은 미래의 어느 날, 늙은 메신저 조문호는 자신에게 전달과 공표의 의무가 주어진 마지막 메시지를 막 입 밖으로 내려 하고 있었다. 어디에서나, 누구 앞에서나 인간 메신저에게는 첫마디 말이 중요하다. 그 첫마디가 어떻게 시작되느냐에 따라 장차 그의 운명이 좌우되는 것은 물론이고, 당장 목숨까지도 위태롭게 되는 것이다. 그는 미리 준비했던 말들을 머릿속에서 다시금 일람하며 혀를 축였다. 그러나 그는 자신이 결코 입을 뗄 수 없음을 알고 있었다.

3

　과거인들이여, 세상의 변화는 순식간에 이루어졌다. 사실, 왕이나 황제는 물론이고, 대통령이니 수상이니 하는 우두머리 내지는 대표를 내세우는 정치 형태는 지극히 원시적인 것이었다. 아무리 민주적인 선거 절차를 거친다 하더라도, 누구든 어차피 하찮기 짝이 없는 한 인간을 가장 높은 곳에 올려놓는다니! 누구든 어차피 제 한 치 앞도 내다보지 못해 전전긍긍하는 한 개인을 만인의 중심에 자리 잡게 한 다니! 그러한 제도는 인간들 상호간의 불신과 소통 체계의 불완전함에서 기인하는 궁여지책의 결과일 따름이다.

보라, 이제 중앙정부는 사라졌다. 당신들로서는 언젠가 이러한 새로운 사회 체제가 도래하리라는 사실이 잘 믿기지 않을 것이다. 그러나 지금은 당신들의 시대에서 그리 먼 미래가 아니다. 이른바 중앙집권 체제를 대신하여, 지역에 따라 크기가 다른 독립된 단위의 집단들로 새로이 재편성이 이루어지고, 그 속에 다시금 크기는 점점 작아지지만 숫자는 점점 더 많아지는 무수히 많은 하위단위들이 생겨났다. 그리고 그 수평, 수직의 관계를 이어주는 것이 곧 메신저들의 역할이었다. 이런 사회 형태야말로 인류에게 합리적 사고가 완전히 자리 잡혀, 이기심과 편견이 사라지고 기술적인 완성이 이루어진 새로운 세상의 시작을 증거하는 것이었다. 그리고 여기에서 인간 메신저들은 곧 평화와 공존의 상징에 다름 아니었다. 이 사회는 메신저들을 필요로 했을 뿐만 아니라, 메신저들에 의해, 그리고 메신저들 위에서 존립하게 되었으며, 이제 전쟁과 불화가 사라져가는 세상에서 메신저들은 아연 활기를 띠었다.

4

　각 집단에서는 자체적으로 메신저들을 생산하고 관리했다. 과학 기술의 발전 덕분에, 아무리 작은 집단이라 하더라도 자체적으로 인큐베이터에서 납골당에 이르기까지 삶을 영위하는 데 필요한 모든 설비들이 갖추어졌다. 그곳에서 초기 메신저들은 어쩔 수 없이 그 집단을 대표하는 성격을 가졌다. 그러나 그 후로 수없이 다양한 수정과 조절 과정을 거치면서 마침내 현재와 같은 나름대로 완성된 체제를 갖추기에 이르렀다.

　어찌 보면 역설적이게도, 이제 메신저의 탄생은 원시 사회에서 샤먼이 탄생하는 과정과 흡사하다고 할 수 있었다. 선배 메신저들은 그 집단의 암묵적인 동의를 받아 다음 세대를 키웠는데, 그들이 자신들의 안목으로 집단 구성원들 중에서 적당한 재목을 선택했고, 때로 지원자를 받기도 했다. 당연히, 메신저가 되고자 하는 자들은 선배 메신저들이 마련한 입문의례를 거쳐야 했다. 그 입문의례의 중요한 부분은 무엇보다도 입문자들로 하여금 각 집단 사이의 유기적인 연계에 봉사하는 법을 가르치는 데 맞춰졌다. 나아가 입문자들은 그 연계가 투명하고 합리적이고 공정하게 이루어지도록 자신들을 희생하는 법을 익혀야 했다. 그렇게 키워진 메신저들은 우선 몇 십 가구로 이루어진 작은 단위의 집단을 담당하는 것에서 출발하여, 연륜과 기량이 쌓임에 따라 위아래로 점점 더 범위를 넓혀나가, 더 크고 더 많은 집단들로 활동 영역을 넓혀나갔다. 그리하여 마침내 메신저들의 동선이 수많은 경로로 서로 겹쳐지기도 하고 얽히기도 하면서, 지구상의 모든 집단을 거미줄처럼 촘촘하게 엮을 수 있는 메신저 망이 형성된 것이다.

5

조문호는 차세대 메신저에 속했다. 그는 아버지를 일찍 잃었으며, 가족들 중 누구도 그를 메신저로 키울 생각을 가지지 않았다. 조문호 자신이 메신저에 자원을 한 것이다. 덕분에 그는 유난히 더 혹독한 입문의례를 치렀다. 선배들이 그의 귀에 바퀴벌레를 집어넣은 것도 그 과정에서 겪은 일들 중의 하나였다.

그가 메신저가 되기로 마음을 정한 데에는 그럴 만한 이유가 있었다. 그의 집안은 대대로 말 잘하고 상대방을 설득하는 재능을 가진 것을 자랑으로 여기고 있었다. 실제로 그의 선대에는 사신이나 전령 등등으로 불리는 일을 했던 사람들이 적지 않았다. 비록 지금과 같은 형태는 아니었다 하더라도, 그의 조상들 중의 적지 않은 수가 사랑을 전하고 선전포고를 하고 항복을 권유하고 화해나 조약을 제의하고, 심지어 죽음을 선고하는 일을 맡았으며, 조문호는 어린 시절부터 그들의 활약상과 무용담을 되풀이하여 듣곤 했다.

덕분에 그들 중에 상당수가 종말이 좋지 않았다. 예컨대 실연을 당하여 질투심에 눈이 먼 남자의 화풀이 대상이 된 나머지 애꿎게 칼에 찔린 이른바 사랑의 메신저도 있었다. 그런가 하면 전시에는 기름이 부글부글 끓고 있는 솥에 빠지고, 장막 뒤에 숨어 있던 도부수들에게 목이 단칼에 잘리고, 또 몇은 장작더미에 이미 불이 붙어 있는 화형대에 올라가야 했다. 물론 협상에 성공하여 양편에서 동시에 크게 환대를 받은 경우도 있다고 들었다. 하지만 죽음만을 간신히 면한 채, 수염이 뽑히고 얼굴에 먹물로 뜸이 들여지고 여자 옷이 입혀진 채 쫓겨나는 모욕을 겪고 나서, 속세를 떠나 은둔의 삶을 산 자도 적지 않았다. 또한 살기등등한 협상의 자리에서 대화 결렬의 순간에 이르러 차라리 자기 몸을 난도질하라고 호기를 부렸다가 실제로 난도질을 당한 자도 있었다.

가족들이 그에게 남들의 말을 전하는 일을 못 하게 하려 했던 것도 그 때문이었다. 자고로 세 치 혀를 놀리는 일을 직업으로 삼는 자는 언젠가 그 세 치 혀 때문에 몸 전체가 때 이르게 죽음을 맞게 된다는 것을 그들은 경험적으로 잘 알고 있었던 것이다. 단지 혀가 뽑히는 것으로 그치는 것은 오히려 다행스런 축에 속하는 일이었다.

그러나 조문호는 일찌감치 자신의 운명을 예감했다. 거기 에는 이른 나이에 죽음을 맞은 아버지의 존재가 큰 역할을 했다. 그의 아버지는 어렸을 적부터 병적으로 신경질적이었 고 기가 약했고 만성 소화불량에 시달렸으며 심한 빈혈증으 로 고생을 했다. 그런 상태로 어렵게 결혼을 하고 아이를 낳은 아버지는 나이 사십에 이르렀을 때, 결국 더는 삶의 끈을 잇지 못하고 숨을 거두었다. 거의 병신에 가까웠던 아 버지의 모습은 조문호의 뇌리에 깊이 각인되어 있었다. 게 다가 조문호 자신도 아버지가 겪었던 증상을 거의 그대로 물려받은 터였다. 그 또한 병약했고 선병질적이었다. 때문에 아버지의 운명은, 비유적으로 표현하건대, 바퀴벌레가 되어 그의 머릿속으로 들어와 수시로 분탕질을 쳤다.

그러던 어느 날 문득, 그는 아버지야말로 메신저가 되어야 했다는 사실을 깨달았다. 메신저가 되지 못한 아버지가 자기 자신을 공격하다 못해 몸과 마음의 병을 얻었고, 마침내 그 병이 바퀴벌레가 되어 그의 머릿속에 눌러앉아버린 것이었다. 그는 아버지에게 연민을 느꼈고, 그 순간 아버지-바퀴벌레는 자벌레로 변했다. 그 후로 그 자벌레는 한결같은 사랑으로 그의 속에 들어 있던 모든 병적인 기운들을 먹어치우기 시작했다. 그로 인해 그는 병자이되 단순한 병자가 아니게 되었다. 차츰 그는 완쾌된 병자, 자신을 치료하는 데 성공한 병자가 되었고, 이윽고 메신저로 다시 태어나기에 이르렀다. 이를테면 그는 자신의 운명대로 살기 위해 결단을 내릴 수 있었던 행운아였다.

6

가문의 이력과 타고난 재능에 힘입어, 조문호는 자신의 일에서 빠르게 발전하여 비교적 이르게 성공을 거둘 수 있었다. 그의 성공의 비결은 무엇보다도 스승 메신저에게 배운 대로, 일을 할 때 자기 자신을 비우고 지우는 것이었다. 이때 그는 결코 자신이 희생을 한다는 생각을 하지도 않았고, 실제로 그런 느낌을 받지도 않았다. 자기 자신을 텅 빈 공간으로 만들고서, 사회적 사건들과 모든 사람들의 사연을 실어 나르면서 그가 경험한 보람과 희열은 예상했던 것보다 훨씬 컸다. 그는 자신의 머리와 몸을 관통하는 그 많은 사실들로 인해 자신이 무한히 확장되는 느낌을 받았다. 세상 만물의 지식과 정보가 자기 속의 좁은 통로로 밀려 들어왔다가, 그가 원하는 순간에, 그러니까 그가 반대편 통로를 열어주기로 선택한 그 순간에, 일제히 빠져나가는 그 느낌은 적잖은 쾌감을 불러일으키기도 했다.

하지만 단순히 거기에 그치는 것이 아니었다. 그가 자신의 일에서 남들보다 능력을 더 발휘할 수 있었던 것은, 메시지를 전할 때 그 위에 슬쩍 자신의 입김을 불어넣을 줄 알았기 때문이었다. 앞에 옮겨놓은 것처럼, 자벌레와 바퀴벌레에 대한 이야기 같은 것이 그러했다. 무엇보다도 객관적인 정보 전달이 요구되는 상황에서, 그것은 일종의 변칙이자 실로 위험한 발상이었다. 그러나 그런 행위가 받아들여질 수 있었던 것은, 그가 젊었을 때만 해도, 메신저들이 정보를 처리하는 데 있어서 어느 정도의 융통성과 재량권을 갖고 있었던 탓이었다. 게다가 일반인들 역시 냉정하고 삭막한 사실들의 교환에서 암암리에 신물을 느끼고 있기도 한 터였다. 예전에 그가 궁지에 처했다가 기지를 발휘해 빠져나오면서 했던 유명한 말, 자벌레와 바퀴벌레의 그 비유는 지금도 수시로 인구에 회자되고 있었다.

요컨대 그는 기꺼이 봉사와 희생을 하는 동시에 암암리에 즐기고 있었다. 그러나 조문호는 항상 양쪽 사물 사이의 임계점이라는 것에 각별히 신경을 썼다. 자신에게 주어진 재량권에 한계선을 설정해두고서 결코 그 선을 넘어가려 하지 않았던 것이다. 하지만 그의 동료들이나 후배들 중에는 그처럼 주도면밀하지 못한 자들이 적지 않았다. 그들은 자신들이 맡은 역할의 효율성을 극대화한다는 명분하에 자기들에게 허용된 것들과 허용되지 않은 것들 사이에서 아슬아슬하게 줄타기하기를 서슴지 않았던 것이다.

일부 메신저들의 그렇듯 신중하지 못한 행동은 결국 화를 자초하기에 이르렀다. 메신저들이 평화와 공존의 상징인 것은 사실이지만, 그들의 존재로 인해 각 집단 사이의 소통에서 여전히 감정적이고 비과학적인 것들이 개입될 여지가 있다는 지적이 여기저기에서 이루어지기 시작한 것이었다. 의심할 여지없이 메신저들의 다분히 개인적인 일처리 방식은 과거의 인간적 오류와 한계를 여전히 내포하고 있어서 하시라도 혼란을 야기할 위험이 있다는 것이 일반인들의 주장이었다. 그 결과, 좀더 완전한 자유와 평등을 위해 메신저들마저 없애야 한다는 쪽으로 여론이 모아지게 된 것은 어찌보면 당연한 일이었다.

그 무렵에, 조문호는 사람들의 입장을 이해했다. 그들은 어차피 조금밖에 누리지 못할 것에 대해 미련을 두고서 지속적으로 스트레스를 받기보다는, 차라리 완전히 포기하는 편이 더 낫다는 판단을 내린 것이었다. 또한 그들은 메신저들이 자신들의 작업에서 나름대로 즐거움을 얻고 있다는 것을 참지 못했다. 따라서 메신저들에 대한 그들의 공격은 메신저들이 누리고 있는 시대착오적인 쾌락에 대해 혹독한 대가를 요구하는 행위이기도 한 셈이었다.

7

사실, 몇 세대를 거치지 않아서 메신저들은 여러 가지 국면에서 이미 존속의 위기에 처해 있었다. 사람들이 믿고 있는 바처럼, 인류사에서 마침내 이른바 평화와 공존의 시기를 맞이하여, 어차피 메신저들이 옮기고 있는 전언들은 점차 중요성을 잃어가고 있었다. 그것들은 과거에 전쟁이나 재난을 맞았을 때와 같은 영향력을 가지지 못하는 건 물론이고, 기계적이고 의례적인, 심지어 단지 형식적인 요소로 전락하는 경우도 심심치 않게 발생했다.

한동안 메신저들 사이에서 마치 과거에 변호사들이 그러했듯이, 각기 맡는 분야를 달리하여 이를테면 전문화를 이루려는 움직임이 일어난 것도 그 와중의 일이었다. 그러나 그러한 시도는 그다지 실현 가능성이 없었거니와, 오히려 역효과만 초래했다. 메신저가 현실적인 업무에 세부적으로 관여하는 것은 이 사회가 바라는 바가 아니었고, 반대로 그동안 적지 않은 사람들이 촉각을 곤두세우고서 경계해 마지 않던 사항이었기 때문이었다. 그러다 보니 메신저들에게서는 열패감의 분위기가 번져나갔고, 다시금 그 점이 메신저의 가치를 감소시켜 그 기능을 더욱 축소시키기는 결과를 낳았다. 바로 메신저들 사이에서 오랜 연구가 필요하거나 헌신적인 노력이 필요한 일들을 회피하는 경향이 생기기 시작한 것이었다.

그 무렵에 이미 중년의 나이에 들어서 있던 조문호는 조

심스레 메신저 무용론을 거론했다. 어느 시대, 어느 사회에
서든 위기가 있기 마련이고, 그 속에서 그 당면한 위기를
모르는 채 살아가는 사람들이 있는가 하면, 그 점을 예민하
게 감지하여 일찌감치 우려와 고민을 하는 사람들이 있는
법이었다. 조문호가 보기에 이런 추세가 지속되면 메신저
체제가 붕괴되는 것은 시간문제였다. 그러나 그가 스스로
나서서 메신저 무용론을 들먹인 것은, 메신저가 사라진 세
상에 야기될 문제들에 대해 일반인들에게 경고를 하기 위한
것이었다.

실제로 메신저들의 위상은 날이 갈수록 계속하여 조금씩
낮아졌고, 이러한 사정은 그들에게서 크고 작은 반발을 불
러일으키는 쪽으로 이어졌다. 예컨대, 좀더 본질적이고 근
원적인 메시지의 전달을 원하는 부류가 생겨난 것이 그러했
다. 그들 진지한 메신저들은 조금이나마 진부하고 상식적이
고 최루성의 성격을 가지는 메시지는 다루려 하지 않았다.
그들에게는 애초에 메신저가 되고자 했을 때, 세태의 문제
에 빠져드는 단계를 넘어서서, 더 나은 세상을 만들려는 이
상이 있었다. 메신저들 사이에 팽배하고 있던 허탈하고 허
무주의적인 분위기가 그들로 하여금 역설적으로, 혹은 반발
심으로 본질적인 것과 형이상학적인 것에 더욱더 몰두하게

만든 것이었다.

그러나 보통 메신저들에게 익숙한 일반인들은 그들의 심각한 메시지를 참지 못했다. 더욱이 그들에게서 회의와 환멸을 감지하고는 격분하는 것도 서슴지 않았다. 또한 그들은 조문호의 메신저 무용론도 받아들이려 하지 않았다. 그들은 메신저가 어떤 주장을 가지는 것을 용납하지 않으려 했다. 완전한 사회에서는 메신저가 기계 장치의 일부여야 한다는 것이 그들의 한결같은 입장이었다.

대신, 마치 인간이 가축들, 낙타, 말, 개, 소, 특히 닭의 생존 욕구를 이용하여 그들의 모든 것을 착취하듯이, 세상은 메신저들이 내세우는 존속 명분을 담보로 하여 역으로 그들을 옭아맸다. 사람들은 메신저들 각자가 하는 말과 행동을 서로 모순되게 하여, 심지어 닭싸움이나 개싸움을 방불케 하는 상황을 만들어내기까지 했다. 인간이든 동물이든 본능과 명분까지 착취의 대상이 될 때, 겉으로 보기에 그들 스스로 자발적이고 필연적으로 행동하는 듯한 인상을 주기 마련이었다. 그 과정에서 많은 메신저들이 서커스단의 어릿광대로 전락했다. 당연한 귀결이었다. 그들 어릿광대들이 서로 편을 나누어, 한쪽은 공연을 하는 동물들이 되고, 다른 쪽은 조련사가 되어, 메신저들의 말로를 희화화하여 극

으로 공연하는 형국이었다. 일반인들뿐만 아니라 메신저들
자신들이 보기에도 그러했다.

8

마지막 메시지를 입 안에 담은 채 조문호는 문득 스승을
떠올렸다. 스승은 그에게 자주 이렇게 말했다. 네가 누군가
에게 화를 내는 것은, 입에 피를 물어 상대방에게 내뱉는
것과 흡사하다. 그러려면 네가 먼저 네 입을 더럽혀야 하는
것이다. 너 스스로 네 입 안의 것들을 이로 물어뜯어 피를
흘려야 하는 것이다. 너는 이 말을 잊어서는 안 된다. 너는
이 말을 잊지 않기 위하여, 수단과 방법을 가리지 말아야
한다. 언젠가 너는 분명 이 말을 잊게 될 것이고, 네 입과
얼굴과 손이 온통 피범벅이 된 그 순간에 비로소 내 말을 떠
올리게 될 것이고, 그때 너는 앞뒤를 잃고 좌우를 놓친 채,
마냥 공포에 질릴 것이다. 그러니 지금 내 말을 잊지 않기
위해 너는 어찌해야 하겠는가?
예전에 그 말을 들었을 때, 그는 그 말을 듣고서 깊이 생
각에 잠겼고, 곧 마음속 깊이 시련이 찾아드는 것을 느꼈

다. 그 느낌이 불러일으키는 고통은 그로 하여금 과거의 자신을 잊게 하기 위해 스승에 의해 계획된 일종의 의례였다. 이윽고 그는 기억이 완전히 사라진 사람처럼, 걷고 먹고 입는 것조차 처음부터 다시 배워야 했다. 그리고 그때 그는 자신의 몸에서 자가발정이 이루어지는 것을 경험했다. 성행위와 동일하게 사정을 하지만, 그 사정이 상대가 없는 상황에서 이루어지는 것이었다. 그리하여 얼마 지나지 않아 결국 그는 성적 능력을 상실했다. 물론 그가 육체적으로 거세를 당한 것은 아니었다. 그러나 정상적인 성행위가 불가능해진 그는 자신이 궁형을 당한 범죄자와 같다고 생각했다. 때로는, 아무런 불편도 고통도 느끼지 않으면서 이미 오래전부터 환관으로 살아가고 있는 늙은 남자처럼 여겨지기도 했다. 그가 메신저라는 이름을 정식으로 얻게 된 후, 그때부터 그는 가족들에게 망령이나 다를 바 없는 존재가 되었다.

9

한때 메신저들에게는 모든 집단의 경계를 넘어서는 데 있어서 무소불위의 힘이 주어져 있었다. 그들은 일반인들의 사적 공간도 자유로이 넘나들 수 있었다. 조문호 역시 지구 상의 온갖 지역을 종횡무진으로 누비고 그 속으로 깊숙이 파고들면서, 일반인들이 요구하기도 전에 유용한 정보를 수집했고, 필요하다고 생각하면, 세상이 원하든 원하지 않든 그 정보를 예리하게 가다듬어 세계 곳곳으로 옮겼다.

어느 날, 조문호는 여러 사람의 생사가 걸린 응급 메시지를 몸에 지니고서 앰뷸런스를 타고 작은 마을을 향해 달렸다. 사안이 무척 미묘하고 장차 사태가 어떻게 진행될지 한 치 앞을 예측할 수 없었던 터라, 통신 장치에 의존하는 대신, 메신저의 몸과 육성으로 전달해야 할 성질의 메시지였다.

그러나 곧 심각한 교통 체증에 걸리고 말았다. 얼마 후 터널에 들어갔을 때, 갓길도 없는 일차선 도로에 길 양쪽으로 자동차들이 빽빽했던 터라, 다른 차들이 앰뷸런스가 지나가도록 옆으로 비켜설 수도 없는 상황이었다. 자동차들의 행렬은 아주 느리게 앞으로 나아갔다. 그때 자동차들의 움직임이 잠시 완전히 멈추었다. 그리고 얼마 후, 조수석에 앉아 있는 그의 눈앞에서 놀라운 장면이 펼쳐졌다. 앞서 달리다가 멈춰 서서 길게 줄을 이루고 있던 자동차들이 아주 조금씩 저 앞에서부터 차례로 후진을 하기 시작한 것이었다. 마치 연쇄반응이 일어나듯, 끔찍한 전염병이 퍼지듯, 같은 움직임이 일사분란하게 앞차에서 뒤차로 이어지고 있었다. 마치 불가사의한 소통체계를 통해 메시지가 뒤로 전달되는 것 같은 광경이었다.

이윽고 자동차들이 후진하는 속도는 점점 더 빨라졌다. 저 뒤쪽에서도 앞에서 벌어지고 있는 상황을 정확히 파악한 것이 분명했다. 자동차들은 그렇게 뒤로 터널을 빠져나오고, 도시로 되돌아 들어가고, 마침내 출발지였던 병원의 지하 주차장으로 돌아왔다. 그러나 세상에는 아무런 변화도 없었다. 병원 응급실에서 죽은 사람도 없었다. 인근 도시로 죽음의 기운이 불가사의한 방식으로 퍼져나갈지도 모른다고 우려했던 일 또한 어느새 사람들의 기억에서 사라진 뒤였다. 메시지는 그렇게 길 위에서 유실되었고, 그 메시지를 실어 나르던 사람의 종적에 관심을 가지고 있는 사람도 이미 어디에도 없었다.

놀랍게도 대략 그날 이후로 일부 과격하거나 주관이 뚜렷한 메신저들이 체포되기 시작했다는 소문이 돌았고, 그 소문은 곧 사실로 판명되었다. 이제 적잖은 경우에, 메신저들의 움직임이 타인들의 세계에 대한 불법 침입으로 간주되었으며, 심지어 자신들의 이기적인 목적을 위하여 일반인들 모두로부터 정보와 비밀을 캐내려는 저의를 지닌 것으로 낙인찍혀버렸다. 상당수의 사람들이 걱정스런 목소리로, 메신저들의 힘이 지나치게 강해지거나 이상하게 변질되고 있다는 점을 지적했다. 어느 시대, 어느 사회에서든 위기가 있기 마련이고, 그 속에서 그 당면한 위기를 모르는 채 살아가는 사람들이 있는가 하면, 그 점을 예민하게 감지하여 일찌감치 우려와 고민을 하는 사람들이 있는 법이었다. 그 점은 일반인들의 경우에도 마찬가지였다. 문제는 그 위기를 바라보는 시점이 어디에 있느냐 하는 사실이었다.

치안 요원들의 손길이 조문호에게 닿지 않은 까닭은, 그가 메신저 사회에서 상당히 중요한 위치를 차지하고 있기 때문만은 아닌 듯했다. 아마도 그들이 보기에, 그가 너무 늙었거나, 최근의 활동을 검토하건대 당장은 그리 위험하게 여겨지지 않았기 때문일 것이다. 그렇듯 사람들은 적어도 아직은 신중을 기하려 했다. 그러나 이미 그들은 메신저들의 결속을 미연에 방지하고 위험분자들을 색출하여 격리시켜야 한다는 데 의견을 모은 뒤였다. 그들은 메신저들을 오래전에 사라진 매미 떼에 비유하기도 했다. 매미 떼의 멸종은 당연한 귀결이었다. 물론 유보적 의견을 가진 사람들도 있었다. 그들은 메신저의 제한적 활용을 검토하자는 절충론을 제기했다. 메신저들에 의해 지금까지 세계가 유기적으로 연결되어 온 게 사실이며, 그들을 제거한 상태에서 전적으로 기계적 소통에 의존하는 것은 아직은 시기상조라는 판단에서였다. 그들은 지금도 종족을 보존하고 있는 개미들의 세계를 예로 들면서, 연락병 개미들의 존재는 어느 사회에서나 어떤 식으로든 필요한 것이라는 논지를 펼쳤다.

그러나 시간이 지날수록 점점 더 많은 사람들이 메신저들을 없애는 것이야말로 과거에 국가 수뇌를 없앤 것만큼이나 혁명적이면서도 필연적인 일이라고 믿기에 이르렀다. 그리하여 그들은 현 상태를 바람직하게 유지하기 위해, 나아가 현 체제를 완성하기 위해 반드시 메신저들을 없애야 한다는 점을 역설하는 데 아무런 망설임이 없었다. 각 집단이 가지고 있는 입장의 상호 조정을 여전히 본능과 감정을 지닌 인간에게 의존하는 것은 비합리적이자 역사 발전의 원칙에 어긋난다는 주장이 그들의 입을 통해 끝없이 되풀이되었던 것이었다.

그리하여 그들은 점진적으로 메신저들의 씨를 말리는 작업에 착수했다. 그러기 위해 그들은 우선, 현재 활동 중인 메신저들의 자질을 검토하여 합격권에 드는 자들에게만 정년을 보장하고 나머지는 도태시키되, 조만간 메신저들의 양성을 완전히 멈춘다는 비교적 합리적인 조치를 취하기로 결정을 내렸다. 아울러, 살아남은 메신저들을 대상으로 철저한 감정 통제 훈련을 강화하는 한편, 그들을 개별화시키고, 나아가 그들의 뇌에서 개성적인 지성과 감정의 작용을 제어하여 자의식과 권력 의지의 싹을 아예 뽑아버리는 과정도 병행할 것임을 천명했다.

그 결과, 메신저들은 앞이 완전히 막혀버리게 되어, 어쩔 수 없이 무리를 지어 뒤로 물러설 수밖에 없게 되었다. 그러나 정작 메신저들 사이에서 메시지가 뒤로 원활히 전달되지 못했다. 그들은 교통 체증에 걸린 자동차들보다도 못한 존재들이었다. 심지어 그들 사이에서는 서로 모순된 정보들이 넘쳐나서 이루 말할 수 없는 혼란과 분규가 생겨나기 시작했다. 메신저들 자신들이 감정적 대응으로 인한 시행착오를 무수히 드러냄으로써, 일반인들의 우려가 타당했다는 것을 스스로 증명하게 된 셈이었다.

10

마지막 메시지를 입 안에서 굴리며 조문호는 자신의 조상 메신저들의 비운을 생각했다.

그들 중에 다부진 체격의 한 사십대 남자는 단신으로 적국으로 들어갔다. 나룻배를 타고서 나라들 간의 경계를 이루는 강을 건널 때, 그는 겉으로는 수수해 보이지만 빈틈없는 바느질과 값비싼 원단으로 만든 옷을 걸치고 있었다. 먼 길을 떠나는, 어쩌면 영영 먼 길을 떠나게 될지도 모르는 사람에게 잘 어울리는 그 옷 속에는, 단검이 들어 있었다. 그의 얼굴은 무표정했으나 자세히 보면 약간의 우울함이 어려 있었다. 물살 빠른 강을 건넌 뒤에, 그는 배에서 내려 사막을 지나다가 눈에 띄게 커다란 바위들 틈에 칼을 숨겼다. 만약 그가 살아서 다시 이곳을 지나게 된다면, 그가 자신의 몸에 머리를 붙인 채 다시 강을 건널 자격이 없는지, 그 칼이 심판하게 될 것이었다. 그러나 그 칼은 영영 쓰임새를 잃고 말았다. 적국의 장수들은 벌판에 마련된 회의석상 한쪽 옆에 엄청나게 큰 항아리를 놓아두었고, 그 속에서는 가득 찬 기름이 거품을 일으키며 부글부글 끓고 있었다. 살벌한 대화가 오가는 동안, 그는 수시로 항아리 밑에서 타고 있는 장작불을 바라보았다. 그는 난생처음으로 자신이 맡은 일에 대한 회의에 깊이 빠져들었다. 그는 자신이 죽게 된다면 어쩌면 가장 감상적인 이유 때문일 것이라고 생각했고,

그 점이 마음에 걸렸다. 어쨌거나 애초에 적들의 의도는 분명했다. 그가 그들의 의표를 찌르는 유일한 방법은 스스로 그 기름 항아리 속으로 뛰어드는 것이었다. 그는 마음속으로 결심한 바를 행동에 옮기기 전에 고향의 하늘을 우러러보았다. 그가 집을 떠나기 전에 임신한 아내는 아이를 낳게 되면 산 위에 봉화를 놓겠다고 했다. 그의 눈에 지상에서 피어오르는 연기는 보이지 않았지만, 하늘을 떠다니는 구름이 봉홧불의 연기처럼 보였다. 그는 한 번 씩 웃고 나서 몸을 날렸다. 그가 그렇게 죽고 난 후에, 놀란 적들은 그의 용기를 높이 사서 후히 장례를 치렀다. 미소를 지으면서 끓는 기름 속으로 뛰어든 사신에 대한 이야기는 적국 사람들의 입에 오랫동안 오르내렸다.

전장에서 총과 포탄이 검과 창을 대신한 지 채 한 세기도 지나지 않은 시대에, 그의 조상들 중에는 유난히 걸음이 재고 몸놀림이 빠른 젊은이가 있었다. 그는 어린 나이에 군에 몸담고 있는 내내 부대장의 전령으로 복무했다. 부대장은 살찌고 변덕스러운 인물이었다. 그러나 그 젊은 사내는 여러 가지 모순된 명령을 하달 받고 그 각각의 명령을 상황에 맞추어 전달하는 임무를 너무도 잘 수행한 탓에, 마침내 이 중간첩의 혐의를 받게 되었다. 그는 군법회의에서 종신형

선고를 받았고, 나중에 전세가 악화되자 총살형에 처해지게 되었다. 그가 투옥된 후, 그의 아버지는 울화병으로 자리에 누웠다가 그가 사형을 받기 직전에 병석에서 숨을 거뒀다. 고인이 그를 대신하여 그 지긋지긋한, 이른바 메신저라는 역할에 대해 한을 품고 먼저 저 세상으로 갔으리라는 데에는 의심의 여지가 없었다. 얼마 후, 부대장의 전령이 옥중에서 보낸 편지에는 다음과 같은 구절이 들어 있었다.

"애초에 나는 내 인생을 제대로 꾸릴 수가 없었다. 내 삶은 줄곧 다른 사람들의 살과 뼈로 만들어진 미로 속을 전쟁터처럼 누비고 다니는 데 바쳐졌다."

그가 총알 세례를 받기 위해 사형 집행인들과 야산을 올라갈 때, 계절은 초가을이어서, 다급해진 모기 떼 각다귀 떼가 파상 공격 대형으로 그의 몸에 마구 달려들었다. 때로 그것들은 하이에나 떼처럼 더욱 크게 부풀어 오르고 더욱 흉포해져서 그의 사지를 굵고 날카로운 이빨로 물어뜯었다. 그는 그것들이 지금껏 자신이 살아온 과거의 일들에 대한 온갖 회한, 그리고 아직 살지 못한 미래의 그 모든 일들에 대한 미련의 실체라는 것을 알고 있었다. 온몸에 이빨 자국을 시뻘겋게 만들고 있는 그 속수무책의 고통 속에서 그는 자신이 세상에 전할 마지막 메시지를 머릿속으로 궁리했다.

그러나 이미 피가 빨리고 살점을 빼앗긴 그는 기진맥진하여 생각할 힘을 잃었다. 그때 비로소 그는 자신이 하나의 메시지를 양쪽 진영에 동시에 전달하고 싶은 욕망에 사로잡혔던 것이고, 그로 인해 죽음에 이르게 되었다는 사실을 깨달았다. 그에게 진실은 한 가지였고, 그것은 환멸이었다.

또한 조문호의 고조할아버지의 큰할아버지는 정념과 열정을 부지런히 실어 날라 이 세상에 막혀 있는 기를 뚫으려 한 이른바 사랑의 메신저였다. 항상 눈알이 빨갛고 얼굴이 붉었다는 그는 그 자신이 많은 친구와 애인을 곁에 두고서 마치 포주처럼 그들을 부렸다고 했다. 전해 내려오는 말에 따르면, 그가 실제로 상당한 규모의 매춘 업체를 관장하는 포주였다는 설도 있었다. 그러나 그 설은 그다지 신빙성이 있다고 할 수 없었다. 나중에 그는 귓속에 자벌레를 집어넣는 오랜 전통을 가진 오지의 한 원시 부족을 찾아가서 인류적 차원의 사랑과 온정을 담은 메시지를 전달하다가 풍토병으로 사망했기 때문이었다. 그러나 여하튼 항상 그는 살아생전에 좀더 많은 사람들과 교류를 가지기 위해 애썼고, 그러기 위해 항상 자신이 가진 모든 것으로 좀더 많은 사람들이 만날 수 있는 광장을 만드는 데 진력했다. 그는 생전 결혼을 하지 않았지만, 처음 살림을 차린 여자와의 의리를 지

켰고, 그 후로 그가 만난 수많은 여자들은 이를테면 그가
그 첫 여인에게 보내는 사랑과 번민의 메시지였다. 그가 말
년에 오지로 떠났던 것도 그 여인이 죽은 후의 일이었다. 아
마도 그는 자신이 평생을 바쳐 넓혀나갔던 그 광장을 버리
고서, 지금까지 사용하던 언어로는 메시지를 전달할 수 없
고 의사소통조차 할 수 없는 곳을 택하기로 마음을 정했던
것일지도 모를 일이었다. 그러나 여하튼 분명 그에게는 여
자들과의 성행위와 남자들과의 친교가 곧 메시지를 주고받
는 일이었을 것이다. 그렇게 보자면 언어가 통하지 않는 곳
이야말로 메신저의 진정한 삶이 새롭게 시작될 수 있는 공
간이라고 할 수 있었다.

11

이제 조문호가 전해야 하는 마지막 메시지의 내용은 대략
지상에서 모든 메신저들의 활동이 중단되었음을 선언하는
것으로 이루어져 있었다. 마침내 시스템이 완성되었다. 인
공지능뿐만 아니라 인공감성 프로그램까지 갖춘 최첨단 전
자 기기와 더불어 인공위성을 통한 통신 체계의 복합 시스

템이 인류 역사상 유례가 없는, 가장 섬세하게 세련된 단계를 구현했다. 들리는 말에 따르면, 그 시스템은 인간 못지않은 인간성과 합리성, 관용, 이해, 연민의 감정까지 거의 완전하게 소화하고 있다고 했다. 그리하여 비록 아직은 몇 가지 점에서 인간 메신저 망에 비해 미흡한 점이 있을지 몰라도, 컴퓨터의 힘으로 현 시스템을 계속하여 복제하고 확장해나가면 머지않아 지금보다 훨씬 정교하고 복잡한 수준에 이를 수 있다는 것이었다.

이제 메신저 무용론은 메신저 유해론으로 귀착되었다. 순수한 메신저를 표방하는 기계장치 앞에서, 이에 경쟁하거나 대항할 수 있는, 공정하고 객관적이고 효율적인 인간 메신저는 존재하지 않았다. 이제 인간 메신저들은 새로운 시대의 투명하고 엄정한 기계적 윤리관에 보조를 맞추지 못한 채, 여전히 들뜨고 불안한 마음으로 다른 세계를 기웃거리는 구시대적 해커이자 컴퓨터 바이러스 같은 존재가 되어버렸다.

영적인 진화가 산술과 기하학과 광물들의 힘까지 완벽하게 끌어들인 지금, 인간들에게 의존하는 기존의 방식은 속임수와 다를 바 없었다. 컴퓨터와 인터넷을 통한 정밀한 의견 수렴 체제는 지상에서 가장 세부적인 단위에서부터 가장 전체적인 범주에 이르기까지 그 모든 것들로 완벽한 그물을 만들었다. 그 그물 위에서 정보들은 마치 수분이 삼투 현상을 일으키듯이, 또한 공감각을 통한 감정 이입이 이루어지듯이, 각기 필요하고 절실한 곳으로 촉수를 곤두세우며 스스로 스며들 것이다. 조만간 컴퓨터 앞에 앉아 있는 개인들은 각기 의견이 출발하는 지점이자 동시에 최종적으로 도착하는 지점이 될 것이다. 그렇게 하여 전달되는 메시지들이야말로 만인들로부터 전적인 인정과 승복을 얻어낼 것이고, 이는 곧 인간의 과학적 이성이 기념비적인 진보의 섬광을 저 높이 우주 한가운데로 쏘아 보낸 것으로 받아들여질 것이었다.

드디어 새로운 시스템의 가동을 선포하고 축하하는 날이 돌아왔고, 조문호에게 그 영광스런 시작을 전 세계에 알리는 임무가 주어졌다. 그의 말은 곧 축포가 될 것이었다. 그러나 동시에 그 말은 메신저들의 최종 시한, 요컨대 멸종의 시간을 알리는 조종에 다름 아니었다. 실제로 새로운 시스템의 외관은 거대한 공동묘지의 형상을 하고 있었다. 조문호는 단 한 차례 멀리서 그 모습을 본 적이 있었다. 그러나 그것은 봉분들이 늘어서 있는 모양이 아니라, 시커먼 관처럼 생긴 것들이 무수히 금속 바닥 위로 솟아올라 있는 기이한 외관의 공동묘지였다. 그 관들이 지난 시대의 유물들, 특히 메신저들의 장례식을 상징한다는 데에는 의심의 여지가 없었다.

조문호에게 마지막 메시지 전달의 임무를 맡긴 것은 바로 그 시스템이었다. 그리고 그가 그 메시지를 전달해야 할 대상 역시 바로 그 시스템이었다.

12

조문호는 머릿속의 생각이 나선을 그리며 공중으로 솟구치는 것을 느꼈다. 몸속에서도 자꾸 회오리바람이 일어나 그로 하여금 간신히 균형을 잡게 했다. 의자에 앉은 상태에서도 몸을 가누기가 어려웠다. 그는 자신의 직업이 인류 역사상 수천 년의 연륜을 지니고 있다는 데 자긍심을 갖고 있었다. 지금 그가 현기증을 느끼는 까닭도, 인간들의 머릿속에 축적된 그 오랜 시간의 기억이 그의 몸속에 용수철처럼, 태엽처럼 감겨 있다가, 이제 당장이라도 밖으로 튕겨 나올 듯한 위기감을 느끼게 하는 탓이었다. 그는 불에 달구어진 냄비 속에서 마침내 물이 한 방울로 졸아드는 것을 지켜보고 있는 것처럼, 두 눈이 뜨겁게 타 들어가는 것을 느꼈다. 이제 그는 이 마지막 기회를 맞이해, 그 수천 년의 시간을 몇 마디 말로 요약해야 할 필요성을 느꼈다.

지금 그는 세상과의 접촉이 차단된 곳, 홀로 깊은 상념 속에 고립된 곳, 근원적이고 본질적인 곳, 애초에 메신저가 존재하지 않았던 세상에 머물러 있는 듯했다. 실제로 그는 치안 요원들에게 잠시나마 사람들로부터 완전히 격리된 시간과 장소를 마련해달라고 요구했고, 어렵게 승낙을 받아냈다. 마지막 메시지를 전달하기에 앞서 생각을 가다듬고 말을 고르기 위해서였다. 그러나 한동안 고적하고 편안하게 여겨지던 이 공간이 언젠가부터 그를 강하게 옥죄고 있었다.

이제 시간의 여유가 별로 없었다. 그의 손에 들려 있는 휴대용 원격조종 스위치만 누르면 그야말로 새로운 세상이 열리는 것이다. 하기야 말은 이미 준비가 되었다. 그러나 그는 사람들이 자신의 말을 제대로 이해하지 못하리라는 것을 알고 있었다. 그러나 기실 그 자신도 잘 알 수 없기는 마찬가지였다. 그가 하려는 말은 아마도 그의 머릿속에서 어지럽게 교차하는 생각들의 편린들을 불규칙하게 늘어놓는 것이 될 것이다. 하지만 그는 사실들의 그러한 단절적인 나열이 나름대로 연속성을 갖게 되리라는 것 또한 알고 있었다. 그것은 물 위에 떨어진 나뭇잎들이 각기 자리 자리를 잡은 후에, 물의 흐름을 따라 질서 있게 떠내려가는 것과 다르지 않았다. 그는 뿌옇게 흐려진 시야에서 얕고 맑은 개울물 위의 나뭇잎들, 꽃잎들이 서로 탄력 있게 간격을 조정하며 나란히 흘러 내려가는 것을 보았다.

그는 자신의 몸이 더 늙고 쇠잔해지기 전에 자연으로 돌아가고 싶었다. 그는 죽어 썩어서 나무가 되고 잎이 되고 꽃이 되고, 날아오르는 작은 새의 날개가 되고 부리가 되고, 나무껍질 속에 숨어 있는 작은 벌레가 되고 싶었다. 그런데 이 늙은 몸이 혹시 자연에게 부담을 주지는 않을까? 날아오르는 새의 깃털을 무겁게 하지 않을까? 그때 그는 자신도 물살을 받으며 떠내려가는 것을 느꼈다. 이윽고 그는 나뭇잎들, 꽃잎들이 되었다. 그는 물속으로 들어갔고, 이윽고 그 자신도 물이 되었다. 바싹 마른 나뭇가지에 불이 붙어 나뭇잎들이 나뭇가지 끝에서 화르륵 소리를 내며 타 들어갔다. 그는 나뭇잎이 되었고, 불에 타서 불이 되었다. 그는 바람 위에 올라타서 바람이 되었다.

13

지금 나는 나를 포함하여 모든 메신저들이 당면한 운명에 대해 생각한다. 우리 중에 상당수는 이미 놀랍도록 재빨리 새로운 환경에 적응했다. 아마 그들 자신들도 자기들의 성공적인 변신에 내심 놀라움을 금치 못했을 것이다. 그러나 이미 적응이 끝난 마당에 그들은 더 이상 '변신'이라는 말을 듣는 것 자체가 마뜩치 않을 것이 분명하다. 한때 메신저가 되는 일은 세상에서 가장 영광스러운 일 중의 하나였다. 그것은 일개 보통 인간에서 두 존재 사이의 관계가 되는 것이었다. 그러나 메신저에게 기대하는 바가 거의 사라져버린 현금의 세상에서, 메신저들이 기피 대상이 되고, 또한 경박하고 무능하고 공격적인 무리로 여겨지기에 이른 것은 어쩌면 당연한 일인지도 모른다.

하지만 우리가 공격을 당하는 까닭은 메신저라는 존재가 끊임없이 사람들의 정신적 자유와 궁극적인 도덕성에 대해 이야기하기를 멈추지 않기 때문이다. 시간을 거슬러 지금보다 과거에 있는 당신들에게 내가 이 이야기를 하는 까닭도 여기에 있다. 지금 나의 이야기는 미래의 우리에서부터 과

거의 당신들에게로 메아리친다. 지금 내가 하는 말은 우주의 광활한 시간대 속에서 표류하고 있다.

한때 나는 우리 메신저들이 곧 당신들이 꾸는 꿈이라고 생각했다. 내가 심지어 잠꼬대로 메시지를 전하는 방법에 대해 연구한 것도 그런 이유에서다. 그러나 이제 당신들은 꿈에서 깨어났다고 여기고서, 꿈에서 깨어난 것이 도덕성을 완성한 것이라고 믿고서, 우리를 부도덕하다고 공격한다. 그로 인해 우리는 파멸하고 말았다. 물론 이미 돌이킬 수 없는 일이다. 우리는 이 결정적인 순간에 이르러 반발할 의지도 없다.

그러나 우리는 어리둥절해하지 않는다. 대신, 우리는 바람 소리에 귀를 기울이고, 우주의 음악을 감지하고, 세상 만물에 새겨진 천체 운항의 리듬을 몸으로 확인한다. 이제 우리가 수집하는 정보는 전과 다르다. 밤, 안개, 푸른 하늘, 동쪽, 서쪽, 여자, 성숙한 처녀, 남자의 손발, 남녀의 성기, 박쥐, 영들이 사는 땅, 유령, 무덤, 죽은 사람의 뼈, 머리카락, 이빨, 그것들이 우리 관심의 대상이다.

이제 우리에게 남겨진 것은 영원히 순환하는 메시지다. 그것은 곧 불멸의 메시지다. 지금까지 우리는 바람을 타고 날아갔다. 그러나 이제 우리는 바람 그 자체가 된다. 지금까지 우리는 물속을 걸어서 강을 건넜다. 그러나 이제 우리는 물과 강 그 자체가 된다. 지금까지 우리는 온몸을 단련하고 무장해서 불을 통과했다. 그러나 이제 우리는 곧 불이 된다. 우리는 메시지를 전달하는 게 아니라, 바람이 되고 물이 되고 불이 되듯이, 메시지 그 자체가 된다.

지금 나는 마침내 혀끝에 생기가 도는 것을 느낀다. 말이 떠오르고 있는 것이다. 그러나 나는 마지막 말을 원하지 않는다. 그럴 바에는 차라리 입 안에서 앞니로 혀를 끊어 내뱉는 편이 낫다고 믿고 있기 때문이다.

14

사람들은 조문호의 몸이 심하게 훼손된 상태로 매트리스 위에 뉘어져 있는 것을 발견했다. 그의 코와 귀는 뭔가 끝이 무딘 흉기로 잘려나갔고, 벌어진 상처에서는 피가 흘러내리고 있었다. 한쪽 발은 무릎이 앞으로 꺾였고, 나머지 발 하나와 두 팔도 함부로 바닥에 내팽개쳐진 듯한 형국이어서, 사지의 균형은 완전히 무너져 있었다. 전체적으로 왠지 여러 개의 부러진 화살을 함부로 겹쳐놓은 듯한 조금은 우스꽝스러운 광경이었다. 어찌 보면 어딘가를 향해 뛰어가다가 그 상태에서 정지된 것 같기도 했다. 머리는 약간 뒤로 젖혀진 채 모로 뉘어져 있었는데, 그 앞에는 반쯤 잘린 붉은 혀가 바닥에 떨어져 있었다.

통신업체 연구소 직원들은 그가 그 상태로 오랫동안 고통을 받으며 천천히 죽어갔다는 사실을 짐작할 수 있었다. 그는 그토록 고통을 겪으면서도, 일단 몸으로, 그리고 그 몸이 쥐어짜듯 내비치는 고통스런 표정과 몸짓으로 뭔가를 전하려 한 것이 틀림없었다. 그것이 곧 그가 보내려 했던 마지막 메시지였다. 그의 엉망으로 망가진 몸뚱이가 곧 메시지였다. 그러나 그 메시지의 내용은 아무도 해독할 수 없었다.

사실, 그동안 사람들은 그런 광경을 아주 예전에 실제로, 혹은 최근에 다큐멘터리 필름을 통해 수없이 보아왔다. 심지어 높은 대나무 장대에 매달린 채 아홉 개의 구멍으로 피를 흘리며 사흘 이상 삶과 죽음의 경계를 넘나들었던 몇몇 메신저들에 대한 기억은 지금도 사람들의 뇌리에 생생하게 남아 있었다. 코와 귀와 사지가 잘린 채 길가에 버려져서 개들의 먹이가 되어 천천히 부서져가던 메신저들의 몸도 그들은 보았다.

그러나 이번에는 어딘가 달랐다. 자세히 보면 그의 몸이 너덜너덜해져 있음을 알 수 있었다. 끓는 기름에 튀겨져서 껍질이 벗겨지고 뱃가죽이 찢기고 그 벌어진 틈으로 내장이 반쯤 빠져나오고, 이미 벌레에게 파먹혀 생겨난 구멍이 여기저기 눈에 띄고, 요컨대 한 인간이 세상으로부터 받을 수 있는 온갖 고문과 박해의 자국들이 서로 경쟁하듯 그의 몸에 뚜렷이 남아 있었다. 마치 골수에 사무친 원한을 가진, 무수히 많은 사람들에게 철저하게 보복을 당한 듯한 모습이었다. 시간이 지날수록 점점 더 많은 사람들이 그의 주변으로 모여들었다. 그러나 그들은 악마들의 상형문자만큼이나 기괴한 그의 몸통을 가지고 어떤 메시지로 해독해야 할까를 놓고서 내내 고민에 빠져들었다.

15

이제 나는 당신들이 원하는 말을 할 수 없다. 내가 생각해도 놀랍게도, 단 한 마디도 입 밖에 낼 수 없다. 당신들은 마지막 메시지를 내게 떠넘기고서, 어쩌면 내가 그 일을 맡게 된 걸 영광으로 여기며 조금은 우쭐한 기분을 느끼리라고 생각했을지도 모른다. 그러나 나는 알고 있다. 나는 이미 모든 것을 잃었다. 이제 나는 저 거대한 시스템과 인간 메신저 망 사이의 연결 고리에 불과하다. 하지만 연결 고리란 때로 수류탄의 안전핀만큼이나 위험하다는 것을 잊어서는 안 된다.

저 거대한 시스템이 하는 일은 메시지의 전달이나 조정이 아니다. 단지 온갖 정보의 흐름일 따름이다. 그러나 당신들은 정보의 원활한 흐름이 마치 모든 문제를 해결해주는 듯한 인상, 그런 손쉬운 인상이 주는 안도감 속에서 내내 살아가게 될 것이다. 게다가 어쩌면 이미 때가 늦었는지도 모른다. 최종의 순간에 이르러서야 비로소 당신들은 돌이킬 수 없는 상황의 심각함을 알게 될 것이다. 최후의 재난, 지금 나는 그 파국의 일부분을 현재로 끌어오려 하고 있을 뿐이다. 끊임없이 경고를 받지 않고 제대로 살 수 있는 삶이 어디에 있는가.

그런데 당신, 방금 나는 무수히 많은 당신들 중에서 바로 당신을 찾아냈다. 지금까지 내가 수없이 보냈던 메시지의 대상이여. 내가 보낸 무수히 많은 메시지를 받았을 당신, 미지의 존재였던 당신이여. 그러나 내가 당신에게 보낸 메시지들은 대부분 응답을 끌어내지 못했다. 나의 메시지는 나의 자가발정, 자가생식의 결과였기 때문이다. 내 성적 무기력이야말로 모든 메시지의 발원지다. 지금 나는 자웅동체다. 내 몸이 파열되면 당신들이 사랑이라고 부르는 그 둘로 나뉠 것이다. 그러나 사랑은 하나다. 남자가 여자와, 여자가 남자와 결합하여 하나의 아이를 낳는 것은, 결코 종족 보존을 위해서가 아니라, 궁극의 메시지를 얻기 위해서다. 그것은 사랑하고 사랑받는 그 과정 자체로서의 메시지, 시퍼렇게 살아 있는, 그러나 때로 위험한 메시지를 몸과 마음으로 받아들이기 위해서다. 나는 당신의 늙은 아들이다.

그동안 당신과 더불어 보낸 시간을 폭발에 비유한다면, 이제 당신이 떠나고 난 뒤에 겪게 될 황막함은 정확히 후폭풍이라고 부를 수밖에 없을 것이다. 감정의 영역에서 성실한 것은 모순된 것이다. 가장 모순된 것이 가장 성실한 것이다. 나의 과대망상이 당신으로 하여금 꿈꾸게 하리라. 내 속에서 일어난 폭발에 나 자신이 후폭풍이 되어 퍼져나가기를, 그 후폭풍이 저 도저한 시스템의 자기장에 치명적인 결함을 일으키기를, 그 모든 메시지들, 그 모든 메신저들의 폭발이 후폭풍을 일으켜 세상을 깨우기를 나는 바란다.

오, 나의 사랑이여, 길 잃은 사랑이여, 나의 완전한 연인이여! 차도 위를 달리는 동안, 내 감정이 얼마나 벅찼던지

네가 천리만리 떨어진 곳에 있다 해도 이대로 차를 몰아 네게로 가고 싶었다. 네가 천길 만길 낭떠러지 밑에 있어도 그리로 떨어지고 싶었다. 오, 나의 완전한 연인이여. 네가 물속에 있으면 물에 들어가 익사하고 싶고, 네가 불속에 있으면 기꺼이 불속에 들어가 타버리고 싶다. 네가 물이면 나도 물이 되고, 네가 불이면 나도 불이 되어, 나는 네가 되고 싶고, 너는 내가 되고 싶다. 오, 나의 완전한 연인이여! 당신을 향한 나의 이 메시지를 받아주시길. 들리는가, 이 소리가? 당신의 귓속에서 벌레들이 꿈틀거리며 내는 소리가? 저 사각사각 소리가? 이 순간, 모든 것이 이루어졌다. 마침내 이루어졌다.

16

어두운 방에서 방향을 잘못 잡아 인간의 귓속으로 들어간 바퀴벌레 한 마리가 있었다. 한참 후에 바퀴벌레는 자신이 인간의 머릿속에서 너무 오랜 시간을 보냈음을 깨달았다. 이윽고 불빛이 들어오는 쪽으로 더듬거리며 귓구멍에서 빠져나온 바퀴벌레는 재빨리 마룻바닥을 줄달음질쳐서 맞은

편 벽 밑의 작은 틈 속으로 들어갔다. 그 후로, 바퀴벌레 세계에서는 인간의 언어로 말을 하는 젊은 바퀴벌레가 있다는 소문이 퍼졌다. 인간의 귓속으로 들어가서 인간의 언어를 남김없이 먹어치웠다는 것이었다. 그 바퀴벌레가 전해준 이야기 중에는 기괴한 꼴로 발견된 한 늙은이의 시체에 대한 것도 있었다.

메신저 조문호의 마지막 전언에 대해서는 온갖 소문이 어지럽게 떠돌았다. 어떤 사람들은 어쩌다 그가 그 지경이 되었는지 잘은 몰라도, 그 시체의 꼴을 보아 미루어 짐작하건대, 아마도 시종일관 저항하는 말을 한 마디도 하지 않고, 심지어 비명도 지르지 않으면서 묵묵히 고통을 받아들였을 것이라고 주장했다. 또 어떤 사람들은 그의 시체에서 어떤 말이 들리지 않느냐고, 좀더 정확히 말해서 어떤 말이 느껴지지 않느냐고 진지하게 물었다. 그러고 나서는, 하지만 그 말은 수많은 조각으로 잘게 토막이 쳐지고, 그 토막들이 매 순간 서로 뿔뿔이 흩어지고 있어서, 도저히 알아들을 수 없다고 말끝을 흐렸다. 마치 고문을 받는 사람이 고통에 못 이겨 자기도 모르게 말을 내뱉으면서도, 자신의 입을 벗어난 말이 어떤 유용한 정보를 형성하지 않게 하려고 본능적으로 안간힘을 쓰고 있는 듯하다는 것이었다.

하지만 여기에는 다른 의견도 있었다. 비록 그 메신저가 마지막으로 남긴 몸의 말이 전체적으로 난삽하고 요령부득인 것은 사실이지만, 사람들로 하여금 마음의 귀를 곤두서게 하는 힘을 지니고 있다는 지적이었다. 그로 인해 그 힘에 이끌려 그 말에 오랫동안 귀를 기울이고 있다 보면, 사람들은 점차 어렴풋하게나마 그 말이 의미하는 바를 알게 된다는 것이었다. 그 말에 동조하는 다른 몇 사람의 표현에 따르면, 그것은 마치 눈앞에서 모자이크화가 그려지는 것과 다르지 않아서, 각 순간에는 형체와 의미를 알 수 없으나, 시간이 지날수록 시공간적으로 서로 떨어져 있는 부분들이 오히려 그 시공간의 경계를 활용하여 서로 깊숙이 맞물린다고 했다. 그리하여 그 말에 담긴 뜻이 사람들의 마음속에서 저절로 새롭게 떠오르게 한다는 것이었다. 그러나 그 말을 명확히 옮길 수 있는 사람은 여전히 어디에도 없었다.

17

그의 몸은 강력한 폭풍우에 철저히 부서져 난파한 범선과도 같았다. 이윽고 사람들은 만신창이가 된 그의 시신에서 등을 돌렸다. 그들은 각기 제 갈 길로 가기 위해 서둘러 걸음을 옮겼다. 그러나 그들의 머릿속에서는 파괴된 배와 강한 폭풍의 기억이 내내 살아 움직이고 있었다. 휘청거리는 걸음을 내디디며 앞으로 나아가는 그들의 몸 또한 난파한 배였다. 그들의 몸속에서 폭풍이 일어나고 있었다. 안팎에서 강하게 몰아닥친 폭풍에 그들의 몸속에서 폭발이 일어났고, 곧이어 후폭풍이 발생했다. 그 후폭풍이 바람과 비와 천둥과 번개의 언어를 불러들였다. 그러나 그 언어는 듣는 사람 각각에게 서로 달랐다. 그러나 그 언어는 단 한 가지, 이렇게 옮길 수 있다. 마침내 이루어졌다.

1

그는 바닷가 모래밭에 앉아 있었다. 간간이 바람이 불어오고, 갈매기 몇 마리가 한가로이 그의 머리 위로 날아다녔다. 하늘은 구름 한 점 없이 맑았고, 햇살은 따가웠다. 그러나 한여름의 뜨거움과 강렬함은 이미 저만치 물러가 있었다. 그는 푸른색의 커다란 수건을 깔고 앉아서, 벌써 오래전부터 꼼짝도 하지 않고 있었다. 그의 무릎 위에는 책이 한 권 펼쳐져 있었다. 하지만 그는 독서에 별 관심이 없었다. 어쩌다가 시선을 떨구어 물끄러미 책장을 내려다보다가 이내 다시 고개를 들어 멀리 수평선을 바라보곤 할 뿐이었다. 얼마 전부터 그의 주변에서 사람들이 하나 둘 자리를 뜨기 시작하여, 이제 바닷가에는 그만이 홀로 남아 있었다. 그러나 세상은 여전히 너무도 환하여, 그가 책을 가지고 모래밭 위에 앉아 있는 것을 방해하는 것은 아무것도 없었다. 단지 한 가지 사실을 제외하고서.

　바닷물이 밀려 들어오고 있었다. 사람들이 자리를 뜬 것은 그 때문이었다. 그는 자신이 앉아 있는 자리와 바다 사이의 거리가 조금씩 좁혀지는 것을 지켜보고 있었다. 갈매기 한 마리가 위험을 알리려는 듯 끼룩거리며 그의 머리 위에서 맴돌았고, 바닷물은 어느새 그의 무릎 바로 앞에까지 이르러 조만간 그를 적실 준비를 갖추고 있었다. 하지만 그는 꼼짝도 할 수 없었다. 바닷물은 노련한 사냥꾼처럼 전혀 서두르지 않고 천천히 다가왔고, 그는 가만히 앉아 있었다. 그뿐이었다. 그러니 진작 움직였다면 모를까, 이제 그는 은근하면서도 집요한 바닷물의 최면에 걸려 온몸이 마비된 상태였다. 미지근한 바람 한 줄기가 사막을 가로지르는 뱀의 뜨뜻한 아랫배처럼 그의 목덜미를 휘감고는 사라졌다. 그는 아무 행동이라도 하기 위해 책장 위의 글자들을 내려다보았다. 눈부신 햇살에 노출된 그 글자들을 가만히 보고 있자니, 그것들 하나하나가 흡사 뜨겁게 달구어진 프라이팬 위에 던져진 새우나 멸치 같은 작은 수생동물들처럼 보이고 있었다. 그것들은 열기를 견디지 못하여 마구 튀어 오르며 죽어가고 있었다.

그때 바다의 차가운 혓바닥이 마침내 그의 왼쪽 발에 닿았다. 그가 그 낯설고 조금은 섬뜩한 감각을 충분히 느끼기도 전에, 바닷물은 그의 양쪽 발과 종아리와 허벅지까지 순식간에 차올랐다. 이제 더 이상 신중을 기할 필요가 없다고 판단한 사냥꾼의 단호함과 능숙함이 충분히 느껴지는 상황이었다. 수위는 점점 더 높아져서 사타구니와 배꼽이 잠겼고, 그와 더불어 놀랍게도 그에게 속해 있던 모든 것들이 살아나기 시작했다. 그의 엉덩이에 깔려 있던 푸른 수건이 가오리처럼 펄럭거리기 시작했다. 책이 물에 잠기고, 책장들이 해초처럼 너울거렸다. 그 해초들 틈으로부터 조금 전까지만 해도 뜨거운 프라이팬 위에서 새카맣게 타 죽어가던 것들이 새우, 멸치, 해마, 해파리 따위로 모두 되살아나 헤엄을 치며 쏟아져 나오고 있었다. 그것들이 서로 어울려 새로운 글자들, 새로운 생물들을 만들어내고 있었다. 죽은 듯 부동의 상태로 머물러 있는 것은 그 자신뿐이었다. 하지만 상황은 더욱 심각했다. 미라처럼 바싹 마른 그의 몸이 물의 공격을 받아 맥없이 풀리며 녹아가고 있었다. 그는 그 광경을 아득한 기분으로 내려다보고 있었다. 그 아득함에 깊이 잠겨 있는 동안, 그는 자신의 몸속에서 죽음의 수위가 천천히 높아지고 있음을 느꼈다. 그의 뒤에서 누군가가, 혹은 무엇인가가 휘적휘적 물을 가르며 다가오는 소리가 들렸다. 언젠가부터 그는 항상 물속에서 그런 소리를 듣곤 했다.

2

그는 언젠가부터 물에 대해 과민한 반응을 보이기 시작했다. 물가에 있으면 온몸에서 힘이 빠져나가는 느낌, 더할 나위 없는 무력감에 빠져들곤 했다. 샤워를 하다가 바닥에 주저앉은 적이 여러 번 있었다. 욕조에 몸을 담그고 누워 있거나 하는 것은 그에게 무척 위험한 일이었다. 욕조가 물로 채워진 관처럼 그를 가두고서 천천히 녹여버리는 듯했기 때문이었다. 물속에 누워서 팔이나 다리를 섣불리 물 밖으로 들어올릴 때면, 찰랑거리는 물이 때로 종잇장 찢기는 듯한 날카로운 소리를 일으켰고, 그 소리는 어김없이 자신의 몸이 찢겨지는 것 같은 느낌을 불러일으켰다.

그로서는 아침에 일어나 우유를 마시는 습관도 이미 오래

전에 버려야 했다. 어느 시인을 죽음으로 몰아간 검은 우유처럼 그의 뱃속에서 내내 소화되지 않은 채 남아서 무겁게 출렁거리며 그에게 죽음의 감각을 일깨웠던 탓이었다. 그는 물을 마실 때도 아주 조금씩 입 안에 흘려 넣고서 마치 음식물을 씹듯이 오랫동안 우물거린 후에 삼키곤 했다. 한 잔의 물을 한 번에 마시고 나면, 바싹 말라붙어 있는 자신의 몸이 속에서부터 녹아버리는 듯한 느낌을 떨칠 수 없었다. 그로 인해 그는 항상 입이 말랐고, 얼굴은 자주 검붉은색을 띠었다. 그는 자신의 의식에서 뭔가가 결핍되어 있다는 사실을 인정하지 않을 수 없었다. 물을 보거나 가까이 접할 때면 그는 아무런 확신을 가지지 못하고 살아가는 자신의 나약함에 생각이 미쳤다. 그의 귓전에는 항상 물이 넘실거리는 소리, 심할 때는 파도치는 소리가 들렸고, 수면을 스치는 서늘한 바람이 그의 얼굴 위에서 떠나지 않았다.

물론 그는 자신에게 생겨난 이상 증세에 대해 아무에게도 말하지 않았다. 그러나 그의 주변 사람들은 이미 오래전부터 그에게서 이상한 기미를 감지하고 있었다. 며칠 전 그가 사십대 불혹의 나이에 이르러 하나같이 물에 팅팅 불은 듯한 친구들의 얼굴과 마주하고 있을 때였다. 그 친구들 중 하나가 그의 안색이 좋지 않은 것을 보고서 한 가지 제안을 했다. 마침 그의 고향에 있는 집이 비어 있으니 내려가서 며칠 쉬는 것이 어떻겠냐는 것이었다. 친구의 고향은 남해에 있는 한 섬이었는데, 그의 집을 지켜주던 노인이 치매 증세가 심해져서 아들 집으로 들어가게 되었다는 것이었다. 그 친구의 입장에서는 자신의 집이 그냥 버려져 있다는 사실도 마음에 걸렸을 터였다. 그는 속으로 쓴웃음을 짓지 않을 수 없었다. 물과 관련하여 생겨난 마음의 병을 치유하기 위해 물로 둘러싸인 섬으로 들어간다니. 그러나 다음 순간 그는 자신이 이미 친구의 말에 깊이 빨려 들어가 있음을 알았다. 마치 저항할 수 없는 물길에 휘말려 그 속으로 깊이 가라앉고 있는 듯한 느낌이었다. 그에게 바다 한가운데의 섬은 산 자와 죽은 자가 공존하고 있는 공간이었다. 그렇다면 그곳에서 자신의 상태에 대한 어떤 확신을 얻을 수 있을지도 모를 일이었다.

차를 운전하여 남해로 내려가면서 그는 살아 있는 몸으로 저승의 세계로 들어가고 있다는 예감에 줄곧 사로잡혀 있었다. 과연 저승의 강을 건너는 것은 생각했던 것처럼 그리 수월한 일이 아니었다. 고속도로를 벗어나서 남해안의 선착장에 이르는 길이 예상보다 멀고 까다로웠던 탓에, 그가 도착했을 때는 육지와 청별도를 잇는 마지막 배가 방금 떠난 뒤였다. 그는 포구 가까이에 있는 한 모텔에서 방을 잡았다. 어두워진 후에 저녁을 먹고 나서 방파제 위를 걷던 중에, 그는 기이한 광경을 목도했다. 함부로 둘둘 말린 커다랗고 허연 비닐 덩어리가 어디에선가 나타나서 세찬 바닷바람에 밀려 저만치 앞서 방파제 위를 굴러가고 있었다. 그모습은 마치 바다에서 튀어나온 거대한 해파리 여러 마리가한데 뒤엉킨 채 제 방향을 찾지 못하여 이리저리 내닫고 있는 듯한 인상을 불러일으켰다. 물론 실제로는 전혀 있을 수없는 일이었지만, 가로등 불빛을 받아 번들거리며 꿈틀거리고 있는 비닐 뭉치에서는 괴기스런 생명체의 강력한 기운이풍겨 나오고 있었다. 이윽고 그 살아 있는 비닐 뭉치는 한차례 강한 바람의 일격을 받아 어두운 바닷물 위로 떨어졌다. 그 순간, 어떤 강력한 힘이 그를 움켜잡고서 그를 바다속으로 밀어 넣으려 했다. 그는 활처럼 몸을 구부리고서 오랫동안 검은 수면을 내려다보았다.

다음 날 그는 첫 배를 타고 섬으로 향했다. 바다가 우르릉거리는 소리를 들으며 뱃전에 서 있는 동안, 습기를 잔뜩머금은 눅눅한 공기가 바람의 힘을 빌려 환영 인사를 하듯그의 몸속으로 파고들었다. 다시 자동차에 올라서 포구를빠져나와 해안도로를 십 분가량 달린 뒤에, 그는 친구가 일러준 마을의 초입에 들어섰다. 그러나 크고 작은 가옥들이 빽빽하게 들어서 있는 속에서, 약방의 간판은 쉽게 눈에 띄지 않았다. 그로서는 일단 약방을 찾아가서 주인으로부터 집 열쇠를 받아야 했다. 휴가철이 지난 터라 골목길들은 텅 비어 있었다. 그는 차에서 내려 시멘트로 거칠게 포장된 좁고 경사진 길을 걸어서 올라갔다.

모퉁이를 돌았을 때, 머리에 수건을 쓴 한 여인이 옆구리에 빈 광주리를 끼고서 내려오고 있었다. 그는 여인에게 약방으로 가는 길을 물었다. 그러자 여인은 고개를 끄덕이고 손가락으로 이쪽저쪽을 동시에 가리키며 뭐라고 말을 했다. 하지만 그로서는 그녀가 하는 말을 거의 한 마디도 알아들을 수 없었다. 삼십대 후반쯤으로 보이는 그녀는 햇볕에 검게 그을린 얼굴로 환하게 웃고 있었고, 그도 하릴없이 그녀를 따라 미소를 지어 보였다. 그때 그녀가 주머니에 손을 집어넣더니 뭔가를 꺼내어 그에게 불쑥 내밀었다. 놀랍게도 그것은 큼직한 붉은 고추였다. 순간, 그는 마치 그 고추가 붉은 칼처럼 그의 몸속으로 깊숙이 찌르고 들어오는 듯한 느낌을 받았다. 온통 선홍빛으로 물든 그 고추는 금속처럼 매끄럽고 단단했다. 그가 가슴 깊이 통증을 느끼며 그 고추를 받아들었을 때, 이번에는 그 쪽에서 그녀의 몸에, 그녀의 어딘가 맹목적이고 따뜻하고 축축한 그곳에 붉은 칼을 푹 찔러 넣는 듯한 착각을 느꼈다. 그러나 그녀는 여전히 웃고 있었다. 이윽고 여인은 광주리를 흔들며 걸어 내려갔고, 그는 계속하여 위로 올라갔다.

언덕이 끝나는 곳에 이르자 정자가 하나 서 있었고, 그 뒤로 시야가 탁 트이면서 바다가 내려다보였다. 그는 마치 홀린 기분으로 정자의 마룻바닥에 걸터앉아서 소나무 숲과 섬들과 푸른 물로 이루어진 풍경을 바라보았다. 바다는 마치 시퍼런 강철판을 엎어놓은 듯이 보였다. 그는 기둥에 머리를 기댄 채로 눈을 감고 있다가 그대로 잠시 잠이 들었다. 그가 잠에서 깨어난 것은 누군가가 그의 머리 위에서 끌끌 혀를 차는 소리가 들렸기 때문이었다. 누군지 몰라도 입 안이 무척이나 마른 사람이라는 생각이 잠결에도 그의 머리를 스쳤다. 그러나 눈을 뜨자 아무도 보이지 않았다. 그는 머릿속이 어지럽게 출렁거리는 것을 느끼며 몸을 일으켰다. 방금 전에 올라온 길 쪽으로 되돌아가 언덕 위에 서서 아래를 내려다보자 키 큰 소나무들 사이로 약국의 간판이 보였다.

3

청별도에서의 생활은 가장 먼저 거미줄을 걷어내는 일로부터 시작되었다. 친구의 집은 전형적인 한옥인 데다가, 이미 두어 달 이상 사람이 살지 않았던 터라, 집 안팎 도처에 갖가지 모양의 거미들이 그물을 쳐놓고서 먹이가 걸리기를 기다리고 있었다. 대부분의 거미줄에는 체액이 빨린 뒤 껍질만 남은 곤충들이 전리품처럼 매달려 있었고, 개중에는 동그랗게 오그라든 채 죽어 있는 거미들도 눈에 띄었다. 집을 잃어버린 거미들은 뿔뿔이 흩어졌다. 그러나 그들은 곧 다시 돌아와서 그물을 칠 것이고, 이제 한동안 거미줄과 싸우는 일이 그의 일과가 될 것임을 그는 모르지 않았다.

마당 곳곳에 죽어 있는 지렁이들을 치우는 것도 그리 간단한 일이 아니었다. 갖가지 모양으로 비틀린 채 죽어 있는 지렁이들은 각기 나름대로 상형문자를 이루고 있어서 그로 하여금 몸을 굽혀 오랫동안 들여다보게 했다. 그런가 하면 욕실에 있는 욕조에서도 섬뜩한 광경이 그를 기다리고 있었다. 욕조 위에는 플라스틱 덮개가 놓여 있었는데, 덮개를 들어보니 반쯤 채워진 누르스름한 물속에 여러 마리의 벌레가 수면에 떠 있거나 바닥에 가라앉아 있었다. 거꾸로 뒤집힌 채 떠 있던 세 마리의 나방 중에 하나는 아직 숨이 끊어지지 않았는지 경련을 일으키듯 푸드득푸드득 날갯짓을 하며 마지막 비상을 시도하고 있었다. 그가 잠시 망설이다가 물속에 손을 집어넣어 마개를 뽑자, 구멍 속으로 물이 모두 빨려 들어간 뒤 물때가 앉은 미끈거리는 바닥에 나방들과 풍뎅이들과 지네들이 남겨졌다. 두 마리의 지네 중 한 마리는 물에 거의 녹을 지경이 되었는지 곧 마디마디 끊어지면서 볼품없이 해체되었는데, 놀랍게도 다른 한 마리는 그 많은 다리를 느릿느릿 움직이며 욕조 구멍으로부터 멀어지려고 애쓰고 있었다. 그는 욕조에서 풍기는 시큼한 냄새, 그 죽음의 냄새를 깊이 들이마셨다.

그가 뒤처리를 하고서 욕실에서 나왔을 때, 약방 주인인 칠순의 노인이 마당으로 들어섰다. 그 뒤로 공구 상자를 든 사십대의 남자 하나가 따라 들어오고, 또 그 뒤로 초로의 여자 둘의 모습이 보였는데, 친구에게서 들은 바대로 이웃에 산다는 두 명의 호기심 많은 과부들이 바로 그들임을 그는 한눈에 알아볼 수 있었다. 그들은 함께 보일러실로 몰려갔고, 수리공 사내는 공구 상자를 열고서 보일러를 손보기 시작했다. 검붉은 목덜미에 살이 잔뜩 붙은 그 사내의 몸에서는 석유 냄새가 진동하고 있었다. 게다가 입에서는 술 냄새가 진하게 풍겼다. 그 두 종류의 휘발성 액체가 한데 뒤섞인 채 거친 숨결의 리듬을 타고 주변으로 퍼져나가면서 다른 세 사람을 다소 들뜨게 만드는 듯했다. 이윽고 보일러가 작동을 시작하자, 이제 그들은 손을 털며 집 안으로 몰려 들어갔다. 그들은 모든 문들을 열어보고 전등 스위치를 켜보고 수도꼭지를 돌려보고 잘 닫히지 않는 문짝을 손과 발로 두들겨댔다. 도둑질을 하려 해도 뭘 알아야지. 키 큰 과부가 중얼거렸고, 작은 과부가 키득거리며 맞장구를 쳤다. 뼈가 드러날 정도로 몸이 마르고 허리가 굽은 약국 노인은 특히 꼼꼼하게 집 안 구석구석을 살피고 있었다. 간호사 며느리를 둔 덕분에 의약품 저장소를 겸한 약국을 열고 있는 노인의 음침한 눈길에서 그는 그 집에 대한 노인의 욕심을 감지할 수 있었다. 아까 오전에 노인의 손에서 열쇠를 건네받을 때에도, 그는 흡사 물살에 휩쓸려 떠내려가는 무엇인가를 어렵게 잡은 듯, 혹은 사나운 동물의 아가리에서 뭔가를 꺼내는 듯한 느낌을 받았던 터였다.

　그들이 돌아간 뒤, 그는 준비해 온 음식으로 간단히 저녁 식사를 했다. 냉장고 속에 들어 있는 것들 중에는 먹을 수 있는 것이 거의 없었다. 뚜껑이 부실한 용기들 속에는 어김없이 퍼렇게 곰팡이가 슬어 있었다. 마지막으로 남겨진 습기 위에서 피어오른 죽음의 꽃, 그 푸르스름한 솜털은 그에게서 식욕을 앗아가버렸다. 마른 생선 한 토막을 입에 넣고서 힘들게 씹던 중에, 문득 밥 먹는 일이 세상으로부터, 혹은 삶으로부터 욕을 먹는 일과 흡사하다는 생각이 그의 머리에 떠올랐다. 그 때문인지 갑자기 어금니가 뻐근해지면서 음식을 씹고 삼키고 하는 행위가 더할 나위 없이 부자연스럽고 거북하게 여겨졌다. 그와 동시에 그는 입 안에서 더 이상 침이 분비되지 않는다는 사실을 깨달았다. 그러나 그는 저작의 행위를 멈추지 않았다. 입 안에 든 것들이 잘게 부서져서 모래알처럼 그의 목구멍 속으로 빨려 들어갔다. 그 느낌으로 인해 그는 자신의 몸이 등신대의 모래시계처럼 여겨졌다. 조만간 누군가가 모래시계를 뒤집듯 그의 몸을 뒤집어놓지 않는다면 그는 더 이상 존속할 수 없을 것이었다.

남은 음식물을 대충 냉장고 안에 집어넣은 뒤에 그는 신발을 끌며 집을 나섰다. 하늘에는 구름이, 지상에는 안개가 엷게 끼어 있었다. 검은색 자갈로 덮인 해변 위에는 지난여름의 흔적이 곳곳에 널려 있어서 수시로 그의 발걸음을 방해했다. 또한 여기저기에 버려진 채 썩어가고 있는 해초들에서 풍기는 자극적인 냄새가 그의 후각을 얼얼하게 했다.

그가 술에 취한 듯 휘청거리며 방파제 위로 올라서자, 떼를 지어 모여 있던 갯강구들이 어지럽게 흩어졌다. 바퀴벌레와 흡사한 그 갯강구들의 정사각형 몸체를 가만히 내려다보고 있노라니, 그것들은 내장 따위가 거의 없이 단지 껍질로만 이루어져 있는 듯이 보였다. 스스로 속을 텅 비워 다른 동물들로부터 자기를 보호하는 방식으로 진화한 그들에게서 그는 단단하고 건조한 껍질로만 살아가는 그들 삶의 단순함에 선망이 섞인 경이로움을 느꼈다.

그날 밤 그는 늦은 시각에 가족들과 통화를 했다. 그의 가족 중에 한 사람은 이미 오래전부터 병을 앓고 있었다. 이제 그로서는 모종의 결정을 내려야 했으나, 하지만 그에게는 여전히 확신이 없었다. 그는 선택의 갈래에서 이리저리 떠다니고 있었다. 게다가 그는 점토 인형처럼 물을 두려워하고 있었다. 때문에 그는 자주 자신이 끈적끈적하게 녹아가고 있다는 느낌에 시달리고 있었다. 그는 몇 군데 더 전화를 걸고 싶었지만 그만두었다. 그로서는 어느 쪽이 더 중요한 통화인지조차 가늠할 수 없었다.

잠자리에 들기 위해 옷을 갈아입던 그는 오른쪽 무릎의 통증이 점점 더 심해지고 있음을 느꼈다. 오른쪽 무릎 약간 오른쪽에는 언제 그리고 어떻게 생겼는지 모르는 상처가 하나 있었는데, 그대로 방치해두었다가 며칠 전에 보니 큼직한 딱지가 앉아 있었다. 무릎에 눈동자도 흰자위도 없는 눈알이 하나 생겨난 듯했다. 그는 그것으로 상처가 아물기 시작한 것이려니 생각했다. 그러나 이제 다시 살펴보니 딱지가 마치 풍선처럼 부풀어 올라 있는 것이, 마치 바퀴벌레나 갯강구의 도톰한 등딱지처럼 보였다. 딱지 아래쪽에 염증이 생긴 모양이었다. 그 검붉은 딱지를 잠시 만져보다가 손끝에 약간 힘을 주었다. 그러자 살짝 눌렀음에도 불구하고 위쪽이 푹 꺼지면서 그 밑으로 피가 조금 섞인 누런 고름이 썩은 눈물처럼, 혹은 바퀴벌레의 썩은 내장처럼 주르륵 흘러내렸다. 그는 두 눈을 부릅뜨고서 무릎과 검붉은 딱지와 누런 고름을 내려다보았다. 얼마 후 커튼을 치려고 창가로 다가갔던 그는 그곳에서도 방금 전에 보았던 것과 다를 바 없는 광경과 마주쳤다. 아까 무심코 창문을 닫을 때는 몰랐는데, 문틀 사이에 달팽이 한 마리가 낀 채 으깨어져 있었다. 그는 시신을 덮는 심정으로 커튼을 치고서 돌아섰다.

자리에 눕자, 멀리에서 들려오는 파도 소리 때문인지 마치 배 안에 누워 있는 듯한 기분이었다. 그 외에도 많은 소리가 들려왔다. 기계음이나 금속성에 가까운 풀벌레들 울음소리, 문풍지에 날벌레들이 부딪히는 소리, 물 흘러내리는 소리, 나뭇잎이 떨어지는 소리, 고양이들이 우는 소리, 누군가가 휘적휘적 걸어 다니는 소리, 그리고 정체를 알 수 없는 크고 작은 소리들. 잠이 들기 시작하면서, 그는 자신이 요람 속에 누워 있는 어린아이 같다는 생각을 했다. 그러나 그가 들어 있는 요람은 어둡고 축축한 수풀 속에 놓여 있었고, 그 주위에는 뱀과 지렁이와 거미와 두꺼비들이 득실거리고 있었다. 그리고 벌레들도 있었다. 벌레들이 그의 몸속을 드나들고 있었고, 그는 벌레들과 함께 살아가고 있었다. 그곳은 물속의 세계였다.

4

아침에 일어나자마자 그는 마치 오랜 습관인 양 책상 앞 의자에 앉아서 유리창으로 바다를 바라보았다. 책상 위에는 유리잔이 하나 놓여 있었고, 그 속에는 어제 마시다 만 물이 반쯤 남아 있었다. 섬뜩할 정도로 잔잔한 바다, 수평선, 지표면과 평행하게 수평으로 날카롭게 잘려 있는 선, 그 기하학적인 죽음은 유리잔 속의 수면 위에도 깃들어 있었다. 죽음이라는 것이 그의 주변에 물처럼 존재하고 있었다.

그가 일어서자 의자에서 삐걱거리는 소리가 났다. 어제도 느꼈던 것인데, 의자에 앉았다가 일어나면, 낡은 철제 의자는 저 혼자 한동안 삐걱거리는 소리를 냈고, 그때마다 그는 의자를 바라보며 그 소리에 귀를 기울이곤 했다. 뼈만으로 살아 있는 존재가 뼈가 꺾이자 뼈로 소리를 내고 있었다. 그는 유리잔을 들고 주방으로 가서 물을 버리고 그 속에 우유를 따랐다. 그는 섬에 들어올 때 우유팩을 하나 샀다. 기왕에 물속의 세계에 들어가는 이상, 우유를 마시는 습관도 다시 시작하기 위해서였다. 달리 먹을 것이 마땅치 않았던 탓도 있었다. 그러나 물은 그런대로 조금씩 마실 수 있지만, 우유는 때로 치명적이 될 수 있음을 그는 알고 있었다. 우유를 한 모금 마시자 예상했던 대로, 독한 술을 마신 듯이, 아니 그보다는 독배를 마신 듯이 머릿속이 어찔어찔해지고 다리가 후들거렸다.

그는 운동화를 신고 마당으로 나섰다. 어제 저녁에 거미줄을 잃어버린 검고 노란 무늬의 거미 한 마리가 마당의 흙바닥 위를 천천히 가로지르고 있었다. 그때 작은 개미 한 마리가 접근하여 다리를 건드리자, 제법 크고 색깔도 요란한 그 거미는 어울리지 않게 화들짝 놀라 황급히 풀숲으로 사라졌다. 예상했던 대로 추녀와 기둥과 담과 나무들 위 도처에 크고 작은 거미줄이 다시 걸려 있었다. 그는 나뭇가지를 집어 들고서 거미줄을 걷어내기 시작했다. 그러면서 돌이켜보니, 자신의 행동이 정작 거미나 거미줄에 대한 거부감 때문이 아니라, 거미줄에 매달려 있는 곤충들의 껍질들, 그 주검들로부터 받는 거북한 느낌 때문일지도 모른다는 생각이 들었다. 하지만 다시 생각하니 그 때문도 아니었다. 그는 거미줄에서 죽음의 현란한 이미지를 발견한 것이었다. 거미줄에는 살아 있는 것들을 홀려서 최면을 걸어 죽음으로 이끄는 힘이 있었다. 그는 막대기를 집어던지고서 집을 나섰다.

그는 용신과 물할미를 모시는 성황당을 지나 바다를 등지고 걸었다. 길가에 서 있는 표지판에 따르면, 그리 멀지 않은 곳에 자연휴양림이 있고 그 속에 산책로가 있는 것으로 되어 있었다. 도중에 그는 유물 발굴 현장을 지났다. 기원전의 것으로 추정되는 석기들이 발견되어 체계적인 발굴이 이루어지고 있으니 접근을 금한다는 내용의 글귀가 적힌 나무판이 말라붙은 나뭇가지에 을씨년스럽게 걸려 있었다. 그는 잠시 걸음을 멈추었다. 구획이 지어지고, 깊은 홈과 구덩이가 파이고 흙무덤과 돌무더기가 쌓여 있는 그 광경은 마치 사람의 몸에서 뼈만 남기고 살을 발라내고 있는 듯한 인상을 불러일으키기에 충분했다.

휴양림 안으로 들어서서 몇 걸음 걷지 않았을 때, 그는 자기도 모르게 다시금 걸음을 멈춰야 했다. 첫눈에 그는 숲이 부서지고 있다는 느낌을 받았다. 유례없는 혹서와 가뭄이 남해안 지역에 강한 타격을 가했다는 사실은 알고 있었지만, 이처럼 숲 전체가 산 채로 거의 말라붙었으리라고는 미처 예상하지 못한 노릇이었다. 약간의 바람이 불 때마다, 여전히 푸른 상태이지만 습기를 완전히 잃어버려 종잇장처럼 파삭파삭해진 나뭇잎들이 우수수우수수 떨어져 내렸다. 바람에 살랑거리는 이파리들이나 부드럽게 흔들리는 나뭇가지들은 어디에도 보이지 않았다. 모든 것이 그저 정물처럼 그 상태 그대로 고정되어 있다가 약간의 자극에 매번 조금씩 허물어지고 있을 뿐이었다. 늦가을의 숲 속 풍경을 방불케 하지만, 그와는 너무도 다르게 숲 전체가 실로 완강하고 비타협적으로 옥쇄를 감행하고 있는 듯한 그 광경에서 그는 장엄함과 비정함을 동시에 느꼈다. 사람의 발길이 닿자마자 부서져 내리는 고대의 유적을 눈앞에 보고 있는 듯한 느낌이었다. 쉬지 않고 들려오는 멧비둘기의 울음소리까지도 음울한 조사처럼 들리고 있었다. 그가 걸음을 옮기자, 바닥에 몇 겹씩 쌓여 있는 나뭇잎들이 그의 발에 밟히며 아무런 저항 없이 잘게 바스라졌고, 그때마다 먼지가 풀썩풀썩 피어올랐다.

숲 한가운데로 들어섰을 때, 그는 두 마리의 갈색 말과 마주쳤다. 그러고 보니 산책로 위에는 드문드문 말똥이 널려 있었다. 이미 완전히 말라붙어 있는 그 말똥 더미들은 임자 없이 버려진 작은 무덤처럼 조만간 완전히 풍화되어 버릴 운명을 덤덤히 기다리고 있었다. 말의 커다란 눈알이 그를 무심히 건너다보고 있었고, 말 등에는 젊은 남녀 둘이 앉아 있었다. 두 사람은 그를 보고서 왠지 모르게 적잖이 놀란 표정을 짓고 있었다. 그가 먼저 어색함을 떨치기 위해 인사말을 건넸다. 그러고는 말들을 가리키며 말했다. 말들이 참 잘생겼군요. 그러자 여자 쪽에서 반가운 표정으로 말했다. 말에 대해 잘 아세요? 말 탈 줄 아세요? 그가 미소를 지으며 고개를 가로젓자, 남자 쪽에서 여자를 향해 핀잔 투의 표정을 지어 보였다. 여자는 당황한 듯 얼굴을 붉히더니 곧 화가 난 표정으로 입술을 오므렸다. 그때 남자 쪽에서 먼저 말머리를 돌려서 그 자리를 떠났고, 여자 쪽에서는 한동안 그대로 머물러 있다가 한참 뒤에야 그 뒤를 따라갔다.

그는 다시 숲길을 걷기 시작했다. 물이 흘러가다가 증발하거나 땅속으로 스며들어 생겨나는 말무천의 흔적이 여기저기에서 눈에 띄었다. 그러나 그 말무천이 이제 완전히 마른 천으로 변해 있었다. 그는 산책로를 버리고서 마른 천을 따라 걸었다. 하나의 마른 천이 끝나면 또 다른 마른 천이 그를 안내했다. 그는 사막 위에서 강처럼 흐르는 모래를 밟고 있는 듯한 기분이었다.

그러나 그의 눈앞에서 어른거리는 장면은 그와는 사뭇 다른 것이었다. 언젠가 이집트를 여행하다가 한 작은 마을에 들른 적이 있었다. 나일 강의 한 지류가 그 마을을 가로지르고 있고 그 주위에 나무들과 갈대가 울창하게 자라고 있어서 잠시 쉬어가기에 더할 나위 없이 적당한 곳이었다. 여러 명의 아이들이 물속에서 헤엄을 치며 놀고 있었고, 아래쪽에서 아낙네들이 빨래를 하고 있었다. 그리고 그 사이에는 죽은 당나귀 한 마리가 반쯤 물에 잠긴 채 대가리와 어깨를 물 밖에 내놓고 있었다. 그 후에 인도에 들렀을 때, 한 작은 마을의 골동품 상점에 들러서 시바와 비슈누와 가네샤와 두르가 등등의 청동 신상을 구경하고 밖으로 나와 시골길을 산책한 적이 있었다. 그때 갈비뼈가 훤히 드러날 정도로 마른 노인이 예닐곱 살쯤 되어 보이는 어린 여자아이와 갈대가 무성한 늪에서 물을 긷고 있었다. 늪에 얕게 고인 물은 녹청색을 띠고 있었고 개구리밥이나 이끼 같은 것들로 덮여 있었는데, 노인과 소녀는 손을 휘휘 저어 물을 떠서 마신 뒤에 항아리에 물을 담아 가지고 마을로 통하는 길을 평화롭게 걸어갔다. 그리고 그보다 훨씬 전인 초등학교 시절에, 그는 강에 빠져서 익사한 친구의 사체를 본 적이 있었다. 그때 그는 누군가가 옷으로 덮어놓은 친구의 몸을 내려다보던 중에 문득 그 몸이 바로 자기 자신의 몸일 수도 있다는 생각이 들어 부르르 몸을 떨었다. 메마른 숲 속에서 갑자기 되살아난 그 장면들로 인해 그는 자신의 몸 안에서 물이 요동치는 것을 느꼈다. 그는 그 기억들로부터 벗어나기 위해 빠르게 걸음을 옮겼다.

휴양림을 빠져나오자 다시 눈앞에 청동 빛의 바다가 펼쳐졌다. 그는 바다가 내려다보이는 절벽 위에 제법 큰 음식점이 자리 잡고 있는 것을 발견하고서 그리로 들어갔다. 창가의 자리에 앉자 바다가 손에 닿을 듯 가까이 육박해 들어오는 것이, 마치 바다 한가운데에 건물이 떠 있는 듯했다. 그런 탓인지 며칠째 거의 제대로 먹지 못했음에도 불구하고 식욕은 그리 크게 일지 않았다. 머리를 짧게 깎은 젊은 여종업원이 그를 맞았고, 그는 전복죽을 주문했다. 여종업원은 짧은 티셔츠를 입고 있어서, 음식물을 식탁 위에 늘어놓을 때 언뜻언뜻 배꼽이 드러났다. 그는 그녀의 배꼽을, 언제 그리고 어떻게 생겼는지 모를 그 상처를 유심히 바라보았다. 그녀는 그의 시선을 의식하고서 두 눈을 크게 뜨고 노려보듯이 그를 마주 바라보았다.

그날 밤에도 그는 늦은 시각에 가족들과 통화를 했다. 전화를 끊고 났을 때, 그들과 나눈 대화는 전혀 기억이 나지 않고, 단지 뭔가 웅얼거리는 소리를 오랫동안 듣고 난 기분이었다. 그로 인해 잠이 들 때까지 그의 귓속에서는 웅웅거리는 소리가 들렸다. 몇 군데 더 전화를 걸어서 좀더 중요한 통화를 하고 싶었지만 그만두기로 했다.

5

아침녘에 그가 아직 옅은 잠에 들어 있을 때, 누군가가 밖에서 인기척을 내며 그를 불렀다. 그가 문을 열고 밖으로 나가자, 약국 노인이 마루로 올라서려다가 움찔 놀라며 멈춰 섰다. 노인에게 그는 환자와 다름없었으나 어디에 어떻게 약을 써야 좋을지 모를 까다롭고 무익한 만성질환자였다. 노인은 그에게 신임 면장이 주민들을 위해 저녁식사 자리를 마련했으니 함께 가지 않겠냐고 물으면서, 한쪽 눈으로 실내를 기웃거렸다. 그로서는 노인의 청을 거절할 이유도 명분도 없었다. 잠에서 깨어나기 전에 그는 꿈을 꾸고 있었다. 꿈속에서 그는 물속에 들어 있었다. 그 상태로 계속 있었다면 어쩌면 그는 영영 물 밖으로 나올 수 없었을지도 모를 일이었다. 노인은 그를 물 밖으로 초대한 셈이었다. 눈을 떴을 때, 누운 채로 흘린 눈물이 얼굴 위에 고여서 그대로 반쯤 말라붙어 있었다.

그는 그날 오후 내내 누워서 시간을 보냈다. 보일러가 병든 심장처럼 줄곧 불규칙한 박동을 계속했던 탓에, 방 안의 공기는 싸늘했다. 이부자리 위에는 모두 세 개의 베개가 놓여 있었다. 그가 집을 떠날 때 챙겨온 것들이었다. 언젠가부터 그는 잠을 잘 때 항상 높고 낮은 세 개의 베개를 필요로 했다. 잠을 자는 동안 그의 머리는 높낮이가 다른 그 베개들을 번갈아 베며 끊임없이 위아래로 오르내렸다. 그와 더불어 그의 머릿속에서는 물과도 같은 꿈과 상념이 흘러내리다가 역류하여 위로 올라가서 다시 흘러내리기를 반복하고 있었다.

창틀에 부착된 방충망에는 벌레 몇 마리가 붙어서 밖으로 나가기 위해 애를 쓰고 있었다. 그 모습을 보고 있자니, 방충망이라는 게 벌레들이 안으로 들어오는 것을 막기 위한

것이 아니라 밖으로 나가지 못하게 하기 위한 것으로 여겨
졌다. 그는 노인이 데리러 오기로 한 시간에 맞춰 욕실로
가서 간단히 세수를 했다. 얼굴의 물기를 손으로 닦아낼
때, 세면대에 고인 물 위로 코피가 떨어졌다. 그 두 방울의
코피는 붉은 올챙이처럼 재빠르게 달아나서 이내 시야에서
사라져버렸다.

그가 마을 사람들과 차에서 내린 곳은 놀랍게도 전날 그
가 들러서 식사를 했던 바로 그 식당이었다. 이미 늦은 저
녁이어서 분위기가 다소 달랐지만, 전날 그가 느꼈던 낯선
인상은 결코 덜하지 않았다. 식당 현관 위에는 플래카드가
붙어 있었다. 오래오래 건강하십시오. 계단을 오르면서 무
심코 주머니에 손을 넣자 미끈거리는 것이 잡혔다. 한동안
어루만진 끝에야 그는 그것이 붉은 고추라는 사실을 깨달았
다. 그는 이제 그만 버릴까 잠시 생각했다가 그만두었다.

식당 건물 이층의 연회석에는 이미 많은 사람들이 자리를
차지하고 있었다. 약국 노인은 면장에게 그의 친구의 이름
을 대며 그를 소개했다. 오십대 후반쯤 되어 보이는 면장은
이미 전작이 있는지 불콰해진 얼굴로 그에게 손을 내밀었
다. 그의 친구는 면장과 같은 동네 출신이었다. 청별도가
마음에 듭니까? 면장이 그가 걸치고 있는 점퍼의 옷깃을 바

로잡아주며 불쑥 질문을 던졌다. 그러나 그가 뭐라고 대답을 하기도 전에, 면장은 외부 손님에 대한 대접을 소홀히 해서는 안 된다며 자신의 맞은편에 그를 앉혔다. 면장의 좌우에는 제법 잘 차려입은 사람들이 자리를 차지하고 있었다. 그 모습이 다른 주민들과 워낙 구별되어서, 마치 수족관 속에 들어 있는 진귀한 열대어들을 보고 있는 듯한 느낌이었다.

그는 자신이 어디 먼 곳으로부터 이곳까지 떠내려와서 잠시 소용돌이에 빠져들었다는 느낌을 받았다. 그 왁자지껄한 소용돌이 속에는 아까 숲에서 보았던 두 젊은 남녀, 군수의 아들 부부도 있었고, 구석 자리에 보일러 수리공도 있었다. 하기야 온갖 물길의 합류점인 그 혼탁한 와류 속에 당나귀의 썩어가는 시체가 떠 있다 해도 놀라울 것이 없을 터였다.

대부분의 참석자가 남자들이었는데, 얼마 후 입구 쪽에서 한 여자가 나타나 머뭇거리고 있었다. 그는 한눈에 그녀를 알아보았다. 그녀는 전에 그에게 붉은 고추를 건네주었던 여자였다. 여전히 헐렁한 차림을 한 그녀는 제대로 초점을 맞지 못하는 두 눈으로 안쪽을 힐끔거리며 짐짓 딴전을 피우고 있었다. 그는 호기심을 느끼며 그녀의 행동을 지켜보았다. 그때 그는 면장이 무표정한 듯하면서도 어딘가 곤혹

스러워하는 표정으로 그녀를 바라보고 있음을 발견했다. 자칫 어색해질 수도 있는 상황에서 그녀를 구원한 사람은 보일러 수리공이었다. 수리공은 서둘러 그녀에게 다가가서 자기가 앉아 있던 구석 자리로 데려갔다. 그녀는 마지못한 듯 그에게 끌려갔고, 자리에 앉자마자 안도의 표정을 지으면서도 여전히 겁먹은 얼굴로 주위를 살폈다.

그때 두상이 영락없이 당나귀 대가리를 닮은 사내가 자리에서 일어섰다. 사회를 맡은 그 사내의 말에 따르면 면장은 또한 수필가이기도 했다. 실제로 면장이 출간한 책이 창가 쪽에 놓인 커다란 탁자 위에 잔뜩 쌓여 있어서 누구라도 가져갈 수 있게 되어 있었다. 사회자의 의례적인 소개의 말이 끝나자, 면장이 우렁우렁한 목소리로 말을 하기 시작했다. 장차 자신의 사업 계획을 밝히고 있는 면장의 말 속에서는 수시로 확신이라는 단어가 불쑥불쑥 튀어나왔다. 무엇보다도 확신이야말로 가장 중요한 것이지요. 확신 없는 삶은 지옥이지요. 저는 아이들에게 어릴 때부터 말타기를 가르쳤습니다. 말을 타다 보면…… 그러나 그는 말을 마칠 수 없었다. 조금 떨어진 곳에 앉아 있던 면장의 아들이 모두에게 들으라는 듯 큰 소리로 중얼거렸기 때문이었다. 아버지가 우리에게 가르친 건 말타기뿐이지요. 비록 그 말은 웃음기와 농담조를 띠고 있었지만, 모두가 깜짝 놀라 면장의 얼굴을 바라보았다. 면장은 무표정한 얼굴로 눈을 몇 번 껌벅거리다가 곧 말을 이었다. 요즘은 아이들을 키우는 게 자칫 아이들에게 죄를 짓는 행위가 되는 세상이지요. 부모를 모시는 게 죄를 짓는 행위가 되는 세상이지요. 그게 바로 확신이 없는 세상이기 때문입니다. 확신의 부재가 곧 온갖 오해의 근원이지요.

계속 이어지는 면장의 말을 듣는 동안, 그는 거머리 같은 것이 자신의 얼굴에 들러붙는 듯한 착각을 느꼈다. 특히 확신이라는 말은 매번 오물처럼 그의 얼굴에 끼얹어졌다가 악취를 풍기며 줄줄 흘러내렸다. 이윽고 그의 귓속에서는 웅웅거리는 울림이 일어나고 있었다. 그는 그 소리를 들으며 소용돌이에서 빠져나와 다시 떠내려가기 시작했다. 누군가에게 연민을 가진다는 것이 그 누군가에게 최고의 모욕이 될 수 있는 법이었다. 우리가 상대방에게 가할 수 있는 최고의 모욕은 그 상대방에게 연민을 가지는 것일 수도 있었다. 그런 의미에서 지금 이 순간, 그는 자기 자신에 대해 깊은 연민을 느꼈다.

그는 눈을 들어 구석 자리를 바라보았다. 그곳에서는 보일러 수리공이 반쯤 실성한 여인에게 계속하여 술을 권하고 있었다. 마치 고장 난 보일러에 기름을 부어대고 있는 듯한 모습이었다. 사람들이 말려도 수리공은 아랑곳하지 않았고, 그때마다 여인은 넙죽넙죽 술잔을 받아마셨다. 결국 때 이르게 술에 취해버린 그녀의 입에서 흥얼흥얼 노랫소리가 흘러나오기 시작했다. 사람들은 눈살을 찌푸리거나 어이없어하는 표정으로 그녀를 건너다보았다. 하지만 그 소리가 그에게만은 세이렌의 노래처럼 들렸다. 그들이 잠겨 있는 그 더러운 물, 이끼가 퍼렇게 끼고 수면에 인간들의 욕망과 음모가 기름방울처럼 떠다니고 있는 그 물속에서, 그녀의 노래는 청아한 음색으로 그의 귀에 생생하게 전달되었다.

그는 자신의 앞에 놓여 있는 술잔을 내려다보았다. 그는 오랫동안 술을 전혀 마시지 않았다. 술을 마시고 나면 깊은 물속으로 가라앉는 듯한 공포감이 엄습했기 때문이었다. 그러고 보니 마지막으로 술을 마신 것이 언제였는지 기억이 가물가물할 정도였다. 그러나 물로 들어가는 것은 죽음이요, 물에서 나오는 것은 부활이라고 했다. 그렇듯이 물속에서 삶과 죽음은 하나였다. 삶이 지옥이거니와 구원도 삶을 통해서라면, 지옥과 구원은 하나였다.

그는 다른 사람의 앞에 놓여진 죽음의 잔을 가로채듯이 자기 앞의 술잔을 집어 들어 눈앞으로 가져갔다. 세이렌의 노래가 그의 귓전에서 속삭였다. 사실은 당신이 나의 생명을 구했습니다. 그 순간, 유리잔에 담긴 액체, 지표면과 평행하게 직선으로 잘린 수면이 그를 강력하게 자극했다. 그는 그 액체에서 공포감을 느꼈고, 그와 동시에 더할 나위 없는 도취감에 사로잡혔다. 그는 눈을 들어 창밖을 바라보았다. 가로등 불빛을 받아 청동처럼 굳어 있는 바다, 그 어두운 바다의 보이지 않는 수평선이 그의 눈을 찔렀다. 바다를 옆으로 기울이면 어떻게 될까. 그는 잔 속의 바다를 한입에 털어 넣었다. 차가운 액체가 채 위장에 닿기도 전에 곧 그는 아랫배에 강한 통증을 느꼈다. 그는 몸을 굽히며 오른손으로 배를 움켜쥐었다. 그러자 뱃속 깊숙한 곳에서 뭔가 딱딱한 것이 느껴졌고, 그의 손이 닿자마자 특히 그 부분에서부터 더욱 큰 고통이 확신처럼 온몸으로 번져나갔다. 그러나 그는 이를 힘껏 물며 더욱 세게 배를 주물렀다. 그러자 바로 다음 순간, 그 딱딱한 것이 확 풀어지면서 다시금 그의 몸 안에서 물이 요동치기 시작했다. 그의 몸 안에 들어 있는 바다가 일렁이며 높이 파도가 치기 시작했다.

그는 현기증을 느끼며 자리에서 일어섰다. 구석 자리에 앉은 여인의 초점 없는 눈길이 그의 뒤를 따라왔다. 그는 비틀거리며 간신히 걸음을 옮겨서 화장실로 갔다. 좌변기 위에 걸터앉자마자, 물과 같은 액체가 쏟아져 내리기 시작했다. 냄새도 없고 색도 없는 그 액체는 분명 물과 다를 바 없었다. 그 액체의 양이 얼마나 많은지 마치 뱃속의 모든 것이 물이 되어 쏟아져 나오는 듯한 느낌이었다. 한참 후에 그는 어지러움을 무릅쓰고 어렵게 몸을 일으켰다. 그러나 막 문을 밀려 할 때, 다시금 뱃속의 물이 강하게 출렁거렸다. 그가 다시 바지를 내리고 변기 위에 주저앉자 곧바로 아까만큼의 액체가 쏟아져 내렸다. 온세상의 물이 그에게서 쏟아져 나오는 듯, 그 양은 그 자신이 직접 경험하면서도 도저히 믿지 못할 정도였다. 그래도 그때까지는 변기 위에 버티고 앉아 있을 수 있었다.

다시 한참 후에 그가 간신히 몸을 일으키자 곧바로 같은 상황이 반복되었다. 그는 자신의 몸이 거대한 하수구가 되어버린 듯했다. 이제는 그의 속의 것들이 모두 녹아 물이 되어 쏟아져 내리는 것이 아니라, 세상의 모든 것들이 그의 속으로 꾸역꾸역 밀려 들어와 강력한 위산에 액화되어 흘러 나오고 있는 듯했다. 그러기를 몇 번이나 되풀이하며 거의 신화적인 양의 물을 쏟아내다 보니, 급기야는 빠져 나오는 것이 물이 아닌 것처럼 여겨졌다. 그의 몸에서 갯강구들이, 거미들이, 벌레들이 떼를 지어 몰려나와 세상을 뒤덮고 있었다. 진흙으로 빚어진 사내가 흐물흐물 녹아서 변기 속으로 빠져들고 있었다.

결국 그는 갓난아이가 엄마의 몸에 매달리듯 두 팔로 변기를 껴안은 채 타일 바닥 위에 주저앉아야 했다. 어지럼증이 너무도 심하고 구역질까지 올라와서 몸을 똑바로 가눌 수조차 없었다. 그는 자신의 숨결에서 죽음의 기운을 느꼈다. 이대로 죽음에 이르게 되는구나 하는 생각이 찾아들었고, 그 상태로 그는 잠시 정신을 잃은 듯했다. 얼마 후 정신을 되찾고서 기다시피 하며 문을 열었을 때, 그의 앞에 전날 보았던 그 여종업원이 서 있었다. 그녀는 대걸레를 손에 든 채 뒤로 몇 걸음 물러섰다. 그는 자신이 갑자기 강한 불빛에 노출되어 달아날 수도 없는 처지에 놓인 바퀴벌레처럼 여겨졌다. 그녀의 아랫배는 여전히 겉으로 드러나 있었다. 그러나 그의 눈에 그녀는 하반신이 물고기인 반인반어의 모습을 하고 있었다. 때문에 그녀의 배꼽은 비늘에 가려져 보이지 않았고, 그가 숨을 곳은 어디에도 없었다.

그가 벽을 짚으며 세면대 쪽으로 걸어갈 때, 그녀가 뒤를 따라왔다. 괜찮은 거예요? 아마도 그녀는 그렇게 물은 듯했다. 그러나 그녀의 모습과 그녀의 목소리는 그에게 너무도 멀고 아득하게 느껴졌다. 그는 세면대에 물을 받아 얼굴에 거푸 끼얹었다. 그러고는 여전히 까무룩히 잦아드는 눈을 치켜뜨고서 거울을 들여다보았다. 거울에 비친 그의 얼굴은 시퍼렇게 변색되고 쪼글쪼글하게 오그라들어 있었다. 그의 눈에 자신의 머리가 얼마나 작아 보였는지, 마치 아메리카 인디언들이 장식용으로 쓰기 위해 적의 머리를 잘라 그대로 말려놓은 것을 연상시켰다. 심각하고 엄청난 탈수증이 그를 휩쓸고 지나간 뒤 그 자리에 남겨진 그의 흔적만이 눈앞에서 가물거리고 있었다.

6

　사람들이 그를 집으로 데려다주었다. 차 안에 누워 있는 동안 수시로 누군가가 바싹 마른 입으로 혀를 끌끌 차는 소리가 들려왔다. 이윽고 그는 컴컴한 방 안에 혼자 누워서 어두운 천장을 바라보았다. 기이하게도 전날들과는 달리 바람 소리, 풀벌레 우는 소리는 전혀 들리지 않았다. 그 대신 집 전체가 삐걱거리는 소리가 계속하여 들려오고 있었다. 철제 의자도 누군가가 그 위에 앉아 있는 듯 저 혼자 소리를 내고 있었다. 그가 누워 있는 곳이 마치 사막 위에서 바싹

말라붙어 조금씩 부서지고 있는 거대한 동물의 뼈대 속인
듯했다. 그는 조만간 그 뼈대가 완전히 무너져 내려서 자신
이 그 속에 묻혀버리리라는 것을 예감할 수 있었다. 그때
비로소 그는 깊은 잠에 빠질 수 있을 것이었다.

무의식의 깊은 바다 속에서 그는 바닷물 속에 목까지 잠
겨 있었다. 간간이 바람이 불어오고, 갈매기 몇 마리가 한
가로이 그의 머리 위로 날아다녔다. 하늘은 구름 한 점 없
이 맑았고, 햇살은 따가웠다. 그의 엉덩이에 깔려 있는 푸
른 수건이 가오리처럼 펄럭거리고 있었다. 그러나 그는 벌
써 오래전부터 꼼짝도 하지 않고 있었다. 그의 무릎 위에
펼쳐져 있는 책도 물에 잠겨 있었고, 책장들이 해초처럼 너
울거렸다. 이윽고 바닷물이 빠져나가기 시작했다. 수위가
점점 더 낮아져서 배꼽과 사타구니가 물 밖으로 드러났고,
잠시 후 양쪽 발도 물로부터 자유로워졌다. 그가 앉아 있는
자리와 바다 사이의 거리가 빠른 속도로 멀어지고 있었다.
그와 더불어 조금 전까지 살아 있던 모든 것들이 죽어버리
기 시작했다. 그의 무릎에 놓여 있는 책과 엉덩이에 깔려
있는 푸른 수건도 순식간에 바싹 말라버렸다.

그제야 그는 책을 집어 들었다. 책의 표지에는 '확신'이
라는 제목이 돋을새김되어 있었다. 몇 장을 넘기자 눈에 익

은 구절이 그의 눈에 들어왔다. 반역죄로 신의 궁전에서 쫓겨난 물의 여신 아마닉사는 신들이 흙으로 인간을 만들 때 자신의 힘의 징표인 석류 씨앗을 인간 속에 몰래 집어넣었으며, 그 석류 씨앗은 질병, 고통, 분노, 슬픔, 사악을 봉인하고 있었으니, 이를 근심한 신들은 인간들에게 계율을 주었다. 물을 마시지 말라. 물은 죽음이다. 물을 마시면 죽게 될 것이다. 그러나 그는 계속 읽어나갈 수 없었다. 책장들이 말라 부스러져서 조각조각 바닥으로 떨어져 내리기 시작했기 때문이었다. 땅에 닿은 그 조각들은 거미, 지네, 갯강구 같은 것들로 변하여 재빨리 어디론가 달아나고 있었다. 그 놀라운 건조 현상은 그의 몸에서도 일어나고 있었다. 그는 조만간 자신의 몸이 모래처럼 부서져 내릴 것을 알고 있었다.

7

그는 주변의 시끄러운 소리에 잠에서 깨어났다. 눈을 떠 보니 약국 노인과 이웃집 과부들이 이미 방 안에 들어와 돌아다니고 있었다. 그들은 모두 신발을 신고 있었다. 그러고 보니 바닥에는 물이 흥건히 고여 있었다. 집 속에 숨어 있던 모든 물이 쏟아져 나온 듯, 그의 몸과 이부자리도 모두 물에 젖어 있었다. 도처에 물이 넘쳐나고 있었다. 그들은 하나같이 입을 모아 이제 더 이상은 참을 수 없다고 소리쳤다. 수돗물을 모두 틀어놓고 잠이 들다니 남의 집을 완전히 망쳐놓을 셈이냐는 것이었다. 그들의 말이 콸콸거리며 그에게 쏟아지고 있었다. 그들은 가재도구를 마당으로 끌어내고 있었다. 철제 의자는 부서져 있었다. 갑자기 흉포하게 변한 그들에게서 그는 세차게 밀려드는 물살의 거센 힘을 느꼈다. 결국 그는 소용돌이치는 물의 거침없는 공격에 집 밖으로 밀려났다.

그는 신발도 신지 못한 채 맨발로 집을 떠나 걷기 시작했다. 그는 유물 발굴 현장을 지나고 어두운 숲을 가로질렀다. 발굴 현장에서는 구덩이에 빠졌다가 기어 나오고, 숲에서는 말똥을 밟기도 했다. 그 모든 것들이 깊은 수렁처럼 그를 끌어당겼다. 말무천이 있었고, 마른 천이 있었고, 삼도천이 있었다. 이윽고 그는 바닷가에 이르렀다. 바다에는 안개가 자욱했고, 포구에는 배들이 묶여 있었다. 그는 물속으로 걸어 들어가서 가장 멀리 정박해 있는 배 위로 올라갔다. 바람이 세차게 불고, 발밑의 세계가 규칙적으로 심하게 일렁이고 있었다. 그는 마른 바닥을 골라서 배 위에 길게 누웠다. 마치 욕조 안에 들어와 있는 듯한 기분이었다. 욕조 밖으로 드리워진 그의 왼쪽 팔이 망가진 시계의 추처럼 제멋대로 흔들렸다.

그때 그는 누군가가 휘적휘적 물을 가르며 걸어오는 것을 보았다. 그 사내는 말없이 배를 묶고 있는 줄을 풀었다. 속박으로부터 자유로워진 배는 물살에 흔들리며 천천히 먼바다 쪽으로 나아가기 시작했다. 그를 도와준 사내는 태초의 진흙으로 빚어진 인간처럼 그의 눈앞에서 조금씩 녹아내리기 시작했다. 그의 흐릿한 감각 속에서 그를 태운 배는 포구에서 차츰 멀어져갔다. 이윽고 파고가 점점 더 높아지면서, 태풍의 노랫소리가 들려오기 시작했다. 그 노랫소리는 삶에서 확신을 가지지 못한 채 살아가던 한 남자의 이야기를 들려주고 있었다. 적어도 그 노래 속에는 부드러운 확신이 들어 있었다.

그는 몸을 일으켜서 저 멀리 수평선을 바라보았다. 어디선가 삐삐 소리가 들려오고 있었다. 그때 그는 자신이 생명 유지 장치의 모니터를 들여다보고 있음을 깨달았다. 모니터 속에도 바다가 있었고, 수평선이 마구 흔들리고 있었다. 그러다가 마침내 파도가 가라앉으면서, 지표면과 평행하게 직선으로 잘린 수면이 나타났다. 삐삐 소리가 그치고 뚜우 하는 소리가 길게 이어졌다. 이윽고 누군가의 손에 의해 퉁퉁 불은 그의 몸 위로 흰색 홑청이 덮여졌고, 그것으로 끝이었다. 닫혀버린 그의 귓가에서 누군가가 낮게 흐느끼는 소리가 헛되이 맴돌고 있었다.

창자 없이 살아가기

1. 법원 정문

나는 오전 아홉 시 반쯤에 법원 정문 앞에 도착했다. 인도 위에서는 공사가 벌어지고 있었다. 드릴로 시멘트 바닥을 파고 있는 중이어서 요란한 소리가 주위로 울려 퍼졌는데, 세 명의 인부들 중에 유독 드릴을 잡고 있는 사내가 동료들에게 고래고래 소리를 지르고 있었다. 그가 하는 말은 알아듣기에 그리 어렵지 않았는데, 사내는 점점 더 목소리를 높여 악을 쓰고 있었다. 그곳에 있는 사람들 중에서, 오직 그 사내만이 자기 목소리를 듣지 못하는 것이 분명했다.

나는 잠시 그 광경을 지켜보다가, 가벼운 발걸음으로 법원 정문을 통과했다. 오늘 아침, 나는 기분이 무척 좋았다. 방금 전에 택시 문을 닫을 때도 나는 내 손의 움직임에서 우아함과 단호함이 적절하게 어우러져 있는 것을 느꼈다. 이런 기분에서라면, 예컨대 누군가가 간밤에 내 자동차 앞 유리에 붉은 페인트 한 통을 다 뿌리고 간 걸 발견한다고 해도, 아무렇지 않게 넘겨버릴 수 있었다. 나는 전부터 사람들에게 자주 이런 질문을 던지곤 했다. 당신이 거리에서 눈을 감고 걸을 수 있는 걸음 수는 대략 얼마나 되겠냐고. 물론 그 거리의 상황에 따라 다르겠지만, 대부분의 사람들이 열 걸음 정도 걷고 나면 공포감에 사로잡혀 몸이 마비되어 더 이상 발을 뗄 수 없게 된다. 나의 경우에는 보통 스물다섯 걸음 정도는 별 어려움 없이 눈을 뜨지 않고 걸어 나갈 수 있다. 물론 틈틈이 훈련을 한 덕분이다. 그런데 오늘 아침, 나는 오십 걸음, 백 걸음까지도 아무 문제가 없을 것 같았다.

그러나 나는 결코 눈을 감지 않았다. 왜냐하면 나는 이것이 일종의 조증 상태라는 것을 알고 있기 때문이었다. 지금 나는 비정상적으로 감정이 격양되어 기분의 변화가 심하고 사고가 난조에 빠지는 병적 증세를 겪고 있는 것이다. 그러나 어찌 되었든 머릿속이 상쾌하고 수시로 가슴이 까닭 없이 벅차올라서, 세상이 온통 환하게 보이는 것이 사실이다. 문제는 지금 내가 언제 깨어질지 모를 호수의 얼음판 위에서 즐겁게 뛰어놀고 있는 어린아이와 다를 바 없다는 점이다. 하지만 그렇듯 아주 가까이에 위험이 도사리고 있다는 예감이 오히려 나를 더욱 흥분시키고 있는 것 또한 사실이니, 나로서는 굳이 이 상태를 물리치려 애쓸 필요도 없는 셈이다.

2. 증인 대기실

정문 초소의 수위와 안내 데스크의 여자 자원봉사자가 미소를 짓는 시늉만 하는 것도 내게는 직무상 일부러 그러는 것이고, 실상은 그들 자신들도 유쾌함을 견디지 못해, 당장이라도 터져 나오려는 웃음을 애써 억누르고 있는 것처럼 보였다. 언제든 일상의 풍경이 이렇게 간단히 역전될 수 있다는 것이 조증 상태가 가지는 놀라운 힘이었다. 그러나 정원 한복판에 서서, 흡사 커다란 독수리가 몸을 웅크린 채 날개를 활짝 펼치고 있는 것처럼 보이는 높은 건물을 올려다본 순간, 나는 나도 모르게 잠시 가슴이 경직되는 것을 느꼈다. 이제 그 속으로 들어가면, 거대한 동물의 창자 속으로 들어가서 그 길고 냄새나고 구불구불하고 쉴 새 없이 꿈틀거리는 미로 속을 오랫동안 헤매게 되리라는 생각이 들었기 때문이었다. 게다가 법정에서는 조증 상태가 적잖이 위험할 수도 있다는 사실을 나는 잘 알고 있었다. 하지만 이제 와서 물러설 수도 없는 노릇이었으므로, 기왕에 나는 과감히 한 발을 떼어놓았다. 그러자 어쩌면 적어도 이번만은 진부하고 저속한 세상에 무력하게 휩쓸리지 않을 수 있으리라는 자신감이 생겨났다. 그 또한 조증 상태가 가지는 은근한 힘 덕분이었다.

나는 오늘 열리는 명예훼손 소송의 공판에 증인으로 출두해야 하는 입장이었다. 고소인은 박지상이라는 이름으로 사회적으로 명망이 높고 모 대학의 석좌교수로 있는 늙은 문사였고, 피고는 본명이 배창복이지만 홍세울이라는 일종의 필명이자 예명으로 행세하고 있는, 사십대 후반의 수필가 겸 전직 출판사 사장이다. 이번 소송과 관련하여, 담당 검사가 나를 대상으로 지방법원 판사에게 증인심문을 청구했고, 판사가 그 신청을 받아들였다는 말을 들었을 때, 나는 문득 부조리 소설의 한 장면을 떠올리지 않을 수 없었다. 그런데 더 놀라운 사실은, 검사 측뿐만 아니라 변호인 쪽에서도 나를 증인으로 요청했다는 점이었다.

재판은 열 시부터 열릴 예정이었다. 증인 대기실에서 오 분쯤 기다렸을 때, 검사가 먼저 나를 찾아왔다. 법정에서의 진술을 위한 리허설을 하기 위해서였다. 그리고 검사가 떠난 후에, 나는 배창복의 변호사와 다시 같은 절차를 반복해야 했다. 그리고 그때 비로소 내가 양쪽에서 동시에 증인으로 지목된 이유를 어느 정도 파악할 수 있었다. 한 달 전에 나는 검찰청으로부터 참고인 자격으로 답변 요청서를 받았다. 거기에는, 박지상과 배창복, 그 두 인물과 관련된 질문들이 열 장 안팎의 종이에 빽빽이 적혀 있었다. 그리고 며칠 후에 나는 다시금 배창복의 변호인으로부터 비슷한 내용의 질문서를 받았다. 당연한 말이지만, 양쪽의 질문서는 명예훼손죄의 성립 여부를 놓고 공방을 벌이면서, 자기 쪽에 유리한 자료를 얻으려 했다. 그 질문서들은 나뿐만 아니라 주변의 여러 인물들에게 발송되었으므로, 내가 처음부터 그들에게 중요한 인물이었던 것은 아니었다. 그러나 아마도 내가 가장 성실하게 답변을 한 사람들 중의 한 사람이기 때문에 그들로부터 주목을 받은 것은 분명할 터이다.

나는 내친김에 질문지 맨 끝장의 '참고로 덧붙일 사항'이라는 항목에 각기 적지 않은 분량의 글을 첨부했다. 일종의 개인적인 소견서에 해당되는 그 글에서, 나는 가능한 한 양쪽 입장이 타협과 화해의 여지를 찾을 수 있도록 세심하게 배려했다. 그러나 글을 써나가는 중에, 문득 나는 선의에 의해 씌어지고 있는 그 글이 결국에는 역설적이게도, 한쪽에게는 변호의 근거로, 그리고 다른 쪽에게는 공격의 교두보로 활용되리라는 간단한 사실에 새삼스레 생각이 미쳤다. 그리고 그 순간 내 머릿속에서 조증의 발작이 일어났다. 처음에 나는 그들과 나 자신에 대한 연민과 역겨움을 동시에 느꼈는데, 그로 인한 혼란스러움이 곧 놀랍게도 내게 엄청난 활력을 불러일으켰다. 말 그대로 기분이 앙양되고 의욕이 치솟기 시작한 것이었다. 한동안 나는 나 자신의 그렇듯 과도할 정도로 비합리적인 감정 상태를 어떻게 이해해야 하는지 알 수 없었다. 그때 나는 조증이라는 단어를 떠올렸고, 어떻게 보아도 그 말로밖에는 달리 설명할 수 없다고 생각하게 되었으며, 그 후로 나는 내가 조증 상태에 빠졌다는 사실을 받아들였다.

　여하튼 그리하여 나는 양쪽을 적당히 어르고 추어주고 은근히 타이르고 깨우쳐주며 그 긴 글을 순식간에 써내려갔다. 컴퓨터 자판 위에서 내 손가락들은 능숙한 연주자가 피아노 건반을 두드리듯 빠르게 움직였다. 그리고 나중에 양쪽에서 똑같이 나를 증인으로 채택했다는 통보를 받았을 때, 나는 그야말로 기뻐서 날뛸 지경이었다. 그 글을 쓸 때 느꼈던 조증에 다시 불이 붙었고, 그때부터 조증은 가라앉지 않더니 지금까지도 이렇게 지속되고 있는 것이다.

3. 창자 없이 살아가기

변호사의 말에 따르면, 배창복은 묵비권을 행사하고 있다고 했다. 박지상과 배창복 사이에 명예훼손으로 형사소송이 벌어졌다는 소식을 처음 들었을 때, 나는 나도 모르게 혼잣말을 중얼거렸다. 그건 당연하지 그들에게는 창자가 없으니까.

그들 두 사람 사이에서 이른바 '창자 논쟁'이 벌어졌다는 사실은, 이미 두 달쯤 전에 주변 사람들에게 널리 알려졌다. 박지상은 일흔이 넘은 나이에도 불구하고 노익장을 과시하며 특히 신문과 잡지에 에세이 류의 칼럼을 정기적으로 게재하곤 했다. 그는 몇 달 전에 중앙의 모 일간지에 '창자 없이 살아가기'라는 제목의 글을 실었다. 그런데 한 달쯤 후에 배창복이 어느 유명 시사 잡지에 '배알 없는 삶이라니'라는 제목의 글을 실었는데, 이 글은 제목에서부터 그러하듯이 대놓고 박지상의 글에 대한 반박으로 일관하다가, 거의 인신공격적인 야유로 마무리를 짓고 있었다. 내가 보기에도 배창복의 글은 박지상에게 모욕감과 분노를 일으키기에 충분했다. 나를 포함한 주변 사람들은 박지상의 다음 행보에 촉각을 곤두세웠다. 우리는 그가 격한 어조의 반박문을 발표하리라 생각했다. 그런데 그가 덜컥 고소를 한 것이었다. 어찌 보면 서로 언성을 높이고 핏대를 올리며 싸움을 하기보다는, 차라리 그 편이 나이에 걸맞은 점잖은 응수라고 할 수도 있었다. 만약에 그가 의도했던 대로, 배창복이 고소를 당한 데 놀라서 사전 합의를 요청해왔다면 말이다.

검사가 보내온 답변 요청서에는 참조 서류가 첨부되어 있었는데, 그 내용에 따르면 박지상이 배창복의 글을 읽고 사과를 요구했으나 배창복 쪽에서 일언지하에 거절했다고 되어 있었다. 그 무렵에 이런 말들이 떠다녔다. 박지상은 배창복에게, 자신의 사회적 위신에 흠집이 생긴 것은 참을 수 있어도, 남에게 터무니없는 논리로 강한 정신적 타격을 가한 당신의 행동은 결코 묵과할 수 없으니, 그 점을 반성하고 사과하라고 요구했다. 그러자 배창복은, 당신의 사회적 위신에 흠집이 생긴 데 대해서는 유감으로 생각하고 사과를 할 용의가 있으나, 함부로 그 따위 함량 미달의 글을 써서 발표한 사람으로서 이 정도 정신적 타격을 받는 것은 당연한 일이라고 생각한다고 대꾸했다는 것이었다.

내가 생각하기에, 그들이 전화로 나누었다는 그 대화는 단지 소문에 불과한 것은 아닌 듯했다. 그렇지 않고서야 합의를 보지 못하고 형사소송에까지 이르게 된 그간의 사정에 대해 수긍이 잘 가지 않기 때문이다. 배창복이 억지를 부리며 의도적으로 도발을 하고 있다는 느낌이 드는 것은, 실제로 두 사람의 글을 읽어보면 더욱 명확해진다.

우선, 박지상이 쓴 「창자 없이 살아가기」라는 글에서 앞부분만 인용하면 다음과 같다.

조지프 콘래드의 소설 『암흑의 핵심』에 이런 부분이 있다. 열대 지방의 교역을 위한 전진기지에 나가 있던 문명세계의 사람들이 모두 열병이나 이질 따위의 병으로 쓰러졌을 때, 그중 독창적인 데는 전혀 없어도 몸이 건강한 탓에 상례적인 일을 꿋꿋이 해나가는 사람, 작가는 그를 그것만으로도 위대한 사람이라고 부르는데, 그가 이렇게 말한다. "이런 곳에 오는 사람들은 아예 창자가 없어야 해."

사실, 나는 지금까지 에세이류의 글을 쓸 때 다른 사람의 글이나 말을 인용해본 적이 거의 없다. 그런데 이제 나이가 들어 내 창자도 게걸스러워졌는지 아니면 잡식성으로 변했는지, 남들의 글에서 마음에 드는 부분은 마구 집어삼키려 한다. 아마도 새삼스레 그런 충동을 가라앉혀야 하지 않을까 싶은데, 여하튼 콘래드 소설의 그 인물이 한 말은 내게 섬뜩할 정도로 강한 인상을 남겼다. 창자 없이 사는 삶, 창자가 없어야 비로소 살아갈 수 있는 삶. 그렇다면 요즘 세상에서는 뭐가 없이 살아야 제대로 사는 게 될 것인가.

그동안 나는 이런 세상에서 제대로 살아가려면 남들과 달리 무엇이 더 있어야 할까 하는 생각만 해왔다. 그런데 콘래드를 읽고 나서 질문이 바뀐 것이다. 이런 세상에서 제대로 살아가려면 남들과 달리 무엇이 더 없어야 할까 하는 것이 그것이다. 그런 면에서 '암흑의 핵심' 혹은 '암흑의 오지'라고 번역되는 콘래드 소설의 제목은 그 자체로 시사하는 바가 크다. 세상을 제대로 살고자 노력하는 것이나 좋은 글을 쓰고자 하는 일은 어떤 양태로든 궁극적으로 삶의 핵심을 겨냥하는 것일 터이다. 그러나 이제 지구상에 더 이상 암흑의 오지가 존재하지 않는다는 사실을 받아들이게 된 것처럼, 오지와 더불어 핵심도 함께 사라져버렸다고 믿는 풍조가 확산

되고 있다. 그리하여 핵심이 없는 세상이므로, 우리는 흔히 배알도 없이 산다거나, 아무 생각 없이 마치 뇌가 없는 듯이 산다고, 자학적이면서도 오만하기 그지없는 어조로 말한다.

하지만 콘래드가 암시하는 바처럼, 오지를 탐사하며 그 속으로 깊숙이 들어가는 행위는 미지의 상태로 남아 있는 신비로운 영역을 백일하에 드러내버리거나, 과학의 이름으로 심오한 핵심의 정체를 함부로 파헤치는 것과는 분명 다르다. 그보다는, 다소 거창하게 말하여 자연에 대한 더 깊은 경외심을 우리 스스로에게 불러일으키고, 인간 내면의 근원적 핵심에 다가서려는 불가능한, 그러나 포기할 수 없는 모색을 진지하게 수행하는 것이라 할 수 있을 것이다.

그러니 어찌할 것인가. 현대인은 머릿속과 뱃속에 든 창자의 소화력을 과신하고 있거나 혹은 그 반대로 창자에 대한 믿음을 전혀 가지지 못하여 편식을 하고 있음이 틀림없다. 핵심과 오지는 부재하는 것이 아니라 부정되고 있는 것이다. 그렇다면 도리 없이 다시 원점으로 돌아가서, 콘래드가 말한 바처럼, 지금 이곳에서 우리도 창자가 없이 살아야 하지 않을까 한다. 이 세상의 다양한 모든 것을 삼키되, 창자의 까다롭고 불온한 공정과정을 거치지 않고, 그것들과 온몸으로 하나가 되면서 꿋꿋이 버텨나가야 하지 않을까.

144

그런 점에서 뇌 없이 산다는 말이 부정적이고 공격적인 저의를 가진다고 한다면, 창자 없이 산다는 것은 인간의 실존적 조건에 대한 겸허한 수용에서부터 출발하여 인간성의 지평을 넓히려는 긍정적인 의지를 담고 있다고 할 수 있다. 그때 창자 없이 산다는 것은 역설적으로 우리의 온몸이 온통 거대한 창자가 되게 하는 것이나 다름없을 터이다. 우리의 존재 자체가 창자를 대신하고, 그 새로운 창자로 이 시대의 풍토를 소화한다면, 제대로 사는 일과 제대로 글을 쓰는 일이 그리 어렵게만 여겨지지는 않을 것이다.

4. 법정 출두

며칠 전에, 증인으로 출석할 것을 요구받았을 때, 나는 증인 심문 사항 속에 들어 있는 질문들을 자세히 읽어보았다. 그때 맨 하단에 씌어져 있는 글귀가 나의 시선을 끌었다. 거기에는, 만약 이 질문들에서 본인이 잘 모르는 상황이 있다거나 본인의 진술이 하등의 도움이 안 된다고 판단될 시에는 증인 불출석 사유서를 재판부에 제출할 수 있다고 되어 있었다. 순간, 나는 가슴이 뜨끔했다. 분명 지금 나는 정신 상태가 그다지 온전하지 않은 게 사실이니, 그렇다면 이것이야말로 불출석 사유서를 제출해야 하는 경우가 아닐까 하는 생각이 들었기 때문이었다. 그러자 조증이 다소 가라앉으면서 비교적 이성적이고 신중한 생각이 찾아들었다. 그렇다면 이제라도 질문 내용들에 서류로 답변하면 되지 않을까 싶었던 것이다. 하지만 확인해보니, 이 나라에는 법정 진술주의가 채택되어 있어서 그 또한 불가능한 노릇이었다. 나는 본의 아니게 막다른 골목에 갇힌 것처럼, 이럴 수도 저럴 수도 없는 상황에 처한 셈이었다.

그때 나는 나도 모르게, 아침 내내 앉아 있던 의자에서 벌떡 일어섰다. 그와 동시에 머릿속으로 다시금 조증의 폭풍이 밀어닥쳤다. 눈앞에서 상상 속의 법정 풍경이 펼쳐졌다. 조증 환자인 내가 사람들 앞에서 장광설을 펼치고 있었다. 나의 병적인 정신 상태에 대해 남들이 알아채지 않을까 하는 불안감이 나를 더욱 흥분시키고 있었다. 나는 두 팔을 마구 휘저으며 방 안을 종횡으로 가로질렀다. 그 순간, 법정의 증인석이 내 지상의 목표가 되었다.

이윽고 나는 증인 대기실에서 불려나가 증인석에 섰다. 그때 나는 한때 '온세상 문화사'의 대표였던 홍세울, 곧 배창복의 모습을 실로 오랜만에 다시 보았다. 예전에 비해 눈에 띄게 초췌해진 그를 보자, 나는 갑작스레 불쾌감을 느꼈다. 좀더 자세히 보니 모든 것이 끝장 난 듯한 인상을 주고 있었다. 많은 것을 얻고서도 건강을 잃어 모든 게 끝장이 나버린 사람을 보고 있는 듯한 기분이었다. 물론 그에게서 눈에 띄게 신체상의 이상이 있어 보이지는 않았다. 문제는 그가 정신의 건강에 치명적인 타격을 받은 듯이 보였던 것이었다. 박지상이 아니라, 오히려 바로 그가!

그때 그가 눈을 들어 흘낏 나를 보았다. 물론 입은 굳게 다물어져 있었지만, 그때 나는 그의 얼굴에 안도의 표정이 잠깐 어리는 것을 보았다. 나로서는 실제로 그가 나를 보고서 안도를 한 것인지, 아니면 내게 도움을 청하는 의미에서 짐짓 안도의 표정을 지어 보인 것인지 가늠할 수 없었다. 평소에 배창복의 걸음걸이는 무척 특이했다. 고개를 약간 오른쪽으로 기울인 채 오른팔을 아래로 늘어뜨리고, 그런가 하면 왼손은 서툴게 노를 젓듯이 흔들며 서둘러 앞으로 나아가는 것이었다. 그 불안정한 모습을 뒤에서 보고 있자면, 저렇게 걷는 사람이라면 심리적으로도 심각한 불균형이 있지 않을까 하는 생각이 저절로 들곤 했다.

그가 그 기이한 몸짓으로 걸어 들어온 곳이 바로 이 법정이었다. 그리고 지금 그는 나의 눈에 지독한 변비에 걸린 상태에서 좌변기 위에 걸터앉아 힘을 쓰고 있는 것처럼 보였다. 그러나 자세히 보니 배창복뿐만이 아니었다. 재판정 안에 들어와 있는 모든 사람들, 방청객들은 물론이고 판사들까지도 만성변비 환자의 고통을 어렵게 숨긴 채 겉으로 아무렇지도 않은 척하느라 애를 쓰고 있었다. 그곳에서 뱃속이 편한 자는 나밖에 없었다. 그러자 곧 잠시 저하되었던 기운이 회복되면서 쾌활함이 다시 찾아들었다. 특히 증인 선서를 할 때, 내 오른손은 무중력 상태에서처럼 공중으로 높이 떠오르고, 머리가 상하좌우로 물결치듯 조금씩 흔들렸다. 나는 자신감이 넘치는 얼굴로 주위를 둘러보았다. 증인석이 공중으로 들려졌고, 나는 모두를 내려다보았다. 그들은 나의 말을 듣기 위해 모여든 사람들이니, 나는 그들에게 진실을 밝혀주어야 했다.

그러나 정작 고소인인 박지상의 모습은 보이지 않았고, 그 자리에는 한 젊은 남자가 앉아 있었다. 나는 그가 박지상의 대리인이자 변호인이라는 것을 알 수 있었다. 그 남자가 왠지 낯이 익다는 생각이 들었을 때, 나는 또한 그가 박지상의 변호사 사위이기도 하다는 사실을 깨달았다. 나는 이삼 년 전에 대학교 은사이자 문단의 선배였던 박지상과 함께 그의 변호사 개업식에 참석했는데, 그때처럼 그의 얼굴은 여전히 소년처럼 앳되고 깨끗했다. 그러나 나는 그처럼 순진한 외모를 가진 자들이 때로 보통 사람들보다 훨씬 가차 없이 칼을 휘두르기도 한다는 것을 알고 있었다. 마치 어린아이들이 아무런 죄책감도 느끼지 못하면서 곤충이나 작은 동물의 숨통을 끊어버리듯이. 어쩌면 그가 박지상으로 하여금 형사 소송을 걸도록 부추긴 것인지도 모를 일이었다. 아니, 분명 그러했을 터였다. 그처럼 순진한 외모를 가진 자들은 세상 사는 일의 많은 부분을 게임으로 생각하는 경향이 강한 법이었다. 순간, 내 속에서 반발심이 꿈틀거리며, 다시금 내 속의 조증에 불을 지폈다. 그러나 나는 적어도 아직은 신중을 기해야 할 때라고 생각하며, 마음을 가라앉혔다.

그에 비해, 검사는 이른 나이에 수더분하고 늙수그레해 보이는 것이, 마치 일부러 그렇게 변장을 한 듯이 보였다. 잠시 후, 그들은 바통 터치를 하는 경주자들처럼 번갈아 내 앞에 출몰하며 질문을 던지기 시작했다. 그들은 먼저 내게 피고와의 관계에 대해 물었다. 애초에 그들에게 나와 배창복의 관계는 그리 중요하지 않았다. 문제는 왜 배창복이 난데없이 박지상에게 그토록 심한 공격을 가했고 그 저의가 무엇인가 하는 것이었는데, 배창복이 입을 다물어버렸기 때문에 사정을 아는 사람은 아무도 없었다. 그의 변호사도 그 점에서 별로 정보가 없기는 마찬가지인 듯했다. 때문에 그들은 배창복의 인간 됨됨이와 그가 쓴 글만 가지고 공방을 벌여야 할 처지였다.

사실, 배창복은 내가 만난 사람들 중에서 가장 특이한 인물들 가운데 하나였다. 지금까지 내 경험으로는 어느 누구도 그와 비교할 수 없었다. 그의 태도에서는 평범한 점을 거의 찾아볼 수 없었다. 그러나 나는 이미 첫눈에 그가 예리한 지성과 아울러 자기파괴적인 충동에 가까운 무모한 용기를 가진 사람이라는 것을 알아보았다.

나는 오랜만에 여러 사람들을 앞에 두고 이야기하는 것이 무척 즐거웠다. 그러다 보니 자꾸 공중에서 춤을 추듯 움직이는 두 손을 붙들어 증언대 위에 얹어놓느라고 애를 먹어야 했다. 게다가 한쪽은 내 말에서 배창복의 인간성과 관련하여 뭔가 수상한 점을 찾으려 하고, 다른 쪽은 반대로 그가 나름의 소신에 따라 움직일 뿐 결과에 그다지 개의치 않는 인물이라는 사실을 확인하려 하고 있으니, 나로서는 흥미롭기 짝이 없는 노릇이었다. 마치 여러 마리의 개한테 이쪽저쪽으로 먹이를 던져주는 사육사, 혹은 애매모호한 문제를 던져놓고 인간들이 왈가왈부하는 광경을 내려다보는 조물주라도 된 심정이었다.

나의 대답에 그들은, 그렇다면 왜 우리의 관계가 상당 기간 동안 소원했느냐고 물었다. 물론 나는 배창복이 마음에 들었다. 하지만 그에 대한 내 첫인상은 약간 혼란스러웠다. 나는 그를 온전히 이해할 수 없었고, 시간이 지나도 마찬가지일 거라는 예감을 받았다. 게다가 그때 이미 그는 사람들로부터 의심에 찬 눈길을 받으며 따돌림의 대상이 되고 있었다. 그는 원래 독설과 악담으로 유명했고, 사생활에서도 여러 가지 면에서 끊임없이 크고 작은 문제들을 일으켰다. 또한 그는 평소에는 정시공포증이라도 있는 사람처럼 상대방의 얼굴을 똑바로 쳐다보는 것을 피하지만, 어느 순간 눈을 들어 상대방이 당혹해할 때까지 오랫동안 빤히 바라보다가 제풀에 씩 웃으며 고개를 떨구는 나쁜 버릇을 가지고 있었다. 문제는 배창복이 그것을 나쁘고 유치한 버릇이라고 생각하기는커녕, 다른 사람들 앞에서 자신의 소심함과 부끄러움을 솔직히 드러내는 행동이라고 여기고 있다는 점이었다.

때문에 사람들은 누구든 그와 교류를 하면 의혹에 찬 눈길로 바라보았다. 삼 년 전에 우리가 간간이 만나던 무렵, 나 또한 그를 상대해준다는 이유만으로 무언의 비난에 시달렸다. 말하자면, 누군가가 그와 가까워지게 되면, 사람들은 처음에는 걱정스런 눈초리로 지켜보다가, 나중에는 경멸의 눈길로 노려보기에 이르렀다고 할 수 있었다. 달리 말해, '그에게 가까이 가면 다친다'가 '그런 인간을 왜 혼자 내버려두지 않는가'로 바뀌었던 것이다. 그러나 나는 그런 사회적인 평판 따위는 개의치 않았다. 나의 목적은 내 감정에 충실하게 사는 것과 아울러, 삶이 무엇인지 알게 해주는 남다른 사람들과 가까이 지내는 것이었다. 물론, 그것이 내가 조증에 수시로 빠지는 이유이기도 했다.

나는 내친김에 나 자신의 이른바 인생관이라는 것에 대해 몇 마디 더 늘어놓으려 했다. 그때 나는 변호사의 얼굴이 눈에 띄게 어두워져 있는 것을 발견했다. 그리고 곧 지금 내가 하고 있는 말이 결과적으로 배창복에게 불리하게 작용하고 있다는 것을 깨닫고서, 입을 다물었다. 신중해야 한다. 때 이르게 검사와 변호사의 균형을 깨는 것은 내가 원하는 바가 아니었다.

그러자 검사가 상당히 자신감을 얻은, 그러나 더욱 조급한 어조로, 그렇다면 왜 어느 날부터 우리가 서로 만나지 않게 되었는지 재차 물었다. 나는 그와 마지막 만났을 때, 함께 여행을 했고 거의 스무 시간가량 함께 시간을 보냈다고 대답했다. 그러고는 헤어지기 얼마 전에 사소한 일로 언쟁이 벌어졌고, 그 와중에 그가 심한 복통을 느끼며 잠시 졸도를 했다고 덧붙였다. 나는 처음이자 마지막이었던 그 언쟁에 대해 유감스럽게 생각했다. 그러나 그가 쓰러지는 것을 보고는 한동안 다시 그를 만나는 것이 어렵겠다고 생각했다. 나중에 들려온 말에 따르면, 그가 깨어나서 한 말이, 나를 아주 잃게 될까 봐 두렵다고 했는데, 그건 나도 동감이었다. 우리는 각기 우리의 관계가, 읽던 책을 도중에 덮어버리듯이 아쉬움을 남긴 채 일단락 지어졌다는 것을 알고 있었다. 그러나 우리는 그 책이 언젠가 다시 펼쳐지리라는 것 또한 모르지 않았다.

내 말이 끝나자 나는 장내가 숙연해지는 것을 느꼈다. 솔직히 말해서, 이제 나는 내가 느끼는 것이 현실에서도 실제로 그런 것인지 아닌지 잘 가늠을 할 수 없을 때가 간간이 있었다. 하지만 그런 것 따위는 이미 내게 별로 중요한 것이 아니었고, 지금 내게는 내 몸에 와 닿는 감각만으로 모든 것이 족했다. 그러나 검사의 표정으로 보아, 내 느낌이 꼭 틀린 것은 아닌 모양이었다. 검사도 이제는 분위기가 자신이 원하지 않는 방향으로 흘러간다는 것을 의식했는지, 곧 내게 배창복의 최근 거취에 대해 알고 있냐고 물었다.

나는 그에게, 다른 사정은 잘 알지 못해도, 배창복이 오
랜 절필 끝에 다시 글을 썼고, 비록 그 글이 이런 문제를 일
으키기는 했지만, 여하튼 다시 펜을 잡았다는 것만으로도
의미가 있지 않겠냐고 되물었다.

그러자 검사가 빈정거리는 어조로 말했다.

"정말 그게 그렇게 대단한 일인가요?"

내가 대답했다.

"그럼요, 큰일을 한 거지요."

그가 대꾸했다.

"큰일을 냈지요."

내가 그 말을 받았다.

"큰일 났네요."

재판정이 웃음에 휘말렸다. 변호사는 물론이고, 검사도
제풀에 웃음을 터뜨렸으며, 돌아보지 않았어도, 판사들 역
시 마찬가지였을 것이다. 나는 날아갈 듯이 몸과 마음이 가
벼웠다.

이윽고 검사가 머쓱한 표정을 지으며 고소인의 대리인 쪽
을 바라보았다. 그때 나는 고소인 측과 피고 측이 나를 가
지고 작은 승부를 걸고 있음을 확인했다. 그들은 내가 답변
요청서에 객관적이고 설득력 있게 써내려간 글을 읽고서,

나를 자기편으로 끌어들이는 것이 판사들에게 강한 인상을 남기리라는 계산을 한 것이 분명했다. 그렇다면 이제 주도권은 내가 잡고 있는 셈이었다.

그때 내 입에서 충동적으로 말이 흘러나왔다. 말을 하면서도 나는 어쩌면 이 말은 하지 않는 편이 나을지도 모른다고 생각했다.

"요컨대 인간들 사이의 관계라는 게 문제입니다. 인간들이 서로 맺는 이 관계가 정작 인간들 각자의 입장을 초월합니다. 심지어 인간들을 무시하고 경멸하기까지 합니다. 누군가가 우리들의 관계에 찬물을 끼얹는다면, 실상은 그건 그 관계라는 게 하는 짓입니다. 관계라는 괴물은 인간들의 불완전함을 악용하지요. 게다가 관계는 제 스스로 쉽게 몸이 달아오르고, 그러고 나면 또 그걸 참지 못해서 자기 몸에 자주 찬물을 끼얹는 겁니다."

내가 말을 마치자, 사람들은 뜨악하다 못해 약간 겁에 질린 표정으로 서로를 돌아보았다. 그 모습은 내게 무척이나 고무적이었다. 나는 헛기침을 하고서 다시 말을 하려 했다. 그때 재판장이 내 말을 끊었다. 점심시간 정회를 선언한 것이었다.

5. 배알 없는 삶이라니

법정을 빠져나올 때, 머릿속이 텅 비어지면서 순간적으로 가슴에 적막감이 밀어닥쳤다. 마치 외모나 성격이 모두 희한하게 생겨 먹은 두 고약한 아이의 싸움에 끼어들어 곤욕을 치르고 있는 듯한 기분이었다. 잠시나마 입 안에 쓴물이 고이는 느낌이 들기도 했다. 그러나 이미 달리 손을 쓰기에 너무 늦었다. 더욱이 이 상황은 누구 하나의 잘못으로 인해 빚어진 것이 아니었다. 우리 모두에게서 영의 눈이 너무 어두워져버린, 혹은 영적인 깊이가 너무 얕아져버린 탓이었다. 물질이 자기들의 어둠과 죽음으로 인간들을 끌어들이고 있는 것이다. 그러니 어떻게 해서든 바로잡을 것은 바로잡아야 했다. 창자를 놓고 떠들다가 소송을 벌이다니 이게 대체 무슨 일인가. 이건 마치 창자가 인간을 잡아먹는 것과 다를 바 없지 않은가. 그런 생각이 들자, 다시금 몸에 원기가 되살아났다. 나는 어깨를 활짝 펴고서 보무도 당당히 현관 쪽을 향해 복도를 따라 걸었다. 갤럽, 갤럽, 두 발이 저절로 성큼성큼 움직이고 있었다.

이제 나는 이 자리에서 배창복이 쓴 「배알 없는 삶이라니」라는 글을 인용하고자 한다. 문제의 발단이 되었던 그 글은 비교적 긴 편이니, 앞뒤 부분을 생략하고 가운데의 일부분만 옮겨놓으면 다음과 같다.

물론 나는 거기에 동의한다. 살다 보면 창자가 없어야 생존할 수 있는 곳뿐만 아니라, 뇌가 없어야, 눈이 없어야, 그 외에도 손이 없어야, 발이 없어야, 귀가 없어야, 심지어 몸통이 없어야 살아남을 수 있는 곳도 만나는 법이다.

어린 시절부터 나는 지독한 소화불량에 시달렸다. 나는 주변에서 아무거나 잘 집어먹던 아이들에 대한 선망을 가지고 있었다. 거기에다가 나는 내 이름에 대한 콤플렉스에 시달려야 했다. 내 이름 석 자가 우연찮게도 모두 배와 관련되어 있기 때문이었다. 누군가가 내 이름을 부르는 소리를 들으면 가장 먼저 창자가 뜨끔했다. 때문에 내 자의식의 근원에는 항상 배와 창자가 자리를 잡고 있었다. 어쩌다가 내 뱃속에 구불구불 감겨 있는 창자에 생각이 미치면, 어두운 동굴 속에 똬리를 틀고서 갈라진 혀를 날름거리고 있는 뱀의 모습이 어김없이 머리에 떠오르곤 했다.

그러다 보니 나의 창자는 더욱더 까다로워졌다. 배가 조금만 찬 기운에 노출되어 온도가 낮아지게 되면, 창자는 제대로 기능을 하지 못하고 복통과 설사를 일으키기 일쑤였다. 냉온동물인 그 뱀이 뱃속에 자리를 잡고서 수시로 배탈을 유발하는 것이었다. 게다가 나이가 들자 이제는 수시로 탈장 증상으로 인해 고통을 받고 있다. 밖으로 삐져나온 창자를 손으로 주물러 집어넣은 적도 있었다. 그러다가 극심한 통증에 기절을 한 적도 한두 번이 아니었다.

당연히 나는 내 창자가 지긋지긋하고 끔찍해졌다. 그 결과, 창자는, 내게 속해 있기는 하지만, 나와는 독립된 제 나름의 생명을 가진 존재가 되기에 이르렀다. 그런데 언젠가부터 나는 창자가 내게 건네는 말을 듣게 되었다. 가만히 생각해보니, 소화불량, 복통, 탈장, 설사 그 모든 게 나를 향한 창자의 언어였다. 그중에 어떤 것은 속삭임이고, 또 어떤 것은 고래고래 지르는 고함이나 외침이기도 했다. 나는 그 언어를 통해 실로 많은 것을 배웠다. 지금까지 때로 내가 남들에게 이해받지 못할 모습이나 행동을 보인 것도, 실상은 창자와 대화 중이었거나 그것이 내게 하는 말에 귀를 기울이던 중이었기 때문일 것이다. 그렇게 보자면, 지금 나는 내 창자와 대화를 하며 이 글을 쓰고 있다고도 할 수 있을 터이다.

앞서도 언급했듯이, 「창자 없이 살아가기」라는 그 흥미로운 글의 필자는 채식주의자가 분명하다. 곡기를 많이 먹는 채식주의자들은 육식을 주식으로 삼는 사람들에 비해 창자가 길다. 단단한 음식물을 오랫동안 소화하여 영양분을 남김없이 흡수하기 위해서는 긴 창자가 필요한 것이다. 그동안의 교육을 통해, 이제 나는 어떤 사람을 보면 그의 창자가 어떻게 생겼는지 알 수 있고, 그 창자의 모양으로 그가 어떤 인간인지 알아볼 수 있게 되었다. 요즘 세상에는 두 부류의 인간이 있다. 하나는, 창자가 긴 자들이고, 다른 하나는, 그의 말대로, 창자가 짧거나 아예 없는 자들이다. 후자에 속하는 사람들은 뭐든 조금씩 재빨리 집어삼키고서 소화와 흡수를 거의 생략한 채 얼른 배설해버린다. 그들은 끊임없이 먹고 배설하는, 창자의 길이가 아주 짧은 몸집 작은 새들과 유사한 존재들이다. 언제든 가벼운 몸으로 공중으로 날아오를 준비를 갖추고 있어야 하는 참새 같은 새들에게, 그것은 생존을 위한 필수적인 조건이다. 이 시대에 많은 사람들이 그저 쉬지 않고 서둘러 삼키고 싸면서 간신히 영양의 균형을 유지한 채, 수많은 삶의 채널들 속에서 이리저리 날렵하게 옮겨다닌다.

그들, 창자가 짧은 자들의 탐욕은 어떤 면에서는 창자가 크고 긴 자들에 못지않고 때로는 능가한다. 그러나 다행히 그들은 타인에게 해를 끼치지 않는다. 반면에, 창자가 긴 자들은 위험하다. 그들은 모든 걸 집어삼키고서 오래 뱃속에 넣어둔다. 그들은 그 상태에서 이기심과 위선이라는 독성물질을 만들어내어 자기 자신들과 세상을 오염시키고, 암흑의 오지를 독점하여 탐욕을 채운다. 그러면서 '창자 없는 삶' 운운하며 반어적 어법을 즐겨 쓰는 것도 그들이다. 그리하여 그들이 창자 없는 인간들을 만들어낸다. 그들을 가까이 하거나, 그들이 생산한 것을 먹게 되면 보통 사람들의 경우에는 창자가 녹아버리기 때문이다. 게다가 그들, 창자가 긴 자들은 그 창자가 서로 연결되어 있기도 하다. 자기들만의 공동 이익을 취하여 분배하기 위한 연합전선을 펼치는 데 더할 나위 없이 능숙한 것이다. 이것이 내 창자가 내게 들려준 말이다. 이는 결코 비유적인 표현에 지나지 않는 게 아니다. 나는 그자들의 창자를 들여다보고서 그들의 저의를 파악한다. 내가 어떤 근거로 이런 말을 하는지는 차차 알게 될 것이다.

앞서 말한 그 글의 필자는 적어도 글의 앞부분에서는 어느 정도 절제를 보여준다. 물론 거기에서도 저의가 의심스러운 부분은 물론이고, 위선과 기만의 혐의점을 발견할 수 있다. 실제로 그는 한동안 한껏 위엄과 재치를 동시에 부리다가,

제 스스로 논리의 함정에 빠지고 자폐증에 걸린다. 그에게 삶이란, 창자 속처럼 악취 나고 구불구불하고 복잡한, 게다가 기껏해야 항문을 통한 배설이 기다리고 있을 뿐인 최악의 상황일 따름이다. 그런데 그의 삶을 추동하는 힘이 또한 그로부터 비롯된다. 그러한 상황을 버텨내기 위한 모든 수단은 그에게 정당하다. 그래서 그는 정글에서 살아남으려는 사람처럼 자주 자신의 창자를 없애버리거나, 아니면 반대로, 그가 글에 썼듯이 온몸으로 창자가 되어버린다.

6. 창자 속에서 살아남기

이후에도 배창복의 글은 다소 횡설수설하며 길게 이어지고 있고, 인신공격의 강도도 더 높아지고 있다. 그러나 나는 이 정도로 인용을 멈추고자 한다. 앞으로는 그들의 글에서 어떤 부분도 이 자리에 다시 옮겨놓을 생각이 전혀 없고, 머리에 떠올리지조차 않을 것이다. 자칫하면 나의 이야기 또한 겉으로는 매끈한, 그러나 복마전과 다를 바 없는, 그들의 글 속으로 빨려 들어갈 것 같기 때문이다.

점심시간을 맞아 거리는 정장 차림의 남녀들로 붐비고 있었다. 나는 정문을 향해 천천히 걸음을 옮겼다. 그러나 아직 나는 법원을 떠날 수 없었다. 점심시간 후에 속개되는 재판에서 한 번 더 증언대에 올라야 했기 때문이었다.

막 정문을 지나려 할 때, 누군가가 뒤에서 나를 불렀다. 돌아보니, 박지상의 사위이자 대리인이 반쯤 뛰면서 다가오고 있었다. 뇌물은 아니니 걱정하지 마십시오. 그는 내게 그렇게 말하면서 편지 봉투를 하나 건네주었다. 나는 그를 마주보며 선 채로 봉투를 열었다. 안에는 박지상이 내 앞으로 쓴 편지가 들어 있었다. 이따가 떠나시기 전에 교통비 수령하는 것 잊지 마세요. 대리인은 그렇게 말하고서 약간 경직된 얼굴 위에 앳된 미소를 슬쩍 떠올린 후에 몸을 돌렸다.

박지상은 내게 일종의 은사와도 같은 존재였다. 대학 시절에, 나는 그의 강의를 몇 번 들은 적이 있었다. 그러나 전공이 달라서 청강 정도에 만족했는데, 썩 만족스러운 강의는 아니었다. 어쩌면 정식으로 수강 신청을 하지 않은 것도 그 때문인지도 몰랐다. 훗날 사회에서 그를 만나 내가 그의 강의를 들었다는 이야기를 하자, 그는 필요 이상으로 반색을 하며 즐거워하는 모습을 보였다. 그 후로, 그는 여러 행사장에 나를 불러냈고, 연말이나 명절 때면 그의 연구실에서 다른 제자들과 함께하는 자리에 나를 초대했다. 지금 나

는 그의 인격이나 품성에 대해 이야기할 필요를 느끼지 않
는다. 단지 이 점만은 밝히는 것이 필요할 듯한데, 특히 박
지상은 나를 포함하여 모든 제자들에게 가능한 한 현실적인
도움을 주고자 배려했다. 나 역시 몇 번 혜택을 받았고, 그
와중에 거북함과 부담감을 느끼기도 했지만, 여하튼 그로
인해 그와 나 사이에 끈끈한 끈이 생겨난 것은 부인할 수 없
는 노릇이었다.

 편지는 그리 길지 않아서, 삼십여 줄 정도였다. 그러나
처음부터 곳곳에서 눈에 띄는 의례적인 문구에, 몇 줄 읽지
도 않고 손 안에서 구겨버렸다. 그때 나는 왠지 이상한 기
미를 느끼고서 고개를 돌렸고, 저만치 떨어진 분수대 옆에
서 대리인이 나를 지켜보고 있는 것을 발견했다. 그는 나와
눈이 마주치자 바지 주머니에 두 손을 찌르고서 건물 현관
쪽으로 걸어갔다. 나는 구겨진 편지를 상의 주머니에 넣고
서 정문을 지나 밖으로 나왔다.

 내내 창자에 대한 생각에 빠져 있다가 식사를 하려고 하
니, 수저를 들기도 전에 뱃속이 더부룩해졌다. 먹는 일에
집중하지 못하다 보니, 미처 씹지도 않은 밥알들이 자주 뱃
속으로 쓸려 들어갔고, 거기에 나도 모르게 자꾸 신경이 쓰
였다. 그러다 보면, 잠시 후 뱃속에서 그 밥알들이 폭탄처

럼 터지는 소리가 요란하게 들리곤 했다. 또한 나는 내 이가 음식을 씹는 소리, 음식이 위아래 치아에 의해 부서지는 소리에 깜짝깜짝 놀라기도 했다. 심지어 음식물이 몸속으로 들어가서 소화되고 흡수되어 살이 찌는 소리, 그런가 하면 살이 못 되어 헛되이 배설되기를 기다리며 꾸르륵거리는 소리가 들리기도 했다. 그렇게 식사는 끊임없이 어려움에 봉착했다. 그러나 나는 적어도 손만은 활기차게 움직이려고 노력했다. 아침식사도 제대로 하지 못한 상태에서 오전 내내 흥분해 있었던 터라 기력이 쇠했다는 것을 나는 알고 있었다. 그렇다면 조증을 유지하기 위해서라도 어떻게 해서든 창자를 가득 채워야 했다. 그런 생각이 들자 비로소 내 속에서 들려오는 그 많은 소리들이 서로 어우러지며 아름다운 가락처럼 나를 흥겹게 했고, 마침내 나는 만족스럽게 식사를 마칠 수 있었다.

다시 거리로 나오자 맑은 가을 하늘에 뭉게구름이 떠 있었다. 그 흰 구름에는 군데군데 어둡게 얼룩이 져 있었는데, 그것들이 구름의 거무스레한 눈알처럼 보여서, 마치 수증기로 이루어진 거대한 괴물이 수많은 눈깔을 한꺼번에 뜨고서 나를 물끄러미 내려다보고 있는 것처럼 여겨졌다. 게다가 그 구름이 손에 닿을 듯하여 나는 생각 같아서는 팔을 공중으로 뻗고서 경중경중 뛰고 싶을 지경이었다. 그러나 나는 자제했다. 다른 때라면 몰라도 지금 나는 공적인 역할을 수행하고 있는 중이고, 이곳이 법원 앞이므로 공연히 남의 이목을 끄는 의심스런 행동은 하지 않는 편이 나았다. 나는 한동안 길 위를 어슬렁거리다가, 뱃속이 다소 편안해진 후에 법원 건물 앞으로 돌아왔다. 건물은 여전히 내 눈에 날개를 펼치고 있는 독수리처럼 보였다. 나는 계단 앞에 멈춰서서 그 위압적인 건물을 가만히 올려다보았다. 그때 그 독수리가 눈을 번쩍 뜨고서 잠시 나를 노려보더니, 부리를 한껏 벌려 귀청을 찢는 울음소리를 토하고는 날개를 세차게 펄럭이며 하늘로 날아올랐다. 물론 환영이었다. 그러나 나는 마침내 내가 활력을 회복하고서 조증 상태를 되찾았다는 것을 알았다. 다시금 들뜬 눈으로 주위를 돌아보자, 어디선가 웃음소리가 들려왔고, 가벼운 물건들이 바람에 날아올랐고, 여인들의 스커트가 펄럭거리며 허리 위로 들려 올라갔다.

7. 야만과 통찰

증인 대기실에 앉아서 녹차를 마시고 있을 때, 그들이 다시금 번갈아 나를 찾아왔다. 그러나 그들은 아까와는 사뭇 다른 화제로 대화를 이끌었다. 검사는 내게 상황을 좀더 심각하게 받아들일 것을 권했다. 그러고는 짐짓 은밀한 어조로, 공공연히 타인의 명예를 훼손한 자는, 그 적시된 내용이 사실일 경우에도 2년 이하의 징역이나 금고 또는 5백만 원 이하의 벌금형에 처하며, 사실이 아닌 경우에는 5년 이하의 징역, 10년 이하의 자격 정지, 또는 1천만 원 이하의 벌금형에 처한다는 점을 염두에 두기 바란다고 덧붙였다. 그런가 하면, 변호사는 증인의 증언이 의도적으로 어느 한쪽에 유리하게 진술되는 경우에는 위증죄로 고소될 수 있다고 말했다. 형법 제152조 제1항에, 법률에 의하여 선서한 증인이 허위의 진술을 한 때는 5년 이하의 징역 또는 1천만 원 이하의 벌금에 처한다고 되어 있고, 제2항에는 형사사건에서 피고인이나 피의자를 모해할 목적으로 위증을 한 때는 10년 이하의 징역에 처한다고 되어 있다는 것이었다.

그들이 대화를 나누었다기보다, 짧은 시간에 일방적인 통보를 하고 나서 물러간 뒤에, 대기실에 있던 다른 증인들이 곁눈으로 나를 힐끔거렸다. 그러나 나는 남들에게 관심의 대상이 되는 것이 싫지 않았다. 나는 의자에 앉은 채 잠깐 졸았다. 물론 식곤증 탓에 졸음이 찾아든 것일 테지만, 거기에는 잠시 후에 닥치게 될 마지막 공방전에 대비하여 힘을 비축해두려는 의미도 없지 않았다. 그런데 꿈을 꾸었고, 꿈속에서 수없이 많은 독수리들이 날아다녔다. 나도 그 독수리들 중의 하나였는데, 나는 동료들과 함께 날개를 거칠게 퍼덕이며 몰려다녔다. 우리는 인간의 내장을 찾고 있었다. 그러나 어쩌다 인간을 발견하여 부리와 발톱으로 제압한 뒤 뱃속을 헤집어보면, 놀랍게도 하나같이 내장이, 특히 창자가 들어 있지 않았다. 창자가 없는 탓에 몸통 속에서 음식물이 함부로 돌아다니며 피와 섞여 함께 썩어가고 있었다. 우리에게는 최악의 먹잇감인 셈이었다. 우리가 먹지 못하도록 누군가가 일부러 인간들의 몸에 장난을 쳐놓은 게 아닐까 싶을 정도였다. 결국 우리는 발톱을 세우고서 서로의 몸을 향해 달려들었다. 깃털이 흩어지고 비명이 일어나고 살이 찢기고 피가 바람에 날렸다. 항문을 통해 물똥이 빠져나와 허공에서 흩날렸다. 그러다가 나는 잠에서 깨어났다.

8. 이차 증언

오후 네 시경에 다시 증인석에 섰을 때, 나는 아까와는 분위기가 사뭇 다르다는 것을 한눈에 알아보았다. 내가 제법 여유 있게 싱긋 미소를 지으며 법정 안을 돌아보자, 검사와 변호사가 동시에 불편한 표정을 지었다. 지금까지 내 변비와 싸우다 마침내 지쳐서 포기한 듯한 모습이었다. 물론 나로서는 내가 법정에 들어서기 전에 어떤 상황이 벌어지고 있었는지 전혀 알 길이 없었다. 그러나 그런 것은 애초에 내게 중요한 게 아니었고, 내가 감지한 변화는 그런 종류의 것이 아니었다. 그보다는 훨씬 더 근본적이면서 기이한 것이었다.

이윽고 검사 쪽에서 아까 증인 대기실에서보다는 훨씬 다정하고 부드러운 어조로, 배창복이 어떤 의도로 그런 글을 썼다고 생각하느냐고 내게 물었다. 나는, 나 또한 배창복이 왜 굳이 그런 식으로 글을 썼는지 여러 번 생각해보았지만, 여전히 마땅한 대답은 찾지 못했다고 대답했다.

그러자 검사가 다시 말했다.

"그런 상식을 벗어난 공격성은 모종의 탐욕이나 결핍의 결과라고 생각하지 않습니까?"

나는 그럴 수도 있을 것 같다고 대답했다. 그러자 검사는 내 말에 힘을 얻은 듯이 한동안 신랄한 어조로 피고를 공격했다. 나는 검사의 그 공격적인 말이야말로 모종의 탐욕이

나 결핍의 결과가 아닐까 생각했다. 그러나 그 말을 입 밖으로 내지는 않았다.

여하튼 그때부터 검사와 변호사 사이에서는 아까와 크게 다르지 않은 공방이 벌어지기 시작했다. 변호사는 육체와 정신이 지극히 예민했던 한 소년이 세파를 헤치며 살아오는 동안에 배알이 없는 삶을 강요당했다고 말하고서, 내게 동의를 구했다. 그러자 검사는, 배창복을 가리키며, 피고의 저 뻔뻔스런 표정을 보라, 피고에게는 창자가 없는 게 아니다, 피고야말로 오히려 창자가 너무 길 뿐만 아니라 너무 많아서 소의 되새김위와 다를 바 없을 게다, 저렇게 소처럼 앉아서 끊임없이 속의 것을 게워내어 되씹는 표정을 짓고 있지 않느냐, 그게 과거의 사소한 원한 관계를 되새기며 의도적인 보복을 꾀할 궁리를 하는 게 아니라면 달리 무엇이겠느냐, 그렇게 장황하게 말하고서 나를 바라보았다.

나는 위와 장은 엄연히 다른 것이라고 말을 하려다가 입을 다물었다. 대신 나는 고개를 돌려 배창복 쪽을 보았다. 그때 나는 그와 시선이 마주쳤다. 평소에는 정시공포증이라도 있는 사람처럼 상대방의 얼굴을 똑바로 쳐다보지 않는 그가 나를 노려보듯 응시하고 있었다. 하지만 이번에도 그는 얼마 후에 제풀에 씩 웃으며 고개를 떨구었다.

그 모습을 보자, 나는 문득 이상한 기분이 들었다. 그들이 하는 말이 실상은 배창복이, 정작 자신은 입도 열지 않으면서, 그들의 입을 통해 자기가 하고 싶은 말을 두 갈래로 동시에 이끌어나가고 있다는 인상을 받았던 것이었다. 젊은 시절 그의 기발한 말솜씨가 다시 살아나기라도 한 듯한 느낌이었다. 지금 그는 복화술사였다. 그러나 복화술사는 배창복만이 아니었다. 가만히 들어보니, 그 자리에는 존재하지도 않는 박지상이 검사는 물론이고, 변호사의 입을 통해서도 쉬지 않고 말을 하고 있었다.

그때부터 나로서는 그들의 말을 점점 더 종잡을 수가 없게 되었다. 이제 그들도 나를 아랑곳하지 않고서 자기들끼리 언쟁을 벌이듯이 빠르고 거칠게 말을 주고받았다. 나는 정신을 차려야겠다는 생각에 뭔가 집중할 것을 찾아 법정 안을 유심히 돌아보았다. 그때 나의 눈길이 방청석에 앉아 있는 한 여자의 얼굴 위에서 멈추었다. 옅은 화장을 한 그 여자는 붉은색 원피스를 입고 목에 베이지색 스카프를 두르고 있었다. 방청이 제한되었기 때문에 방청객의 숫자는 많지 않았는데, 맨 왼쪽 구석자리에 앉아 있던 그 여자는 유독 넋이 나간 듯이 입을 반쯤 벌린 채 판사석 쪽을 바라보고 있었다. 그리고 그 옆에서는 열 살이 채 안 되어 보이는 남자아이가 다리를 흔들며 게임기로 전자오락에 몰두하고 있었다. 그 아이가 어쩌다 고개를 들 때마다, 나는 아이의 눈빛이 몹시 불안정하게 흔들리는 것을 보았다.

이제 검사와 변호사는 서로 삿대질을 하며 언성을 높이고 있었다. 판사들은 졸고 있었고, 그중에 여자 판사는 얼굴 위로 쏟아져 내린 머리카락을 입으로 후후 불고 있었으며, 재판장은 눈을 뜬 채 코를 골고 있었다. 그 밑에서는 너댓 마리의 하이에나들이 죽은 짐승의 배에서 흘러나온 창자에 코를 박고 있었다. 내 양 옆으로 출입문 두 개가 활짝 열려 있었는데, 한쪽 문으로는 식도처럼 생긴 긴 통로를 통해 누르스름한 빛이 쏟아져 들어왔고, 다른 쪽 문으로는 문틀 너머로 직장 속처럼 시커먼 어둠이 도사리고 있었다.

그러나 나는 꿈을 꾸고 있는 게 아니었다. 그때 비로소 나는, 박지상이 '창자 없이 살아가기'라는 제목으로 처음 쓰고 배창복이 '배알 없는 삶이라니'라는 제목으로 댓글을 달았던 그 글을 지금 내가 다시 쓰고 있는 중이라는 사실을 깨달았다. 내가 쓰고 있는 이 글의 제목은 아마도 '창자 속에서 살아남기'가 될 것이었다.

9. 법정 구속

　요컨대, 그곳은 동물 법정이었다. 수많은 동물들이 한자리에 모여서 각기 자기 창자가 가지고 있는 문제점에 대해 왈가왈부하면서, 입을 모아 조물주를 성토하고 있었다.

　잠시 후, 검사와 변호사가 똑같이 상기된 얼굴로 거의 숨을 헐떡이며 내 앞으로 돌아왔다. 그들의 지치고 절망적인 표정을 바라보던 나는, 마침내 사실을 밝히기로 마음을 정했다. 하지만 솔직히 고백하자면, 내가 하려는 그 말은 나 자신도 방금 전까지는 전혀 생각조차 못했던 것이었다. 하지만 가만히 생각해보니, 분명 그 말 속에 진실이 들어 있었고, 이제라도 그 말을 할 수 있기에 이른 것은, 물론 조증이 내게 불러일으킨 능력이었다.

　사실, 박지상의 글은 애초에 내게서 모티프를 얻은 것이었다. 언젠가 나는 그와 저녁식사를 함께하던 자리에서 콘래드의 소설을 화제에 올렸다. 그러고는 그 소설 속의 한 인물이, 오지에서는 창자 없이 살아가야 한다고 주장하는 부분에 대해 이야기했다. 그때 나는 박지상의 눈이 반짝 빛을 발하는 것을 보았다. 나는 순간적으로 그의 눈빛이 달라지고 그의 비만한 몸이 잠깐 꿈틀하며 비밀스런 파동을 일으키는 것을 놓치지 않았다. 그와 동시에 내 속에서도 창자가 따끔거리는 자극이 느껴지면서 조증의 작은 폭발이 일어났다. 나는 짐짓 무심한 표정으로 그에게 그 인물을 가지고 글을 한번 써보라고 박지상을 부추겼다. 그는 처음에는 사양을 했지만, 곧 마지못한 듯, 자기에게 특히 흥미로운 테마니만큼 한번 생각해보겠노라고 말했다. 그러고는 얼마 후에 나는 그 글이 신문에 발표된 것을 보았다.

배창복의 경우도 크게 다르지 않았다. 실로 오랜만에 다시 만나 함께 술을 마시던 자리에서, 처음부터 그는 박지상을 지탄하는 말을 끝없이 늘어놓았다. 그때 나는 그에게 박지상의 글에 대해 언급을 하고서, 그 글이 가지고 있는 문제점에 대해 슬쩍 운을 떼었다. 그러나 배창복에게는 그것으로 충분했다. 내가 굳이 부추기고 말고 할 것도 없었다. 나는 어느새 그의 눈빛이 달라진 것을 보고서, 그가 박지상의 글을 물고 늘어질 것이라는 것을 분명히 예감했다. 그러자 다시금 내 속에서 술을 잔뜩 머금은 창자가 세차게 꿈틀거렸고, 동시에 훨씬 더 큰 조증의 폭발이 일어났다.

검사와 변호사는 내 말을 듣고 나서 정신이 번쩍 든 표정으로 서로를 돌아보았다.

그때 방청석에서 누군가가 중얼거렸다.

"참자, 참아, 창자고 뭐고 참자고."

그 중얼거림이 법정 안 전체에 울려 퍼졌고, 몇몇 사람이 웃음을 터뜨렸다. 그 바람에 두 사람은 잠시 머쓱해져 있었는데, 둘 중에서 변호사가 먼저 내게 왜 그런 짓을 했느냐고 따지듯이 물었다.

"세상에 대한 분노와 나 자신에 대한 모멸감 때문이었지요."

내 대답에 검사가 물었다.

"세상에 대해 분노를 느끼는 까닭은 대체 뭡니까?"

"세상이 내게 모멸감을 일으키기 때문이지요."

이번에는 변호사가 물었다.

"모멸감을 느끼는 이유는 대체 뭡니까?"

"내가 세상에 대해 터무니없이 분노를 느끼기 때문이지요."

내 말이 끝나자마자, 검사가 갑자기 손뼉을 치며 소리쳤다.

"완벽합니다. 정말 완벽해요."

그러고는 판사석을 바라보며 말했다.

"재판장님, 저는 이제 증인에게 더 이상 증언을 할 자격이 없다고 생각합니다. 감히 말씀드리자면, 정신 감정이 필요하다고 생각합니다. 증인이야말로 불온한 인물입니다. 게다가 보시다시피, 증인은 재판의 원활한 흐름을 막고 있습니다. 이 법정에 소화불량의 원인이 되고 있다는 말입니다."

그러나 검사의 말이 채 끝나기도 전에 출입문이 열리면서 한 남자가 목발을 짚고 절뚝거리며 들어왔다. 놀랍게도 그는 박지상이었다. 그때 방청석 왼쪽 구석에서 소란이 일어났다. 하지만 그 소란은 박지상 때문이 아니었다. 붉은색 원피스를 입고 베이지색 스카프를 두른 그 여자, 그 여자 옆에 앉아 있던 그 아이가 경기를 일으킨 것이었다. 나는 아까부터 그 아이의 눈빛이 어딘가 이상하다는 것을 알고 있었다. 아이가 거품을 물고서 두 팔을 허우적거리고 있었다. 붉은색 원피스의 여인이 허둥거리며 아이를 진정시키기 위해 애썼다.

물론 아까 나는 첫눈에 그 여자를 알아보았다. 그녀의 가늘고 푸른 목덜미가 내 눈에 들어왔다. 나는 그녀가 배창복의 출판사에서 일할 때, 자주 그 목을 유심히 바라보곤 했다. 그 여자는 한때 배창복과 동거를 했었고, 지금은 박지상과 정식으로 결혼을 하여 살고 있었다. 그 아이의 아버지가 누구인지는 아무도 몰랐고, 분분히 소문만 떠돌 뿐이었다. 유치하게 들릴지 모르지만, 이번 소송의 배후에 그녀가 자리 잡고 있다는 것은 부인할 수 없는 사실이었다. 어떤 의미에서 배창복은 그 여자 때문에 박지상을 공격했고, 박지상은 그 여자 때문에 뒤로 물러설 수 없었다. 이 정도의 짐작은 조증의 통찰력을 빌리지 않아도, 누구나 할 수 있을 것이다. 그날 술자리에서, 배창복은 그 여자야말로 세상에서 창자가 가장 짧은 사람이라는 비난을 서슴지 않았다. 늙은 남자와 못난 남자가 젊지도 늙지도 않은 한 여자를 놓고서 소유권 다툼을 하는 그 꼴은 누구든 밸이 꼴리게 하지 않을 수 없을 것이다.

그러나 잠깐 주목해주기를! 이제부터 내 이야기는 본격적으로 시작된다. 애초에 나는 명예훼손죄 소송이나 치정 사건의 전말에 대해 이야기하려는 게 아니었다. 나는 나의 조증과 그로부터 비롯되는 통찰과 야만에 대해 이야기하려 했던 것이다. 지금 내 머릿속은 창자 속을 닮아가고 있다. 덕분에 내 머리는 리드미컬하게 움직이고 있다. 내 뜻을 전하기 위해서라면 나로서는 배를 가르고 창자를 꺼내어 내던질 용의도 있다.

우리는 죽을 때까지 자기 창자에서 한 발도 벗어나지 못하는 존재들이다. 창자는 천문학적 숫자의 대장균이 살고 있는, 부패와 소멸의 현장이다. 그리고 법관들과 방청객들과 이곳에 있는 모든 이들이여, 당신들이야말로 이 지옥 속의 강력한 세균들이다. 나는 박지상과 배창복이 작당하여 만들어놓은 함정에 걸려들었다. 나는 당신들이 나 같은 불순분자를 찾아내기 위해 이런 어설픈 연극을 계획했다는 것을 알고 있었다. 조증의 통찰력이 나로 하여금 일찌감치 그 사실을 간파하게 했다. 지금 당신들은 나라는 인간을 데려다 놓고서, 소화력 경쟁을 벌이고 있다. 누가 가장 빨리 나를 소화할 수 있는가를 두고서 시합을 벌이고 있고, 방청객들, 당신들도 모두 거기에 동참하고 있다.

하지만 나는 그럴 줄 미리 알고 있었으면서도 증인으로 채택되기를 간절히 바랐다. 나는 나 스스로 이 창자 속으로 끌려 들어오기를 원했다. 이곳이야말로 바로 그 끔찍한 암흑의 오지다. 지금 이 순간에도 풍토병이 기승을 부리고 있는 이 오지의 핵심에서, 당신들은 바이러스에 다름 아니고, 기껏해야 변비 환자의 창자를 채우고 있는 똥 덩어리와 다를 바 없다.

인간들도 거미들처럼 그물을 친다. 그러나 그물을 치는 인간은 결국 자기가 친 그물에 걸려든다. 거미와 인간의 차이는 그것이다. 예전에 나는 이미 한 번 당신들의 거미줄에 걸린 적이 있고, 당신들의 창자 속에 갇힌 적이 있다. 그리하여 이제 내가 내 발로 걸어서 이 속으로 들어왔다. 애초에 명예훼손도, 여자를 두고 벌이는 암투도, 내게는 전혀 중요하지 않았다. 바로 이 순간, 내가 한때 나를 집어삼켰던 이곳, 창자 속, 암흑의 오지 속에 다시 들어와 있다는 사실이 단지 중요할 뿐이다.

내가 바로 너희들이 찾던 창자 없는 사람이다. 지금 내 창자는 내 목에 화환처럼 걸려 있다. 오래전에 나는 이곳에서 지옥을 보았다. 그 지옥의 풍경이 내내 내 머리에서 떠나지 않았고, 결국 나는 사자의 입속에 다시 머리를 집어넣기로 했다. 죽음의 신이 건네는 말에 귀를 기울여 나의 교만에서 빠져나오려 했다. 그렇게 하여 다시는 지옥 속으로 떨어지지 않으려 했다.

지금, 이 창자의 지옥 속에서 나는 즐거움을 느낀다. 내게는 그럴 만한 용기가 있다. 그 용기에 힘입어, 나는 비로소 진실을 말하고 있다. 이는 물론 조증 덕분이다. 나는 기쁨으로 충만한 폭탄이다. 너희 창자 속에 장치된 폭탄, 똥폭탄이다. 나는 이 폭탄으로 당신들의 창자를 날려버리기로 했다. 그리하여 지금 나는 기쁜 마음으로, 변비에 걸린 당신들의 창자에 관장을 하고 있는 것이다. 똥물이 항문 밖으로 평안하게 흘러내려가게 하여, 흐르는 똥물 같은 평화가 당신들의 뱃속에 자리 잡게 하려는 것이다. 뱃속의 관장이 또한 머릿속의 관장도 가능하게 할 것이다. 지금 나는 또한 심리적 관장으로 당신들의 조증과 울증을 씻어내주고 있는 것이다. 지금 내 말이 당신들 속으로 물처럼 흘러든다. 이 물로 된 말 속에 모든 비밀과 진실이 들어 있다. 이 말이 세상의 창자 속으로 흘러들어 음모를 꿰뚫고 핵심에 닿을 것이다.

내가 소리 높여 말을 하며 동전을 던지고 꽃을 뿌리자, 사람들이 환호성을 지르며 그것들을 줍기 위해 이리저리 몰려다녔다. 그와 동시에 오페라 아리아와 교향곡이 내 귓전에서 쾅쾅 울렸다. 나는 악단의 지휘자가 되어, 그 지옥의 오페라에 맞추어 허공에 쳐든 두 팔을 힘차게 흔들었다.

그때 정숙하라고 외치는 재판장의 목소리가 내 귀에 들려왔다. 그러자 우아하게 실내의 공기를 가르던 내 손이 허공에서 잠시 비틀렸다. 하지만 내가 들어 있는 곳은 이미 오래전에 재판정이 아니었다. 이제 그곳은 명실공히 누군가의 창자 속이었다. 창자의 연동과 분절 작용이 활발하게 일어나고 있어서, 반쯤 소화된 채 그곳으로 흘러든 사람들과 그 모습을 보고서 놀라 어찌할 바를 모르는 사람들이 한데 뒤섞여 이리저리 휩쓸리고 있었다. 그리고 창자 점막의 분비

샘에서 분비된 점액이 그들 위로 쉴 새 없이 오물처럼 뿌려지고 있었고, 수천 종의 장내 세균들이 떼를 지어 그들에게 달려들었다. 박지상과 배창복의 모습도 이미 그 속으로 사라져 보이지 않았다. 내 온몸이 다시 춤을 추듯 흔들렸다.

그때 재판장이 나무망치를 들어 탁자를 내리치며 소리쳤다.

"법정모독죄와 위증죄로 증인의 구속을 명한다."

나는 재판장을 향해 소리쳤다.

"당신도 드디어 창자 없이 사는 법을, 배알도 불알도 없이 사는 법을 배웠다. 내가 그것을 당신에게 가르쳤으니, 이제 나는 더 이상 바랄 바가 없다."

그와 동시에 나는 어떤 강력한 힘이 양쪽에서 내 몸을 조이는 것을 느꼈다. 이윽고 나는 문밖으로 끌려 나가 복도를 따라 걸었다. 그렇게 어딘지 모를 곳으로 호송을 당하는 동안, 내 몸 또한 그 창자 같은 공간의 연동과 분절 작용에 의해 산산이 부서지면서, 저 직장 속처럼 검은 구멍을 향해 천천히 빨려 들어가기 시작했다. 나는 잠시 내가 아무에게도 이해받지 못하고 있다는 사실을 절감했다. 그러자 조증의 껍데기만이 나를 간신히 지탱하고 있다는 생각이 찾아들었다. 하지만 내게서 조증은, 세상에 대한 분노와 자기 모멸감이 서로 만나는 자리이자, 그 순간이었다. 그제야 비로소 나는 나 자신을 이해할 수 있었다. 그러자 뱃속이 묵지룩해지면서, 머릿속에서는 통찰의 순간이 끊임없이 이어졌다. 이윽고 나는 눈을 감았다. 그러고는 계속 걸음을 옮기며, 눈을 감은 채 걸을 수 있는 걸음 수를 헤아렸다. 눈에 보이지 않는 저 구멍은 이제 내게는 해방을 향한 출구였다.

진부한 일상

삶은 부조리하지도, 지리하지도 않다. 단지 진부할 뿐이다. 그는 버릇처럼 혼잣말을 중얼거리며 걸음을 옮겼다. 갑자기 불어온 세찬 바람에, 주차장 위를 대각선으로 가로질러 날아가던 참새 한 마리가 돌풍에 휘말린 낙엽처럼 이리저리 밀리다가 중형 트럭 뒤로 곤두박질치듯 사라졌다. 그는 한참 동안 두리번거린 끝에 두 그루의 플라타너스 사이에서 자신의 자동차를 발견했다. 차문의 자물쇠 구멍에 열쇠를 꽂았을 때, 그는 오른쪽 후면경과 문짝에 걸쳐 거미줄이 쳐져 있는 것을 발견했다. 그리 크지는 않았어도 제법 꼴을 갖춘 거미줄이었다. 그로서는 실로 이해하기 어려운 노릇이었다. 벌써 며칠째 계속하여 그 자리에 거미가 그물을 치고 있는 것이었다. 게다가 주변의 다른 차들을 살펴보아도 거미줄을 달고 있는 것은 유독 그의 차뿐이었다. 그는 고개를 젖혀 두 그루의 나무를 번갈아 유심히 바라보았다. 당연히 거미는 눈에 띄지 않았다. 그러나 대수롭지 않은 일, 그는 지난번처럼 바닥에서 나뭇가지를 집어 거미줄을 걷어내는 것으로 마무리를 짓고서 차에 올랐다.

그는 공항으로 가기 위해 일단 회사 쪽으로 차를 몰았다. 출근 시간이 지난 터라 도로는 비교적 한산한 편이었다. 그는 위태롭게 보일 정도로 훌라후프를 가득 실은 소형 트럭의 뒤를 한동안 따라가다가 자동차 전용도로로 진입했다. 차체가 조금 심하게 흔들릴 때마다, 열쇠고리에 매달린 다섯 개의 열쇠들이 서로 부딪치며 쩔렁거리는 소리를 냈다. 그 소리를 들을 때면 그는 자기도 모르게 쇠불알이라는 말을 머리에 떠올리곤 했다. 소의 불알이 아닌, 쇠로 된 불알인 것인데, 실제로 열쇠 뭉치를 손에 쥘 때면 매번 금속의 찬 기운이 마치 살아 있는 동물의 고환을 만질 때처럼 서늘하고 척척한 습기를 느끼게 했다.

라디오의 에프엠 음악 방송 프로그램에서는 여자 진행자의 변함없이 약간 애수 어린 목소리가 흘러나오고 있었다. 나의 고통 그 자체는 중요한 게 아닙니다. 내가 고통을 느

끼는 것은 남들의 고통을 알라고 삶이 내게 가르치려는 것
이지요. 인생에 내리막길은 없어요. 항상 오르막길뿐이에
요. 때로 아주 가파르기까지 하지요. 잠시 내리막길이 있으
면 그것은 곧 더 높은 오르막길이 있다는 사실을 예고하는
것이랍니다. 고통은 인생의 오르막길 같은 거예요. 그는 가
속기의 페달을 힘껏 밟아 빠른 속도로 터널 안으로 진입했
다. 일 킬로미터가 넘는 긴 터널이었다.

시야가 어두워지기 시작한 순간부터, 그는 긴장감을 느끼
며 귀에 신경을 집중시켰다. 평소에 라디오를 켠 채 그 터
널에 들어서면 잠시 잡음이 심하게 일어나다가, 다른 방송
채널은 모두 차단된 채 어김없이 단 하나의 채널만이 방송
되는 것이었다. 이번에도 예외가 아니었다. 방금 전의 채널
은 침묵을 강요당하고서, 곧 모 종교단체의 후원을 받는 방
송사가 오르간 반주로 바흐의 미사용 카논을 내보내기 시작
했다. 평소처럼 그는 자동차가 터널을 빠져나갈 때까지 마
취제로 몸이 마비된 사람처럼 꼼짝도 하지 못하고서 크게
뜬 눈으로 정면을 응시해야 했다.

그러나 오늘은 사정이 달랐다. 열쇠 뭉치가 유난히 크게
쩔렁거리는 소리에 언뜻 정신이 돌아온 것이었다. 그는 두

눈을 깜박거리며 주위를 돌아보았다. 그때 그는 후면경 부근에서 뭔가 낯선 움직임이 감지되었다. 그가 터널 안의 어두운 조명 속에서 눈을 크게 뜨고 그쪽을 바라보니, 거울과 거울 틀 사이의 빈틈에서 거미 한 마리가 기어 나오고 있었다. 순간, 그는 깜짝 놀랐다. 등에서 식은땀이 주르륵 흘러내리는 듯한 느낌이었다. 그는 전방을 살피는 것도 잊은 채 거미에게서 시선을 떼지 않았다. 제법 큼직하고 몸통 한가운데가 붉은색과 노란색으로 울긋불긋하고 다리가 유난히 가늘고 긴 그 절지동물은 아주 조심스레 움직이고 있었다. 그러나 이내 완전히 밖으로 나와서 거울 가장자리를 따라 아래쪽으로 천천히 이동하고 있었다. 그러더니 강한 바람을 더 이상 견디기 어려웠던지, 도중에 여덟 개의 다리를 잔뜩 웅크리고서 모서리 부분에 몸을 바싹 붙였다.

며칠 동안 날마다 그의 차에 그물을 친 것이 바로 그 거미였다. 거울 틀 속의 빈 공간을 제 집으로 삼고서 그 속에서 먹이가 걸리기를 기다리고 있었던 것이다. 그로서는 그런 생각을 진작 하지 못한 자신을 나무라지 않을 수 있었다. 자기가 친 그물에서 그리 멀지 않은 곳에 숨어 있는 것이 거미의 생리라는 것을 모르지 않았기 때문이었다. 그러나 그 거미가 왜 하필 그곳을 은신처로 택했는지, 그리고 또 왜 하필 지금 밖으로 나온 것인지 이해할 수 없는 노릇이었다. 그는 속도를 줄일 수도, 그렇다고 줄이지 않을 수도 없는 상태에서, 전방과 거미를 그저 멍하니 번갈아 바라볼 수밖에 없었다. 거미가 자동차에 보금자리를 튼 것도 놀라웠지만, 이 삭막한 기계 덩어리가 생명체 하나를 보듬어 둘 수 있었다는 사실은 신기하기까지 한 일이었다.

그러나 뒤늦게 깨달은 거미와의 인연은 곧 끝이 났다. 후면경에서는 터널 천장에 달린 전등들의 불길한 불빛이 빠르게 명멸하고 있었는데, 그 위에 하나의 둥근 점으로 붙어 있던 거미가 터널을 빠져나오는 순간 마침내 휙 하고 날아가버린 것이었다. 마치 빛의 강력한 공격이라도 받은 듯이 여겨지는 순간이었다. 그는 운전대를 움켜쥔 채 다시금 자기도 모르게 주위를 두리번거렸다. 그러다가, 대수롭지 않은 일, 부질없는 짓, 그는 고개를 가로저으며 버릇처럼 중얼거렸다. 삶은 부조리하지도, 지리하지도 않다. 단지 진부할 뿐이다. 약간의 변화가 진부함을 유지한다.

이윽고 그는 회사 쪽과 반대 방향의 길로 접어들면서 라디오를 껐다. 다리 위를 지날 때, 조금 방심한 탓인지 아니면 강한 바람에 밀린 것인지, 자동차가 제 스스로 차선을 넘어섰다. 그때 아래쪽에서 부욱 하는 소리가 일어났다. 최근에 새로 칠한 차선과 타이어 사이의 마찰음이었다. 그와 동시에 차체에서 미세하지만 적잖이 불쾌한 진동이 느껴졌다. 그러나 그 소리는 이를테면 날카로운 칼로 커다란 북의 가죽 막을 푹 찔러 아래로 쭉 내리긋는 듯한 후련함을 느끼게 했다. 그 느낌은 정확히 그의 아랫배로 묵직하게 전해지고 있었다. 그는 운전대를 좌우로 돌려 앞 차들을 추월하며 함부로 차선을 넘나들기 시작했다. 그때마다 어김없이 소리가 들리면서, 음과 음 사이에 길거나 짧은 쉼표를 둔 하나의 가락을 이루기 시작했다. 철로처럼 끝없이 이어지고 있는 차선들, 지겹도록 평행으로 뻗어 있는 장애물처럼 그와 그의 자동차를 가둬두고 있는 그 차선들이 이제 악보의 오선처럼 보이고 있었다. 그에게는 그 도로가 삼차로라는 것이 아쉬울 따름이었다.

그는 계속하여 차선을 넘으면서 두 줄의 악보 위에 음표들을 매달고 있었다. 간간이 열쇠 뭉치가 요령 소리를 냈다. 그는 자동차가 어느 정도의 속도로 달리느냐, 그리고 타이어가 차선을 얼마만큼의 각도로 밟느냐에 따라 소리가 달라진다는 사실을 알고 있었다. 그는 이십대의 시절로 되돌아간 듯한 기분이 들었다. 지금보다 훨씬 젊었던 그 무렵에 그는 이미 자주 차도 위에서 자동차로 연주를 하곤 했다.

그때의 기억으로 그는 파란색 차선을 밟을 때면 소리가 짧고 높으며, 흰색은 좀더 길고 굵은 편이고, 다리나 터널 안의 차선은 보다 묵직하게 강력한 경고음을 낸다는 사실을 알고 있었다. 그 소리들은 콘트라베이스와 비올라와 바이올린의 음색을 느끼게 하는 데 부족함이 없었다. 더욱이 예전에는 간간이 경적을 울려 트럼펫 소리까지 동원했으므로 훨씬 그럴듯한 화음을 만들어낼 수 있었다. 그러나 삼십대 후반의 나이에 들어선 지금, 그는 단조롭기는 하지만 더 안정된 음악으로 만족하기로 했다. 그 소리는 그에게 한편으로는 현악사중주가 연주하는 고대의 송가를 듣는 듯한 기분이 들게 했고, 다른 한편으로는 후련하게 변을 보고 있는 듯한 느낌을 가지게 했다. 하지만 이내 그는 퍼뜩 정신을 차리고서 운전대를 잡고 있는 손의 움직임을 멈추었다. 기껏해야 혼자 단순한 가락을 흥얼거리는 것과 다를 바 없는 행위에 너무 오래 매달려 있다는 생각이 뒤늦게 찾아들었기 때문이었다.

그가 규정 속도를 조금씩 넘나들며 달리기를 계속하고 있는 동안, 아까부터 저만치 앞에서 은색 승용차 한 대가 그의 차와 줄곧 비슷한 거리를 유지하고서 달려가고 있었다. 차체가 유난히 매끄러워 보이는 때문인지 그 차는 온몸에 기름을 잔뜩 바른 채 우리에서 뛰쳐나온 한 마리의 날렵한 동물처럼 보였다. 꽥꽥거리며 달아나는 그 동물을 사람들이 기를 쓰고 쫓아가 잡으려 들면 번번이 미끄러운 은빛 몸통이 손에서 쑥 빠져나가 놓치고 마는 것이었다.

그는 굽이진 길을 돌면서 비어 있는 바깥 차로로 차선을 변경했다. 시야가 열렸을 때 그는 전방에서 그 은색 자동차를 다시 발견했다. 그러나 달리는 기세가 조금 전보다는 상당히 누그러져 있었다. 그는 다시 차선을 바꾸려 했으나 왼쪽에서 달려오는 차량들로 인해 여의치가 않았다. 그때 앞 차에서 펑 소리가 들리더니 뒤 트렁크의 문이 덜컹 열리는 것과 동시에 잿빛 연기가 쏟아져 나오기 시작했다. 순간 그는 제동기의 페달을 있는 힘껏 밟았다. 앞 차와의 간격이 급격히 줄어들고 있었기 때문이었다. 급정거를 하는 그의 차에서는 마치 돼지의 멱을 딸 때 나는 것처럼 기괴한 소리가 일어났다. 그 소리는 합주를 하던 악기들이 한 순간에 모두 파열될 때 나는 소리와 조금도 다르지 않았다. 그 파열음을 최종음으로 하여 마침내 연주가 완전히 끝이 난 것이었다. 몸 안팎의 물리적인 충격으로 인해, 그는 운전석에

못 박힌 채 과녁에 꽂힌 화살처럼 부르르 몸을 떨었다.

어질거리는 머리를 들어 주위를 살피자, 그의 차는 앞 차와 불과 일 미터가량의 간격을 두고 서 있었고, 뒤에서 따라오던 차들이 요란하게 경적을 울리며 차선을 변경하여 바로 옆을 휙휙 지나치고 있었다. 그는 잠시 뭔가에 홀린 기분이었다. 온몸에서 힘이 빠져나간 탓에 자기가 싼 똥 위에 털썩 주저앉아 있는 듯한 느낌이 들기도 했다. 게다가 그의 귓전에는 방금 전에 그 기름투성이의 짐승이 내지르던 단말마의 비명이 생생하게 남아 있었다.

그때 연기를 내뿜으며 비상등을 껌벅거리고 있던 앞 차의 문이 열리면서, 한 뚱뚱한 사내가 밖으로 뛰어나왔다. 사내는 불알이 잘린 짐승처럼 허둥거리고 있었다. 아주 짧은 순간, 그는 그 사내의 상체가 피투성이라고 생각했다. 그러나 그것은 그의 착각이었다. 그 사내는 진홍색 셔츠를 걸치고 있을 뿐이었다. 사내는 두 대의 자동차 사이에 서서 뭐라고 소리를 질러댔다. 그는 차창을 내리고 고개를 뽑아서 앞쪽을 바라보았다. 앞 차에서 피어오르는 연기 너머로 언덕 아래쪽의 도시가 눈에 들어왔다. 흐릿해진 그의 눈에 스모그로 덮인 그 도시는 불이 나서 연기에 휩싸여 있는 듯이 보였다. 그 연기 속으로 끝이 보이지 않게 뻗어 있는 자동차들의 행렬이 꾸역꾸역 밀려 들어가고 있었다. 그가 고개를 돌려 뒤를 돌아보자, 총탄이 빗발치듯 한시도 쉬지 않고 수많은 자동차들이 빠른 속도로 그를 향해 달려오고 있었다. 그는 자기도 모르게 강한 불쾌감을 느끼며 중얼거렸다. 삶은 부조리하지도, 지리하지도 않다. 단지 진부할 뿐이다. 진부함은 약간의 방심도 놓치지 않는다.

그는 공항에 도착하여 주차장에 차를 세웠다. 국내선 대합실에 들어서는 순간, 그는 그 복잡함과 번잡함에 잠시 머릿속이 아뜩해지는 것을 느꼈다. 그러고 보니 신혼여행 때 남들처럼 비행기를 탄 후로는 이번에 처음으로 공항 대합실에 발을 들여놓는 셈이었다. 지금 그는 강연을 하기 위해 가고 있는 중이었다. 최근 들어 관공소나 기업체나 병원 같은 곳에서 강사를 초빙하여 직원들의 교양 강좌를 열어주는 것이 일반화되고 있었다. 이번 주제는 현대 문화의 이해에 대한 것이어서 문화평론가를 찾던 중에, 우연찮게 자유기고가인 그에게 연락이 닿은 것이었다. 아마도 최근에 그가 그 방면으로 발표한 몇 편의 글을 누군가가 본 모양이었는데, 사실 그는 경력상으로 전문가라고는 할 수 없는 처지였다. 그런 의미에서 이번 강의는 요청한 쪽에게나 받아들인 쪽에게나 일종의 실수라고 할 수 있었다.

　결혼 전까지만 해도 그는 그런대로 평범한 인간에 속했다. 그러나 그 후로 그는 매사에 의욕을 잃고 말았다. 한마디로, 삶이 진부하다는 생각, 모든 것이 진부하다는 느낌 속으로 점점 더 깊이 빠져들기 시작한 것이었다. 그의 아내는 성격이 상당히 적극적이었을 뿐만 아니라, 누구에게든 화려하다는 인상을 주는 여자였다. 우연찮은 계기로 그녀와 가까워진 후로, 그는 자기보다 앞서 나가는 그녀에게 가능한 한 자신을 맞추고자 노력했고, 그 결과로 결혼에까지 이르게 되었다. 그러나 남들의 눈에 언제나 그들은 그다지 서로 잘 어울려 보이지 않는 부부였다.

　오래전에 그는 아내에게 이끌려 송년회 자리에 나간 적이 있었다. 그때도 사람들은 그들을 앞에 두고서 겉으로 보기와는 달리 속궁합이 맞는 부부들 중의 대표적인 경우라느니 하는 말을 늘어놓았다. 그 말을 듣고서 그는 딴에는 농담을 할 셈으로 대꾸했다. 그래도 나로서는 이 사람과 결혼할 때 상당한 용기가 필요했답니다. 그는 말을 하고 나서 낮게 소리 내어 웃었는데, 그러나 따라 웃는 사람은 아무도 없었다. 그가 머쓱해 있을 때, 그의 아내가 질책하는 표정으로 그를 빤히 바라보며 혼잣말을 하듯이 중얼거렸다. 그래, 그게 용기가 필요한 일이었구나. 그는 자신이 무슨 실수라도 한 모양이라고 생각하며 그녀를 마주 바라보았다. 그때 그녀가 갑자기 활짝 웃는 얼굴로 사람들을 돌아보며 활달한 목소리로 말했다. 우리는 적어도 서로를 방해하지는 않아요. 우리 남편은 매일 집에서 책만 읽지요. 걸어가면 발자국 대신에 글자가 찍힐 것 같을 정도라니까요. 그녀의 말에 사람들은 비로소 웃음을 터뜨렸다.

그날 집으로 돌아오는 길에 그들은 한동안 언쟁을 벌였다. 그로서는 왜 그녀가 사소한 말 한 마디에 그토록 신경을 곤두세우는지 이해를 할 수 없었지만, 결국 자신이 사람들 앞에서 실언을 했음을 인정하지 않을 수 없었다. 그리하여 그에게 결혼이 용기가 필요했던 일이 아니게 되었고, 그와 더불어 그 후로 아내와 관련하여 모든 용기도 함께 사라져버리고 말았다. 그는 그녀의 곁에 제대로 머물 수도, 그렇다고 떠날 수도 없게 된 것이었다.

아마도 그 무렵부터 그는 삶이 진부하다는 생각에 강하게 사로잡히게 된 듯했다. 당연히 그 까닭이 아내 탓만은 아니었지만, 여하튼 그는 모든 일에서 쉽게 무기력감과 아울러 환멸감을 느끼게 되었다. 아침에 쓰레기 봉지를 들고 집을 나설 때, 그리고 쓰레기장에 쓰레기 봉지들이 작은 산처럼 쌓여 있는 것을 볼 때면, 인간들이 가장 잘하는 짓은 쓰레기를 만드는 것이라고 중얼거리곤 했다. 그리고 삶의 의지니 사랑이니 하는 것도 종족이나 사회라는 리바이어던이 스스로 존속하기 위해 인간들에게 주입하는 기만적인 이념일 뿐이라는 생각을 곱씹었다. 모두가 각기 제한된 분야에서 그야말로 진부한 표현처럼 다람쥐 쳇바퀴 돌듯이 살아가고 있는 것이며, 이제 그에게는 살아 있다는 것 자체가 죄를 짓는 일에 불과하게 되었다. 하지만 그렇다고 자살 따위를 생각할 수도 없는 노릇이었다. 그 또한 진부한 행동일 수밖에 없기 때문이었다. 그렇다면 최소한의 생계를 유지하기 위한 행위만을 해나가면서, 이를테면 주행자처럼, 높은 기둥 위에 올라앉아서 수행을 한다는 수도승처럼 살아갈 수밖에 없는 노릇이었다.

지금도 아내는 결혼이 그에게서 어떤 열정을 가지고 행한 마지막 일이라는 사실을 깨닫지 못하고 있었다. 어쩌다가 그녀가 전화 통화를 하며 큰 소리로 웃고 떠들 때면, 그는 그렇듯 적극적이고 활동적으로 사는 것 역시 보잘것없는 삶의 방식이라는 것을 새롭게 확인할 따름이었다. 그가 모 인터넷 회사에 소속되어, 일주일에 두어 번 사무실에 출근하여 사이트를 관리하고 이른바 문화 평론이라는 것을 쓰고 하는 것도, 하루 중의 대부분의 시간을 책상 앞에 앉거나 방바닥을 뒹굴며 할 수 있는 일이기 때문이었다. 그런데 그런 그가 며칠 전에 강연 요청을 수락하고 만 것이었다. 물론 그것은 회사 측과 아내의 따가운 눈총이 작용한 탓이기도 했다. 그러나 책임은 전적으로 그에게 있었다. 주행자가 끊임없이 기둥 위로 기어오르는 전갈들과 뱀들에게 시달리다가 잠시 나약해진 나머지 기둥에서 내려와 땅을 밟고 만 셈이기 때문이었다. 스스로 생각하기에, 아마도 그는 암암리에 사회에 복귀하고 싶은 욕구를 지니고 있었던 모양이었다. 하지만 집을 나서는 순간부터 그는 마치 굴에서 나온 초식동물처럼 긴장하고 있었다. 그가 평소와 달리 거미에게 놀라고 차도 위에서 객기를 부리고 한 것도 그 때문이었다. 말하자면 지금 그는 헛된 기대감에 대한 대가를 치르고 있는 셈이었다. 그로 인해 그로서는 자기를 보호하기 위해 주문을 외듯, 같은 말을 돌림노래처럼 반복하여 중얼거릴 수밖에 없는 노릇이었다. 삶은 부조리하지도, 지리하지도 않다. 단지 진부할 뿐이다. 인간의 손이 닿으면 무엇이든 진부해진다.

비행기에 올랐을 때, 그는 목이 뻣뻣해지는 것을 느꼈다.

그 느낌은 좌석에 앉아 안전벨트를 맸을 때 더욱 커지더니, 급기야 목등뼈를 중심으로 하여 극심한 고통이 머리와 어깨 위쪽까지 번져나가기 시작했다. 통증이 어찌나 심한지 가만히 앉아 있을 수가 없을 정도였다. 아마도 아까 차를 급하게 세울 때 목에 충격이 가해진 모양이었다. 그러나 사실 그에게서 목의 통증은 어제 오늘의 일이 아니었다. 그것은 일종의 지병과도 같은 것이었다. 때문에 그동안 그는 그 병을 치유하기 위해 온갖 노력을 해야 했다. 한때는 수영이나 요가, 등산 같은 운동을 지속적으로 하였고, 걸을 때나 심지어 어쩌다 섹스를 할 때도 목에 각별히 신경을 써서 무리가 가지 않게 하고자 주의를 했다. 뿐만 아니라 증세가 심해질 때는 냉온찜질도 게을리하지 않았다. 그러다 보면 통증은 그런대로 진정되곤 했는데, 그러나 문제는 그것이 잊을 만하면 어김없이 되살아난다는 데 있었다.

한번은 한의원을 찾은 적도 있었는데, 젊은 한의사는 한참 동안 그의 목을 주물러본 뒤에 말했다. 뭔가 죄를 진 거라도 있습니까? 그 말에 그가 선뜻 대답을 하지 못하자, 의사는 제풀에 멋쩍은 미소를 지으며 말했다. 목 간수를 열심히 하시는 게, 언제 목이 떨어질지 몰라서 겁내는 사람처럼 보이니까 말입니다. 그가 여전히 아무 대꾸도 하지 않고서 똑바로 마주 바라보자, 의사는 짐짓 정색을 하고서 말을 이었다. 그러니까 내 말은 목을 너무 움츠리고 다닌다는 뜻입니다. 그러니까 목과 어깨에 긴장이 풀리지 않아서 통증이 유발되는 겁니다. 직접 목덜미를 만져보세요. 불필요한 살이 두툼하게 붙어 있지 않습니까.

그 의사의 말에도 일리가 있었다. 보통 때에 그는 마치 외부의 공격에 방어를 하는 사람처럼 항시 어깨 사이에 목을 묻고 다니는 편이었던 것이다. 그러나 그것은 목을 잘 간수하기 위해서가 아니었다. 그와는 반대로 목을 건사하기가 힘겹다는 느낌, 목 위에 머리가 잘못 붙어 있다는 느낌에 줄곧 시달리고 있었기 때문이었다. 게다가 그로 인해 목덜미에 살이 붙으면 외부의 공격에 더 쉽게 목덜미가 잡혀서 목이 떨어질 확률이 더 높아질 것이 아니겠는가.

그래도 여하튼 젊은 한의사는 그에게 도움을 준 셈이었다. 그 후로 그는 가급적 목을 쭉 빼고 어깨를 뒤로 젖히는 자세를 유지하고자 애썼다. 그리고 틈이 날 때마다 목을 돌리고 팔을 휘저어서 목과 어깨의 긴장을 푸는 체조를 했다. 그 덕분에 차츰 목덜미의 살이 줄어들었고, 통증도 다소 완화되었다. 그러던 어느 날, 수영을 한 뒤에 사우나에서 거울에 자신의 벗은 몸을 비춰본 순간, 깜짝 놀라지 않을 수

없었다. 목에서 어깨로 내려가는 선은 다소 매끄러워진 듯
이 보였는데, 대신 겨드랑이 밑으로 쭈글쭈글한 살이 비어
져 나와 있었기 때문이었다. 마치 털이 모두 뽑힌 닭의 날
갯죽지를 눈앞에서 보고 있는 듯한 느낌이었다. 그러고 보
니 그가 헤엄을 치거나 체조를 하면서 팔을 휘저어대는 행
위는 닭이나 오리가 퇴화된 날개를 퍼덕거리는 것과 다를
바 없었다. 그런가 하면 그가 수시로 목 운동을 하는 것도
새들이 끊임없이 고개를 까닥거리는 것과 놀랍게 닮아 있었
다. 그때 그는 예전에 보았던 광경, 목이 잘린 닭이 머리가
떨어진 줄도 모르고 마당을 뛰어다니던 모습이 눈앞에 떠올
라서, 자기도 모르게 고개를 휘휘 저었다. 그러나 어차피
어이없이 하루하루를 살아가는 이 진부한 세상에서, 그에게
는 달리 선택의 여지가 없었다.

그런데 그렇듯 어렵게 가라앉힌 목의 통증이 오늘 비행기
안에서 갑자기, 그것도 아주 심하게 되살아난 것이었다. 마
치 잠시 잊혀져 있던 카논의 중심 선율이 느닷없이 강력하
게 터져 나오는 것을 듣는 듯한 기분이었다. 그는 몸을 일
으켜서 다시 팔을 휘젓고 목을 움직여 운동을 하고 싶었다.
그러나 비행기가 이륙 직전이라서 좌석에 얌전히 앉아 있을
수밖에 없었다. 이럴 때는 목 운동을 위한 훌라후프 같은

것이라도 있으면 좋지 않을까. 그런 생각이 들자, 몇 시간 전에 차도 위에서 훌라후프를 가득 실은 트럭을 보았던 기억이 떠올랐다. 그때 왜 자신이 그 트럭을 유심히 바라보았는지 뒤늦게 깨닫게 된 것이었다. 아프리카의 한 원시 부족에는 여자들이 어렸을 적부터 목에 고리를 끼워서 목을 길게 늘이는 풍습이 있다고 하는데, 아까 그는 무의식적으로나마 그 훌라후프들을 작게 줄여 모두 목에 끼우고 싶은 충동을 느꼈던 것이 분명했다.

이윽고 안전띠를 풀어도 좋다는 신호가 나오자마자, 그는 자리에서 일어났다. 그러고는 좌석들 사이를 왔다갔다하면서 부지런히 상체를 움직였다. 그러나 어찌 된 일인지 목의 통증은 여간하여 가라앉지 않았다. 게다가 사람들의 힐끔거리는 눈길도 있고 하여, 결국 그는 화장실로 숨어들지 않을 수 없었다. 거울에 비친 그의 얼굴은 시퍼렇게 변색이 되어 있었다. 침침한 불빛 때문에 그렇게 보인 것인지도 모르지만, 그에게는 목의 통증이 혈액의 순환을 가로막고 있는 탓으로 여겨졌다. 당장이라도 머리가 목에서 굴러 떨어지지 않을까 걱정이 될 정도였다. 계속해서 거울을 들여다보고 있자, 그의 얼굴은 점점 더 기괴하게 변해갔다. 잠시 후에 그것은 고대의 민화나 와당의 귀면 무늬에서 보았던 도철이

나 치우의 형상을 하고 있었다. 그리고 그 위로 고르곤 중의 하나인 메두사의 얼굴이 겹쳐졌다. 그는 몸이 차갑게 얼어붙는 것을 느꼈다. 메두사의 잘린 머리가 그것을 보는 사람들을 돌로 만들어버렸듯이, 거울 속의 그의 얼굴이 메두사의 머리가 되어 그에게 최면을 가하고 있었다. 그는 오랫동안 꼼짝도 하지 못했다. 삶은 부조리하지도, 지리하지도 않다. 단지 진부할 뿐이다. 진부한 세상에 두려울 것은 아무것도 없다. 한 시간 뒤에 비행기에서 내리면서 그는 기도문을 외듯 그렇게 중얼거렸다.

그는 공항 승차장에서 택시를 탔다. 바다로부터 바람이 세차게 불고 있었고, 당장이라도 비가 내릴 듯 공기가 눅눅했다. 착륙할 때는 몰랐는데, 차창을 통해서 보니 활주로가 바다와 바로 면해 있어서 잠깐 보기에도 아슬아슬한 느낌을 불러일으켰다. 그러고 보니 언젠가 이 공항의 활주로가 국내에서 가장 짧다는 말을 들은 기억이 났다. 택시 안에서 반쯤 누워 있는 동안, 목의 통증은 많이 가라앉았다. 그래도 뒷목이 적잖이 뻣뻣하기는 여전했으나, 다행히 한 시간 반 동안 말을 하기에는 크게 어려움이 없을 듯했다.

사십 분쯤 후에 택시에서 내려 병원 건물의 현관을 바라보던 그는 그제야 그곳이 척추 전문 병원이라는 사실을 상기했다. 스스로 생각해도 어이없게도, 아까 택시에 탈 때 모 척추 클리닉으로 가자고 자신의 입으로 분명히 발음했음에도 불구하고, 그때는 목의 통증과 척추 클리닉을 전혀 연결지어 생각하지 못했던 것이다. 그가 목이 아파서 고생하는 것을 보고서 주변에서는 수술을 받아보라고 권하곤 했다. 하지만 그로서는 아무리 고통스러워도 자신의 경추에 칼을 대게 하는 일을 감당할 자신이 없었다. 그는 공연히 자꾸 움츠러드는 목을 애써 잡아 빼고서 건물 안으로 들어갔다.

그는 홍보실 여직원의 안내를 받아서, '문화 코드 다시 읽기'라는 전단이 붙어 있는 강연장으로 들어갔다. 그것이 오늘 그가 하기로 되어 있는 강연의 제목이었다. 강사 소개가 이루어지고 있는 동안에도, 그는 어쩔 수 없이 한 손으로 연신 뒷목을 주물러야 했다. 우선 그는 개략적으로 작성한 강연 원고를 눈에 잘 보이게 펼쳐놓았다. 그러고는 인터넷을 뒤져서 자료를 정리한 새로운 문화 코드의 아이템들 중에 흥미를 끌 만한 것들, 이를테면 신화, 누드, C.G.I., 포르노, 자살, 해피 드러그, 동성애, 번지점프, 아포리즘, 성형 수술 등등을 서로 연결지어 이야기를 늘어놓기 시작했다.

그러나 정작 그는 자신의 이야기에 집중을 할 수가 없었다. 점점 다시 심해지고 있는 목의 통증 탓이기도 했고, 청중들 중에 유독 흰색 가운을 걸친 남자들이 팔짱을 낀 채 줄곧 딱딱하게 굳은 표정으로 그를 뚫어지게 응시하고 있기 때문이기도 했다. 그들은 그의 말을 듣는 대신, 그의 손동작을 지켜보며 각기 나름대로 그의 목 상태에 대한 전문적인 진단을 내리고 있는 것이 분명했다. 더욱이 그로서는 그들이 어떻게 그렇듯, 말하자면 등뼈가 대못처럼 엉덩이를 뚫고 의자에 박힌 듯이, 내내 꼼짝도 하지 않고 앉아 있을 수 있는지 이해할 수 없었다.

이야기를 하는 동안 그의 눈길은 자꾸 그들에게로 향했고, 점차 그 자신도 그들처럼 온몸이 뻣뻣해지고 있었다. 그러다 보니 그의 생각은 그의 말과는 다른 방향으로 나아가고 있었고, 급기야 그 생각이 그의 속에서 또 다른 말이 되어 울려나오고 있었다. 그러나 그 말은 두서없이 제멋대로 풀려나가고 있었다. 오늘 아침에 눈을 떴을 때 한동안 꼼짝도 할 수 없었지요. 몸은 멀쩡했는데, 정신이 마비된 것 같았기 때문이지요. 걸리버가 가보았다는 소인국의 난쟁이들이 머릿속에 들어와서 내 정신을 바닥에 묶어놓은 것 같은 느낌이었지요. 인생은 돌림노래 같은 것이지요. 우리는 빙글빙글 돌아가는 불 바퀴에 묶인 채 살아가고 있는 것이지요. 자동차에 거미줄이 처진 것을 보았는데, 거미는 바람에 날아가버렸지만, 대신 흉측한 괴물이 내내 곁에 붙어 있었지요. 나는 그것이 진부함이라고 불리는 일종의 악신이라는 것을 알고 있었지요. 어느 날 문득 그것이 나타나 내게 바짝 따라붙었지요. 그리고 그 후로 줄곧 내 주변에서 출몰하기 시작했는데, 때로는 내 주변의 다른 여러 인물로 변신을 하기도 했지요. 나는 그것이 내 길지 않은 생애에 줄곧 내 뒤를 따라다니리라는 것을 알고 있지요. 내가 그것을 쫓아내려고 하면, 괴수들의 잘린 머리를 눈앞에 들이밀어 내 이성을 잠재웠지요. 이야기에 변화와 반전이 있어야 삶의 진실을 깨달을 수 있다고 고대의 어느 현자가 말했지요. 그러나 진부한 언어들이 내 귀에 넘쳐나고 있지요. 이제 우리 삶에 드라마는 없고, 드라마를 흉내 내는 허섭한 것들이 산더미처럼 쌓여 있을 뿐이지요. 하지만 그런 생각과 말도 또한 얼마나 진부한지요. 진부함이 뼛속까지 스며들어 나의 무의식마저도 좌지우지하고 있는 형국이지요. 모골이 송연해지면서 등 뒤로 식은땀이 주르르 흘러내리는 것을 느끼지 않을 수 없지요. 나 자신도 어찌할 수 없는 깊은 절망감에 빠져들게 되지요. 그러니 스스로 반전을 일으키지 않을 수 없는 노릇이지요. 이제부터는 내가 그 진부함이라는 괴물을 따라다니기로 한 거지요. 내가 그것의 꼬리를 꽉 물고서, 언제까지고 그 꼬리를 놓지도 놓치지도 않으려는 거지요. 일말의 빈틈도 없는 용의주도함으로 그놈을 지켜보겠다는 거지요.

안팎의 이야기가 거의 동이 났다는 것을 느꼈을 때, 그는 몸을 추스르며 정신을 차렸다. 마지막 말을 앞에 두고 있다는 생각이 들자, 목의 통증이 더욱 극심해지면서 이마와 겨드랑이가 순식간에 땀으로 척척해졌다. 안정을 찾기 위해 잠시 뜸을 들인 뒤에 그는 마무리를 하기 시작했다.

"그러자면 현대인으로서 우리들이 날마다 비타민 정제를 삼키듯이, 이제 남자는 여성성을, 여자는 남성성을 의식적으로 섭취해야 하는 건지도 모르지요. 그러지 않으면 정신적인 각기병이나 구루병에 걸릴지도 모릅니다. 그리하여 육체와 정신, 정신과 물질, 인간의 몸과 기계 사이의 진부한 경계가 무너지듯, 남자와 여자 양성 사이의 잡종이, 성의 혼혈이 이루어질 때, 좀더 건강하고 효율적인 생존 조건을 지니는 인간형이 탄생할 수 있을지 누가 알겠습니까. 아마도 그것이 여러분이 하는 일처럼, 인류의 등뼈를 좀더 튼튼하고 꼿꼿하게 세우는 작업이 될 수도 있을 것입니다. 물론 여러분처럼 항시 후유증에 주의를 해야겠지만 말입니다. 끝까지 경청해주셔서 감사합니다."

그가 말을 마치자, 여기저기서 웃음소리와 더불어 박수 소리가 일어났다. 그는 고개 대신 상체만 약간 굽히는 것으로 인사를 대신했다. 흰색 가운을 입은 남자들은 어느새 자리에서 일어나 그에게 등을 보이며 빠른 걸음으로 걸어가고 있었다. 그때 피로감으로 침침해진 그의 눈앞에 사막의 풍경이 펼쳐졌다. 모래 바람이 부는 그 황량한 벌판 위에서 몸에 비해 대가리가 훨씬 크고 앞 다리가 짧은 하이에나 한 마리가 무리에서 떨어져 나와 홀로 비척거리며 달려가고 있었다. 그 하이에나는 꼭 개처럼 짖고 있었다.

잠시 후에 그는 아까 그의 안내와 소개를 맡았던 여직원과 휴게소에서 찻잔을 사이에 두고 마주앉았다. 그녀는 삼십대 초반의 나이로 몸매처럼 갸름한 얼굴에 화장기가 거의 없었다. 그러나 그녀에게서는 과일 향과 흡사한 향수 냄새가 강하게 풍겼다. 그는 항상 여자들에게서 싸구려 향수 냄새를 맡곤 했다. 아내의 경우도 마찬가지였다. 물론 그의 아내나 그 여직원이 싸구려 향수를 쓸 리는 없는 일이었지만, 향기라는 것이 그에게는 진부하게 여겨지는 탓인지 일단 그의 코에 닿으면 싸구려 향수 냄새가 되는 것이었다.

"내가 마지막으로 한 말이 마음에 들었는지 모르겠군요."

그는 슬며시 그녀에게 말을 건넸다. 아까 강연을 마무리 지을 때 즉흥적으로 튀어나온 말에 그 자신이 줄곧 거북함을 느끼고 있었던 탓이었다. 그러나 그녀는 대답 대신 짧게 미소를 지어 보이고는 그의 앞으로 강연료 영수증을 내밀었다. 그가 서명을 하고서 되돌려주자, 그녀는 결제를 받을 때 필요하니 비행기표도 달라고 했다. 그러고는 잠시 기다려달라고 말하고서 비행기표와 영수증을 집어 들고 자리에서 일어섰다.

탁자 위에는 그녀의 수첩이 펼쳐져 있었다. 그는 그 수첩을 자기 쪽으로 돌려놓고서 그 위에 씌어 있는 글귀를 읽었다. 버터트랙 물리치료 교재 채택 검토, 자료를 디지털 방식으로 재정리, 대리점 교육 강화, 판매처마다 제품들에 대한 충분한 정보의 제공, 유통구조 파악 및 전체적인 품목을 취급하기, PLD팀을 만들되, PDN팀을 따로 구성하기, 소규모 심포지엄과 학회의 활용, 박정서 실장과의 접촉 필요, 대책 강구, 일단 부딪치자.

그가 거기까지 읽었을 때 어느새 돌아온 그녀가 그의 앞에 서서 그를 내려다보고 있었다. 그가 약간 무안해하며 수

첩에서 눈을 떼자, 그녀는 담담한 얼굴로 다 읽었느냐는 표
정을 지어 보였다. 그러고는 선 채로 말했다.

"비행기표에 메모가 적혀 있더군요. 중요한 게 아닌 것
같아서 그냥 경리과에 제출했어요. 혹시 필요하시면 말씀하
세요. 지금이라도 찾아다 드릴 테니까."

그는 대답 대신 잠시 두 눈을 껌벅거렸다. 그 작은 비행기
표 조각에 뭐라고 썼는지 전혀 기억나지 않았기 때문이었다.
그녀는 그의 반응을 자기 식으로 해석하고서 말을 이었다.

"멀리까지 오셨으니 저녁을 대접할까 합니다. 우리 직원
두 사람이 합석을 하기로 했어요. 공금으로 저녁을 산다는
데 마다할 사람들이 아니지요. 괜찮겠지요?"

바깥은 이미 캄캄했다. 저녁식사 장소까지 가는 동안 별
문제는 없었지만, 두 가지 사소한 일이 있기는 했다. 그녀
의 자동차를 타고서 정문 쪽으로 향할 때, 크억 소리와 함
께 그의 입에 가래침이 올라왔다. 그는 얼른 꿀꺽 삼켜버렸
는데, 차가 멈춰 서더니 조수석 쪽 차창이 스르르 내려갔다.
그가 그녀를 바라보자, 그녀가 말했다. 풀밭에 물을 주세
요. 그는 여전히 영문을 모르는 채 창밖과 그녀의 옆얼굴을
번갈아 바라보았다. 그녀가 낮은 목소리로 다시 말했다. 침
을 뱉으시라고요. 그는 자기도 모르게 짧게 웃음을 터뜨렸

다. 벌써 삼켜버린 거예요? 그녀의 말은 짓궂게 들렸지만, 얼굴은 여전히 무표정했다. 그는 고개를 끄덕이고서 차창을 올렸다.

정문을 빠져나온 지 얼마 되지 않아서 그들의 자동차가 횡단보도 앞에 서 있을 때, 길가에 서 있던 교통순경이 다가왔다. 순경은 차 안을 들여다보더니, 차창을 내리라는 시늉을 했다. 그러더니 그에게 말하기를, 안전띠를 제대로 매라는 것이었다. 그는 목과 어깨를 주무르기 위해 두 팔을 안전띠 위로 내놓고 있었던 것이었다. 그가 다시금 멍하니 순경의 얼굴을 바라보고 있을 때, 그녀가 차를 출발시켰다.

식사를 하기 시작할 때만 해도, 그는 열 시쯤에 야간열차를 탈 생각이었다. 생소한 도시에서 밤을 보내고 아침에 출발한다는 것은 생각만으로도 머리를 무겁게 했다. 그러나 음식을 먹으며 술을 마시는 동안 신기하게도 목의 통증이 거의 느껴지지 않았다. 여직원의 말대로, 식당에는 두 명의 남자가 미리 와서 기다리고 있었는데, 그들과의 대화도 그런대로 별 무리 없이 이루어졌다. 아랫배가 두툼한 오십대 초반의 팀장과 비쩍 마른 이십대 후반의 신입 사원은 간간이 서로 티격태격하는 인상을 주다가도 놀랍게도 금방 의기가 투합하여 술잔을 부딪치곤 했다.

바닷가 도시답게 갖가지 생선회로 차려진 저녁을 먹고 나서 그가 시계를 들여다보자, 팀장이 그를 붙들었다. 어디가서 간단히 한 잔 더 하고 내일 아침 비행기로 올라가라는 것이었다. 그러자 젊은 사원이 팀장에게, 설마 오늘도 늦게 귀가할 생각이냐고 물었다. 그러자 그가 대답했다. 나야 뭐 우리집에서 화장실의 비데만도 못한 존재지. 젊은 사원이 다시 물었다. 집에 비데를 설치하셨나보지요? 아니야, 비데가 없으니까 지금까지 내가 버티고 있는 거지. 팀장은 말을 하고서 소리 내어 웃었다. 그러자 젊은 사원이 따라 웃으며 말했다. 나도 그래요. 여태껏 부모님에게 얹혀 있는 게, 한겨울에 왕파리 같다는 생각이 들어요. 밖에 나가 얼어 죽느니 사람들에게 맞아 죽더라도 방에서 버티겠다는 거지요. 팀장이 다시 말을 받았다. 그럼 자네는 비데가 아니라 빈대인 셈이구먼. 그 말이 끝나는 것과 동시에 두 사람은 각기 한 손으로 서로의 어깨를 껴안으며 다시 웃음을 터뜨렸다. 그것이 바로 두 사람 사이에서 의기투합이 이루어지는 방식이었다.

그는 팀장을 바라보며 내일 회사에 일찍 출근해서 처리할 일이 있다고 말했다. 물론 딱히 급한 용무가 있었던 것은 아니었지만, 공연히 낯선 곳에 눌러앉아서 미적거리고 있다는 느낌에 내내 시달리고 싶지 않았기 때문이었다. 그로서는 이제 그만 아무에게도 방해받지 않을 자기 방으로 돌아가고 싶은 생각이 간절했다. 그러면 내일 아침 일곱 시에 떠나는 첫 비행기를 타면 되지요. 설마 우리가 강연료를 축낼까 봐 그러는 건 아니겠지요? 그는 팀장과 젊은 사원이 번갈아 던지는 말을 들으며 잠시 머릿속으로 생각을 가다듬었다. 이대로 집으로 돌아가면 그의 아내는 약간 놀라는 표정으로 말없이 그를 맞을 것이었다. 결국 그는 짐짓 천천히 고개를 끄덕이며 대답했다. 그렇게 하지요. 그러자 두 남자는 다시 서로의 어깨를 부여잡으며 만족스런 미소를 지었다.

그들은 식당을 나와서 모두 여직원의 차에 올라탔다. 팀장이 안내한 곳은 의외로 염소 고기를 파는 곳이었다. 그로서는 적잖이 배가 부른 터에 또 웬 염소 고기나 싶었지만, 다른 두 사람은 아무렇지도 않은 표정으로 안으로 걸어 들어갔다. 그렇다면 그 안에는 뭔가 특별한 것이라도 있는 모양이었다. 과연 숯불에 구워진 염소 갈비는 그의 구미에도 잘 맞았다. 처음에는 인사치레 삼아 한두 개를 집어먹었는데, 자기도 모르게 자꾸 숯불 위로 손이 갔고, 잠시 후에는 그의 앞에도 바짝 구워져서 허옇게 벗겨진 뼈들이 수북이 쌓여 있었다. 그것들은 불에 타고 난 사람들의 뼈처럼 보였다.

"나는 사람들 사이의 불화가 단지 사고에 불과한 거라고 생각해요. 도로에서 벌어지는 교통사고 같은 것 말이지요."

여직원이 술기운이 올랐는지 손에 자기 손가락만 한 뼈를 들고 흔들며 말했다.

"글쎄, 그건 아까 우리 평론가님 말마따나 너무 진부한 말이 아닌가?"

팀장의 응수에 그녀는 정색을 하고서 대꾸했다.

"그게 왜 뻔한 말인가요? 불화라는 게 교통사고 같은 거라고 생각하면 우리 모두가 더 행복하게 살 수 있다고 나는 믿어요. 너무 심각하고 어쩔 수 없는 거라고 생각해서 오히려 더 불행해지는 거지요."

"그럴 수도 있겠지만, 내 생각에는 우리가 그렇게 생각한다고 해서 별로 달라질 게 없을 것 같거든. 불화가 사고든 아니든, 그건 그저 우리 사는 모습일 뿐이잖아. 하지만 말이라는 게 우리를 어디론가 인도하고 이끌어야 하는 거 아니야? 그러지 않으면 단지 패배주의적인 태도만 드러내는 거 아니겠어?"

팀장은 매사에 자기 의사를 관철하려는 경향을 지니고 있음이 분명했다.

"그게 왜 패배주의적인 태돈가요? 팀장님은 항상 의미 있고 중요한 말만 하면서 살아요? 그리고 팀장님이 생각하시는 진부하다는 게 대체 뭔가요?"

그러자 팀장은 고개를 돌려 그를 바라보며 말했다.

"그건 우리 평론가님한테 물어봐야겠지. 이럴 때 뭔가 아이디어라도 얻어두어야 하니까 말이야."

"그래요, 지금 생각났는데, 아까 본 비행기표에도 진부함이 어떻다고 씌어 있더군요. 얼핏 보기에 마치 무슨 부적처럼 보이더라고요."

그러고 보니 그녀의 말이 맞는 것 같았다. 그러나 그는 여전히 비행기표에 구체적으로 뭐라고 적어 넣었는지 기억나지 않았다. 그래도 너무 사적이거나 외설적인 내용이 아니었음이 확인된 것이 다행스러울 따름이었다. 그들은 말을 멈추고서 그를 빤히 바라보고 있었지만, 그에게는 대답할 말이 없었다. 단지 그는 아까부터 그들 사이의 대화를 들으면서, 마치 두 마리의 산양이 힘의 우열을 가리기 위해 서로 격렬하게 뿔을 부딪치듯, 두 사람의 말이 서로 정확히 충돌하고 있다는 느낌을 받고 있었다. 뿔들이 부딪치는 소리가 온 산을 울리듯이, 두 말이 부딪치는 소리가 그의 머릿속에서 어찔어찔한 공명을 일으키고 있는 것이었다. 그 까닭은 두 사람의 말이 똑같이 진부하기 때문이었다. 그것이 진부한 말들의 운명이었다.

그러나 그가 입가에 미소를 띠고서 입 안에 든 고기를 우물거리고만 있자, 젊은 사원이 끼어들었다.

"진부함이란 건 말입니다, 아까 횟집에서 떠오른 생각인데, 뭐랄까, 광어가 곁에서 헤엄치는 것을 바라보면서 광어회를 먹는 거라고 생각합니다."

그는 이미 술에 취했는지 발음이 많이 흐트러져 있었다.

"자네는 빠져 있어. 누가 시인 지망생 아니랄까 봐서."

그러나 젊은 사원은 팀장의 핀잔을 아랑곳하지 않고서 말을 이었다. 그것이 바로 아까부터 그들이 서로 티격태격하는 방식이었다. 그들은 술이 들어갈수록 더욱 자주 티격거리고 있었고, 더욱 쉽게 의기투합을 하고 있었다.

"그럼, 이건 어때요? 거울을 등지고 있을 때 거울 속에는 내 뒷모습이 있지만, 그러나 돌아서면 거울 속에는 내 얼굴만이 있지요. 그게 진부함이지요."

"그만 하라니까. 자네의 취한 머리에서 나온 말을 누가 귀담아듣겠어."

"그래요, 내 말을 누가 듣겠어요. 그래서 인간이란 어리석고 불합리한 존재지요. 아니야, 인간의 삶이 어리석고 부조리한 거지요. 아니, 그것도 아니야, 인간의 관계라는 게 어리석고 진부한 거지요."

그는 줄곧 미소를 지으며 묵묵히 앉아 있었다. 그러나 그의 속에서는 아까처럼 그의 귀에만 들리는 말이 두서없이 울려나오고 있었다. 삶은 부조리하지도, 지리하지도 않지요. 단지 진부할 뿐이지요. 오늘 아침에 집을 나서기 위해 구두를 신을 때, 몸이 크게 휘청거렸지요. 다시 진부한 하루가 시작된다는 것, 하루가 다시금 진부하게 시작된다는 증거였지요. 하루하루는 그저 진부함의 바다에서 죽어가는 물고기 등의 비늘 같은 것이지요. 비늘 같은 나날들, 삶에서 비린내가 나는 것도 그 때문이지요. 그 바다 속에서 어쩌다가 예기치 않은 해류의 흐름이나 소용돌이가 일어난다고 해도, 그 또한 진부함을 더욱 강조해줄 뿐이지요.

그때 젊은 사원이 자기 앞에 쌓인 뼈들을 두 손으로 움켜쥐고서 높이 들어 올리며 소리치기 시작했다.

"나는 그분을 검은 양들 사이의 흰 양처럼 분간할 수 있지요. 검은 양들 사이의 흰 양처럼. 검은 양들 사이의 흰 양처럼."

다음 날 그는 누군가가 문을 두드리는 소리를 듣고서 잠에서 깨어났다. 그는 어딘지 알 수 없는 곳에서 완전히 발가벗은 채 누워 있었다. 커튼이 반쯤 쳐진 창을 통해 흘러들어오는 희미한 빛이 간밤에 그가 함부로 벗어던진 옷가지들을 비추고 있었다. 문 두드리는 소리가 다시 울렸다. 엎드려 있던 그는 상체를 일으키려 하다가 끙 소리를 내며 드러누워버렸다. 목의 통증이 너무도 심하여 목과 어깨를 전혀 가눌 수 없었기 때문이었다. 그때 문이 슬며시 열리더니 누군가가 안으로 들어왔다. 그는 눈을 내리깔아서 자신의 벗은 몸을 내려다보았다. 그러나 침대 위에는 시트나 이불이 보이지 않았으므로, 그 상태로 방문객을 맞을 수밖에 없었다. 그의 입에서 흘러나오는 신음 소리는 그가 듣기에도 깊은 동굴 속에서 홀로 죽어가는 자의 한숨 소리만큼이나 음산하고 불길했다.

그때 방의 불이 켜졌고, 그는 두 눈을 감았다. 그러나 곧 불이 꺼졌다. 잠시 후 부스럭거리는 소리와 함께 누군가가 이불을 그의 몸에 덮었다. 그런 뒤에 불이 다시 켜졌다. 그는 한동안 더 그대로 있다가 감았던 눈을 떴다. 침대 곁에 서는 정장을 한 여인이 서서 그를 내려다보고 있었다. 사실 그는 그녀의 모습에 내심 적잖이 놀랐다. 분명 새벽녘일 터인데 화려한 외출복을 걸치고 있었을 뿐만 아니라, 얼굴에 지나칠 정도로 진한 화장을 하고 있었기 때문이었다. 그리고 그녀의 머리카락은 방금 샴푸를 하고 스프레이를 뿌렸는지 강한 윤기를 발하고 있었으며, 물결치는 듯한 컬 한 올 한 올이 당장이라도 잠에서 깨어나서 뱀처럼 꿈틀거릴 것 같았다.

그는 그녀가 누구인지, 왜 그처럼 기괴하기까지 한 모습으로 이른 시각에 자신의 방에 들어왔는지 알 수가 없었다. 잘 주무셨어요? 이제 일어나셔야지요. 첫 비행기를 타려면 곧 출발해야 해요. 그녀는 그의 사정을 잘 알고 있었다. 그때 비로소 전날 그녀를 보았던 기억이 천천히 되살아났다. 술 취한 젊은 사원을 먼저 택시에 태워 보낸 뒤에, 여직원이 술도 깰 겸 하여 차를 한 잔 마시고 싶다고 했다. 그는 피곤하여 아무 곳에서나 눈을 붙이고 싶었지만, 대접을 잘 받은 마당에 찻값이라도 내야겠다는 생각으로 그들을 따라 갔다. 그녀는 그 찻집의 여주인이었다. 정신을 잃을 정도로 취한 것은 아니었고, 차를 마시며 함께 이야기를 나누던 끝에 갑자기 졸음이 밀려와서 가까이에 있는 이 모텔로 들어와 곧바로 잠이 든 것이었다.

그가 첫눈에 그녀를 알아보지 못한 까닭은 시공간이 달라진 탓도 있겠지만, 그보다는 그녀가 어제와 전혀 다르게 보였기 때문이었다. 그는 그녀가 그리 젊지 않다는 것을 알수 있었다. 그녀는 들고 있던 가방을 침대 맡 탁자 위에 내려놓았다. 그러고는 가방을 열어서 보온병과 커피 잔을 꺼낸 뒤에, 침대 가장자리에 앉아서 그의 상체를 잡아 일으켰다. 그러나 그는 목이 부서지는 듯한 통증에 다시 비명을 질렀다. 가만히 누워 있을 때는 그런대로 견딜 만한데, 조금만 몸을 움직이려 하면 상체에서 고통스런 반발이 일어나는 것이었다.

그녀가 놀라는 얼굴로 왜 그러냐고 물었다. 그가 목이 심하게 아픈 게 잠을 잘못 잤나 보다고 대답하자, 그녀가 일어서며 말했다. 엎드려요. 찜질을 해야겠어요. 그가 신음소리를 삼키며 어렵게 몸을 뒤집자, 곧 찬물에 적신 수건이 그의 뒷덜미를 압박했다. 그녀의 손길은 부드러웠으나 힘이 있었다. 나를 보살펴주라고 김팀장이 부탁했나요? 그는 상태가 조금씩 나아지고 있음을 느끼며 물었다. 내가 자발적으로 왔다고 생각하세요. 그녀가 물에 다시 적신 수건을 그의 목에 올려놓으며 대답했다. 그는 그 상태로 다시 잠이 들 것 같았다. 그때 그는 그녀의 손바닥이 자신의 등 한복판에 가만히 놓이는 것을 느꼈다. 그녀 쪽으로 고개를 돌린 그는 그녀의 어깨를 향해 손을 뻗으며 말했다. 잠을 자긴 했어요? 나 때문에 잠을 못 잔 건 아닌가요? 그러나 그의 손이 닿기 전에 그녀는 몸을 일으켰다. 그러고는 잔에 커피를 따르며 말했다. 시간이 별로 없잖아요. 자동차의 시동도 끄지 않았어요.

이윽고 그가 어렵게 상체를 세우고서 커피를 마시고 있을 때 그녀가 말했다. 몸이 그런데도 나를 원해요? 그는 그녀의 눈을 들여다보며 고개를 끄덕였다. 그럼 먼저 좀 씻어요. 그는 다시 고개를 끄덕이고서 몸을 일으켰다. 그가 팬티를 걸치고 욕실로 들어가서 불을 켜고 처음 한 행동은 거울을 들여다본 것이었다. 거울에 비친 그의 얼굴은 비행기의 화장실에서처럼 희끄무레하다 못해 푸르뎅뎅했다. 그는 자신이 벌이고자 하는 행동을 이해할 수 없었다. 언제부턴가 화조차 잘 내지 않던 그가 지금 낯선 여자를 안으려 하고 있는 것이었다. 더욱이 이제 그와 그녀 사이에는 몇 가지 정해진 수순만이 남아 있을 뿐이었다.

그때 문득 그는 어젯밤에 카페에서 그녀가 했던 말을 정확히 기억해냈다.

"바다 쪽으로 난 제방을 걷고 있었어요. 그냥 아무 생각

없이 고개를 숙이고서 바닥을 내려다보며 걸었어요. 그때 갑자기 회색 시멘트가 직선으로 끊기면서 온통 푸른색이 바로 눈앞에 나타났어요. 나는 그 자리에 멈춰 서서 회색과 푸른색의 경계를 마냥 내려다보았어요. 한 발만 더 내디디면 그대로 바다에 빠져버리게 되는 건데도, 그게 그저 아무렇지도 않게 느껴졌어요. 바람만 조금 불었어도, 그 흔한 갈매기 울음소리라도 들렸더라면 나는 그 경계를 넘어섰을 거예요. 분명히 그랬을 거예요."

그 순간, 그는 온몸이 싸늘하게 식어버리는 것을 느꼈다. 회색과 푸른색의 경계를 넘어서서 바다에 빠져버린 것은 그 자신이었다. 그와 동시에 그는 자신의 왼쪽 눈에서 거미 한 마리가 스멀거리며 기어 나오는 것을 보았다. 어제 아침에 보았던 것보다 훨씬 크고 색깔도 더 요란한 놈이었다. 거미는 천천히 그의 얼굴 위를 기어 다녔지만, 그는 아무 감각도 느끼지 못한 채 거울을 뚫어지게 바라보고 있을 뿐이었다. 그러나 그가 눈을 감았다 떴을 때, 거미의 수는 점점 더 늘어나고 있었다. 단단한 타일 벽이 갈라지면서, 각질로 덮인 얼굴의 살이 터지면서, 그의 머리카락에서도, 팬티 밑으로도 거미들이 모습을 드러내고 있었다. 이 도시 전체가 온통 거미투성이였고, 그는 한시라도 빨리 이곳을 벗어나야 했다.

　그는 얼굴에 찬물을 대충 끼얹고서 욕실을 나왔다. 그러고는 곧바로 옷을 걸치기 시작했다. 침대에 앉아서 담배를 피우고 있던 그녀는 말없이 그의 행동을 지켜보았다. 그가 밖으로 나갈 준비를 마치고 나자, 그제야 그녀는 끌러놓았던 상의 단추 두 개를 다시 채우고서 커피 잔을 챙겼다. 잠시 후, 그녀의 뒤를 따라 어두운 복도를 걸으면서 그는 힘겹게, 그러나 끝없이 혼잣말을 속으로 중얼거렸다. 삶은 부조리하지도, 지리하지도 않다. 단지 진부할 뿐이다. 인간은 진부함으로 살아간다. 진부함을 벗어나려는 노력 또한 진부할 따름이다. 진부한 줄도 모르는 게 완전한 진부함이다. 아무도 자기 그림자를 밟지 못한다.

　갑충처럼 단단한 인상을 주는 붉은색 소형차에 타고서 공항으로 가는 동안, 그는 수면 부족과 숙취와 목의 통증으로 인해 정신을 온전히 유지하기가 어려웠다. 그는 좌석 등받이를 뒤로 반쯤 젖히고서 가능한 한 목의 긴장을 풀고자 애썼다. 목 전체와 윗어깨가 부풀어 오른 채 딱딱하게 굳어버린 듯한 느낌이었고, 목구멍도 덩달아 부었는지 침을 삼킬 때마다 바늘로 찌르듯이 따끔거렸다. 때때로 그녀는 그에게

안쓰러움을 느끼는 듯 오른손을 뻗어서 그의 목을 주물러주었다. 그러다가 그와 손이 닿으면 슬그머니 자기 손을 거두어들이곤 했다.

그는 생각을 다른 쪽으로 돌리기 위해, 반쯤 감긴 눈으로 창밖을 내다보았다. 사거리를 지날 때 가로등과 가로수 사이에 매달린 현수막이 눈에 들어왔다. 흰색 천 위에는 붉은색과 푸른색의 고딕체 글자가 새겨져 있었다. 목격자를 찾습니다. 그 후로 그는 몇 번이나 더 같은 종류의 현수막을 보았다. 글자체와 글자의 색깔은 달랐지만, 그 내용은 거의 비슷했다. 목격자를 찾습니다. 모월 모일 이곳 모 교차로에서 직진하던 모 승용차와 우회전하던 모 트럭이 충돌하던 광경을 목격하신 분께서 연락주시면 후사하겠습니다. 새로이 현수막이 나타날 때마다, 그는 자신의 눈을 의심하지 않을 수 없었다. 어쩌면 그가 환영을 보고 있는지도 모를 일이었다. 도처에서 자동차가 충돌하는 도시, 그러나 어디에도 목격자는 없는 도시. 그는 아직 정신이 제대로 들지 않은 것이라고 생각하고서 차라리 눈을 감기로 했다. 그러자 시커먼 영사막을 배경으로 하여 온갖 모양의 수많은 현수막들이 아우성치듯 바람에 펄럭이기 시작했다.

잠시 잠이 들었다가 깨어났을 때, 자동차는 톨게이트를

지나고 있었다. 요금 정산소 뒤쪽에는 매끈한 용모의 이십 대 남자가 모금함을 들고 있었다. 불우 이웃을 돕는 성금으로 쓰고자 하니 남는 동전을 그곳에 넣어달라는 뜻이었다. 그때 그의 앞에서 가고 있던 흰색 승용차가 멈춰 섰고, 차창 너머로 손 하나가 내밀어졌다. 요금함으로부터 약간 거리가 떨어져 있던 그 손은 잠시 머뭇거리는 듯하더니, 두 개의 동전을 그 남자를 향해 휙 던졌다. 그러나 동전들은 요금함 속으로 들어가는 대신, 그 남자의 가슴에 맞고서 바닥에 떨어졌다. 난데없이 동전 세례를 받은 남자의 얼굴은 순식간에 일그러졌다. 방금 전과는 달리 깊고 불규칙한 주름살로 덮여버린 그 얼굴의 표정이 얼마나 기이한지, 모욕감보다는 가슴에 물리적인 타격을 강하게 입은 게 아닌가 싶을 정도였다. 그러나 그의 차가 가까이 다가가자 그 남자는 주름살 위로 억지로 미소를 지어 보였는데, 이제 그 모습은 기이함을 넘어서 기괴함을 느끼게 하기에 충분했다.

그녀는 공항 주차장에 차를 세웠다. 그가 가방을 들고 차에서 내리자 그녀도 따라 내렸다. 괜찮겠어요? 그녀는 말 대신 표정으로 그렇게 묻고 있었다. 습기를 머금은 세찬 바람에 그녀의 머리카락이 요동을 치고 있었다. 그로서는 어떻게 그녀와 헤어져야 할지 몰라서 그저 고개를 주억거렸

다. 어서 가보세요. 그녀가 손을 내밀었고, 그는 그 손을 잡
았다. 그가 돌아서서 걷기 시작했을 때, 그녀가 뒤에서 소
리쳤다. 이거 가져가셔야지요. 그가 뒤를 돌아보자, 그녀는
끈이 달린 검은색 종이 가방을 들고서 그에게 다가왔다. 그
안에는 어제 병원에서 사은품으로 받은 물건이 들어 있었
다. 가방은 의외로 묵직했다.

　그는 두 개의 가방을 들고서 공항 대합실 안으로 들어갔
다. 곧바로 창구로 걸어간 그는 가방을 내려놓고 지갑을 꺼
내 들었다. 그러자 제복 차림의 남자 직원은 그에게 기다려
달라고 말했다. 그가 연착이냐고 묻자, 직원은 기상 조건도
좋지 않은데다가 내부 사정도 있고 하여 당분간 비행기가
뜰 수 없다고 대답했다. 비행기가 뜨긴 뜰 거냐고 그가 다
시 묻자, 아직은 알 수가 없으니 다른 승객들처럼 일단 대
기하고 있으라, 저분들은 저렇게 조용히 있지 않느냐는 대
답이 돌아왔다. 그러고서 덧붙이기를, 어쩌면 오늘 내내 항
공편이 없을 수도 있다는 것이었다.
　순간 피가 머리로 솟구치면서 목의 통증이 더욱 기승을
부리기 시작했다. 고개를 옆으로 돌릴 수도 없는 것이, 마
치 눈에 보이지 않는 악마가 목덜미에 올라타고 있는 듯한

느낌이었다. 창구에서 물러서서 몸을 반 바퀴 돌리자 약국이 눈에 들어왔다. 그는 진통제를 사기 위해 그쪽으로 걸음을 옮겼다. 그러나 유리문은 잠겨 있었다. 안에는 불이 환히 켜져 있었지만, 사람은 보이지 않았다. 얼굴이 벌겋게 달아오른 그는 주먹으로 여러 차례 문을 두드려보았으나 소용없는 일이었다. 대합실 한가운데에 모여 있는 사람들이 자기들끼리 수군거리며 그를 힐끔거릴 뿐이었다. 그는 옆으로 걷기도 하고 뒷걸음질을 치기도 하다가 기념품점 앞에 이르렀다. 진열대의 유리 덮개 밑에는 용문전을 본뜬 열쇠고리가 놓여 있었다. 구리로 도금된 용대가리가 우렛소리를 내면서 그를 향해 회오리바람을 일으켰다.

그는 몸의 열기를 식히기 위해 밖으로 나왔다. 차고 강한 바람이 그의 몸을 휘감았다. 어제부터 수시로 뜨겁게 달아올랐다가 차갑게 식어버리곤 하는 그의 몸은 담금질을 당하는 쇳조각과 같은 신세였다. 택시 승차장 앞에 있는 쓰레기통의 뚜껑이 바람을 이기지 못하여 요란하게 덜거덕거리며 풍차처럼 돌고 있었다. 활주로 너머의 바다에서는 풍랑이 거칠게 일고 있었다. 그러나 택시는 한 대도 보이지 않았다. 지나는 사람을 붙들고 묻자, 비행기가 결항이라는 소식을 듣고 택시가 들어오지 않는 모양이니 좀더 기다려보라는 대답이 돌아왔다.

그때 그는 주차장 입구 쪽에 빨간 소형차가 서 있고, 카페의 여주인이 차문에 기대어 담배를 피우고 있는 것을 발견했다. 이미 떠난 줄 알았던 그녀가 그를 보고서 담배를 든 손을 흔들었다. 그는 그녀에게로 걸어갔다. 왼손에 들고 있는 검은 가방은 점점 더 무거워지고 있었다. 그는 그녀에게 역까지 자기를 태워다줄 수 있느냐고 물었다. 그러자 그녀는 오늘 중요한 사람이 비행기 편으로 오기로 되어 있다고 대답했다. 비행기가 뜨지도 내리지도 못하는 게 아니냐고 그가 되묻자, 그녀는 약간 쓸쓸해진 표정으로 말했다. 어찌 되었든 곧 휴대폰으로 전화라도 오겠지요. 그 전화는 공항에서 받고 싶어요. 아침부터 화장하고 서둘러 나왔는데, 그냥 이대로 돌아가기도 그렇잖아요. 게다가 여기는 시간 보낼 곳이 많아요. 저쪽으로 가면 바다 쪽으로 쭉 뻗어 있는 제방이 있지요.

그녀는 담배 연기를 깊이 빨아들이지 않았다. 그저 입 안 가득 물었다가 풀풀 내보낼 뿐이었다. 그는 그녀와 함께 한동안 바다를 바라보았다. 저 멀리 수평선과 산이 맞닿는 곳에 자리 잡은 포구가 눈에 들어왔다. 이제 곧 그는 그곳으로 돌아가야 할 것이었다. 목격자가 없는 도시. 그를 불러들였지만 그에게 관심조차 없는 도시, 그러면서도 그를 보내주지 않고 붙들어두려는 도시, 메두사의 잘린 머리와도 같은 도시. 삶은 부조리하지도, 지리하지도 않다. 단지 진부할 뿐이다. 내가 가는 모든 길이 나를 진부함으로 인도한다. 그의 귓전에서는 그동안 그가 중얼거린 그 소리가 다시금 돌림노래가 되어 울리고 있었다.

그는 그녀와 다시 한 번 악수를 나눈 후에 대합실로 돌아왔다. 그는 가능한 한 감정을 진정시키고자 애썼다. 다시 한 번 로터스의 환각 작용에 취해 기둥 위에 올라앉아 있는 주행자가 되기로 마음을 먹었다. 하지만 그는 이내 그것이 이미 불가능한 일이라는 사실을 인정하지 않을 수 없었다. 약국 안에는 여전히 아무도 없었다. 편의점으로 가서 물을 사고 지폐를 내밀자, 주인 여자가 그 지폐를 들어 불빛에 비추어 보았다. 그때 먼저 계산을 치르고 편의점을 나갔던 남자가 되돌아와서 계산대 위에 놓여 있던 그의 지갑을 집어 들었다. 그가 놀라서 바라보자, 그 남자는 자기 것과 똑같아서 착각을 했다고 중얼거리며 연신 히죽거렸다. 그 남자가 꺼내어 보여준 지갑은 과연 그의 것과 똑같았다.
그는 자신이 이 도시의 음모에 말려들었음을 깨달았다.

228

그 자리에서 물 한 통을 다 비운 후에도 갈증은 조금도 가시지 않았다. 입에서 신음 소리가 흘러나왔으나, 그는 이를 힘껏 물어 소리를 삼켰다. 자신에게 고문을 가하는 자들에게 쾌감을 주지 않기 위해 비명을 지르지 않으려 하는 전쟁 포로의 심정과 다를 바 없었다. 그는 가능하면 땀도 흘리고 싶지 않았다. 그러나 그는 무겁기만 한 종이 가방을 버리고 싶었다. 미련이 없는 것은 물론이었고, 그 안에 무엇이 들었는지 알고 싶지도 않았다.

그는 화장실 쪽으로 걸어가서 화분 뒤쪽에 가방을 내려놓았다. 자신의 행동이 공연히 오해를 살지도 모른다는 생각에 그는 몸을 일으키며 조심스레 주위를 살폈다. 그러나 오히려 그것이 화근이었다. 아니, 그는 이 도시가 그를 노리며 파놓은 함정에 빠진 것이었다. 검은 가방은 그를 잡기 위한 미끼였다. 그가 돌아서서 채 몇 걸음도 옮기지 않았을 때, 대각선 방향으로 맞은편에 서 있던 기동타격대 복장의 사내와 눈이 마주쳤다. 그 사내의 곁에는 덩치 큰 경찰견이 혀를 빼물고서 서 있었다. 그가 움찔하며 그 자리에 멈춰 서자, 사내는 오른팔을 들어 올려 손바닥이 그를 향하게 했다. 그 자리에 꼼짝 말고 서 있으라는 뜻인 모양이었다. 곧 경찰과 개가 그를 향해 걸어왔다.

그는 낭패감을 느꼈지만 해명을 하면 아무 문제도 없을 것이라고 자신을 달랬다. 그러나 혀를 늘어뜨리고 이빨을 드러낸 셰퍼드 종의 경찰견은 너무도 위압적이었다. 그때 문득 그 가방 안에 무엇이 들었는지 모르고 있다는 엉뚱한 생각이 그의 머리를 스쳤다. 그러나 곧 전적으로 엉뚱한 생각만으로 여겨지지 않았다. 그가 정말로 이 도시의 음모에 빠진 것이라면 누군가가 그 가방 속에 그를 옭아맬 물건을 넣어두었을 것이다. 몸과 머리가 더할 나위 없이 혼란스러웠던 나머지, 그는 자기도 모르는 사이에 몸을 약간 돌리고서 옆걸음으로 물러서기 시작했다. 그 순간, 경찰견이 짖어대면서 그를 향해 달려왔다. 그 바람에 줄을 잡고 있던 경찰도 개에게 이끌려 덩달아 그에게로 뛰어왔다. 눈 깜짝할 사이에 다가온 개는 줄을 팽팽하게 당기며 곰처럼 뒷발로 일어서서 맹렬하게 짖기 시작했다.

그는 온몸이 마비된 듯 꼼짝도 못하고서 개와 마주 서 있었다. 경찰은 개를 말릴 생각도 하지 않고서 그에게 뭐라고 소리쳤다. 그러나 그에게는 그 말이 한 마디도 들리지 않았다. 절망적인 심정으로 힐끗 주위를 돌아보았으나, 그를 둘러싼 사람들은 그 광경을 바라보며 하나같이 웃고 있었다. 공포와 분노와 연민이 격랑처럼 그를 휘감았다. 그는 두 눈

을 크게 뜨고서 개를 똑바로 바라보았다. 그때 비로소 그는
그 개가 보통 개가 아님을 깨달았다. 그 개는 그를 쫓아다
니던 괴물이었다. 그동안 줄곧 그것에게 쫓겨 다니다가 마
침내 이곳에서 맞닥뜨리게 된 것이었다. 그 개는 저승을 지
키는 케르베로스였고, 죽은 자를 인도하는 아누비스였다.
개의 두 다리가 그의 가슴에 닿았고, 개의 침이 그의 얼굴
에 튀었다. 그러나 또한 그 개는 티폰이었고, 아흐리만이었
고, 마라였다. 마라가 부처에게 그러했듯이 그동안 그 악신
들이 그의 귀에 유혹의 말을 속삭이고 있었다.

그는 개의 눈과 코와 아가리를 뚫어지게 응시했다. 그 괴
물은 머리에서 넓적다리까지는 사람 모습이지만 등이 어떤
산보다도 높고, 머리가 하늘의 별에 닿으며, 두 팔을 벌리
면 동서 끝까지 이르고, 눈에서는 불을 뿜는다. 또 온몸에
날개가 돋고, 하반신은 거대한 독사가 서리고 있는 모양이
며, 으르렁대는 소리를 내면서 불의 바위를 내뱉는다. 그러
나 이제 그는 두려움을 느끼지 않았다. 그때 그의 눈에 개
의 대가리가 아내의 얼굴, 그가 알던 모든 사람들의 얼굴과
하나로 겹쳐졌다. 그와 동시에 그의 머릿속으로 어떤 깨달
음이 차고 신선한 물처럼 흘러들었다. 지금까지 그가 끊임
없이 진부함에 대해 생각한 까닭도, 끊임없이 진부함의 노

래를 읊조린 까닭도 지금 이 자리에서 이 진부함의 괴물을 상대하기 위한 것이었다. 대체 내게 무슨 일이 일어난 것일까, 내게 무슨 일이 일어나서 갑자기 진부한 일상의 마취에서 벗어나게 되었을까. 세상은 진부함의 관습에 참여하느냐 마느냐라는 잣대로 인간을 판단한다. 그 관습을 거부하는 자는 악한 자, 미친 자, 홀린 자다. 내가 나와 저들을 진부함의 굴레에서 벗어나게 해줄 것이다. 내가 곧 괴물이고 악신이고 미친 자이고 홀린 자다. 이제 내가 모든 것을 주관한다.

그는 쉬지 않고 짖어대는 개의 목덜미를 움켜쥐고서 자기쪽으로 힘껏 잡아당겼다. 그렇게 그가 개를 끌어안고 있는 자세가 되었을 때, 목덜미에 불이 붙는 듯한 통증이 느껴지는 듯싶더니 그의 머리가 목에서 툭 떨어져 바닥에 나뒹굴었다. 어디선가 돼지의 멱을 딸 때처럼 기괴한 비명 소리가 들린 것 같기도 했다. 그는 차고 매끄러운 타일 위에 모로 뉘어져 있는 자신의 머리를 내려다보았다. 그것은 분명 사람의 머리를 닮았는데, 멧돼지의 엄니가 입술 사이로 비어져 나와 있었고, 머리카락 대신에 수많은 크고 작은 뱀들이 꿈틀거리고 있었다. 그의 목에는 여전히 날카로운 칼날의 선연한 느낌이 남아 있었다. 하지만 그 대신 악몽에서 깨어날 때 무시무시한 것들이 사라지듯이 목의 통증은 더 이상 느껴지지 않았다. 그는 몸을 굽혀 자신의 머리를 집어 들었다. 그러고는 그 머리를 높이 쳐들고서, 그 자신조차 뜻을 알 수 없는 말들을 소리 높여 외쳐댔다. 그를 둘러싸고 있던 사람들은 그 끔찍한 소리에 밀랍인형들처럼 핏기 없는 얼굴로 뒷걸음질을 치기 시작했다.

허공에 사람의 형상을 한 것들이 수평으로 둥둥 떠다니고 있었다. 사람의 몸이 풍선처럼 부풀어 올라서 공중으로 떠오른 것처럼 보이고 있었던 것인데, 그것들이 실제로 사람의 몸인지 아닌지는 알 수 없었다. 자세히 바라볼수록 그들은 점점 더 많이 눈에 띄었고, 이윽고 하늘은 그들로 가득 메워졌다. 그들은 하나같이 벌거벗고 있었고, 얼굴을 아래로 하여 땅을 내려다보는 자세를 취하고 있었다. 눈을 뜨고는 있었지만 죽은 자들처럼 얼굴에 아무런 표정도 없었으며, 두 팔은 옆구리에 단정하게 붙이고 두 다리는 곧게 펴고 있었다. 남자도 있었고 여자도 있었고 노인도 있었고 아이도 있었지만, 몸집의 크기는 다들 비슷했다. 그들은 모두 비슷한 높이에 머물러 있었던 탓에, 구름이나 창공은 거의 가려져 있었다. 그로 인해 세상은 다소 침침했고 전체적으로 불길한 푸른빛이 감돌고 있었다. 그러나 어두워서 사물을 분간하기가 어려울 정도는 아니었다. 오히려 그 푸른빛의 냉정함과 차가움에 의해 사물들은 그 윤곽과 색채를 더욱 선명하고도 극적으로 드러내고 있었다. 하지만 그는 어디에도 존재하지 않았다. 그는 땅이나 하늘이나 어디에도 없고, 단지 눈앞의 광경만이 있을 뿐이었다.

더욱이 그 광경은 그렇게 단순하지가 않았다. 고대 이집트의 관 뚜껑을 연상시키는 그 각각의 형체들에는 또 다른 인간의 형상들이 매달려 있었다. 하늘에 떠 있는 수평인들 밑에 수직인들이 매달려 있다고 말할 수 있을 것이다. 수직인들 역시 하나같이 벌거벗고 있었으며, 남자도 있었고 여자도 있었고 노인도 있었고 아이도 있었지만, 몸집의 크기는 다들 비슷했다. 그들도 모두 비슷한 자세를 취하고 있었는데, 두 팔과 다리를 아래로 늘어뜨린 채, 허공을 떠다니는 수평인들의 몸 중에 한 곳을 입으로 물고 있었다. 수직인들 중에 어떤 자들은 수평인들의 발이나 발가락, 손이나 손가락을 물고 있었고, 코와 성기를 물고 있는 자들도 있었으며, 심지어 입술이나 혓바닥이나 젖꼭지 같은 것을 물고서 공중에서 아슬아슬하게 흔들거리고 있는 자들도 있었다. 마찬가지로 그들의 얼굴에도 아무런 표정이 없었다.

그 풍경의 기이함에도 불구하고 더욱 기이하게도 그 속에서는 중력의 법칙이 작용하고 있었다. 풍선처럼 혹은 기구처럼 떠 있는 수평인들은 바람에 밀려 이리저리 움직이다가 서로 몸이 부딪치곤 했다. 그리고 그때마다 몸이 불규칙하게 흔들림으로 인해 거기에 매달려 있던 수직인들이 뚝뚝 떨어져 내렸다. 그리 길지 않은 시간의 간격을 두고서 이곳저곳에서 마치 나무에서 과일이나 꽃이 떨어지듯이 수직인들의 몸이 아래로 추락했다. 그 장면은 쉬지 않고 되풀이되고 있었고, 떨어지는 자들의 입에는 떠 있는 자들의 몸의 일부가 들어 있었다. 추락한 자들의 몸은 바닥에 부딪혀 깨지고 부서졌다. 그들의 몸이 단단한 바닥에 부딪혀 튀어 오를 때 눈동자가 튀어나오고 뼈마디가 튕겨지고 터진 음낭에서 불알이 굴러 나왔다.

땅 위에는 인체의 파편들이 쌓여갔고, 하늘에는 어딘가 한 부분이 떨어져 나간 인체의 형상들이 그 모습을 지켜보며 음울하게 떠돌고 있었다. 그들 수평인들의 찢기고 잘리고 뜯긴 자리에서는 피가 흘러나오지 않았고, 대신 푸른 기운이 연기처럼 흘러나오고 있었다. 그 푸른 연기가 밖으로 다 흘러나왔을 때, 떠 있던 몸들도 갑자기 아래로 곤두박질했다. 하지만 곧바로 공중의 그 자리는 또 다른 몸으로 채워졌고, 그렇듯이 매달림과 추락과 부유는 끝없이 계속되었다. 푸른 연기 또한 멈추지 않고 흘러나왔고, 그로 인해 차츰 세상은 점점 더 푸른빛으로 뒤덮이고 있었다. 하지만 그 푸른빛의 농도가 더욱 짙어지면 짙어질수록, 시야가 방해를 받기는커녕 사물의 형체가 더욱더 강력하고 충격적으로 드러나고 있었다. 그야말로 온통 푸른빛이었다. 그러나 여전히 그는 땅이나 하늘이나 어디에도 존재하지 않았고 단지 눈앞의 광경만이 있을 뿐이었다. 그러나 동시에 그는 그 푸른빛 속에 들어 있었다.

채널 부수기

1

이 글은 어느 미래형 인간에 대한 이야기다. '미래형'이라고 하여, 먼 훗날에나 존재하게 될 인물을 말하는 것은 아니다. 그는 우리와 동시대인이고, 이 이야기는 지금 이곳에서 일어난 사건을 다루고 있다. 단지 그는 나름의 독특하고 유별난 사고방식과 습벽을 지니고 있으며, 그 점에서 스스로 미래형 인간이라고 부르고 있는 것이다. 그러나 우리는 여기에서 굳이 그런 호칭의 적합성 여부를 문제 삼을 필요는 없을 터이다.

여하튼, 그의 이름은 김동학이다. 이제 삼십대 후반의 나이에 이른 그는 지금까지 줄곧 독신으로 살아오고 있다. 독일의 한 철학자는 현대를 가리켜 세계가 무기력하게 회전하는 시대라고 말한 바 있다. 김동학은 누구보다도 그 말에 공감하고 있었다. 그러나 또한 그는 그 말에 강한 거부감도 가지고 있었다. 그가 보기에 이 세상은 무기력하기는커녕 점점 더 강력한 회전을 하고 있기 때문이다. 물론 무기력한 회전이라 함은 무의미한 회전이라는 말도 될 터이다. 하지만 그 회전이 이처럼 점점 더 강하게 이루어지고 있는 것이 사실이라면, 거기에는 어떤 의미와 전망이, 적어도 아직은 불투명하기는 해도, 들어 있는 게 아닌가 하는 것이다.

실제로 김동학은 아침에 눈을 뜨는 순간부터 온 세상이 빙글빙글 돌아가는 모습에 현기증을 느끼곤 했다. 우선, 그날 하루 펼쳐질 일과가 그러했다. 그리고 그 일과와 더불어 스치고 만나고 부딪칠 인간들과 바깥세상 전체가 또한 어디로도 나아가지 못하고 어디로 나아가는지도 모르면서, 꼬리에 꼬리를 물고 뱅뱅 맴을 도는 것이다.

그런데 문제는 그러한 회전이 그의 속에서도 이루어지고 있다는 사실이었다. 그의 속에서는, 정확히 머릿속인지 몸속인지 딱 잘라 말할 수는 없지만, 어찌 되었든 바깥에서만큼이나 강력한 소용돌이가 쉬지 않고 일어나고 있는 것인데, 우리가 그를 기꺼이 미래형 인간이라고 불러주는 까닭도 여기에 있다.

일단, 우리는 그것을 채널이라고 부르기로 한다. 사실 채널이라고 하면 텔레비전이나 라디오 따위에서, 주파수대에 따른 전파의 전송 통로를 말하는 것이지만, 여기에서는 넓은 의미로 채널을 돌릴 때 사용하는 원형 조종간도 포함하기로 한다. 말하자면 그의 내면에서는 지금 이 순간에도 그 둥근 톱니바퀴 모양의 채널이 거의 기계적으로 빙글빙글 돌아가고 있다. 물론 그 채널은 김동학 자신이 아침에 잠에서 깨어날 때 돌리기 시작하는 것이다. 그러나 일정 속도에 이르게 되면 채널은 제 스스로 돌아가게 되고, 어쩌다 채널이 멈추거나 속도가 떨어지게 되면 김동학 자신이 초조함을 견디지 못하여 다시 돌리기 시작하는 것이다. 그러니 이쯤 되면 그 채널은 항상 제 스스로 돌아가고 있다고 해도 과언이 아닐 것이다.

2

이 이야기는 어느 날 새벽에 김동학이 응급실에 실려 가는 데서부터 시작된다. 다분히 고전적인 방식으로 이야기가 풀려나가고 있는 셈인데, 요즘같이 빠르게 돌아가는 세상에서 고전적이라는 것은 인간적이라는 것이고, 그런 의미에서 그 속에 어느 정도 이른바 휴머니즘의 단초를 담고 있는 것이 아닌가 한다.

그날 사람들은 들것에 실린 그를 구급차에서 내려서 서둘러 응급실로 데리고 들어갔다. 평일인데도 그날따라 응급실 안은 무척 소란스러웠다. 가만히 누워 있는 그의 주변에서 주로 희거나 검은 옷을 걸친 사람들이 분주히 움직이고 있었다. 그는 자신의 몸이 누더기처럼 너덜너덜한 상태라고 느끼고 있었다. 어찌 된 일인지 통증은 별로 없었지만, 몸 곳곳에 긁히고 찢긴 상처가 났고, 뼈도 여러 군데 금이 가거나 부러진 것이 분명했다. 그러나 비록 들것 위이기는 해도, 그로서는 누운 채 천장을 올려다보면서 어디론가 움직이는 것이 싫지 않았고, 조금은 흥미롭기까지 하였다.

더욱이 그는 응급실 안의 일사분란한 움직임이 마음에 들었다. 내과, 외과, 정형외과, 피부과, 비뇨기과, 이비인후과 등등의 것들이 마치 케이블 티브이의 채널들처럼 분야별로 정리된 체제를 유지하고서, 그때그때 적절한 대응을 보여주고 있는 것이다. 얼핏 보면 혼란스러운 듯하면서도 나름의 질서정연함을 갖추고 있는 곳, 김동학은 이런 곳이라면 기꺼이 자신의 몸을 맡길 만하다고 생각했다.

이곳에서 의사들이 하는 일은 인간의 망가진 육체를 수선하고, 필요하다면 다시 조립하는 것이었다. 그러나 의사들이 각기 자신의 분야에 따라 인간의 몸을 나누어 가지고 있다고도 말할 수 있는 것이니, 섣불리 이곳에 들어왔다가는 의사들의 탐욕스러운 손길 아래에서 육체가 조각조각 나누어질지도 모르는 일이었다. 하지만 그로서는 크게 걱정하지 않아도 되었다. 다행히 그의 몸은 이미 거의 분해가 되다시피 하여 이곳에 들어온 터라, 의사들은 다시 맞추기만 하면 되는 것이었다. 응급실에 누워 있는 환자의 머릿속에서 이런 생각들이 오가고 있다는 것을 염두에 두자면, 우리로서는 김동학에게 일종의 채널 강박증이 있다는 사실을 미리 짚고 넘어가지 않을 수 없는 노릇이다.

응급실에 도착한 후로 그의 곁에는 줄곧 한 젊은 여자가 바싹 붙어 있었다. 김동학이 응급실 구석의 진료용 침대 위로 옮겨질 때까지도, 그녀는 그에게서 떨어지려 하지 않았다. 그런데 놀랍게도 김동학은 그녀가 누구인지 알아볼 수가 없었다. 어렴풋이 생각이 날 듯하면 곧 그녀의 얼굴 위로 그가 알고 있는 또 다른 여자 얼굴들이 획획 스쳐 지나가는 것이었다.

그는 그녀에게 약간 미안했다. 그도 그럴 것이 그녀는 마치 제 일처럼 무척 흥분해 있었다. 간간이 뜻 모를 말을 중얼거리다가 갑자기 소리 높여 외치기도 하였다. 그리고 격한 감정을 못 이겨 그를 왈칵 껴안았다가 그의 사지가 덜렁거리는 것을 느끼고는 깜짝 놀라 몸을 떼며 정신을 차렸고, 그러나 이내 다시 정신을 놓친 듯 그에게 달려들었다.

그 바람에 의사들은 현재 그의 상태에 대해 그녀에게서 정보를 얻는 일을 일찌감치 포기하고서, 그녀를 그에게서 멀리 떼어놓기에 급급했다. 김동학 자신도 그녀의 존재로 인해 오히려 진단과 치료에서 불이익을 당하지나 않을까 우려될 정도였다.

이윽고 청진기를 그럴듯한 장식품처럼 가슴에 매단 한 젊은 의사가 칸막이 안으로 들어왔다. 그 모습은 흡사 사람 뼈다귀를 목에 걸고 다니는 원시 부족의 주술사를 연상시켰다. 젊은 의사는 김동학 곁으로 다가오자마자 다짜고짜 그의 입가에 코를 가져다 대고서 킁킁거렸다. 개처럼 냄새를 맡는 그 모습에 김동학은 당장이라도 그 의사가 커다랗고 척척한 혀를 내밀어 자신의 얼굴을 핥을지도 모른다는 생각이 들어 눈을 질끈 감았다. 의사가 그에게서 술 냄새가 나는지 맡아보려 한 것임을 알게 된 것은 잠시 후의 일이었다.
하기야 이런 혼란스런 상태에서는 그 의사가 개처럼 냄새를
맡다 말고 갑자기 물개 울음소리를 낸다고 해도 그로서는
그리 놀라운 일이 아닐 것이었다. 고개를 몇 번 갸우뚱거리
던 젊은 의사는 마침내 결단을 내린 표정을 지으며 두 손으
로 그의 몸을 헤집기 시작했다.

3

이제 우리는 김동학이 응급실에 오게 된 경위를 이야기하
는 것이 올바른 순서일 것이다. 그는 그날 아침에도 불쾌감
에 시달리며 잠에서 깨어났다. 새로운 하루를 맞아 깨어날
때면, 그는 항상 어떤 상상적인 형태를 통과해야 했는데,
그것이 그에게는 매번 고역에 가까운 것이었다.

그날은 처음 눈을 뜰 때, 달걀들이 일렬로 죽 늘어서 있
는 형상이 눈앞에 떠올랐다. 이윽고 그 달걀들은 하나씩 껍
질이 저절로 와삭와삭 깨지면서 흰자위가 흘러나왔고, 뒤이
어 터진 노른자위가 혓바닥처럼 슬그머니 앞으로 밀려나오
는 광경이 순차적으로 이어졌다. 그리고 끝으로 반으로 갈

라진 채 속이 텅 빈 달걀 껍질들이 뒤로 하나씩 벌렁벌렁 넘어질 때, 그는 깜짝 놀란 얼굴로 자리에서 벌떡 일어났던 것이다.

그가 실제로 놀란 것인지 아닌지는 그 자신도 잘 알 수 없었다. 그저 매번 그렇게 갑자기 눈을 크게 뜨면서 하루가 시작되는 것이었고, 남는 것은 까닭 모를 불쾌감이었다. 그 불쾌감이야말로 미래인으로서 그날 그가 새로이 겪게 될 고난을 미리 증거하는 것이었다.

자리에서 일어나자마자 평소처럼 그는 우선 그리 넓지 않은 집 안을 이리저리 돌아다니며 모든 전등을 켰다. 심지어 싱크대로 가서 가스레인지의 후드에 달린 불도 켜고, 평소에는 거의 용무가 없는 다용도실 문을 열고서 그 안도 환하게 밝혀놓았다. 물론 화장실을 제외하면, 불을 켠다고 해서 훨씬 밝아지거나 하는 것은 아니었다. 그러나 하나씩 차례로 전구와 형광등에 불이 들어오게 하는 행위, 그리고 외출하기 직전에 그 불들을 다시 하나씩 차례로 끄는 행위가 그에게는 나름의 의미가 있는 것이었다. 그런 식으로 그는 자신의 거처를 구석구석 쑤시고 다니면서, 그 구석들의 음모를 추궁하고 밝혀낸 뒤에 관대하게 용서하는 의식을 아침마다 거르지 않고 치르는 것이었다.

그런 뒤에는 하루 중에 가장 중요한 일이 그를 기다리고 있었다. 그는 거실 한가운데에 선 채로 리모컨을 집어 들고서 텔레비전을 켰다. 그는 먼저 전원 버튼을 누른 뒤에, 1번에서부터 시작하여 한 단계씩 다음 숫자로 넘어가며 케이블 티브이의 채널을 훑어나가기 시작했다. 그럴 때면 매번 그는 눈앞에서 접는 부채가 촤르륵 부챗살을 펼치며 열리는 것을 보곤 했다. 경제, 쇼핑, 영화, 다큐, 육아, 종교, 건강, 여행, 모험 등등, 다양하게 분화되고 정선되고 압축된 세계들이 그에게 기꺼이 문을 열어주었다. 그와 더불어 그의 속에서 천천히 시운전을 하던 채널이 점점 더 빠른 속도로 돌아가기 시작했다.

물론 채널은 돌아가는 것이 아니라, 바뀌고 있을 뿐이었다. 그런 면에서 리모컨으로 하는 채널 전환은 매력이 없었다. 리모컨이 없던 시절에 티브이를 켜고서 드르륵드르륵 돌리던 원형 조정간, 지금도 그의 속에서는 그것이 돌아가고 있었고, 그 때문에 지금도 그의 속에서는 채널의 소용돌이가 일어나고 있는 것이다.

그러나 이제 그는 리모컨에 익숙하게 되었고, 나아가 리모컨을 사랑하게 되었다. 리모컨은 그에게 잔금이 많이 남아 있는 신용카드 같은 것이었다. 그는 그것을 통해 모든 것을 얻을 수 있다는 보장을 받은 셈이었다. 더욱이 요즘 들어 케이블 티브이의 채널 수가 더 늘어나고 있다는 사실은 그를 적잖이 들뜨게 했다. 부챗살이 점점 더 늘어난다는 사실에 감정이 고양된 나머지 현기증까지 느끼곤 했는데, 언젠가부터 그에게는 현기증이 정신적, 육체적 쾌감을 유발하는 가장 중요한 요소가 되어 있었다. 그는 늦은 밤과 이른 아침에 현기증 속에서 홀로 케이블 티브이의 채널을 돌리며 하루를 마무리 짓고 또 새로운 하루를 준비했다. 그러면서 그는 자신의 삶이 케이블 티브이처럼 다양하고 현란하면서도 질서 있게 돌아가리라고 믿어 의심치 않았다.

그날, 집을 나서서 길을 걸을 때, 그는 다른 어느 날보다도 더 당당하게 걸음을 내디뎠다. 사실 그는 걷는 것을 그리 좋아하지 않았다. 머릿속으로는 온 세상을 향해 열려 있는 그 무수한 문들을 분주히 드나들고 있는 터에, 느리게 걸으며 공간을 이동하는 것이 때로 견디기 힘들 정도로 무료하게 여겨졌기 때문이었다. 그러나 그는 기왕에 걸어야 한다면 남들과 달리 엄청난 비밀을 속에 감추고 있는 사람다운 오만함을 보여주려고 애쓰는 것이었다.

보통 그는 길 위에서 사람들의 얼굴을 잘 쳐다보지 않았다. 얼굴이라는 하나의 단일한 이미지에 갇혀 있는 인간들에 대한 연민의 감정이 솟구치곤 했던 탓이었다. 그가 자신의 얼굴을 볼 수 없다는 것, 거울을 통해서만 자신의 얼굴을 볼 수 있다는 것은 실로 다행한 일이었다. 감정이나 상태의 변화에 따라, 그가 느끼는 자신의 얼굴, 자신의 이미지는 무척 다양하게 변화했다. 이를테면 그가 분노할 때, 머릿속에서 그의 얼굴은 분노의 화신, 혹은 진노한 신의 모습으로 그려지곤 했던 것이다.

때로 병원의 응급실 앞을 지날 때면, 그는 호기심을 누르지 못하고서 유리문 안쪽을 힐끔거렸다. 물론 아직 그는 그날 오후에 어떤 운명이 자신을 기다리고 있는지 모르고 있었다. 그런데 그날따라 회사가 가까워진 후로도 왠지 걷기가 여전히 힘이 들었다. 무게 6킬로그램의 머리를 목 위에 얹고서 짧은 다리를 번갈아 움직이는 것이 다람쥐가 쳇바퀴를 돌리는 것과 다를 바 없다는 느낌을 내내 떨칠 수 없었던 것이다. 그러다 보니 두개골 위쪽 반구가 썰렁하다는 기분이 들기도 했다. 이런 상태라면, 뭔가가 가볍게 몸에 부딪치기만 해도, 마치 부실한 자동차의 보닛이 덜컹 열리듯, 두개골의 뚜껑이 열려버릴지도 모른다는 생각이 들기까지 했다.

그는 각별히 조심하여 길을 살폈다. 자칫 잘못하면 회사로 가는 길을 잃을지도 모르기 때문이었다. 그는 길눈이 무척 어두웠다. 일상적으로 반복하는 일이라 해도 뭔가에 익숙해지는 것이 그에게는 실로 어려운 일이었다. 게다가 수시로 치매 현상까지 찾아들곤 했는데, 한번은 컴퓨터 자판에 대한 기억이 깨끗이 지워지는 바람에 타자 연습을 처음부터 새로이 시작해야 했던 적도 있었다. 당연히 그 경험은 고역스러운 것이었다. 그러나 왠지 신선한 느낌도 없지 않았는데, 그런 자기 자신에게 스스로도 놀라지 않을 수 없었다.

그는 계속 길을 걸어서 공사장 가까이에 이르렀다. 그곳 또한 그가 아침마다 그냥 지나치지 않고 잠시 머물며 지켜보곤 하는 곳이었다. 낡은 건물이 철거되고 신축 건물 공사가 한창 진행 중인 그곳의 무질서함과 혼란스러움 속에서 그는 과장 없이 무한한 활력을 느꼈다. 우뚝우뚝 솟아 있는 골조들, 더미를 이루어 쌓여 있는 자재들, 그러나 조만간 그것들이 하나의 새로운 건축물로 완결되리라는 생각에 그는 자기도 모르게 부르르 몸을 떨었다. 곧 장마철이 시작될 무렵이었다.

4

이야기가 계속 진행되면 좀더 밝혀지겠지만, 여기에서 우리는 잠시 김동학의 강박증에 대해 언급하는 편이 좋을 듯하다. 사실, 그도 자신이 채널에 대해 일종의 강박증을 가지고 있음을 알고 있었다. 물론 그는 자신의 강박증에 대해 다른 사람에게 말하는 것을 피했다. 그러나 스스로도 은근히 신경이 쓰이고 걱정이 되었던 터라, 어느 날 회사 동료들 중의 하나에게 무심코 자신의 증상을 털어놓고 말았다. 그는 세상이 온통 거대한 채널로 보인다는 말을 하고, 자신이 아침마다 치르는 의식에 대한 이야기를 덧붙였다. 사실은 상대방이 먼저 강박증에 대해 말을 꺼내서, 김동학이 그 화제에 동참했던 것인데, 그가 말을 마치고 나니 상대방은 두 눈을 동그랗게 뜨고서 그를 멍청하게 바라보고 있었던 것이다.

그 후로 그가 한 말이 회사 내에서 소문처럼 퍼져나갔고, 그 당연한 귀결인 양 여러 사람이 마치 채널 바뀌듯 차례로 그에게 다가와 짐짓 걱정스럽다는 표정으로 몇 마디씩 던지곤 했다. 그중에 자칭 현대인의 정신질환 전문가라는 자가 있었는데, 특히 그의 말은 김동학을 자극했다.

그의 말에 따르면, 강박증은 뇌의 여러 기억 회로에서 신경물질 분비 이상에 의해 생긴다고 했다. 그로 인해 기억에 관여하는 뇌의 회로에서 레코드판 튀는 것과 같은 현상이 반복적으로 지속되는 것이며, 그 결과 어떤 특정 생각을 계속 머릿속에 떠올리며 그것에 집착하여, 반복적으로 강박적 행동을 하게 된다는 것이었다. 그는 정신과 전문의들이 이를 두고 뇌가 딸꾹질하는 것으로 표현한다고 말하며 웃었다. 계속하여 그는 이제는 강박증을 뇌질환으로 보는 것이 일반적인 추세이니만큼, 약물치료나 수술 같은 방법을 써야 한다고 말을 보탰다. 그러고는 김동학에게 필요하다면 뇌의 회로를 전기침으로 지져서 차단하는 수술을 받는 것도 괜찮지 않겠냐고 물었다.

그의 말은 어디서 주워듣거나 신문에서 읽은 것에 불과하다는 것을 뻔히 알면서도, 김동학은 펄쩍 뛰며 반발했다. 수술을 한다니 그 얼마나 순진하면서도 위험한 발상인가. 지금은 뇌의 작동법이 예전과 근본적으로 달라졌다. 현대의 기계문명 속에서 영위되는 우리 삶은 필연적으로 뇌에 강박증을 유발하며, 뿐만 아니라 우리 뇌 자체가 강박증을 필요로 하기까지 한다. 강박증 없이 현대를 살아갈 수는 없는 노릇이다. 그래도 여전히 강박증은 그 실체가 잘 잡히지 않는데, 왜냐하면 우리의 의식이 곧 강박증 그 자체이기 때문이다. 그러니 이제 우리는 오히려 우리에게 가능한 온갖 종류의 강박증을 찾아나서는 한편, 그 강박증의 끝까지 가봄으로써 우리 자신을 이해하려 해야 할 것이다.

김동학이 격앙된 어조로 말을 마치자, 자존심이 몹시 상한 자칭 정신과 의사는 그의 강박증이 정말로 심하다는 것을 확인했다는 듯 심각한 표정을 지으며 혀를 끌끌 찼다. 그러나 그는 김동학을 쉽게 놓아주지 않았다. 요즘은 섣불리 속내 이야기를 꺼냈다가는 어설픈 정신분석의 대상이 되기가 일쑤인 세상이었다. 물론 상대방에게 비밀을 드러냈다가 불이익을 당하는 것이야 인류 역사에 비일비재한 일이지만, 이제는 정신분석이라는 것을 통해 한 개인의 인격 자체를 와해시켜버리려는 경향이 만연해 있는 것이다.

돌팔이 의사는 그를 사로잡고 있는 강박증의 요인을 그의 성장 환경에서 찾으려 했다. 그 말을 듣고서, 김동학은 가장 먼저 아버지를 머리에 떠올렸다. 그의 아버지는 교육자였고, 자신의 직업에 특히 열성적인 사람이었다. 그러나 그는 정작 자식들 교육에는 무관심했다. 그렇다면 과연 그에게 교육이란 무엇이었을까. 김동학은 지금도 간간이 그런 질문을 자신에게 던지곤 했다.

또한 그의 아버지는 철저히 근검절약을 실천하던 사람이었다. 중고차를 스스로 손봐서 타고 다녔는데, 부품의 소모를 피하기 위해서였는지 비 오는 날에도 웬만해서는 와이퍼를 작동시키지 않는 묘한 버릇 내지는 고집을 가지고 있었다. 비가 억수로 쏟아지면 그제서야 일 단으로 와이퍼를 움직이면서 고개를 쭉 뽑아 전방을 주시하며 낮은 속도로 앞으로 나아가곤 했던 것이다. 때문에 지금도 김동학의 뇌리 속에는 쏟아져 내리는 빗줄기와 천천히 움직이거나 멈춰 있는 와이퍼, 그리고 지독한 근시처럼 앞 유리창에 눈을 들이대고 있는 아버지의 모습이 한 장의 세밀한 그림처럼 각인되어 있었다.

따지고 보면, 그것 역시 강박증의 소산이라고 할 수 있었다. 하지만 우리로서는 아버지의 그런 행태가 강박증인 것인지, 아니면 김동학이 유독 그 장면만 강하게 기억하고 있는 것이 강박증인지 잘 가늠할 수 없는 것이 사실이다. 사실, 채널과 부채와 와이퍼는 서로 얼마나 닮아 있는가. 그러나 펼쳐진 부채와 움직이지 않는 와이퍼는 또 그 얼마나 다른가.

5

그런 저런 사정으로 인해, 아침에 패션모델의 옷을 입어 보고, 요리사의 특선 요리를 음미하고, 세계적으로 유명한 배우의 장례식에 참석하고, 아프리카 원주민들이 성인식으로 치르는 번지 점프를 지켜보며 하루를 시작한 그에게 사무실에서 보내는 낮 시간은 자신감과 고독감과 충족감, 그리고 비장함과 오만함이 교차하는 순간들의 연속이었다.

그는 자기 혼자만의 이름으로 자신을 채널 인간이라고 불렀다. 그의 속에서는 채널이 끊임없이 돌아가고 있었고, 그는 그것이 마치 프로펠러 같은 역할을 하여 자신의 몸을 공중으로 띄워 올린다고 느끼고 있었다. 공중부양, 그것은 그에게 거의 승천과 다를 바 없었다. 가볍게 허공으로 떠오르는 채널 인간에게 끈끈한 것들, 축축한 것들, 혹은 구질구질한 것들은 최대의 적이었다. 그것들은 접착성을 가지고 있어서 그에게 들러붙어 그의 몸을 무겁게 만들었기 때문이었다.

회사에서 그가 맡은 크고 작은 일들 중에 그에게 개인적으로 가장 중요한 일을 꼽으라면 중요 문서를 파쇄하는 것과 내용증명을 보내는 것이었다. 그는 중요 문서들을 모아 두고 정리했다가 정기적으로 문서파쇄기에 집어넣는 일을 했는데, 종잇장들이 갈가리 잘려져서 쏟아져 나오는 모습을 볼 때마다 뭐라고 표현하기 어려운 쾌감을 느끼곤 했다. 마치 문서 속에 압축되어 있던 비밀을 그의 손으로 조각조각 나누어 세상에 환원한다고나 할까, 아니면 문서 한 장 한 장이 기계를 통과하는 순간 비로소 그 비밀을 공작새의 날개처럼 활짝 펼친다고나 할까, 여하튼 그와 비슷한 느낌이 들곤 하는 것이었다.

궁지에 몰린 업체나 개인에게 최후통첩식의 내용증명을 보내는 일도 그에게 묘한 활기를 불어넣었다. 심지어 그로 하여금 일말의 죄의식과 공격적 쾌감을 동시에 느끼게 하면서, 마치 자신이 익명의 공간 속에 군주처럼 군림하고 있다는 착각을 불러일으켰다. 그 외에도 그는 회사 명의로 전자우편을 주고받는 일도 취급하였는데, 그처럼 그가 주로 맡은 일은 리모컨으로 원격조종을 하듯 사람들과 직접 부딪치거나 만나지 않아도 되는 것들에 속했다.

그런 면에서 아마도 당연한 일이겠지만, 회사 내에서 그의 인간관계는 그리 원만하지 못했다. 지금도 그렇지만 이제까지 그는 사람들을 마주 대할 때 엄청나게 많은 에너지

를 소모해야 했다. 물론 다른 사람들도 어느 정도 그러하겠
지만 그는 그 정도가 훨씬 심했다. 타인들과의 대화가 조금
만 길어지면 그는 마치 실타래에서 실이 풀려나가듯 자신의
몸에서 기운이 빠져나가는 광경이 환시로 보이는 것이었다.
게다가 다른 사람들의 경우에는 상대방으로 인해 에너지를
빼앗기는 동시에 반대급부로 그만큼의 에너지를 돌려받는
다고 생각하는데 반해, 김동학은 그런 생각은 엄두조차 내
지 못했다.

생각해보라. 회사에서 점심시간이 되면 동료들이 함께 식
사를 하러 가자고 부를까 봐 전전긍긍하는 인간, 어쩌다 끌
려가면 멍한 얼굴로 밥알을 헤아리면서 속으로는 좌불안석
이 되는 인간, 사무실에서 상사의 눈길이 그를 향하고 있으
면 자기를 바라보는 게 아니라 어디 다른 곳, 아니면 자기
주변의 컴퓨터나 의자 따위를 바라보고 있다고 생각하려 하
는 인간을 말이다.

하지만 그것은 그가 소심하거나 심약해서만은 아니었다.
그는 어차피 공적인 일들로 마주치는 타인들과 그 이상의
깊은 관계를 맺고 싶지 않았다. 그 소통이나 교감의 한계가
애초에 뻔했기 때문만이 아니라, 그런 상투적이고 진부한
관계들로 인해 일상의 구석진 자리에 옥죄어들고 싶지 않았

기 때문이었다. 그것이 그가 스스로 채널 인간이 되고자 한 이유이기도 했다.

그러다 보니 그는 어쩌다 상사의 질책을 받거나 성가신 인간들이 가까이 다가오면 단호하게 채널을 돌려버리게 되었다. 그럴 때면 빙글빙글 돌아가는 채널의 끝에 달린 날카로운 칼날이 그들의 머리를 뎅강뎅강 잘라버렸다. 그가 겉으로는 결코 그런 내색을 하지 않았으므로, 그들은 방금 자기들의 머리가 잘리고, 그와 거의 동시에 목에서 우유처럼 흰 액체가 공중으로 치솟곤 한다는 사실을 전혀 눈치 채지 못했다.

하지만 그는 결코 자책감 따위는 느끼지 않았다. 그가 그들의 목을 치는 것은 오히려 그들로 하여금 저열한 일상에서 벗어나게 하는 것이라고 믿고 있었던 탓이었다. 그런 의미에서 그들이 비록 이차돈과 같은 꼴을 당한다 하더라도, 순교자는 결코 그들이 아니었다. 매 순간 순교를 당하는 것은 바로 그 자신이었다. 미래형 인간이라는 말도 곧 현재에서 핍박을 받고 있음을 뜻하는 것이었다. 그는 보통 사람들의 평범함을 넘어섬으로써 그만큼 고통과 고난을 겪고 있었다. 하지만 그가 어떤 사명감을 가지고서 그런 행위를 하는 것은 아니었다. 그에게는 애초에 달리 선택의 여지가 없었던 것이고, 이 점은 결코 과장이 아니라고 스스로 믿고 있었다.

그가 타인들을 대하는 방식은 부모형제와의 관계에서도 마찬가지였다. 그의 가족들은 그가 뭔가에 홀려서 정착을 하지 못하고 있다고 생각했다. 그들의 말이 맞다면, 그가 정착을 하지 못하는 까닭은 그의 속에서 돌아가는 채널 때문일 것이다. 이미 말했다시피, 그의 삶의 전범은 케이블 티브이 식의 삶이었고, 그중 특히 중요한 것은 그 복잡함 속에서 이루어지는 질서정연한 분할이었다. 그러기 위해서 그는 자기 주변의 사람들이나 사물들을 같은 방식으로 대하고, 그것들에게 각기 적절한 만큼의 시간을 할애하려 했다. 여기에 예외는 없었다. 공평무사, 이 점에서 가족들이라 해도 사정이 달라지지 않았던 것이다,

그러나 당연히 그는 가족들에게 자신의 채널식 삶을 납득시키기 어려웠다. 더 정확히 말하자면 그들을 납득시키는 것이 어려웠다기보다, 그들 스스로 납득하기가 어려웠던 것이다. 그러나 그의 노력 덕분에 타협이 이루어졌는데, 아버지 제사 때 한 번, 추석 때 한 번, 이렇게 일 년에 두 번 만나는 것으로 낙착이 되었다.

하지만 그는 조만간 이 계약서를 다시 써야겠다고 생각하

고 있었다. 지난번 제사 때 묵연히 술을 따르고 절을 하면서, 그는 자신이 벌이고 있는 행위의 그 도저한 무의미함에 가슴이 먹먹해졌다. 그에게 그런 행위 하나하나는 실존적인 차원에서 취하는 어쩔 수 없는 선택이자 결단이었고, 또한 동시에 노장적 무위자연의 적극적 체득과 다를 바 없었다. 다분히 비장하고 과장된 현학적 표현에서 우리는 김동학이 지니고 있는 어설픈 유머 감각의 일단을 엿볼 수 있다. 하지만 그보다는 오죽했으면 그런 생각까지 했을까 싶은 마음에 동정심을 느끼는 편이 더 적절한 것인지도 모를 일이다.

그런 사정들로 인하여 그는 더 나이가 들면 회사도 정리하고 생활도 단순하게 만들어 완전히 혼자만의 삶을 살 계획을 가지고 있었다. 이미 적잖은 직업을 전전한 그가 마지막으로 취할 수 있는 호구지책은 아마도 증권투자가 될 것이었다. 그는 개인투자자로서 낮 시간을 주로 증권회사의 객장에서 보내게 되리라 예상하고 있었다. 그 생각만으로도 그는 가슴이 뛰었다. 객장 한쪽 면을 온통 차지하고 있는 전광판 앞에 서서 그 다양하고 현란하고 질서 있는 세계, 그 무수한 채널들의 문과 홀로 마주하고 있는 모습이야말로 그의 이상적인 미래상이었던 것이다.

6

　강박증은 기이한 습벽을 낳게 되어 있었다. 김동학의 경우에 그것은 새벽 산책이었다. 그동안 그는 이미 일 년여에 걸쳐 매주 두어 번씩 새벽에 집을 나와서 텅 빈 거리와 공원과 시장 골목과 인근 야산을 배회했다. 새벽에는 많은 것이 사뭇 달랐다. 우선 모두가 잠든 고요한 새벽은 그에게 세상의 채널이 맹렬한 회전을 잠시 멈추는 시간이었다. 그리하여 마치 휴가를 얻듯 그의 속에 들어 있는 채널도 스스로 정지하여 열기를 식히는 것이다.

　채널이 무화되어버린 듯한 그 시간에, 그는 마치 풀려버린 태엽의 마지막 작동이 이루어지듯, 혹은 몽유병 상태에 빠진 듯 발길 닿는 대로 걸음을 옮겼다. 응급실에 실려오던 그날 새벽에도 그는 산책을 했다.

　새벽에는 항상 관절에 힘이 하나도 없었는데, 그날은 그 증세가 훨씬 심했다. 평소처럼 그는 산책을 하다 말고 간간이 구석진 곳에 가만히 서서 텅 빈 거리를 바라보곤 했다. 무심코 걸어오다가 그를 발견한 사람들은 유령이라도 본 듯이 흠칫 놀라 그 자리에 멈춰 섰다. 그러나 김동학 자신이야말로 인간의 놀라는 표정에서 유령의 모습을 보았다. 한 번은 어떤 남자가 그를 보고서 입을 크게 벌려 소리를 질렀는데, 가로등 불빛에 비친 그 사내의 잔뜩 벌어진 입은 교수형을 당하여 줄에 매달려 있는 사형수의 입을 연상시켰다.

그는 자신이 두더지와 같다고 생각했다. 두더지처럼 낮에 채널의 굴 속에 숨어 있다가 새벽에 밖으로 나와서 사람들을 놀래키는 것이니, 사람들은 두더지를 보고 놀라는 것이다. 그러니 유령이 아니라 두더지가 그의 실체였다.

간혹 누군가가 자전거를 타고 지나갈 때가 있었는데, 새벽에는 자전거의 삐거덕거리는 소리가 유난히 크게 울렸다. 자전거의 바퀴는 영락없이 채널 조정간처럼 생겼고, 그 삐거덕 소리는 혹사당하는 채널이 지르는 비명처럼 들렸다. 또한 싸움을 하는지 교접을 하는지 날카롭게 울리는 고양이 울음소리가 단속적으로 울렸고, 거기에 귓속을 파고드는 모기의 날갯짓 소리가 한데 섞이면서, 온 세상이 그야말로 완벽하게 폐허의 정적을 연출해내고 있었다.

그때 한 여자가 모퉁이를 돌아서 그가 서 있는 쪽으로 걸어왔다. 그녀는 한 손에는 각진 잿빛 가방을, 그리고 다른 손에는 휴대폰을 들고 있었다. 누군가와 통화를 하는 듯, 그녀는 쉬지 않고 입을 움직이고 있었다. 그와의 거리가 좁혀지면서 그녀의 말소리가 먼저 그에게 가까이 다가왔다. 집에 거의 다 왔어. 졸려도 조금만 참으라니까. 내가 누구 때문에 늦었는지 생각해봐. 무서워 죽겠단 말이야. 저번처럼 배터리가 다 닳았다는 핑계를 댈 생각은 하지도 마. 이놈의 골목길이 얼마나 긴지 알아? 그렇지만 자기 배터리가 견디지 못할 정도로 긴 건 아니야. 그건 그래, 알았어. 그러니 집 앞에 갈 때까지만 버텨줘.

그는 여자를 유심히 바라보았다. 그녀는 전화 통화에 열중하고 있어서인지 아니면 무서워서 앞을 바라볼 수 없는 탓인지, 고집스럽게 고개를 반쯤 숙이고서 또각또각 발짝 소리를 내며 다가오고 있었다. 그녀는 몹시 피곤한 듯 걸음걸이가 그리 고르지 않았는데도 불구하고, 턱없이 서두르느라 몸의 움직임이 무척 가벼워 보였다. 그로 인해 얼굴이 지워진 채 양쪽 어깨만 불쑥 솟아 있는 그녀의 모습은 흡사 달아나는 먹이를 쫓아 날개를 퍼득거리며 앞으로 달려가는 암탉을 연상시켰다. 그리고 그 순간 그는 눈앞에서 다시금 커다란 부채가 펼쳐졌다 닫혀졌다 하며 바람을 일으키는 광경을 보았다. 그리하여 그는 다시금 그 부챗살 사이의 틈바구니 속에 끼어든 채 오랫동안 그 자리에 서 있었다.

기왕에 여자 이야기가 다시 나왔으니 하는 말인데, 평소에 김동학이 가장 많은 시간을 할애하는 대상은 당연히 회사 업무였고, 개별적으로는 텔레비전과 그다음으로 컴퓨터였고, 인간들 중에는 아무래도 여자들이었다. 그러나 그는 어떤 여자에게서든 결코 전체를 원하지 않았고, 어느 여자에게도 자기의 전부를 주려고 하지 않았다. 그가 생각하기에, 전체 혹은 전부로서의 만남은 그 자체로 무모하고 오만하기 짝이 없는 발상이었거니와, 나아가 모든 오해와 갈등과 폭력의 근원이었다.

그 대신 그는 자신의 채널 속에 하위 채널을 하나 분리시켜서, 그 속의 다양한 세부 항목에 여자들을 위치시켰다. 그 채널 속에서 여자들은 그가 그녀들과 만남을 가지는 시간대와 공간에 따라 분류되는가 하면, 또 다소 진부하기는 하지만 정신적인 관계와 육체적인 관계 따위의 기준에 따라 각기 다른 자리가 부여되기도 했다. 심지어 육체적인 관계의 경우에, 그는 자신의 몸을 부위별로 나누어 거기에 합당한 여자들의 리스트를 작성해놓기까지 하였다.

그중에 몇몇 눈치 빠른 여자들은, 대부분의 여자들은 눈치가 빠른 편이었는데, 그의 속셈을 간파했다고 믿고서 노골적으로, 심지어 공격적으로 불만을 드러냈다. 그가 여자들을 대하는 방식이 지극히 이기적이고 편의주의적이며, 심지어 기능주의적이라고까지 몰아붙이는 것이었다. 물론 일반적으로 보자면, 너무 일반적이라는 게 문제이긴 하지만, 여자들에게는 그럴 권리가 충분히 있었다.

그러나 그에게는 명확하고 논리적인 대답이 준비되어 있었다. 직장 상사든 친구든 선배든 남자들은 모두가 그에게 같은 비중을 차지하고 있다, 마찬가지로 여자들도 그의 속에서 각기 고유한 자리가 있는 것이다. 그는 자신이 어느 한 여자에게 전적으로 소유되기를 원하지 않았고, 여자들도 자기를 그렇게 대해주기를 바랐다. 그리하여 그 자신도 무수히 많은 부분으로 분할되어 무수히 많은 여자들의 채널 속에 자리 잡게 되기를 원했다. 그래야만 피차 상대방에게서 정확히 자신의 위치 혹은 의미를 얻을 수 있다는 것이었다.

한 예로 그에게는 오래전부터 이른바 플라토닉한 사이로 지내던 여자가 있었다. 그녀는 여성들을 대상으로 하는 교양잡지의 편집장이었는데, 어느 날 교통사고를 당하여 응급실에 실려 갔고, 그곳에서 급성 뇌진탕으로 숨을 거두었다. 그는 그녀의 임종을 지켜보았다. 수술을 받으러 들어가기 전에 잠시 의식을 되찾은 그녀는 침대 곁에 서 있는 그에게 손을 내밀었다. 그러나 그는 힘도 빠지고 핏기도 가신 그녀의 손을 끝내 잡지 않았다. 아직까지 그래왔듯이, 그들 사이에 육체적인 접촉은 어떤 방식으로든 있을 수 없는 것이었고, 있어서도 안 되는 것이었기 때문이었다. 그러자 그녀는 가볍게 머리를 끄덕이며 스르르 눈을 감았는데, 그녀가 그의 뜻을 이해했는지 아니면 그에게 분노를 느꼈는지는 확인할 수 없는 노릇이었다.

다음 날 아침에 병원 영안실에서 그녀와 영원한 이별을 하면서 그는 이제 그의 속에서 그녀의 채널이 닫혀버렸다고 생각했다. 그러나 그 닫힘은 완성을 의미했고, 앞으로도 그 채널이 영원히 살아 있게 됨을 예고하는 것이었다. 이제 그는 그녀의 동의가 없어도 그가 원할 때면 언제든 자유롭게 그 채널을 드나들면서 그녀와 만날 수 있게 된 것이다.

간혹 어떤 의심이 많은 사람들은, 사람들은 대부분 의심이 많은 편이었는데, 김동학의 그런 태도를 가지고 냉혹한 심성의 소유자라고 비난하곤 했다. 물론 그 말이 전적으로 틀린 것은 아니었다. 하지만 그보다는 그가 과학적이고 이상적인 성향을 지니고 있다고 보는 편이 온당할 것이다. 실제로 그는 과학성과 이상성을 동시에 확보해주는 것으로서 고유진동수라는 개념에 집착하고 있었다.

고유진동수에 대해 그에게 처음 알려준 사람은 포카혼타

스라는 별명으로 불리던 여자였다. 이삼 년 전에 그는 잠시 영어회화 학원을 다닌 적이 있었는데, 그곳에서 그녀를 알게 되었다. 그가 영어회화를 배우고자 한 까닭은 다른 데 있지 않았다. 케이블 티브이에서 나오는 영어방송을 소화할 수 있는 능력을 갖춤으로써 자신의 채널을 좀더 풍요롭고 다양하게 가꾸고자 했던 것이다. 그러나 곧 여러 가지로 역부족임을 깨닫고서 수강을 그만두었는데, 그래도 그 여자와 가까워지게 된 것이 그나마 그가 얻은 대가였다.

최지윤이라는 본명을 가진 그녀는 얼굴이 까무잡잡하고 몸이 마른 편이어서, 강의실에서 모두들 그녀를 포카혼타스라고 불렀다. 처음 잠자리를 가진 후로 그녀는 자기가 아무리 애를 써도 그와의 거리가 좁혀지지 않는다고 자주 불만을 토했다. 하지만 그의 입장에서 보자면 그녀와의 거리는 애초에 정해져 있는 것이어서 좁히거나 벌리거나 할 성질의 것이 아니었다. 그리하여 두 사람은 수없이 헤어지고 수없이 다시 만났다. 그러나 사실 그것 또한 그녀의 입장에서 볼 때 그런 것일 뿐이었다. 그는 그저 같은 자세와 여일한 태도로 그녀를 대했을 따름인데, 그녀 쪽에서 툭하면 결별과 재결합을 번갈아 통보하곤 했던 것이다.

어느 날 서로 몸을 섞고 난 후에, 그가 빨리 채널이 바뀌어 그녀와 헤어져서 집으로 돌아가는 장면이 나타나기만을 기다리고 있을 때, 그녀가 누운 채 밍기적거리며 말했다. 우리 관계는 긍정적으로 보면 지극히 긍정적이고, 부정적으로 보면 지극히 부정적이다. 그러니 우리는 특별한 관계가 아니겠느냐는 것이었다. 그 말은 그를 흡족하게 했다. 그러고서 그녀는 고유진동수에 대해 말을 하기 시작했다.

지상에 존재하는 모든 사물에는 고유진동수가 있다. 한 사물의 고유진동수가 외부의 기운과 맞아떨어질 때, 놀라운 효과가 생기는 법이다. 마이크의 고유진동수와 인간 목소리의 고유진동수가 일치할 때, 소리가 증폭된다. 물론 진동수가 일치한다는 것이 긍정적이거나 생산적인 결과만을 가져오는 것은 아니다. 멀쩡하던 교각이 진동수가 같은 바람과 부딪치면 힘없이 출렁거리다가 무너질 수 있다. 그런가 하면 그에게 누군가의 목소리가 유난히 역겹거나 거북하게 들릴 때, 그 목소리의 고유진동수와 그의 몸의 고유진동수가 맞물렸기 때문일 수 있다는 것이었다.

그 말을 들었을 때, 그는 자신도 모르게 상체를 반쯤 일으켜서 고개를 주억거렸다. 그녀는 자신의 말이 그에게 불러일으킨 효과에 대단히 만족스러워 하며 말을 이었다. 나는 처음 이 말을 들었을 때 당신을 머리에 떠올렸고, 당신도 이 말을 들으면 좋아할 줄 알았으며, 그러고 보면 우리 야말로 고유진동수가 맞는 사이가 아니겠느냐는 말이었다. 그러나 그는 그녀의 말을 듣고서 결코 좋아하고 있는 것이 아니었다. 그는 충격을 받은 것이었다. 그리고 그 충격의 여파로 자신과 그녀의 고유진동수가 전혀 맞지 않는다는 사실에 대한 깨달음이 그의 뇌리 속으로 강하게 파고들었다.

그는 침대의 눅눅한 시트 위로 다시 벌렁 누웠다. 지금까지 그가 벌인 모든 행동은 자신의 고유진동수를 증폭시켜 세상에 방출하는 것이었다. 그리하여 타인에게서 자기 것과 맞는 고유진동수를 찾으려 했다. 그가 세상 여자들의 수많은 채널에 자신을 일정 부분 투여하고 그 채널들을 자신의 속에 옮겨놓은 것도 그 때문이었다.

하지만 다음 순간 그는 몸이 오싹해지는 것을 느꼈다. 그런데 정작 고유진동수가 맞는 대상을 만나게 되면 어떻게 될 것인가. 그 대상을 찾는 것은 어쩌면 그 순간 교각이 바람에 부서지듯 스스로 완전히 무너져 내리기 위한 것은 아닐까. 그는 온몸으로 진저리를 치며 머리를 가로저었다. 그런 식으로 그는 다시금 자신의 고유진동수를 주변에 방출했다.

7

사무실에서의 오전 시간은 천천히 흘러갔다. 점심시간이 되었을 때, 그는 미리부터 화장실에도 다녀오고 책상 정리도 하면서 마치 약속이라도 있는 양 부산한 모습을 보였다. 그러고는 남들보다 일찍 건물을 벗어나서 회사로부터 멀찌감치 떨어져 있는 한 음식점으로 갔다. 그곳은 가정식 백반을 전문으로 하는 곳으로, 그가 혼자 천천히 식사를 하고 싶을 때 즐겨 찾는 곳이었다.

이윽고 각기 작은 접시에 담긴 음식들이 탁자 위에 가득 차려졌다. 그는 나물류, 젓갈류, 생선 구이, 두부조림, 김치, 파래무침, 된장찌개 따위를 번갈아 조금씩 먹기 시작했다. 평소에 그는 음식을 한꺼번에 많이 먹지 못했기 때문에, 적은 양으로 여러 번에 걸쳐 나눠 먹는 습관을 가지고 있었다. 또한 그는 지금처럼 다양한 선택의 여지가 있는 식사를 선호하여, 뷔페나 정식류를 자주 찾았다. 그런 경우에 그는 몇 가지 요리는 아예 무시할 수 있어서 좋았다. 가짓수가 많지 않을 때는 비록 수저를 대지 않는다고 해도 그 요리의 존재를 완전히 무시해버린다는 것이 쉽지 않은 법이었다.

식당은 원래 홀이었던 곳을 개조한 터라 비교적 넓은 편이었고, 탁자들 사이사이에 일 미터가량 높이의 칸막이를 두어 구획을 지어놓았다. 가장 구석진 자리를 차지한 그는 식사를 하면서 평소처럼 칸막이 위로 솟아올라 있는 다른 사람들의 다양한 머리통들을 유심히 살폈다. 그러면서 그는 계속하여 왼쪽 벽에 걸린 시계를 힐끔거렸다. 점심시간이 끝나려면 아직 여유가 있는 터에, 그는 그날따라 왜 자신이 굳이 자꾸 시간을 확인하려 하는지 알 수 없었다. 그러면서 그는 아까 지하도의 계단을 올라올 때 보았던 거지 노인의 모습을 줄곧 눈앞에 떠올리고 있었다.

그 노인은 계단 위에 주저앉아 시멘트 바닥에 낡은 손목시계를 풀어놓고서 고개를 숙인 채 시곗바늘의 움직임을 뚫어져라 들여다보고 있었다. 그 옆에는 플라스틱으로 된 동냥 바구니가 놓여 있었는데, 노인은 그쪽에는 별 관심이 없는 듯했다. 그렇다고 집에 갈 시간을 기다리고 있는 것처럼 보이지도 않았다. 그는 층계참에 멈춰 서서 한동안 그 노인을 내려다보았다.

한참 후에 그는 나름대로 결론을 내릴 수 있었다. 노인은 자기가 가진 것이라곤 시간뿐이니, 지나가는 모든 사람들에게, 그리고 특히 적선을 하는 사람들에게 자신의 시간으로 답례를 하려는 것이었다. 물론 김동학으로는 자신의 결론이 맞는지 확인할 기회가 없었다. 곧 그는 서둘러 그곳을 떠야 했다. 문득 층계참 위에 이대로 서 있다가는, 어느 순간 시간이 정지되어 그 노인처럼 그 자리에 발목이 영원히 붙들려버릴지 모른다는 생각이 들었던 탓이었다.

식사를 하는 동안, 그는 평소에 보지 못했던 커다란 고양이 한 마리가 아까부터 탁자들 사이를 어슬렁거리며 돌아다니는 것을 보았다. 늘어진 뱃살로 보아 암컷으로 보이는 그 나이 든 갈색 고양이는 이쪽 칸막이에서 저쪽 칸막이로 옮겨다니며 그의 시야에 들어왔다 나갔다 하기를 반복하고 있었다. 그러나 가만히 지켜본 결과, 그는 그 고양이가 자기를 가운데 두고서 커다랗게 원을 그리고 있다는 것을 알 수 있었다. 고양이는 간간이 아주 작게 우는 소리도 냈는데, 자기 울음소리가 사람들에게 어떤 반응을 일으키는지 잘 알고 있다는 신중한 기색이었다.

그는 그 고양이로 인해 신경이 곤두서는 것을 느꼈다. 생각 같아서는 주인을 불러서 밖으로 쫓아내달라고 하고 싶었지만, 그때마다 고양이는 마치 그의 생각을 읽은 듯 눈앞에서 사라졌다가 얼마 후에야 나타났다. 그러다가 고양이가 꽤 오래 보이지 않는다 싶을 때의 일이었다. 고양이과 동물 특유의 날카로운 울부짖음과 더불어 그 고양이가 맞은편 구석에서 튀어나오더니, 몸을 둥글게 웅크렸다가 사지를 쭉 펴며 발작적으로 풀쩍풀쩍 뛰어오르기 시작했다. 그러고는 뭔가를 잘못 삼켜서 극심한 고통에 사로잡힌 듯 목이 찢어져라 캑캑거리는 한편, 칸막이와 탁자의 다리와 시멘트벽에 대가리와 몸통을 쿵쿵 부딪치며 이리저리 길길이 뛰어다녔다.

이윽고 미친 듯이 날뛰던 고양이가 움직임을 멈춘 곳은 그의 탁자 밑, 그의 발 앞이었다. 종업원이 달려오고 주변의 사람들이 모여들었다. 죽었네 죽었어. 고양이는 바닥에 모로 축 늘어져 있었다. 그의 정강이에는 방금 전에 고양이가 부딪칠 때 느꼈던 얼얼한 통증이 그대로 남아 있었다. 불룩한 아랫배를 쿡쿡 찔러보는 사람들의 손길에도 고양이는 꼼짝하지 않았다.

그때 그는 다시금 지하도 계단에서 보았던 노인을 떠올렸다. 그 노인을 본 후로 그는 왠지 모르게 자기 속의 채널이 잘 돌아가지 않는다고 느끼고 있었다. 때때로 시간의 흐름이 멈춰진 것처럼 여겨진 것도 그 때문이었다. 그러고 보면 아까 그는 시간이 얼마나 흘렀는가를 확인하려 했던 것이

아니라, 대체 시간이 흐르고 있기는 한지 확인하려 했던 것
이었다. 그의 채널은 뭔가에 걸린 듯 빽빽해져서 점점 더
회전이 느려지고 있었다. 고양이는 아까부터 그 사실을 그
에게 경고하려 했던 것인데, 이제는 죽어서 차츰 뻣뻣해지
고 있었다. 그리고 김동학 자신도 그 자리에 뻣뻣하게 굳어
져서 꼼짝도 할 수 없었다. 채널의 세계에 들어 있는 그에
게 일상의 상황이 매 순간 치명적인 음모로 작용하고 있었
다. 결국 그는 탁자 위에 수저를 던지듯 내려놓고서 자리에
서 일어날 수밖에 없었다.

8

그에게는 휴대폰이 두 개 있었다. 그날 새벽, 어두운 골
목길에서 미친 사람이 혼자 중얼거리듯 그 젊은 여자가 휴
대폰에 대고 끊임없이 말을 하며 걸어오고 있을 때, 그는
호주머니에 두 손을 찌르고서 양손으로 두 개의 휴대폰을
주무르고 있었다.

그녀는 계속 주변을 두리번거리면서도 휴대폰에 거의 필
사적으로 매달리고 있었다. 하기야 그 어두운 밤거리, 언제

어디서 위험이 닥칠지 모르는 상황에서 휴대폰은 그녀와 다른 세상을 이어주는 유일한 채널이었다. 그녀는 그 채널이 약해지거나 잠들거나 스러져버리지 않기 위해 구슬리고 달래고 위협하며 안간힘을 쓰고 있었다.

김동학이 휴대폰을 두 개 가지게 된 지는 이미 꽤 오래되었다. 하나는 말 그대로 세상을 향해 개방되어 있는 것으로, 자유롭게 세상이 그에게로 밀려들고 그가 세상으로 밀려나가는 열린 통로였다. 거기에 반해 다른 하나는 세상에 대해 빗장을 지르고 있는 것, 한 번도 남들에게 보여준 적이 없어서 사람들이 그 존재조차 모르는 것으로, 그의 은밀한 숨소리만 흘러나가는 비밀스런 통로였다. 말하자면 그는 공개된 휴대폰을 통해 전화를 받거나 걸고, 비공개 휴대폰으로는 특별한 경우에 전화를 걸기만 했다. 그래서 비공개 휴대폰으로 어쩌다가 전화가 걸려온다 해도, 그가 받는 일은 전혀 없었다.

그는 왼쪽 휴대폰을 항상 진동 상태로 두었다. 그것은 딱딱한 등껍질 밑에 날개를 감추고 있는 갑충처럼 하시라도 날아갈 준비를 갖춘 채 그의 왼쪽 주머니 속에 잠복해 있었다. 그 갑충은 주로 평소에 억눌려 있던 그의 공격성을 드러내는 도구로 활용되었다. 그런가 하면 간혹 어쩌지 못할 낭만과 감상을 풀어놓는 데에도 유용했다.

누군가와 오른쪽 휴대폰으로 통화를 하다가 상대방이 따지듯 말을 하기 시작하면 그는 대답할 말이 없어 목이 막힌다. 그러면 그는 말없이 전화를 끊는다. 그러고는 아무도 없는 곳으로 가서 그 갑충을 꺼내어 상대방에게 전화를 건다. 연결이 되면 그는 침묵을 지킨다. 상대방이 아무리 소리를 질러도 가만히 있고, 상대방이 전화를 끊으면 그가 다시 건다. 여기에는 또 한 가지 이득이 있다. 그가 갑자기 전화를 끊어버리면 상대방은 화가 나서 그에게 전화를 걸려고 할 것이다. 그때 그가 먼저 재빨리 갑충을 보내어 집요하게 상대방의 휴대폰을 무력화시킨다. 갑충이 놓아주지 않는 한 상대방은 전화를 제대로 사용할 수 없는 것이다.

그런가 하면, 그는 새벽 외출 시에 심해 속으로 한없이 가라앉고 있다는 막막한 심정이 들 때에도 그 갑충을 꺼내어 생각나는 아무 번호로든 전화를 건다. 맹목적으로 충실한 종복인 그의 갑충은 위협적으로 날개를 붕붕거리며 어디로든 날아가서, 주인이 잠이 든 집의 문을 거칠게 두드린다.

물론 그는 그런 짓이 얼마나 유치한지 잘 알고 있었다. 그러나 익명성이 보장된다는 사실이 그에게 모든 것을 가능하게 했다. 그에게는 타인들에게뿐만 아니라 그 자신에게까지도 알리바이가 있는 것이다. 사실 휴대폰이 반드시 두 개일 필요는 없었다. 알다시피 몇 개의 버튼을 더 눌러서 발신자 번호를 상대방의 전화기에 남기지 않을 수 있기 때문이었다. 그러나 그 방법은 전화국을 통해 추적이 가능하므로 위험하기도 하거니와, 그로서는 그런 구차한 짓을 하고 싶지는 않았다. 놀랍게도 그는 그런 짓은 파렴치하다고까지 생각하고 있었다. 그는 갑충을 통해 비밀 채널을 가질지언정, 채널을 감추고 싶지는 않았던 것이다.

때문에 갑충에 대해서는 미리 손을 써놓았다. 한 친구의 명의를 허락 없이 빌려서 휴대폰을 신청하고 통화 요금은 자신의 은행 계좌에서 빠져나가게 해두었다. 물론 이 경우에도 계속 추적해 들어오면 그의 존재를 찾아낼 수는 있겠지만, 그가 심각한 범죄를 저지르지 않는 한 그런 일은 쉽게 일어나지 않을 터였다. 그 결과, 그가 갑충을 사용하고 난 후에는 거의 어김없이 음성이나 문자 메시지가 들어온다. 그 메시지들은 협박을 하는 것에서부터 애원조에 이르기까지 다양하다. 그러나 그는 조금도 흔들리지 않는다. 그가 타인들에게 조금 고통을 주는 것은 사실이지만, 덕분에 그들의 삶도 좀더 다채로워지고 긴장감을 가지게 되는 것이다. 게다가 그들이 보내오는 메시지들은 갑충의 일용할 양식이다. 그가 해야 할 일은 갑충이 좋아할 수 있도록 그 양식의 메뉴를 더욱 다양하게 만드는 것일 따름이었다.

개중에 익명의 전화를 받고 나서 드러내놓고 그를 의심하는 사람들도 있었다. 그러나 그는 시치미를 뗄 뿐만 아니라, 아예 그들의 말이나 시선 따위는 아랑곳하지 않았다. 하지만 그렇듯 도처에 위험이 잠복해 있는 만큼 그로서는 신중을 기해야 했다. 그러기 위해서는 세심하게 원칙을 세워서 그것을 준수해야 했다. 간단히 말하여 그 원칙의 골자는 두 휴대폰이 서로 맞물리거나 혼선을 빚어서는 안 된다는 것이었다. 마치 두 개의 채널이 서로 겹칠 수 없고 겹쳐서도 안 되듯이 말이다.

그런데 한번은 그 원칙을 스스로 위반한 적이 있었다. 물론 부지불식간에 우발적으로 일어난 일이었는데, 그로 인해 그는 적잖이 곤욕을 치러야 했다. 한 달 전쯤의 어느 날 새벽에 다른 날처럼 산책을 하던 그는 한 건물 주차장의 담벼락에 늙수그레한 중년 사내 하나가 기대어 앉아 있는 것을 보았다. 그는 그 사내가 술에 취했거나 요즘 흔히 보는 노숙자들 중의 하나라고 생각하고서 그냥 지나치려 했다.

그때 그 사내가 힘겹게 팔을 들어 그에게 손짓을 했다. 그러면서 꺼져가는 목소리로 그에게 뭐라고 말을 했다. 김동학은 무시하려 했다. 그러나 사내는 계속하여 쥐처럼 찍찍거리는 소리를 냈다. 그 소리 때문이었는지, 김동학은 자기 속에서 초라하고 남루한 채널 하나가 슬그머니 열리다가 제풀에 맥없이 닫히는 것을 보았다. 그는 더 이상 저항할 힘을 잃고서 사내 곁으로 다가갔다. 무릎을 접고 앉아서 가만히 들여다보니, 가로등 불빛에 드러난 사내의 얼굴은 산 사람의 것이 아니다 싶을 정도였다. 새카맣게 탄 안면이 안으로 오그라드는 듯 온통 굵직한 주름살로 덮여 있었고, 여기저기에서 진물도 흐르고 있었다.

김동학이 구급차나 경찰을 불러주겠다고 하자, 사내는 흠칫 놀라며 거칠게 고개를 저었다. 그러다가 큰 충격이라도 받은 듯 옆으로 쓰러지더니, 숨이 막히는지 목줄기를 부풀리고 가슴을 들썩이며 컥컥거렸다. 김동학은 어찌할 바를 모르고서 사내의 겨드랑이 밑으로 손을 밀어넣어 일으켜 세웠다. 사내의 입에서 흘러나온 침이 그의 맨팔 위로 후드득 떨어졌다.

그가 팔을 빼려 하자, 사내는 그의 팔을 꼭 움켜쥐고서 간신히 입을 벌려 다시 뭐라고 중얼거렸다. 김동학은 사내의 입에 귀를 바짝 가져다 대고서야 겨우 그 말을 알아들었다. 사내는 자기 집에 전화를 해달라고 하면서 고장 난 기계처럼 전화번호를 되풀이 발음하고 있었다.

김동학은 그 번호를 놓치지 않기 위해 그 자세를 그대로 유지하고서 왼손으로 주머니에서 휴대폰을 꺼냈다. 그러고는 사내가 여전히 주문을 외듯 중얼거리는 번호를 누른 뒤에 사내의 몸을 바닥에 조심스럽게 눕혔다. 잠시 후 한 중년 여자가 전화를 받았을 때, 그는 사내가 처한 상황과 그곳의 위치를 간단히 알려주고서 전화를 끊었다. 그러고 나서 그는 거추장스러운 것을 훌훌 털어낸 심정으로 홀가분하게 그 자리를 떠났다.

그때까지만 해도 그는 자신이 왼쪽과 오른쪽 사이에서 착오를 일으켰다는 사실을 전혀 모르고 있었다. 그런데 다음 날 정오 무렵부터 그의 갑충에게로 계속하여 전화가 걸려오기 시작했다. 당연히 그는 전화를 받지 않았다. 발신자 번호라고 찍혀 있는 숫자는 그에게 전혀 생소한 것이었다.

저녁에는 마침내 발신자로부터 들어온 음성 메시지가 녹음되어 있었는데, 그 내용을 듣고서야 그는 비로소 자신이 저지른 실수를 깨달았다. 목소리의 임자는 중부 경찰서 소속의 형사라고 신분을 밝히고서, 박영조라는 사람이 실종되었는데, 마지막으로 그에 대한 소식이 이 전화기를 통해 들어왔으니 전화기의 임자와 곧 좀 만나야겠다고 했다. 형사

가 계속하여 말하기를, 박영조는 벌써 보름 전에 실종 신고
가 되어 있었고, 오늘 새벽에 전화로 알려준 장소로 식구들
이 가보았으나 그곳에는 아무도 없었다는 것이다. 형사는
그가 계속 전화를 받지 않거나 자기에게 전화를 걸지 않으
면 직장이나 집으로 방문할 수밖에 없다고 했다. 그리고서
끝으로 박영조는 사회적 신분이 꽤 높았던 사람으로 그의
가족들 성화가 보통이 아니라는 말을 덧붙였다.

김동학은 자신의 어처구니없는 실수에 기가 막히다 못해
화가 치밀었다. 그날 새벽에 그는 그 사내에게 오른팔이 잡
힌 채 왼쪽 휴대폰을 꺼내어 박영조의 집으로 전화를 걸었
고, 경찰에서 그 통화에 대해 발신자 추적을 한 것이 분명
했다. 그는 격앙된 감정을 참지 못하여 주먹으로 탁자를 쾅
쾅 두드렸다. 물론 그가 잘못한 일은 없었으므로 크게 문제
될 것도 없었다. 하지만 그로서는 자신의 갑충이 세상에 노
출되었다는 사실을 견디기가 힘들었다. 이 일로 인해 그의
갑충이 제 힘을 회복하려면 적지 않은 시간이 필요할 듯했
다. 그는 공연히 남의 일에 끼어들어 스스로 자신의 채널들
을 훼손시켰다는 자책감을 떨칠 수 없었다. 마치 얼떨결에
회전문 속으로 뛰어들다가 문틀에 꽉 끼어버린 기분이었다.

결국 그는 사무실 전화로 형사에게 전화를 걸었다. 시간

이 더 늦기 전에, 그리고 상황이 더 나빠지기 전에 그의 갑
충을 보호하기 위해서였다. 몇 번의 통화가 이루어진 끝에
그가 자청하여 경찰서로 가서 형사를 만났다. 형사는 비교
적 노련한 심문관의 모습을 보여주었다. 짐짓 시치미를 떼
며 어떤 말을 던져놓고서 눈알을 반짝이며 상대방의 반응을
살피곤 했는데, 제 딴에는 자신을 살아 있는 거짓말 탐지기
쯤으로 자부하는 기색이 역력했다.

하지만 김동학이 보기에 그 형사는 그리 훌륭한 낚시꾼은
아니었다. 미끼가 비교적 세련되기는 했지만 별 특징이 없
었다. 그리고 피의자일지도 모르는 사람을 마주하고 있다는
데 습관적으로 도취되어 몸이 오만하게 굳어 있는 나머지,
물고기가 옆으로 비켜나가는 것을 본능적으로 감지하면서
도 아무런 행동도 취하지 못하고 있었다. 한 가지 흥미로운
것이 있다면, 그 형사는 매번 방금 전에 자기가 한 말의 꼬
리를 물어야만 다음 말을 꺼낼 수 있다는 점이었다.

그 후에 김동학은 한 번 더 경찰서를 찾아가야 했다. 그
가 그 형사의 손에서 놓여나게 된 것은 근 일주일이 지나고
나서의 일이었다. 형사와 두번째 만나고서 혼자 건물 밖으
로 나올 때, 문득 카멜레온 한 마리가 눈앞에 떠올랐다. 며
칠 전 아침에 잠에서 깨어나며 보았던 바로 그 카멜레온이

었는데, 그가 가만히 지켜보는 동안, 배경에는 아무런 변화가 없는데도 온몸이 초록색에서 주황색으로, 보라색에서 노란색으로, 갈색에서 회색으로 수시로 변하고 있었다. 살갖에 내장된 다양한 빛깔의 채널이 스스로 작동되는 그 광경은 지난번처럼 그를 섬뜩하게 했다.

그 모습을 바라보면서 그는 자기도 모르게 중얼거렸다. 박영조는 어디로 사라졌을까. 내가 그를 만난 것이 사실이기는 한 것일까. 그를 찾으려면 갑충을 어디로 날려보내야 하는 것일까. 그런데 지금 나는 어디로 가야 할까. 그때 김동학은 자신의 속에서 미지의 채널이, 그 속은 텅 비어 있어서 앞으로 새로운 사실들을 하나씩 채워나가야 할 낯선 채널 하나가 회전문 돌아가듯 스르르 열리는 것을 느꼈다.

9

퇴근 시간이 다 되었을 무렵에 사무실로 그를 찾는 전화가 걸려왔다. 그가 얼마 전에 계약 파기에 관한 내용증명을 보낸 적이 있는 작은 인쇄소의 사장이었다. 얼마 전부터 회사 홍보지 인쇄에 관한 계약 사항이 제대로 지켜지지 않았고, 사장이나 책임자와도 직접 연락이 되지 않았던 터였다.

이름이 한기준으로 스스로 자기를 한사장이라고 부르는 그자는 김동학에게 몇 마디 인사말을 건네고서, 한번 만날 것을 제안했다. 그가 거절하자, 한기준은 만나달라고 정중히 부탁했으며, 그가 침묵을 지키자, 꼭 한 번 만나주어야만 한다고 간청했다.

김동학은 그날 회사에서 직원 회식이 있고, 지하 주차장에 회사 차량 한 대가 쉬게 되어 있다는 데 생각이 미쳤다. 회식 자리를 피할 빌미가 생겼다고 생각한 그는 한기준의 간청에 응답을 했다. 곧 그는 약속 장소를 정한 뒤에, 자동차 관리담당자에게로 가서 자동차 열쇠를 받아냈다. 그러고는 중요한 일이 생겼다는 말로 다소 이른 퇴근과 그 후의 시간 사용에 대한 알리바이를 만들어냈다.

꽤 넓은 지하 주차장에서 차를 찾는 것은 언제나 쉬운 일이 아니었다. 조명도 흐릿했고, 온갖 차량들이 빽빽이 들어찬 데다가, 무엇보다도 차가 어디쯤에 있는지 전혀 알 수 없었기 때문이었다. 그는 수시로 리모컨의 버튼을 눌러, 깜박거리는 불빛을 보거나 빽빽거리는 소리를 들어서 방향과 위치를 가늠할 수밖에 없었다. 힐끗힐끗 주위를 살피며 자동차들 사이를 빠져 다니는 그의 모습은 차 도둑의 꼴과 다를 바가 없었다.

그런데 그날은 유난히 혼란을 겪어야 했다. 리모컨의 버튼을 누를 때마다, 한동안 아무 소리도 들리지 않더니, 갑자기 여기저기서 동시에 산발적으로 삑삑거리는 소리가 울렸기 때문이었다. 곧 알게 된 사실이었지만, 주차장에서 리모컨을 눌러대며 차를 찾는 사람이 그 말고도 둘이나 더 있었던 것이다. 어두운 통로에서 서로 눈길이 마주친 그들은 잠시 민망해하며 걸음을 멈추었다. 그러나 이내 걸음을 더 빨리 하여 자리를 옮기면서 다시 리모컨을 누르는 일에 열중했다.

김동학이 보기에, 시도 때도 없이 작은 기계 하나를 들고 어둡고 음습한 지하의 공간을 누비며, 낯설고 기괴한 금속 덩어리를 자기 분신인 양 찾아 헤매는 희끄무레한 실루엣들이야말로 현대인의 자화상이었다. 그것은 산더미처럼 쌓여 있는 고철 더미에서 자기 소유의 작은 열쇠 하나를 찾는 것과 흡사했고, 달리 말하면 어두운 밤에 혼자 방에 앉아 자기에게 맞는 채널을 찾기 위해 티브이 리모컨을 쉬지 않고 눌러대는 것과도 다를 바 없었다. 사람들의 사이의 관계라는 것은 그 방황과 배회 속에서 서로 언뜻언뜻 그리고 아슬아슬하게 스치는 동안, 아주 잠깐씩 생겨났다가 사라지고

284

있을 뿐이었다.

마침내 그는 먼지를 잔뜩 뒤집어쓴 채 기둥 뒤에 몸을 감추듯 웅크리고 있는 잿빛 승용차를 발견했다. 그는 반가운 마음에 뜬금없이 눈시울이 뜨거워지는 것을 느끼며 서둘러 차에 올라탔다. 그러나 그가 퀴퀴한 입 냄새를 풍기는 건물의 아가리를 미처 벗어나지 못했을 때, 또 하나의 돌발적인 상황이 그를 기다리고 있었다.

그가 주차료 정산소 앞에 멈춰 서서 주차 카드를 꺼내려 할 때였다. 뒤에서 난데없이 굉음이 일어났다. 그가 반사적으로 실내 후면경을 통해 뒤를 돌아보니 검은색 자동차 한 대가 저 뒤에서부터 맹렬한 속도로 달려오고 있었다. 그의 차와 마찬가지로 정산소 앞을 통과해야 할 그 차가 도무지 납득이 가지 않는 속도로 난폭하게 내닫고 있는 것이었다.

김동학은 자기도 모르게 한껏 숨을 들이쉬면서 제동기 페달에 올려놓은 발에 잔뜩 힘을 주었다. 미친 듯이 달려온 그 검은색 차는 앞차와의 거리를 순식간에 좁혔다. 그러더니 과속 방지턱에 타이어가 부딪혀 크게 덜컹거리고는 급하게 제동을 하여 그의 차 바로 뒤에 가까스로 멈춰 섰다. 그 순간 눈을 질끈 감았던 김동학이 다시 눈을 뜨고 후면경을 들여다보니, 거울 속에서는 머리를 반쯤 노랗게 물들인 한 젊은 사내가 웃는 얼굴로 손을 흔들고 있었다. 그 사내는 옆 사무실의 영업부 직원이었다. 김동학과는 오다 가다 만나는 사이로 잠깐 인사를 나눈 적밖에 없었는데, 어느 날부턴가 불쑥불쑥 그의 앞에 나타나 그를 놀라게 했다. 다른 사람들을 깜짝 놀라게 하는 것이 그의 가장 큰 재주인 모양이었는데, 김동학이 이름조차 기억하지 못하는 그 사내는 복도에서나 화장실에서나 계단에서 김동학에게 자신의 재주를 유감없이 발휘했다. 이제는 그 장소가 주차장까지 확대된 것이었다. 그러나 그 사내는 그때마다 순진한 표정으로 악의가 전혀 없었다는 듯이 바보처럼 미소를 지어 보였기 때문에, 김동학으로서는 화도 제대로 낼 수 없었다.

김동학이 한동안 멍하니 앉아 있자, 영업부 사원은 경적을 울려서 빵빵 소리를 냈다. 김동학에게 그 사내는 이를테면 돌발 채널 같은 것이었는데, 그런 줄 알면서도 그가 나타날 때마다 매번 여지없이 놀라고 말았다. 실로 몹시 자존심이 상하지 않을 수 없는 노릇었다. 후환을 없애기 위해서라도 폭탄에서 도화선을 뽑아내듯 저 돌발 채널을 제거하리라 오래전부터 벼러왔지만, 그게 뜻대로 되지 않았던 것이다.

이윽고 그의 차가 건물을 빠져나오자, 뒤차는 다시 경적을 울려대며 그를 추월해 앞으로 달려나갔다. 그 바람에 막 신호등이 바뀌어 휴대폰을 든 채 횡단보도로 들어섰던 한 여자가 깜짝 놀라 그 자리에 멈춰 섰다.

10

그날 새벽 어두운 골목길에서 있었던 일에 대한 이야기는 아직 끝나지 않았다. 그 젊은 여자는 여전히 통화를 하면서 걸어오고 있었고, 김동학과 그녀 사이의 거리는 이제 상당히 가까워져 있었다. 그때 그녀가 말을 멈추고서 휴대폰을 들여다보았다. 아마도 전화가 끊긴 모양이었다. 그녀는 몇 마디 투덜거리며 통화 버튼을 눌렀다.

김동학으로서는 이쯤 해서 옆으로 비켜서거나 좀더 어두운 그림자 속으로 물러서야 했다. 그러나 그는 어떤 강력한 힘에 사로잡힌 듯 줄곧 그 자리에서 꼼짝도 하지 않았다. 그는 멀리 떨어진 가로등의 희미한 불빛을 약간 비스듬하게 등지고 서서 그녀의 일거수일투족을 감시하듯 지켜보고 있었다.

그때 마침내 그녀가 그를 발견했다. 처음에 그녀는 깜짝 놀라 그 자리에 얼어붙었다. 그림자가 드리워진 그녀의 얼굴도 잿빛 마분지로 만든 가면처럼 단단하고 건조하게 경직되어 있었다. 그러나 다음 순간, 갑자기 그녀의 얼굴이 활짝 펴지면서 입술이 크게 벌어졌고, 그 열린 입을 통해 높고 밝은 목소리가 흘러나왔다. 여기 있었구나. 그러면 그렇지. 날 배웅하러 와줄 줄 알았어. 그녀가 대충 그렇게 말한 듯했으나, 그에게는 그녀의 말이 제대로 들리지 않았다.

그러나 그는 그녀가 자기를 남자 친구로 착각하고 있다는 것을 알았다. 그녀는 계속하여 뭐라고 말을 하면서 두 팔을 벌리고 그에게 다가왔다. 그는 그 모습에 순간적으로 크게 감동을 받았다. 그는 그녀의 진짜 연인인 양 자신도 그녀를 향해 두 팔을 벌렸다. 그는 자신의 몸에서 크게 진동이 일어나는 것을 느꼈다. 그의 고유진동수와 그녀의 고유진동수가 완벽하게 맞아떨어지고 있다는 것을 확인하는 순간이었다. 아직까지 한 번도 겪어보지 못한 그 놀라운 경험으로 인해 그는 머리가 쭈뼛해질 정도로 엄청난 도취와 희열에 사로잡혔다. 그가 처음 그녀를 보았을 때부터 내내 그 자리에 못박혀 꼼짝도 하지 못했던 까닭은 바로 이 순간을 예감했기 때문이었다.

그는 그녀를 자신의 채널 속으로 그 모습 그대로, 산 채로 끌어들이고 싶었다. 그녀로 인해 그가 만들어놓은 채널의 세계는 훨씬 풍요로워질 것이 분명했다. 그러나 바로 그때 그녀의 손에 들려 있던 휴대폰이 요란하게 울리기 시작했다. 그와 동시에 그녀는 몽유병자가 잠에서 깨어나듯, 착각에서 벗어났다. 어둠 속에서 낯선 남자의 팔을 잡고 있다는 사실을 뒤늦게 깨달은 그녀는 잠시 어리벙벙해하다가 곧 경악의 표정을 지었다. 그러나 너무 놀란 탓인지 그녀의 입에서는 아무런 소리도 흘러나오지 않았다. 그동안에도 휴대폰은 계속 울리고 있었다. 그 소리는 낯선 남자에게 포획된 가녀린 여자 인질의 절망적인 울음소리처럼 들렸다.

그녀의 손에서 휴대폰이 툭 바닥으로 떨어져 내리며 소리가 그쳤을 때, 그는 그녀의 얼굴을 두 손으로 움켜쥐었다. 그녀도 얼떨결에 두 손을 뻗어 그의 얼굴을 잡았다. 그의 손바닥에 닿은 그녀의 살갗은 강철처럼 차고 단단했다. 단지 그녀의 두 눈만은 당장이라도 터져버릴 듯 크게 팽창해 있었다. 그는 그녀의 두 눈을 뚫어지게 들여다보았다. 아직 색조 퇴색이 일어나지 않은 그녀의 건강한 홍채에는 수많은 미세하고 섬세한 황갈색 주름살들이 방사상으로 뻗어나가고 있었다.

그 미세한 주름살들이 그의 눈에는 꿈틀거리는 작은 벌레들처럼 보였다. 그 순간, 그는 흥분과 격정이 극한에 이르는 것을 느꼈다. 이제 그들 사이의 고유진동수는 더할 나위 없이 완벽하게 맞물려 있었다. 그녀가 방금 전에 잠시나마 완전한 착각에 빠진 것도, 그리고 지금 그녀가 그에게서 벗어날 엄두조차 내지 못하는 것도 그 때문이었다. 이 예기치 못한 경험은, 낮 시간이었다면 그저 사소하고 순간적이고 자극적인 것에 불과했을지도 모를 일이지만, 만물이 잠든 새벽 시간에는 실로 무겁고 심각하고 치명적이었다.

그녀는 그동안 그가 줄곧 찾아왔던, 혹은 금기시해왔던 채널의 가장 이상적인 형태였다. 그것은 첫 대면의 순간에, 자질구레하고 성가신 모든 과정이나 절차가 생략된 상태에서, 모든 것을 응축해놓고 있는 단 하나의 채널이었기 때문이었다. 이제 그는 그 마지막 채널을 찾았다. 마침내 그는 그녀의 눈 속에 들어 있던 채널들이 활짝 열리는 것을 보았다. 그와 동시에 그 채널들이 빠른 속도로 돌아가면서, 그녀의 얼굴 위로 그동안 그가 만났던 여자들의 얼굴이 겹쳐지기 시작했다. 그의 늙은 어머니부터 시작하여, 그를 스쳐 지나가거나 지금도 그의 주변을 감싸고 있는 모든 여자들의 모습이 순차적으로 나타났다가 사라지고 있었다. 나는 채널에서 태어났다. 나의 어머니는 채널이다, 채널이 나의 어머니다. 그는 자기 자신도 뜻을 알 수 없는 말을 소리 높여 외치고 있었다.

그때 김동학은 그녀의 팔에서 힘이 빠져나가는 것을 느꼈다. 갑작스레 무리하게 채널을 돌리느라 생겨난 극도의 긴장을 더는 견디지 못한 것이었다. 그녀의 젊은 얼굴은 순식간에 오 년, 십 년, 이십 년, 사십 년 후로 흘러가면서 작고 쭈글쭈글하게 오그라들고 있었다. 이윽고 그녀는 그의 몸에 기대듯이 하며 바닥으로 스르르 무너져 내렸다.

그는 선 채로 그녀를 내려다보았다. 이제 축 늘어진 그녀의 몸에서는 아무런 진동도 일어나지 않았다. 그는 그녀의 몸을 만질 수조차 없었다. 그는 천천히 제정신으로 돌아왔다. 그동안 몇 번 더 울렸던 휴대폰의 벨소리도 이제는 더 이상 들리지 않았다.

조금 전의 격정은 흔적도 없이 사라져버렸다. 몸이 차갑게 식어버린 뒤에 그에게 남은 것은 환멸감뿐이었다. 그는 더 이상 아무런 반응도 보이지 않는 그녀의 몸에 대해 환멸감을 느꼈고, 자기가 저지른 짓에 대해서도 지독한 허탈감에 빠져들었다. 고유진동수가 맞는 것도 순간적으로 일어나는 일일 뿐이라는 것을 확인하는 순간이었다.

그는 그 자리를 떠나기 전에 여자가 떨어뜨린 휴대폰을

집어 들었다. 잠시 망설이던 그는 휴대폰의 벨소리를 진동으로 바꾸고서 주머니에 집어넣었다. 골목을 빠져나오는 동안, 그는 주머니 속의 휴대폰에서 정전기 같은 것이 느껴질 때마다 자기도 모르게 흠칫 몸을 떨었다. 그리고 실제로 휴대폰이 한 번 진동했다. 그러나 그는 애써 어깨를 펴고서 당당하게 걸었다. 그는 그 여자에 대한 기억을 다른 채널들의 갈피에 끼워넣었다. 책갈피에 끼워넣은 엽서는 금방 잊혀지기 마련이었다. 그는 아무 일도 없었다는 듯이 약간 침울한 표정으로 집을 향해 걸음을 옮기기 시작했다.

11

그는 공원 근처의 유료주차장에 자동차를 세웠다. 한기준을 만나기로 한 카페는 원추형 건물의 일층에 있었으며, 공원의 돌 벽과 나무들을 내다볼 수 있도록 바깥 벽 전체가 통유리로 둘러져 있었다. 그러나 밖에서는 카페의 내부가 어두침침하게 보이도록 되어 있었다.

그는 출입구를 찾아 두리번거리며 천천히 걸음을 옮겼다. 그러나 문은 쉽게 발견되지 않았다. 아마도 건물 뒤쪽으로 돌아가야 하는 모양이었다. 그는 유리창에 이마를 바싹 대고 손바닥으로 빛을 막으면서 안을 들여다보았다. 그는 혹시라도 한기준이 아직 도착하지 않았으면, 답답한 실내보다는 바깥에서 기다릴 생각이었다.

빛과 소리가 차단된 실내의 풍경이 그의 눈에 들어왔다. 검푸른 물로 채워진 수족관 속에는 네댓 명의 물고기 인간들이 들어 있었다. 그때 안쪽에서 그의 눈앞으로 누군가의 커다란 얼굴 하나가 불쑥 나타났다. 유리창 가득 기괴하게 클로즈업된 그 얼굴은 잔뜩 주름지고 진물이 흐르는 모습으로, 눈을 크게 뜨고 콧구멍을 잔뜩 벌린 채 김동학을 뚫어지게 바라보았다.

그는 깜짝 놀라 뒤로 물러섰다. 그는 방금 자신이 헛것을 보았다고 생각했다. 그러나 그 모습이 너무도 생생하였던 탓에, 놀란 가슴은 쉽사리 진정되지 않았다. 잠시 후 다시 확인해보기로 마음을 정한 그는 아까처럼 유리벽 앞으로 다가가서 긴장된 눈길로 안을 들여다보았다. 하지만 이번에는 모든 것이 너무도 평온했다. 한기준은 창가 자리에 앉아서 어깨를 축 늘어뜨린 채 탁자 위의 신문을 뒤적거리고 있었다. 그 옆으로 쟁반을 든 한 여인이 미끄러지듯 지나쳤다. 그때 한기준이 창밖에 서 있는 그를 보았는지 엉거주춤 몸을 일으켰다. 그러고는 반대편에 있는 문을 손가락으로 가리키며 뭐라고 말을 했다.

김동학은 기만당한 심정으로 유리벽에서 눈을 뗐다. 하지만 이내 미련 때문인지 오기 때문인지 스스로도 잘 가늠하지 못하는 상태에서, 그의 두 눈이 다시금 유리창에 들러붙었다. 그러자 이번에는 빨간 불똥 하나가 그의 미간을 정확히 겨냥하여 날아와 유리창에 부딪쳐 일그러지더니 순식간에 시커먼 자국을 남기고 사라졌다. 누군가가 안에서 담뱃불을 그의 얼굴에 대고 눌러 끈 것이었다. 그리고 곧 이어 물이 유리창 위로 좍 끼얹어졌다. 그는 난데없이 불과 물의 세례를 차례로 받은 셈이었다. 그러나 이번에는 물러서지 않고서 두 눈을 부릅떴다.

그때 그는 똑똑히 볼 수 있었다. 한기준은 팔걸이의자 위에 앉은 채 정신을 잃은 듯 모로 쓰러져 있었다. 얼핏 보기에 일전에 만났던 노숙자 사내와 흡사한 모습이었다. 그리고 실내 한가운데에는 일전에 그를 심문한 형사가 자리를 차지하고서, 자신의 손목시계와 벽에 걸린 시계를 번갈아 바라보고 있었다. 새벽에 골목길에서 마주쳤던 그 여자도 보였는데, 그녀는 쟁반 위에 휴대폰 여러 개를 올려놓고 다니면서, 자신의 잃어버린 휴대폰을 찾는 듯 손님들의 휴대폰을 하나씩 살펴보고 있었다. 그리고 끝으로 머리를 노랗게 물들인 영업부 사원이 구석에서 튀어나오더니 우리에 갇힌 원숭이를 흉내 내며 길길이 날뛰기 시작했다.

그는 기계적인 결함으로 인해 채널상의 혼선이 일어나고 있는 통제 불능의 화면을 바라보고 있었다. 그러나 그것은 또한 그의 머릿속 풍경이기도 했다. 그가 애써 이루어놓은 채널의 세계를 부수려는 세상의 음모가 우연과 혼돈을 가장하여 본격적으로 시작된 것이었다. 유리벽에 맞닿은 그의 이마가 아래로 주르륵 미끄러져 내려갔다.

12

그는 공원을 가로질렀고, 큰길로 들어서서 자동차들의 흐름을 역으로 거슬러 올라갔고, 건물들 사이에서 맴을 돌았으며, 가로수에 기대어 쉬기도 했다. 그는 동향 출신의 여자가 하는 술집에 들러서 술도 몇 잔 마셨다. 고향이 같다는 그 사소하고 우연한 계기가 그를 편안하게 했다. 그러는 동안 밤이 왔고, 그는 첫새벽을 기다리며 계속 걸었다.

한참 후에 그의 발길이 이른 곳은 그가 아침마다 지나다니는 공사장이었다. 그곳에서는 이미 늦은 밤인데도 한창 작업이 이루어지고 있었다. 곳곳에 불이 환하게 밝혀져 있었고, 인부들이 분주히 움직이고 거기에 불도저와 크레인도 가세하여 요란한 소음을 만들어내고 있었다. 이제 곧 장마철이 시작될 무렵이었다.

그는 공사장 진입로에 서서 야간작업이 벌어지는 그 비현실적인 풍경을 망연히 바라보았다. 낮에는 그토록 활기차게 보이던 그 광경이 지금은 음산하고 기괴하기 그지없었다.

문득 그는 그날 새벽 골목길에서 주웠던 여자의 휴대폰을 머리에 떠올렸다. 주머니에서 꺼내보니 낮에도 몇 번 울린 적이 있는 그 휴대폰은 이제 배터리가 거의 다 닳은 상태였다. 이윽고 휴대폰이 마지막 숨을 내쉬듯 배터리 방전 신호음을 내며 꺼졌을 때, 그는 가슴 깊은 곳에서 회한의 통증이 일어나는 것을 느꼈다. 눈앞에서 새벽녘의 장면들이 다시금 느리게 흘러 지나갔다. 그 기억들이 잊혀지려면 아직 시간이 좀더 필요한 모양이었다.

잠시 우울증이 찾아들었지만, 평소처럼 그는 그런 기분 속에 머물러 있으려 하지 않았다. 우울함이라는 것도 그 근원은 자애심이거나 이기심이었다. 그가 생각하기에 인간은 우울함이든 즐거움이든 한 감정에 오래 사로잡혀 있을 이유도 명분도 없었다. 세상은 슬프지도 기쁘지도 우울하지도 않았다. 그러니 채널 돌리듯 그 감정들을 가급적 빨리 번갈 아 느끼는 것이 올바르고 현명한 일이었다.

과연 그는 기분이 한결 나아지려 했다. 그러나 그 순간 그는 자신의 몸에 예기치 못한 충격이 가해지는 것을 느꼈 다. 오른쪽 주머니에서 음악 소리가 났고, 왼쪽 주머니 속 에서 갑충이 부르르부르르 몸을 떨었다. 놀랍게도 두 개의 주머니 속에서 두 개의 휴대폰이 동시에 울리기 시작한 것 이었다. 소리와 진동, 세상이 그에게 가하는 이중의 공격 앞에서 그는 속수무책으로 꼼짝도 할 수 없었다. 그것은 현 실에서는 도저히 일어날 수 없는 일이었다. 그는 머릿속이 비워지고 온몸이 딱딱하게 굳어지고 뼈마디가 오그라들었 다. 얼굴 근육도 제멋대로 꿈틀거렸는데, 마치 예전에 겪은 적이 있는 안면마비 증상이 다시 찾아오려는 것 같았다.

그는 몸속의 회로가 타 들어가고 있음을 느꼈다. 그의 채 널 체계에 치명적인 혼선이 생기면서 그 속에 얽혀 있던 회 로들이 부글부글 끓어오르기 시작한 것이었다. 실제로 전기 인두로 지지는 듯 살이 타는 듯한 느낌이 곳곳에서 일어났 고, 그 불쾌한 감각 속에서 그는 크나큰 자책감에 빠져들었 다. 기왕에 몸속에서 채널을 돌리려면 육체의 논리를 따르는 대신, 정확한 메커니즘을 갖췄어야 했다. 차라리 기계처럼 좀더 냉혹했어야 하는데, 그러지 못한 게 그의 잘못이었다.

그리하여 그는 마지막으로 한 번 더 어깨를 활짝 펴고서 온 세상에 반발했다. 그는 고통에 겨운 사람이 스스로 무덤 속으로 걸어 들어가듯 성큼성큼 공사장 안으로 걸음을 옮겼다. 이내 그의 두 발은 모래흙 속에 빠져서 발목이 잡히고 골재들에 걸려 절름발이처럼 비틀거렸다. 현란하게 불이 밝혀진 그 무질서한 공간이 그를 잡으려고 파놓은 함정임을 이제 그는 모르지 않았다. 힘들여 흙더미를 넘어선 그는 결국 몸의 균형을 잃고서 아래로 굴러 떨어졌다.

차갑고 축축한 흙의 감촉이 그의 맨살을 덮었다. 그러나 그는 일어서지 않았다. 대신 몸을 바로 하여 누워서 어두운 하늘을 올려다보았다. 저만치 떨어져 있는 철제 골조에는 달팽이들이 일렬로 붙은 채 말라죽어 있었다. 어디선가 구구구 하는 비둘기 울음소리 같기도 하고 기계음 같기도 한 소리가 들려왔다. 고양이도 두어 마리 뛰어다니는 듯했다. 그곳에서 그는 다시금 새벽을, 그 환멸 없는 시간을, 태풍의 눈처럼 채널이 잠든 시간을, 혹은 채널만 살아 있는 그 시간을 기다리기로 했다.

그때 그는 가까이에서 뭔가 시끄럽고 느리고 육중한 것이 그를 향해 다가오는 것을 느꼈다. 잠시 후, 아까 그가 넘어온 흙더미 위로 불도저가 모습을 드러냈다. 넓적한 강철 앞발을 쳐든 그 괴물은 그를 발견하지 못하고서 털털거리며 그에게로 육박해왔다. 이윽고 불도저의 캐터필러가 그의 시야를 가로막았다. 그러나 그는 피하려 하지 않았다.

오히려 그는 규칙적으로 돌아가는 캐터필러, 그 무한궤도에서 그동안 찾아왔던 채널의 궁극적인 현신을 보았다. 캐터필러에 몸이 으깨지는 동안에도 그는 그것에게서 눈길을 돌리지 않았다. 부서진 채널의 날카로운 파편이 온몸에 박히는 듯한 통증을 잠깐 느꼈지만 정신만은 말짱했다. 이제 이렇게 온몸이 부서져버리고 나면 다른 온갖 인물로 변신이 가능할지도 모른다는 생각이 그의 머리를 스쳐 지나갔다. 그 생각을 끝으로 그는 잠시 황홀했고 한동안 정신을 잃었다. 이제 곧 장마철이 시작될 무렵이었다.

13

이제 원점으로 돌아왔으니, 혹자들에게는 터무니없게 들

릴 이 이야기도 대충 끝이 난 셈이다. 그래도 미련이 조금 남는 듯하여, 별로 중요하지 않으나마 몇 마디 덧붙여두고자 한다. 포카혼타스라고 불리던 최지윤이 응급실에 가장 먼저 나타날 수 있었던 것은, 구급요원이 김동학의 상태가 심각한 것을 보고 그의 오른쪽 주머니에 들어 있는 휴대폰을 꺼내어 마지막 통화자에게 연락을 취한 덕분이었다. 다른 휴대폰의 행방에 대해 묻는 사람들도 있지만, 그건 그리 중요한 문제가 아니거니와 우리로서도 알 길이 없다.

김동학은 뼈를 맞추고 깁스를 하고 상처를 꿰맨 후에 입원실에서 치료를 받는 동안 평소와 달리 최지윤에게 무척 잘해주었다고 한다. 어쩌면 그는 잠시나마 그녀를 운명의 여인으로 생각했는지도 모른다.

그러나 그가 혼자 퇴원 수속을 밟고서 서둘러 병원을 떠난 뒤로 아무도 그를 본 사람이 없다. 회사에도 하다못해 사표조차 날아오지 않았다는 것이다. 그리고 그를 알던 사람들 사이에서 지금도 떠도는 말로는, 그가 불도저의 캐터필러에 깔리던 그 순간에, '그래도 채널은 돈다'라고, 우리가 이미 많이 들은 것과 비슷한 말을 했다고 한다. 하지만 물론 확인된 사실은 아니고, 어쩌면 누군가가 지어낸 어설픈 농담에 지나지 않을지도 모를 일이다.

격렬한 삶

어렸을 적에 길에서 미친 사람들과 마주치게 되면, 나는 그 자리에 멈춰 서서 그들의 행동을 유심히 지켜보곤 했어. 그중에는 꽤 큰 소리로 혼잣말을 중얼거리며 이리저리 두리번거릴 뿐만 아니라 허공에 대고 삿대질까지 하는 사람들도 적지 않았지. 그때 나는 그들이 미친 탓에 그들 속에서 헛소리가 흘러나오는 것으로 생각했지. 그러나 이제 나는 그 혼잣말이 자기 속의 광기를 달래기 위한 것이었음을 이해하게 되었어. 그들은 자기들도 어쩌지 못하는 광기를 가라앉히기 위해, 어두운 골목길에서 부릅뜬 눈을 두리번거리며, 남자고 여자고 허리춤을 붙들고 자꾸 흘러내리는 바지를 추켜올리면서, 그렇듯 혼잣말을 쉬지 않고 중얼거릴 수밖에 없었던 거야. 이건 나 또한 어둡고 황량한 길을 걷던 중에 나도 모르게 혼잣말을 중얼거리고 상체를 비틀고 심지어 발로 쾅쾅 땅을 구르다가 문득 얻게 된 깨달음이야.

지금 나는 옆구리에 피를 흘리며 철로 위를 걷고 있다. 주위는 희뿌연 안개와 옅은 어둠 속에 잠겨 있어서, 눈에 보이는 세상이 온통 푸르뎅뎅하다. 멀리 저 앞에, 그리고 저 뒤에 가로등들이 서 있지만, 내가 언제 저 뒤의 것을 지나왔고, 언제 저 앞의 것에 닿을지 그저 막막하게만 여겨질 따름이다. 시야도 점점 더 흐릿해지고 있는 탓에, 벌겋게 녹이 슨 철로가 흡사 피를 흘리고 있는 듯하다. 그래서인지 철로가 아니라 일직선으로 길고 예리하게 찢어진 두 갈래의 상처처럼 보인다. 그런가 하면 그 사이에 규칙적으로 박힌 채 썩어가고 있는 침목들은, 벌어진 상처를 어설프게 꿰매어 뜯어지기 직전인 봉합사처럼 보이는 것이다. 그러나 여하튼 이 철로들과 침목들은 앞으로 미친 사람의 넋두리처럼 흘러나올 나의 이야기가 한동안 끊어지지 않고 이어지리라는 것을 암시하고 있다. 방금 나는 뭔가 물컹거리는 것을 밟았다. 어쩌면 그것은 죽은 쥐인지도 모르지만, 또 어쩌면 그저 헛것에 불과한 것인지도 모른다. 평생 헛것과 싸워왔다면 그것은 헛것이 아닐 수도 있을 것이다. 그리고 헛것이 되 헛것이 아닌 것에 대해서는 이렇게 이야기로, 비틀거리는 나의 발걸음처럼 횡설수설하는 이야기로밖에는 풀어나갈 수 없을 것이다.

아주 어렸을 적부터, 내 속에는 거대한 물고기가 살고 있었다. 그것은 고래와 상어와 오징어를 적당히 나누어 닮은 상당히 기이한 심해 물고기의 모습을 하고 있었는데, 그러나 사실 아직 나는 그것의 몸통 전체를 한 번도 본 적이 없다. 단지 그렇게 짐작하고 있었던 것인데, 그 짐작은 거의 본능적으로 내 머릿속에 자리 잡고 있었다. 말하자면 그 물고기의 존재를 감지한 순간부터 그 물고기의 모습에 대한 생래적인 확신도 함께 깨어났다고 할 수 있을 것이다. 나는 어린 나이에 수시로 그것의 검푸른 등판을 보며 지냈다. 어느 날 문득 수면 위로 떠올라 있는 그 널찍하고 미끈거리는 등을 바라보는 것은 어린 나로 하여금 두려움에 젖게 하기에 충분했다. 하지만 다행인지 불행인지 그 거대한 물고기는 한 번도 그 이상 모습을 드러낸 적이 없었다. 인간은 형체를 알 수 없는 대상에 대해 더 큰 공포를 가지게 마련이지만, 그러나 여하튼 덕분에 나는 그것의 존재에 자주 겁에 질리면서도 차츰 익숙해지고 친숙해질 수 있었다. 그리고 시간이 지남에 따라 조금씩 용기를 내어 때로 그것과 더불어 놀며 그 위에 내가 원하는 것들, 나를 즐겁게 하는 것들로 장식을 해놓을 수 있기에 이르렀다.

그러던 어느 날, 아마도 열 살쯤 되었을 때의 일인데, 나는 동화책을 읽다가 깜짝 놀라고 말았다. 아라비아의 상인들이 바다를 항해하다가 망망대해에서 웬 섬을 하나 발견하고서 그 위에 올라가 놀던 중에, 누군가가 불을 피우자 그 섬이 움직이기 시작하고, 사람들은 그제야 그것이 섬이 아니라 거대한 고래였다는 사실을 깨닫지만, 이미 때가 늦어서 고래가 바다 속으로 잠수를 해버리는 바람에 모두가 물에 빠져 죽는다는 내용이었다. 그런데 아주 공교롭게도 그로부터 얼마 지나지 않아서 내 속에서도 그 심해 물고기가 사라져버렸다. 어딘가로 깊이 잠수를 해버린 것이다. 사실, 지금 내가 한 이야기는 앞뒤가 너무 잘 맞아떨어져서, 나 자신도 스스로 꾸며낸 게 아닐까 싶을 정도이지만, 그리고 어쩌면 나중에 철이 들었을 때 나도 모르게 그렇게 생각하게 된 것일 수도 있는 노릇이지만, 그러나 여하튼 나는 내 말이 그리 크게 틀리지 않다고 믿고 있다. 왜냐하면 그 동화를 읽은 무렵에, 그러니까 그 심해 물고기가 사라지고 난 후에, 곧바로 내게 큰 변화가, 달리 말하여 전혀 예상하지 못한 고통이 찾아들었기 때문이다.

이제 곧 나의 이야기가 본격적으로 시작되기에 앞서, 한 가지 더 밝혀두고 싶은 게 있어. 일찍부터 나는 내 성격이 비교적 외향적인 편이라고 생각했어. 게다가 공명심도 있는 편이어서 남들의 문제를 대신 처리해주면서 적이 만족감을 느끼곤 했지. 그런데 언젠가부터 내게는 남들이 알지 못하는 고통이 생겼는데, 남들 앞에 나서서 뭔가 대외적인 활동을 할라치면, 하체가 극심할 정도로 마비되는 느낌에 사로잡히기 시작한다는 거였어. 좀더 구체적으로 말하자면, 몸 속 깊은 곳, 골반 안쪽에서 방광에 가까운 그 한곳에 온 신경이 집중되는 것인데, 그 상태가 여간하여 풀리지 않고 지속되면서 급기야 뻣뻣하게 경직되기에 이르는 거야. 그게 열 살 때부터였고, 그 시기가 바로 내가 그 동화를 읽은 때이자 심해 물고기가 사라진 때였지.

그 증세는 남들과 떨어져서 아무도 없는 조용한 곳에 가만히 앉아 있으면 사라졌어. 조금 전에 느꼈던 그런 고통의 기억이 허벅지 주변에 약간 얼얼한 감각으로 남아 있을 뿐이었지. 특히 내 방에 혼자 누워 있으면 더할 나위 없이 편안했어. 하지만 그건 결코 내가 원하는 게 아니었어. 나는 그런 삶을 원하지 않았거든. 나는 내가 장애자라고 생각할 수밖에 없었어. 게다가 상태가 무척 심각했지. 그렇지만 그렇다고 방에 갇힌 채 평생을 살고 싶은 생각은 추호도 없었어. 병은 치러내야 할 하나의 모험이라고 하지. 나는 그 말을 받아들였어. 그래서 나는 말 그대로 분연히 자리를 박차고 밖으로 나갔고, 사람들 속으로 뛰어들어 함께 어울렸고 그들을 이끌었어. 그러고는 극심한 고통과 피로감에 만신창이가 되어 집으로 돌아왔지.

그렇다고 내가 장애자라는 사실을 남들에게 밝힐 수도 없었어. 아무도 내가 호소하는 고통을 이해하지 못했기 때문이지. 한동안 나는 내 주위에서 나와 같은 고통을 겪고 있는 사람이 또 있는지 살펴보았어. 그러나 결론은 아무도 없다는 거였지. 얼마 후에 대인공포증이나 광장공포증 환자들에 대한 이야기를 듣기는 했지만, 내게는 너무 동떨어지고 생소하게만 여겨졌어. 나는 사람들 속에서 살아가는 것을 누구보다도 즐기는 유형이었으니까. 하지만 여하튼 나의 하체 마비 증세는 오랫동안 지속되었어. 당연히, 어머니에게 사실을 밝히고 병원 치료를 받아볼까 하는 생각을 한 적도 있었지. 어머니는 누구보다도 공평하고 사려 깊은 분이었으니까. 하지만 우연히 형과 함께 비뇨기과에 들러서 그곳의 풍경을 본 후로는, 그것이 전혀 쓸데없는 짓이라는 것을 직감적으로 깨달았어.

결국 나는 내 고통에 대해 아무에게도 말할 수 없는 상태로 그야말로 하루하루 사투를 벌이며 살아가야 했지. 그런데 마비 증세가 심해지면 엉뚱하게도 자주 관자놀이가 팔딱거리며 뛰곤 했는데, 그럴 때면 얼굴 양쪽에 물고기 아가미가 달린 듯한 기분이었어. 마치 나 자신이 한 마리의 물고기가 되어 물속에서 입을 뻐끔거리며 아가미를 움직이고 있는 듯한 느낌이라고나 할까. 훗날 내 이야기를 들은 사람들이 이런 말을 했지. 그건 어린 나이에 타인들을 대할 때 과도한 스트레스를 받았기 때문에 생긴 현상이라는 거야. 하지만 그렇다면 남들과 어울리고 그 속에 머무르고 싶은, 억제할 수 없는 충동은 대체 어떻게 설명해야 하는 걸까. 몇몇 사람들의 말처럼, 스트레스를 미리 감지하고 그것을 이겨내고자 역으로 행동을 취하려 했던 거라고 해야 할까. 그렇게 간단한 걸까. 그런데 그 무렵에 그 심해 물고기는 대체 어디로 간 걸까. 왜 나 자신이 그 물고기가 되어 아가미를 펄떡거려야 했던 걸까. 여하튼 내게는 선택의 여지가 없었어. 하체가 마비되는 것을 무릅쓰고 더욱 적극적으로 사람들 속으로 뛰어드는 수밖에는.

　초등학교를 졸업하고 중학교에 다니던 무렵에, 나는 여름이 되면 외가 쪽의 친척이 살고 있는, 바닷가에서 조금 떨어진 작은 마을에서 방학을 보냈다. 그곳에서 걸어서 한 시간가량이면 바다에 닿을 수 있었으니, 그 마을은 반은 농촌이고 반은 어촌이라고 할 수 있었다. 나는 시골 친구들과 함께 자주 바닷가로 가서 놀았다. 그곳에는 썰물 때면 눈앞에 널따란 개펄이 펼쳐졌고, 그러면 우리는 그 위를 걸어서 평소에는 멀리 바라보기만 하던 섬까지 가곤 했다. 사자 형상을 한 커다란 바위가 솟아 있는 그 섬에 일단 도착하면, 사자 바위를 기어오르거나 섬 뒤편의 백사장에서 수영을 하거나 그 옆의 개펄에서 조개를 잡는 것이 우리의 주된 일과였다. 그 무렵에도 마비 증세는 여전했는데, 도시와 다른 자연 그대로의 풍경 앞에 서면 다소 완화되는 것을 느끼곤 했다. 그것이 내가 방학 때마다 그곳을 찾은 이유이기도 했다.

　어느 날 우리는 노는 데 열중하여, 이미 오래전에 간조가 끝나고 물이 다시 들어차고 있다는 것을 깜박 잊고 있었다. 같이 왔던 바닷가 마을의 아이들이 우리를 골탕 먹이기 위해 평소와 달리 자기들끼리 슬쩍 빠져나간 탓도 있었다. 어느새 날은 어두워지기 시작했고, 물은 우리를 앞질러 해변을 향해 나아가고 있었다. 그때 우리는 모두 다섯이었는데, 잠시 망설이다가 이내 미리 약속이라도 한 듯이 서로 손을 잡고 일렬횡대로 나란히 서서 물이 차고 있는 개펄 속으로 달려 들어갔다. 물살에 휩쓸리지 않으려면 서로 단단히 잡아줘야 한다는 사실을 알고 있었던 것이다. 바닷물은 반투명하면서도 검푸른 색깔을 점점 더 위협적으로 드러내며 빠른 속도로 수위를 높여갔다.

우리는 텀벙거리며 있는 힘껏 내달렸다. 저만치 앞에서는 바다의 거대하고 한없이 넓적한 혓바닥이 거품을 흘리며 헐떡이고 있었다. 무릎 아래까지 찬 물속에서, 게다가 바닥에는 미끄럽기 짝이 없는 개흙이 깔려 있는 곳에서 쉬지 않고 발과 다리를 빠르게 움직이는 것은 실로 어렵고 힘든 일이었다. 그러나 우리는 자칫하면 영원히 뭍에 이를 수 없음을 알고 있었기에 필사적이었다. 양쪽에서 두 아이가 어찌나 세게 내 손을 잡고 있는지 당장이라도 비명이 터져나올 것 같았지만, 내 쪽에서도 그만큼의 힘으로 그들의 손을 움켜쥐지 않을 수 없었다. 이내 숨이 턱까지 찼고, 심장이 터져버릴 것 같았으며, 하체가 뻣뻣한 나무토막처럼 마비되어가고 있었다.

그러나 그토록 힘겨운 육체의 상태를 비집고서 기묘하게 감각적인 충동이 몸속으로 퍼지고 있었다. 맨발에 닿는 미끄럽고 결이 고운 개흙의 감촉과 더불어 허벅지 안쪽을 찰랑거리며 간질이는 미지근하고 끈끈한 바닷물의 자극, 그리고 힘껏 깍지 낀 손가락의 얼얼한 통증이 몸속 깊은 곳, 골반 안쪽에서 방광에 가까운 그 한곳으로 집중되었다가 방사상으로 퍼져나가면서, 심장과 머리로 동시에 고통과 쾌감이 뒤섞인 아스라한 감각을 전달하고 있었던 것이다. 게다가 거기에 여전히 멀게만 여겨지는 맞은편 해안을 바라볼 때의 막막함과 더불어 임박한 위험에 대한 공포가 한데 뒤섞이면서, 어떤 비현실적인 세계 속에 깊숙이 들어와 있는 듯한 느낌이 나를 강하게 휘감았다.

돌이켜보면, 그때 내 몸을 사로잡은 그 감촉과 자극이 없었다면, 달리 말하여 내가 그 감촉과 자극을 유달리 강하게 느껴서 거기에 격렬하게 반응하지 못했다면, 아마 나는 죽었을 수도 있을 터였다. 그날 밤, 나는 몸살이 걸린 듯 열에 휩싸인 채 잠이 들었고, 그 하룻밤에 무려 서른 번이 넘는 꿈을 꾸었다. 꿈속에서는 내가 친구들과 뻘 위를 달리는 상황이 한없이 되풀이되었다. 육체의 고통과 죽음의 공포가 극한에 이를 때 나는 꿈에서 깨어났고, 다시 잠이 들면 여전히 나는 뻘 위를 달리고 있었다. 일곱번째 꿈에서는 사슬처럼 엮여 있던 우리 다섯 중에서 하나가 떨어져나갔다. 고리가 빠진 것이다. 우리는 그 친구를 찾기 위해 잡았던 손을 풀고 주위를 두리번거렸다. 물이 점점 더 빨리 차올랐고, 우리는 그 자리에 모여 선 채 서로를 부둥켜안았다. 저 멀리에서 집채만 한 파도가 우리를 향해 달려오고 있었다. 여덟번째 꿈에서는 다시금 다섯이 모두 나란히 서서 앞서거니 뒤서거니 하며 달리고 있었다. 그런데 우리의 몸놀림은 너무도 가볍고 경쾌했다. 우리는 바닷물의 수면 위를 달리고 있었고 우리의 맨발은 개흙에 닿지 않았다. 우리의 몸은 가벼운 파도에 닿을 때마다 마치 풍선처럼 공중으로 떠올랐다. 꿈속에서도 나는 내가 이불 속에 누워 이 꿈을 꾸면서 너무도 즐거운 나머지 행복한 미소를 띠고 있다는 것을 알 수 있었다. 그러나 아홉번째 꿈에서는 모두 너무 지쳐서 각기 수시로 물속에 얼굴을 박으며 쓰러졌다가 간신히 몸을 일으켜 다시 달리기 시작하고 있었다. 이미 우리 앞에 지평선은 보이지 않았다. 우리는 과연 우리가 해변을 향해 달리고 있는 것이 맞는지조차 가늠할 수 없었다. 나는 땀을 흘리며 이불을 걷어차버리고서 헛소리를 중얼거리고 있었다.

꿈속에서도 나는 그 꿈을 꾸며 고통받는 나 자신에 대해 한 없는 연민을 느꼈다.

그러나 꿈은 비슷한 상황을 되풀이하며 끝없이 이어졌다. 그런데 스물다섯번째를 넘었을 때, 문득 나는 바닷물이 무릎까지 차오른 곳에 혼자 서 있었다. 수면은 잔잔했고 세상은 고요했다. 발밑에 깔려 있는 게 물렁물렁한 것이 마치 커다란 물고기를 밟고 서 있는 듯한 기분이었다. 내 손에는 대합처럼 생긴 것이 들려 있었는데, 나는 그것을 열고 입으로 가져가서 맛을 보았다. 그러자 멜론이나 참외처럼 더할 나위 없이 달게 느껴졌다. 그러나 얼마 지나지 않아 쓰디쓴 맛으로 변했고, 나는 그것을 멀리 던져버렸다. 다음 꿈에서도 나는 비슷한 것을 들고서 맛을 보았다. 그런데 이번에는 처음부터 달기가 그지없었다. 그러나 얼마쯤 지나자 점점 맛이 변했고, 이내 어찌나 쓴지 입 안의 감각이 마비돼버리지 않을까 싶을 정도였다. 하지만 나는 그것을 입에서 떼지 않고 계속 빨아 먹었다.

잠에서 완전히 깨어날 때까지 그런 유의 꿈이 연이어 반복되었는데, 마침내 정신을 차리고 이부자리에서 일어나 앉았을 때도, 나는 여전히 입 안에서 단맛과 쓴맛을 번갈아 감지하고 있었다. 쓴맛이 점차 달콤하게, 그러나 곧 단맛이 쓰디쓰게, 그렇게 나는 뭔가를 끊임없이 조정하고 있었다. 그때 나는 내 속에서 다시금 뭔가 변화가 일어났음을 느낄 수 있었다. 남들에게 이해받지 못하는 고통 속에 있는 처지에, 모종의 변화는 반가운 일이었다. 그러나 당연히 그것은 동시에 두려운 일이기도 했다. 물론 당시에 나는 아무것도 확신할 수 없었다. 그러나 나름대로 분명히 예감할 수 있는 것이 있었는데, 이를테면 앞으로 나는 현실에서도 그런 조정 행위를 부단히 이루어나가게 되리라는 것, 타인들에게 가까이 다가가서 조심스레 맛을 보고는 슬쩍 뒤로 물러나면서 입맛을 다시는 행위를 반복하게 되리라는 것, 그리고 그렇듯 미세하고 섬세한 조정 행위와 더불어, 밀물 속에서 그러했듯이 격렬한 감각을 필요로 하며 살아가게 되리라는 것이었다.

이제 잠시 내 가족 이야기를 할까 해. 나의 아버지는 사회적으로 비교적 존중받는 지위를 얻은 분이었어. 아버지에게는 일종의 기벽이 있었는데, 그건 정기적인 밤 외출이었어. 집에서 저녁을 잘 먹고는 일주일에 한 번 정도 열 시가 넘은 시각에 밖으로 나가서 새벽녘에 돌아오곤 하는 거야. 그때마다 가족들에게 만취한 모습을 보이곤 했는데, 때로 옷이 찢기거나 심지어 몸에 상처가 나 있는 경우도 적지 않았어. 나중에 급기야 어느 형사 사건에 연루되어 밝혀진 바에 따르면, 아버지는 택시를 타고 도시 외곽으로 나가서 빈민들과 창녀들과 부랑자들과 거지들과 깡패들이 모여 있는 이른바 수상한 지역을 돌아다녔다는 거야. 사건이 있었던 날뿐만 아니라 거의 매번 아버지의 행선지가 그런 지역이었으리라는 데에는 의심의 여지가 없었어. 아버지가 그곳에서 어떤 행각을 벌였는지는 구체적으로 알 수 없었지만, 그러나 대충 짐작하기 어렵지 않았던 것도 사실이지. 아마도 아버지는 그곳을 배회하면서 그곳 사람들과 어울리고 흥정하고 다투고 하는 동안 해방감을 느끼고 심지어 자주 쾌락을 맛보았을 것이 분명해.

밤 외출의 전모가 가족들에게 드러난 후에도 아버지는 그 버릇을 버리지 않았어. 비록 외출 전후에 더 조용하고 무기력해진 모습을 보이기는 했지만, 그래서인지 오히려 훨씬 자연스러워 보였다고도 할 수 있어. 어머니는 아버지의 그런 행동을 말리려 하지 않았어. 반대로 아버지에게 불만을 표하는 다른 가족들을 말리고 달래려고 했지. 어머니 말에 따르면, 아버지 자신이 어린 시절에 그런 험한 곳에 살면서 지독한 가난과 온갖 불행을 경험하였고 그 후 혼자 힘으로 어렵게 세파를 헤쳐 나온 터라, 이제 때로 그런 곳을 찾아가서 편안함을 느끼는 건 어찌 보면 당연한 일이라는 거였지.

어머니는 그렇게 아버지를 이해했고, 흔히들 말하듯이 흔들리는 남편에 대해 연민과 동정을 느끼기까지 했던 거야. 하지만 아버지는 어머니의 그런 반응을 달가워하지 않는 기색이었어. 그도 그럴 것이 어머니는 남들에게 항상 차분하고 조용하고 공정한 모습을 보여왔는데, 유독 아버지에게만은 그 정도가 심했지. 차분하고 조용하고 공정한 모습이 정도가 심해지면 어떻게 되겠어. 내게는 언젠가 아버지가 어머니에게 이런 말을 내지르던 기억이 남아 있어. 그건 ‘겉으로는 다정해 보여도 실상은 인정사정 보지 않는 여자’라는 말이었지. 그런데 인정사정 보지 않는다는 말을 그렇게도 쓸 수 있는 걸까. 어쩌면 잘못 쓰였다는 느낌 때문에 그 말이 내 기억 속에 오래 남아 있는 건지도 모르지. 여하튼 아버지와 달리 어머니는 꽤 부유한 집안 출신이었어. 대대로 유서 있는 가문이었던 데다가, 외증조할아버지 대에 이르러 우연찮게 경제적인 행운까지 얻게 된 터라, 외가에서는 매사에 격식 차리는 걸 특히 중요하게 여겼어. 하지만 외할아버지의 막내딸인 어머니는 집 안에서는 그런 내색을 전혀 하지 않았지. 대신 어머니는 외가와 우리집이 다르다는 사실을 받아들였어. 다르다는 것을 인정하게 되면 상대방을 더 쉽게 이해할 수 있게 되지. 그런데 그게 과연 진정한 이해가 되느냐 하는 건 전혀 다른 문제겠지.

여하튼 그러다 보니 자주는 아니었어도 간간이 두 분 사이에 충돌이 일어나는 건 당연한 일이었지. 한번은 아버지가 어머니와 말다툼 끝에 연 이틀째 밤 외출에 나섰고, 그날 밤 어머니는 아버지와 우리를 버려두고 친정으로 가버린 적이 있었어. 며칠 후 아버지는 더 견디지 못하고서 우리 삼남매를 데리고 처갓집으로 찾아갔어. 그러고는 우리를 문앞에 내려놓자마자 집 안에 발도 들여놓지 않고서 휑하니 돌아가버린 거야. 그때 어머니는 대청마루에서 외할아버지와 바둑을 두고 있었는데, 우리가 마당으로 들어서는 것을 보고서 반가운 미소를 지으며 손짓으로 우리를 불렀지. 그러고는 우리를 마루 위로 올라오게 해서 곁에 앉히고 계속하여 바둑을 두었어. 점심때가 한참 지나고 아침도 먹지 못한 터라 막내 여동생이 배가 고프다고 칭얼거렸어. 사실나도 마당을 가로지를 때 뱃속에서 꼬르륵 소리가 났지. 내가 맨 나중에 마루에 올랐던 것도 그 소리가 부끄러웠기 때문이었을 거야. 하지만 어머니는 바둑알을 손에 들고 만지작거리며 간간이 눈웃음으로 어린 딸을 어르기만 할 뿐이었지. 평소의 어머니와는 사뭇 다른 모습이었다고 해야 할 거야.

결국 두 동생은 마룻바닥에 벌렁 누워버렸어. 하지만 나는 어머니 곁에 바싹 붙어 앉아서 바둑판과 바둑알을 흥미롭게 바라보았지. 난생처음으로 대하는 그 물건들은 내 호기심을 무척 자극했어. 그 때문에 나는 배고픔과 어머니에 대한 원망을 잠시 잊을 수 있었지. 흰 돌과 검은 돌, 무수한 직선과 점과 원들, 그것들이 만들어내는 광물적이고 조형적인 세상을 위에서 내려다보고 있는 동안 나는 수시로 현기증에 빠져들어 눈앞이 까무룩해지는 것을 느껴야 했어. 그 어지럼증 속에서 나는 아버지 생각을 하며 막막한 슬픔에 젖었고, 그럴수록 어머니의 무릎에 바싹 몸을 붙여야 했지. 뭐랄까, 매끄러운 바둑판 위에는 감정이 배제된 기하학적인 세상이 자리 잡고 있었고, 그 세상을 만들고 조종하고 지배하는 것은 인간의 정신이지만, 그러나 역으로 그 세상으로부터 영향을 받아서 어머니의 정신이 바둑판을 닮아가고 있다는 생각이 든 거지. 말하자면 그때 나는 어렴풋하게나마, 지금 어머니는 바둑을 두고 있는 게 아니라, 아버지에 대한 분노를 속으로 삭이면서 마치 주술을 걸듯이 검은 돌들 사이에서 흰 돌들을 가지고 아버지를 조종하고 통제하려 들고 있다는 느낌이 들었다는 거야. 어머니의 태도가 평소와 달라 보였던 것도 그 때문이었어. 조용하고 냉정한 겉모습과는 달리 어머니는 한창 신명이 오른 무당이었던 거야. 어쩌면 그때 어머니는 아버지와의 관계를 정리할 생각에 빠져 있었는지도 모르지.

물론 방금 내가 한 말들은 그때 일을 이제 와서 돌이켜보며 정리하자면 그렇다는 거야. 지금 나는 다분히 관념적인 말을 늘어놓고 있다는 걸 알고 있어. 하지만 내게 있어서 관념적인 것은 이를테면 지극히 격렬한 것이야. 관념이 추상적인 말놀음이라고 하는 건 잘못된 생각이야. 왜냐하면 관념은 우리 정신 속의 어떤 움직임을 노골적이고 직설적으로 표현하는 방식이니까.

아버지는 결국 어느 날 빈민가의 한 후미진 골목길에서 머리가 깨져 죽은 상태로 발견되었어. 층계에서 굴러 떨어져 뇌진탕으로 사망한 것으로 처리되었지만, 목격자가 나서지 않은 마당에 자세한 내막은 아무도 알 길이 없었지. 하지만 특히 그곳은 아버지가 시청 직원으로 일하던 시절에 오랫동안 관할하던 지역이었던 터라, 그곳에서 어이없게 실족사를 했다는 건 납득하기 어려운 일이었어. 여하튼 내가 초등학교 다닐 때 시작된 아버지의 밤 외출은 내가 고등학교에 입학하던 시절에 그렇게 끝이 난 거야. 그 또한 어머니에게는 당연한 일로 여겨질 뿐이었어. 바둑판 위에서 바둑알의 죽음이 나름대로 인과의 법칙을 따르듯이 말이야. 내 눈에도 어머니는 아버지의 피가 한 방울도 스며들지 못하는 유리판이나 바둑판처럼 보일 정도였지.

그렇게 나는 천천히 나의 청소년 시기를 벗어났어. 한참 후의 어느 날 죽은 아버지는 문득 내 일기장에서 되살아났어. 어느 날 밤에 나는 일기장을 펼쳐놓고 무심코 이렇게 썼지. '아이들은 부모를 통해 그 시대를 읽게 되어 있다. 나는 어린 시절부터 이 시대에서 아버지로 대표되는 모습과 더불어 어머니로 대표되는 모습을 읽을 수 있었다. 〔……〕 비명횡사한 아버지는 내 속에 격렬함으로 자리 잡았다.' 그때 나는 처음으로 내 속에서 나만의 '격렬하다'라는 단어와 만났어. 그리고 곧 아무 생각 없이 쓴 그 단어는 나를 아버지와 다시 만나게 해주었고, 아울러 내가 어린 시절부터 겪었던 고통과 저항에 대해 좀더 분명한 인식을 가지게 해주었어. 내 일기는 계속해서 이렇게 이어졌어. '나의 부모는 내게 이 시대의 미친 짓과 그 미친 짓에 대한 분노를 가르쳤다. 그 미친 짓들 중의 하나는 이른바 디자인이라는 것이다. 적어도 의복의 경우에는 그렇다 치더라도, 이를테면 자동차 모양을 조금씩 다르게 한없이 바꾸는 것, 지금 이 순간에도 조금이나마 다른 모양을 끊임없이 궁리하고 있다는 것, 그것이 어찌 미친 짓이 아니겠는가. 이 시대에는 새로운 디자인의 시도가 행복한 세상에 대한 낙관론으로 이어진다. 그 낙관론이 광기를 몰아낸다. 그러나 광기가 사라진다면, 우리가 뭘 잊어버렸는지도 모르는 상태로 살아가게 될 것이다. 광기는 영혼의 어두운 테두리인데, 그것을 제거한다면 영혼이 위축되고 축소되는 것은 두말할 나위가 없다. 광기는 이 시대의 문제가 불러일으키는 것이 아니다. 우리가 이 시대의 문제에 저항하는 것이 광기다. 그들은 또한 내게 나를 둘러싼 이 세상에 대한 분노를 가르쳤다. 나는 두려움 속에서 분노한다. 언젠가 그 심해 물고기의 등판이, 그 하체 마비 증세가 다시 나타나리라는 두려움 속에서 분노하고, 그 두려움에 분노한다.'

그 후로 나는 차츰 상당히 모순된 성격의 인간이 되어갔다. 우선, 나는 남들을 대할 때 가급적 신중을 기하고자 노력했고, 필요하다면 소심하고 소극적인 모습을 보이는 것도 불사했다. 행여 타인과의 관계에서 섣불리 상처를 입게 되면, 그 상처의 충격이 내 깊은 속에 가라앉아 있는 그 심해 물고기를 깨우거나 잊혀져가고 있는 하반신 마비 증세를 되살릴지도 모른다고 생각했기 때문이었다. 하지만 일단 어쩔 수 없이 남들로부터 사소하게라도 상처를 입게 되면 나는 사람들을 깜짝 놀라게 할 정도로 격렬한 반응을 보이곤 하였는데, 그 또한 같은 이유에서였다. 그 상처를 그냥 내버려두었다가 곪기라도 한다면 그 심해 물고기나 마비 증세를 불러올 가능성이 훨씬 높아지는 것이니, 내게 있어서 격렬한 반응이라는 것은 그 상처를 소독하거나 치유하는 행위인 셈이었다.

그 결과 나는 나 자신의 모순적이고 분열적인 태도로 인해 수시로 깊은 번민에 빠져들었다. 그 심해 물고기의 등판을 내 속에 눌러놓기 위해 벌이는 나의 행동이 또한 내 삶을 힘겹고 고통스럽게 만들고 있었다. 그러나 여전히 내게는 선택의 여지가 없었다. 어렸을 적에 남들과 마주하는 것을 두려워하면서도 밖으로 달려 나갈 수밖에 없었듯이, 어른이 된 후에도 뭔가를 향해 있는 힘껏 달려가는 것이 나의 운명이었다.

내가 삼십대 중반의 나이에, 그러니까 칠 년쯤 전에 그동안 사귀던 여자와 헤어지게 된 것도 그러한 격렬한 반응의 결과였다. 그 무렵에 그녀는 직장 문제로 남쪽의 한 도시로 내려가게 되었다. 우리는 근 한 달이 지난 후에야, 그녀가 자리 잡은 곳과 내가 살고 있는 곳 사이의 정확히 중간 지점에 있는 도시에서 만나기로 약속을 정했다. 추운 겨울날 밤에 내가 그 도시의 버스 터미널에 도착한 것은 이미 열 시가 넘은 시각이었고, 그녀는 열한 시쯤 도착하기로 되어 있었다. 나는 터미널 앞의 번잡한 거리를 한동안 배회하다가 한 모텔로 들어가서 그녀의 집으로 전화를 걸었다. 휴대폰이 없던 시절이어서, 내가 먼저 방을 잡은 후에 그녀의 집에 있는 자동응답기에 내가 어디에 머물고 있는지 메시지를 남겨놓으면, 그녀가 터미널에 도착하여 전화로 그녀의 자동응답기에 녹음된 내 목소리를 확인하기로 되어 있었던 것이다.

그날 나는 하릴없이 창가에 서서 창밖의 현란한 밤 풍경을 내다보며 시간을 보냈다. 처음 한동안은 그녀를 기다리는 일이 의외로 꽤 감미롭게까지 여겨졌다. 그런 기분으로는 마술 램프 속에 사는 지니처럼 그 방의 정령이 되어 언제까지고 그녀가 방으로 들어오기를 기다릴 수도 있을 것 같았다. 그녀가 방 안에 들어와서 사각거리며 옷을 벗는 소리가 들리면, 비로소 나는 깊은 잠에서 깨어나 그녀 앞에 다정하게 모습을 드러낼 것이다.

그때 조금 열린 창을 통해 쓰레기 같은 것이 타는 매캐한 냄새가 흘러들었고, 순간 나는 재채기를 터뜨렸다. 얼마나 크게 재채기를 했는지 허리가 끊어질 듯한 통증이 한동안 몸을 떠나지 않았다. 이윽고 안정을 되찾기는 했지만, 그 재채기 한 번으로 방 안의 풍경이 전혀 다른 모습으로 다가왔다. 그러자 방금 전에 맡았던 그 불쾌한 냄새가 평소에 그녀에게서 나던 향수 냄새를 떠올리게 했고, 그 순간 그 향수는 싸구려가 되어버렸다. 물론 그것은 그녀의 잘못이 아니었고, 그렇다고 향수의 잘못도 아니었으며, 전적으로 나의 잘못이었다. 평소에 그녀는 향수를 살 때 가격과 품질을 신중히 고려했다. 그런데 그것이 한순간에 싸구려 향수가 되어버렸고, 이제 나로서도 내 생각을 걷잡을 수 없게 되어, 내 머릿속에서는 여인들의 체취는 곧 싸구려 향수라는 등식이 성립되어버린 것이었다. 아무리 값비싼 고급 향수라고 하더라도 일단 뚜껑이 열리고 여인들의 몸에 뿌려지면 싸구려 냄새가 되어버리는 법이다. 어쩌면 이건 아버지의 영향 탓인지도 몰라. 그런 의미에서 볼 때 어쩌면 나는 그동안 모든 여자들에게서 싸구려 향수 냄새를 맡아온 것이라고 할 수 있었다.

나는 내가 상처를 입었다고 생각했다. 방금 전에 말했듯이, 평소에 나는 상처를 입게 되면 어떤 식으로든 나를 공격하는 자들에게 즉각적으로 역습을 가했다. 그리고 부득이 상대를 용서해야 하는 경우에는, 공격적이고 심지어 폭력적인 용서를 하는 쪽을 택했다. 그런데 지금 내게는 가해자가 없었고, 있다면 바로 나 자신이었으니, 나로서는 나를 물어뜯을 수밖에 없었다. 서로가 사랑을 한다는 것은 애완동물을 얻어 주인이 되고 스스로 애완동물이 되어 주인을 얻는 것과 무엇이 다를까. 완전한 사랑이 불가능하다면 격렬한 사랑이라도 해야 하는 게 아닐까. 그러나 그녀와 나 사이에는 격렬한 사랑도 존재하지 않았다. 각자 서로에게 그저 애완동물의 수준을 조금이나마 넘어서기 위해 안간힘을 쓰고 있을 뿐이었다.

결국 나는 열한 시가 거의 다 되었을 때 충동적으로 방을 나왔다. 나는 벗어두었던 외투를 걸쳤고, 손에는 가방도 들려 있었다. 승강기로 통하는 어두침침한 복도에서 나는 술에 취한 젊은 여자들과 부딪혔다. 나는 내가 무슨 짓을 하고 있는지 잘 알고 있었다. 내 마음속은 번민으로 가득 차 있었다. 나는 이렇다 하게 화가 날 이유가 없는데 화를 내고 있었고, 슬퍼할 이유가 없는데 슬퍼하고 있었으니, 필요 없이 고통받고 있었다. 때문에 나는 격렬한 것을, 격렬함 그 자체를 찾고 있었다. 그것이 내가 혼란스러울 때 비로소 마음의 평안을 얻는 방식이었다. 적어도 격렬함은 진실이나 완전한 사랑에 가까운 것이었다. 적어도 그 순간 내게는 이기심이 추호도 없었다.

밖으로 나온 나는 모텔 앞의 선술집에 앉아서 혼자 술을 마시기 시작했다. 나는 방문을 잠그지 않았고 열쇠를 침대 위에 놓아두었으며, 불도 켜둔 채로였다. 찬 바람이 수시로 비닐 포장을 들추며 술집 안으로 들이쳤고, 그때마다 나는 술기운으로 뜨겁게 달아오른 얼굴을 바람에 식히며 비닐 포장 틈으로 모텔의 내 방을 올려다보았다. 때로 유리창에 사람의 그림자가 어른거리는 것을 본 듯했으나, 나로서는 이미 술에 젖은 내 눈을 믿을 수 없었다.

자정이 훨씬 지났을 때, 옆자리에서 술을 마시던 사람들 중에 한 여자가 내 쪽으로 고개를 쭉 빼며 물었다. 실례지만 선생님은 작가지요? 난데없는 질문에 나는 나이를 짐작하기 어려운 그 여자의 얼굴을 멍하니 마주 바라보았다. 그때 누군가가 곁으로 다가와서 나의 왼편에 주저앉으며 나를 대신하여 대답했다. 그래요, 이분은 작가가 맞아요. 그녀였다. 내가 낯선 도시의 모텔 방에 버려둔 여자였다. 질문을 던졌던 여자는 만족스런 표정을 지어 보이고는 고개를 거두어들었다. 물론 나는 작가가 아니었지만, 여하튼 그들이 작가라는 말을 무슨 뜻으로 사용하는 것인지 짐작할 수 없었다. 마치 그들 사이에서만 통하는 어떤 암호처럼 여겨질 뿐이었다. 다시 세찬 바람이 불어와서 비닐 포장이 들추어졌고, 그때 나는 모텔의 우리 방에 불이 꺼져 있는 것을 보았다.

그날 그녀는 나의 왼편에 시종일관 아무 말 없이 앉아 있었다. 내가 술잔을 건네도 받으려 하지 않았고, 그렇게 그녀는 조용히 자신의 존재를 지워나갔으며, 나도 천천히 그녀를 잊어갔다. 그러다가 얼마 후 무심코 고개를 왼쪽으로 돌렸을 때, 그녀는 사라지고 없었다. 나는 새벽녘에 술에 취해 다시 모텔 방으로 올라갔다. 혹시 그녀가 먼저 와 있을지도 모른다고 생각했지만, 조금은 그렇게 기대를 했지만, 아까처럼 열쇠가 침대 위에 놓여 있을 뿐 방은 텅 비어 있었다.

바람 빠진 풍선처럼 일그러진 달이 밝기도 하다. 철로는 끝없이 이어지고 있다. 나는 축축하고 미끄러운 철로와 침목을 번갈아 밟으며 절뚝거리는 걸음으로 걷고 있다. 내 머릿속은 다시금 번민으로 가득 차 있다. 어두운 초원에서 하이에나 떼가 무리에서 떨어져 나온 물소에게 달려들듯이, 혹은 혼탁한 물속에서 피라니아 떼가 강을 건너던 당나귀를 공격하듯이, 온갖 기억과 상념들이 집단으로 내 둔중한 몸 위에 올라타서 함부로 물어뜯고 있다. 내 몸은 고통으로 뒤덮이고 아마도 곧 나는 기력을 잃고 쓰러져서 그 끈질기고 악착같은 포식자들의 먹이가 되고 말 것이다. 그중에는 내 몸에서 흘러나온 피의 냄새를 맡고서 모여든 상어들도 있을 것이다.

이 순간, 나를 버티게 해주는 것은 일직선으로 뻗어 있는 이 철길이다. 나는 철로가 이끄는 방향으로, 침목들이 내게 부여하는 리듬에 따라 느릿느릿 쉬지 않고 걸음을 옮기고 있을 뿐이다. 그런데 이제 이 검붉은 핏빛의 철로가 갈라지고 있다. 내 눈앞에서 마치 나무뿌리처럼 두 갈래 세 갈래 네 갈래로 계속하여 가지를 치며 뻗어나가더니 이내 칡넝쿨처럼 한데 얽히고 있다. 이 복잡하고 촘촘한 뿌리는 대체 얼마나 높고 굵은 나무를 허공에 일으켜 세우려는 것일까. 고개를 들어 하늘을 올려다보지만, 보이는 것은 이지러진 달뿐이다. 정거장이 가까워진 것인지, 저 멀리 버려진 객차들이 어둠 속에 웅크리고 있고, 그 뒤에서 '유실물 보관소'라고 씌어진 간판이 노란빛을 발하고 있으며, 그 뒤에 가로등 두 개가 환하게 불을 밝히며 서 있다.

그때 철로들이 철컥거리며 움직이기 시작한다. 누군가가 어디에선가 선로 변환기를 작동시키고 있는 모양이지만, 내 눈에는 철로들이 스스로 제멋대로 움직이는 것으로 보인다. 그것들은 섬뜩한 금속성을 내며 서로 끊어지고 새로 이어지면서 살아 있는 뿌리처럼, 다족류나 연체동물의 다리들처럼 꿈틀거리고 있다. 그런데 쇠로 만들어진 이 다리들에 붙어 있을 대가리는 어디에 있는지 모르겠어.

나는 그것들에게 걸려 넘어지거나 그것들 사이에 발이 끼지 않도록 조심해야 한다. 동남아시아 어느 나라의 민속춤에서는 사람들이 바닥에 앉아서 여러 개의 대나무를 움직이고 무희들이 그 대나무 막대들 사이에서 절묘하게 발을 놀리며 춤을 춘다. 나는 그들처럼 움직이는 철로들 사이에서 경중거리며 뛰어오른다. 때문에 나는 앞으로 나아가지 못한다. 대신 나는 허리춤을 붙들고 자꾸 흘러내리는 바지를 추켜올린다. 그러면서 나는 쉬지 않고 혼잣말을 중얼거린다. 나의 혼잣말은 미친 사람의 헛소리처럼 달빛을 타고 울려퍼진다.

지난 시절, 나는 속도계가 고장 난 차로 살아왔다. 나 자신의 속도를 가늠하지 못하면서 달리는 동안, 모든 정지 신호와 횡단보도는 갑작스레 앞을 가로막는 장애물이었다. 그러나 나는 전장의 포화 속에서 용감하게 전진하는 보병처럼 장애물들을 뛰어넘어 과감히 앞으로 나아가는 데 주저하지 않았다. 그러나 이 자리에서 내 삶의 구체적인 이력이 어떠했는지 밝히는 것은 별 의미가 없다. 말하자면 내가 뭘 하며 살았는지는 그리 중요하지 않은 것이, 지금 내가 하고 있는 이야기 속에 나의 삶에 관한 모든 것이 어느 정도 요약되어 있다고 믿고 있기 때문이다. 그러나 하기야 말하지 못할 것도 없고 말하지 않을 이유도 없다. 그동안 나는 여러 직업을 전전했고 일곱 개의 자격증을 가지고 있으며 시집을 한 권 내고 단편 영화를 한 편 만든 바 있다. 이러한 사실들은 그동안 내가 꽤나 충동적으로 살아왔다는 증거라고 할 수 있다.

그러나 요컨대 나는 내 삶이 결국 실패로 귀착되었음을 인정하지 않을 수 없다. 주변을 아랑곳하지 않고 내처 달리다 보니, 도처에서 덫에 걸리고 말았다. 승강기 속에서, 어두운 복도에서, 지하철에서, 술을 마시고 났을 때, 특히 여자들과의 관계에서 바로 그러했다. 그래도 한 가지 내게 위안이 되는 것이 있다면, 그것은 적어도 내가 그 누구보다도

330

더 큰 고통을 받았다는 사실이다. 고통을 겪는 것은 지긋지긋한 일이었지만, 오직 그 속에 내 삶의 의미가 들어 있다는 것을 나는 모르지 않았다. 하지만 문제는 그 고통이 여전히 현재 진행형이고, 고통이 엄습하는 순간에는 당장이라도 미쳐버릴 것 같은 상태로 떨어진다는 것이었다.

그동안 내가 섭렵한 잡다한 지식들 중에 정신 의학에 관한 정보에 따르면, 사람의 뇌에는 감정뇌와 인지뇌가 있는데, 인간의 불안과 공포는 감정뇌의 오작동과 깊은 관계가 있다. 우리가 어두컴컴한 숲 속에서 나뭇가지를 보고 뱀인 줄 알고 깜짝 놀라듯, 감정뇌는 대상에 대한 부분적이고 불완전한 정보를 가지고 즉각적인 반응을 일으킨다. 또한 우리가 높은 곳에 올라갔을 때 공포를 느끼는 것은 추락이라는 불확실한 미래에 대해 감정뇌가 미리 겁을 먹기 때문이다. 나는 나의 감정뇌가 지나치게 예민한 반응을 보이고 있음을 알고 있었다. 그렇다면 나는 무엇에 대한 불완전한 정보에 지레 놀라고, 무엇에 관한 불확실한 미래에 공포를 느끼는 것일까. 이 질문에 대한 대답을 찾을 수 없었던 나는 나의 감정뇌를 경멸하고 나의 인지뇌에 연민을 느낄 수밖에 없었다.

그러나 나는 바로 오늘 내가 결정적으로 치명적인 함정에 빠지고 저항할 수 없는 덫에 걸리리라고는 미처 알지 못했어. 그 함정의 밑바닥을 철로가 가로지르고 있었는데, 거기에 대해서는 나중에 다시 말할 기회가 있을 거야. 여하튼 오늘은 내가 뜻하지 않게 많은 사람들의 주목을 받은 날이었어. 내가 난생처음으로 상이라는 것을 받게 된 거지. 내게서 떨어져 나가서 세상을 돌아다니던 어떤 것이 덜컥 상이라는 수상한 뼈다귀를 물고 내게로 돌아온 거야.

처음 수상 소식을 들었을 때, 나는 기쁘기보다는 등골이 오싹한 느낌을 받았어. 그동안 호시탐탐 나를 공격할 기회를 노리던 세상이 마침내 음모를 꾸미고서 나를 함정으로 유인하려는 건지도 모른다는 생각이 들었기 때문이었지. 게다가 제멋대로 살아가던 사람이 어느 날 갑자기 상을 받게 된다는 건 그 사람의 경력에 오히려 오점을 남기는 거라고 할 수 있어. 이건 결코 겸손을 떨려고 하는 말이 아니야. 그래서 처음에는 수상을 거부할 생각도 해보았지. 하지만 그건 내게 어울리는 행동이 아니었어. 내게 함정과 그로 인한 고통은 일상적인 것이었으니까. 그래서 나는 이렇게 생각하기로 했어. 개한테 잘못 먹이를 던지면 자기가 도로 주워 먹어야 할 때가 있는 법이다, 그렇게 말이야.

내가 상을 받게 되었다는 소문이 퍼지자, 내 주변의 어떤 사람들은 내가 마침내 보상을 받게 되었다는 말을 내게 건넸어. 하지만 나는 그들 또한 나만큼이나 당혹스럽게 그 사실을 받아들이고 있다는 것을 알고 있었어. 그렇지만 '보상'이라는 말이 전적으로 틀리다고는 할 수 없었어. 지금처럼 지치도록 떠들어대는 일을, 격렬하게 몸을 떨고 마음을 흔들어대는 일을 나는 내 삶의 매 순간에 성실하게 수행해왔으니까 말이야. 그런 생각에 힘입어서 오늘 저녁에 나는 시상식장에서 내게 주어진 역할을 훌륭히 해낼 수 있었어. 문제는 그 후에 발생했지.

시상식의 피로연장에는 예상보다 많은 사람들이 모여 있었다. 그것은 나의 수상 소식이 스캔들을 일으켰다는 뜻이기도 했다. 식당 안으로 들어서면서부터 나는 내게 뭔가 이상한 조짐이 일어나고 있음을 느꼈다. 무엇보다도 눈에 보이지 않지만 가늘고 끈끈한 것, 흡사 거미줄 같은 것들이 자꾸 얼굴에 걸리는 것을 느꼈다. 처음에는 무시해버리려 했지만, 그것들은 일단 얼굴에 닿으면 한동안 불쾌한 감각으로 남아 있었다. 때문에 나는 거미줄이 잔뜩 낀 동굴이나 폐가 속으로 들어서듯, 연신 손을 들어 올려 얼굴 앞에 드리워져 있는 것들을 걷어내는 시늉을 나도 모르게 하지 않을 수 없었다. 나의 그런 손짓이 식당 안에 앉아 있던 사람들에게는 손으로 우아하게 인사를 건네는 것으로 받아들여지는 모양이었다. 적지 않은 사람들이 나와 거의 비슷한 손동작으로 내게 답례를 보냈고, 손아래뻘의 하객들은 몸을 일으켜서 정중하게 인사를 했다. 그러나 나는 마치 무대에 오르는 배우와도 같은 나의 행동이 그들의 눈에 얼마나 가소롭고 우스꽝스럽게 보일지 잘 알고 있었다. 애초에 그들은 나를 축하하기 위해서가 아니라 내 행태를 지켜보려고 그곳에 모인 것이기 때문이었다. 따라서 비록 내가 겉으로는 꽤나 여유롭고 세련되게 처신하는 듯이 보였을 터이나, 실상은 목과 어깨의 근육이 딱딱하게 경직되었고, 오른쪽 목의 근육에서는 단속적으로 경련이 일어나고 있었다.

이른바 주인공을 위해 상석으로 마련된 자리에 내가 앉자 사회자가 건배를 제의했고, 사람들은 기다렸다는 듯이 모두 잔을 집어 들었다. 당연히 나도 겸손한 표정으로 미소를 지으며 잔을 들어 앞 사람들의 잔과 하나씩 차례로 부딪쳤다. 그런데 바로 그 순간이었다. 갑자기 몸속에서 뭔가 뜨거운 덩어리가 터져 나오면서 몸 전체로 열기가 확 번져 나갔다. 그러나 곧 그 위로 한기가 덮치면서 식은땀이 땀구멍에서

쑥 솟아올랐다. 그리고 곧바로 구역질이 올라오면서 심장이 세차게 뛰기 시작했다. 그와 동시에 눈앞의 것들이 빙글거리며 돌아갔다. 첫 술잔으로 입술을 가볍게 축였을 뿐이니, 술을 마신 탓으로 여길 수도 없었어. 그러나 여하튼 나로서는 숨쉬기조차 힘이 들 지경이었으며, 그 와중에 몇 달 전 나보다 두 살 어린 조카가 심근경색으로 죽은 일이 생각났다. 나는 평소에 무척이나 건강해 보이던 그 조카의 모습을 눈앞에 떠올리며, 그의 목숨을 앗아간 심근경색이 내게도 일어난 것이라고 생각했다. 그렇다면 나 또한 이 자리에서 당장 죽을 수도 있는 노릇이었다. 나는 내 속에서 아드레날린이 과다 분비되면서 인지 능력이 마비되어가고 있음을 느꼈다. 나의 인지뇌가 내게 아무리 위급한 상황이 아니라고 일러도 아무 소용이 없었다. 내 뇌 전체가 아드레날린에 의해 오염되어 있는 탓에 정상적인 작동이 불가능했기 때문이었다. 대신 나는 뭔가 과도한 압박감에 내리눌려 있고 뭔가 교활한 것에 기만당하고 있다는 느낌에 짓눌려 있을 뿐이었다.

결국 나는 오른손으로 가슴을 움켜쥐고 왼손으로 바닥을 짚고서 몸을 일으키려 했다. 그때 잠시 나의 머릿속에 아버지와 어머니의 모습이 스쳐 지나갔다. 어머니는 여전히 바둑판 앞에 앉아 있었고, 아버지는 죽어가면서 내가 어머니를 버렸다고 나를 원망하고 있었다. 그 말은 틀리지 않았다. 아버지가 죽은 후에 나는 어머니와 몇 달 살다가 집을 나온 것이다. 내가 어머니를 못 견딘 것인지 아니면 어머니가 나를 못 견딘 것인지, 그것은 아무도 알 수 없었다. 이제 나는 어머니의 소식을 알지 못하고, 어머니는 내가 상을 받게 되었다는 것을 모르고 있을 것이다. 그러나 나의 격렬함이 유지되려면 어머니를 넘어서야 했고, 어머니를 넘어서려면 내 격렬함이 필요했다. 지금 이 순간 내게 강력히 요구되는 것도 바로 그 격렬함이었다. 나는 머릿속의 생각을 떨쳐버리고서 주위를 돌아보았다. 그리고 그때 나는 내가 수많은 적들에게 둘러싸여 있다는 사실을 다시금 깨달았고, 그러자 말로 다 할 수 없는 희열이 가슴으로 몰려들었다. 오늘은 정말 내게 기쁜 날인 셈이었다.

그러자 다시금 놀라운 일이 일어났어. 한순간에 메슥거리던 속이 가라앉고 심장의 박동도 정상으로 돌아온 거야. 그러나 놀랍다고 하기보다 어처구니없다고 해야 할지도 모를 일이지. 이윽고 나는 아무 일도 없었다는 듯이 몸과 정신의 자세를 바로하고서 다시 술잔을 들었다. 여전히 이유를 전혀 알 길이 없었으나, 어찌 되었든 그것으로 나는 갑작스레 나를 덮친 위기를 무사히 넘긴 것으로 생각했다. 하지만 그 것은 성급한 판단에 근거한 오산이었음이 곧 드러났다. 몸 의 거북한 상태는 가라앉았으나, 내 속에는 뭔가가 불결한 앙금처럼 남아 있었다. 이제 심장은 제 속도로 뛰고 있었으 나, 나는 내 심장에서 잡음이 울리는 것을 들었다. 그 소리 는 내 귀에 똑똑하게 들려왔다. 그와 동시에 바닥에 가라앉 아 있던 앙금이 천천히 온몸으로 번져 나갔다. 그것은 정체 를 알 수 없는 끈끈한, 시간이 지날수록 점점 더 끈끈해지 는 불쾌감이었다. 그리고 그때부터 끔찍한 악몽 같은 순간 들이 이어졌다. 마음속으로 평소에 하듯이 심장 박동을 조 절하는 이른바 심장 박동법을 시도해보았지만 그 또한 아무 소용이 없었어.

그때 투자금융사에 다니는 것으로 알고 있는 한 친구가 내 앞에 얼굴을 들이민 것은 그에게 무척이나 불운한 일이 었다. 우선 그는 내가 상을 받게 되었다는 소식을 조금 전 에야 들었다며 축하하는 뜻으로 악수를 하자고 손을 내밀었 다. 그러고는 손을 거두고서 오른손으로 양복 상의 주머니 부분을 툭툭 치며 말했다. "오랜만에 행운이 굴러 들어와서 놀랐더니 이런 경사에 쓰라는 뜻이었구먼. 오늘 밤 다음 행사는 내게 맡기라구." 그러고서 그는 잠시 망설이는 듯하더니 주머니에 손을 넣어서 두툼한 지갑을 슬쩍 꺼내 보였다. 그 순간, 내 입에서 나 자신도 전혀 예상하지 못한 말이 흘러나왔다. "네게는 여전히 돈이 전부구나. 입만 열면 그저 돈타령이구나."

당연히 친구는 얼굴을 일그러뜨리며 나를 노려보았다. 나도 나 자신이 한 말에 깜짝 놀랐지만, 그러나 더욱 놀랍게도 내 입에서는 계속하여 그 친구에 대한 냉소적인 공격의 말이 흘러나왔다. 나는 그를 돈과 한데 묶어서 매도하고 저주하는 데까지 나아갔다. 나는 그가 자주 호기를 부리지만 누구보다도 섬약한 위인이라는 것을 알고 있었다. 또한 나는 그가 나를 자기와 비슷한 부류의 인간이라고 생각하고 있다는 것도 알고 있었다. 그렇게 보자면, 어쩌면 그 친구야말로 진심으로 축하를 하기 위해 그 자리에 나온 유일한 존재라고도 할 수 있었다. 말하자면 그가 나의 단 하나뿐인 우방이었던 셈인데, 어쩌면 바로 그 점이 나로 하여금 그에 대한 공격성을 유발한 것인지도 모를 일이었다.

여하튼 머리 위로 독설이 쏟아지는 동안 그는 처음에는 화난 듯한 표정을 짓고 있다가, 결국 어이가 없다는 듯 고개를 저었다. 그는 옆 사람들을 돌아보며 응원을 구하려는 듯했지만, 모두들 입을 반쯤 벌리고 눈을 크게 뜨고서 나를 바라보고 있을 뿐이었다. 이윽고 그가 다시 고개를 들어 나를 보았을 때, 나는 흙빛으로 변한 그의 얼굴에 공포가 어리는 것을 똑똑히 볼 수 있었다. 결국 그는 자리를 박차고 일어나서 밖으로 나가버렸고, 그때 다시 나는 엄청난 쾌감이 가슴으로 밀려드는 것을 느꼈다.

하지만 바로 다음 순간, 나는 그런 나 자신에 대해 화가 나고 어이가 없었고 곧 두려움에 사로잡혔다. 당장이라도 눈알이 쏟아져 나올 것처럼 안면에 큰 통증이 느껴졌고, 두 손이 수전증에 걸린 것처럼 부들부들 떨렸다.

그러나 그 끔찍한 악몽은 거기에서 그치지 않았다. 나 자신에 대한 격한 혐오감에 고개를 떨군 채 앉아 있는 내 곁으로 남자 종업원이 다가왔다. 그는 뭔가 분위기가 심상치 않다는 것을 느꼈는지 머뭇거리며 조심스럽게 말을 꺼냈다. 전날 예약을 할 때 주문하기로 한 음식을 모두 내왔는데, 손님들이 부족하다고 하니 10인분만 더 내도 되겠냐는 것이었다. 그 말에 다시금 내 속에서 불쾌감이 불끈 치밀었다. 게다가 심장이 어찌나 세게 뛰는지, 내 속에서 지진이라도 난 듯 몸 전체가 마구 흔들렸다. 그 결과, 나는 급기야 고개를 휘휘 저으며 중얼거렸다. "지독하게들 먹어대는군. 여기까지 와서 그저 오로지 먹을 생각밖에 없는 게야." 순간, 종업원은 마치 자신이 모욕이라도 받은 듯이 얼굴을 일그러뜨렸다. 그동안에도 내 속에서는 모닥불이, 아니 마그마가 끓어 넘치고 있었다. 그 위로 모든 것이, 심지어 나를 보호하는 장치들까지 전부 내던져지고 있었다. 아니, 나 자신이 그 모든 것들을 미친 듯이 시뻘건 용암 속으로 집어던지고 있었다. 그리고 그 용암이 몸 밖으로 말이 되어 흘러나와서 부딪치는 모든 것을 태워버리고 있었다.

그때 나는 뭔가 서늘한 것이 내 옆얼굴에 날아와 들러붙는 것을 느꼈다. 나는 그쪽으로 눈길을 돌려서, 무표정한 얼굴로 나를 물끄러미 바라보고 있는 한 남자를 마주 바라보았다. 곧 나는 한눈에 그를 알아보았다. 그는 나의 또 다른 오랜 친구였다. 그를 마지막으로 만난 지 이미 칠 년이 지났던 터라, 나는 그가 그곳에 나타나리라고는 전혀 예상하지 못했던 터였다. 사실, 그와 나 사이에는 두 가지 큰 인연이 있었는데, 그가 예전에 함께 목숨을 걸고서 물이 들어차던 개펄을 내달렸던 친구들 중의 하나라는 것이 그중 하나였다. 방금 전에 그가 내 시선을 잡아끈 까닭은, 대부분 표정을 일그러뜨리며 짐짓 눈길을 다른 곳으로 돌리고 있는 사람들 사이에서, 오직 그만이 덤덤한 얼굴로 나를 건너다

보고 있었기 때문이었다. 전에도 그러했듯이, 그는 소박하다 못해 조금은 초라한 점퍼 차림으로 아무 말 없이 그 자리에 조용히, 그리고 단정히 앉아 있었다. 나는 그를 향해 어렵게 씁쓸한 미소를 지어 보였다. 그러나 그는 여전히 아무런 반응도, 아무런 흔들림도 없이 그저 나를 바라보고만 있었다.

사실 나는 전부터 그 친구를 그다지 존중하지 않았다. 그는 나와는 아주 다른 기질의 소유자여서, 그동안 나는 그를 안중에 두지 않는 편을 택했던 것이다. 내가 내 속의 그 들끓는 용암 속에 모든 것을 던져 넣어 태워버릴 때, 유독 그는 잘 타지 않았다. 게다가 불 속에서 그 친구는 연기를 일으키며 매캐한 냄새로 나의 코를 찌르기 일쑤였다. 그 생각이 나로 하여금 예전에 모텔 방에서 맡았던 냄새를 떠올리게 했고, 그 순간 나는 아주 잠깐 머릿속이 휑하니 비워지는 것을 느꼈다. 그러나 예상했던 대로 다시금 터무니없는 분노와 고통이 그 빈자리로 꾸역꾸역 밀려 들어와서 순식간에 가득 채워버렸다.

그 후로 나는 다시 그 친구를 바라보지 않았다. 대신 온갖 불평 섞인 푸념을 그치지 않고 늘어놓다가, 얼마 후 화장실에 간다고 말하고 자리에서 일어났다. 이미 판은 깨진 것이다. 실제로 나는 화장실로 가서 소변을 보았다. 그러나 나는 내 자리로 돌아가지 않았다. 애초에 그럴 생각이었는데, 그냥 자리를 박차고 일어나서 나와버리는 것은 내 방식이 아니었다. 그것은 너무 단순하고 유치한 행위일 뿐만 아니라, 그런 식으로는 고통이 충분히 쌓이지도 그렇다고 해소되지도 않는 어설픈 짓이기 때문이었다. 나는 식당을 나와서 약간 비틀거리는 걸음으로 물살을 헤치듯 두 손을 내저으며 앞으로 나아갔다. 그러다가 갑자기 걸음을 멈추었고, 이내 같은 몸짓으로 걸음을 옮겼다. 나는 내가 저질렀고 지금도 저지르고 있는 과도한 행동들에 대한 환멸과 분노와 두려움에 사로잡혀 있었다. 그럼에도 불구하고 내 입에서는 여전히 누구에겐지 모를 욕이 흘러나오고 있었다. "쥐새끼 같은 놈들." 터무니없는 분노는 나의 일용할 양식이었다. 그러나 분명 그 욕이 드러내는 공격성의 큰 부분은 바로 나 자신을 향한 것이었다. 나는 나 자신에 대한 모멸감에 격렬하게 몸을 떨었다. 나 자신에 대한 연민, 나를 이렇게 만드는 세상에 대한 분노가 나를 모멸하게 만들었다. 그러나 모멸감이야말로 내 삶에서 격렬함을 유지하기 위해 꼭 필요한 것이었다.

한참을 그렇게 걷다가 어두컴컴한 골목 끝에서 왠지 낯익어 보이는 계단 앞에 이르렀을 때, 하늘 높이 '응급실'이라고 씌어진 네온 간판이 나의 눈에 들어왔다. 그러자 마치 기독교 신자가 황량한 벌판에서 빛나는 십자가를 본 듯, 속죄의 심정으로 깊이 빠져들었다. 곧 나는 위태로운 걸음으로 계단을 올라가서 무작정 그 간판을 향해 걸어갔다. 이윽고 병원 마당을 가로질러 응급실로 통하는 현관 앞에 이르렀을 때, 나는 걸음을 멈추고서 잠시 망설였다. 그러나 이내 마음을 정하고서, 환하게 불이 켜지고 소독약 냄새가 진동하는 복도 안으로 걸어 들어갔다. 그러나 그곳에 내가 머물 곳이 없음은 이내 판명되었다. 응급실 안에서는 단 한 치의 공간도 내게 허락되지 않았으니, 그곳에 들어온 것은 바퀴벌레가 인간들의 형광등 불빛에 자기를 노출시키는 것만큼이나 미친 짓과 다를 바 없었다.

숨을 헐떡이며 다시 밖으로 나왔을 때, 나는 입구에서 조금 떨어진 곳에 한 남자가 쭈그리고 앉아 있는 것을 보았다. 그는 다름 아닌 아까 보았던 나의 개펄 친구였다. 내가 허청허청 그쪽으로 다가가자, 그는 천천히 몸을 일으켜서 담담히 나를 맞이했다. 그러고는 낮은 목소리로 내게 말했다.
"나와 함께 가자."

아까 내가 그 친구와 나 사이에 두 가지 큰 인연이 있었다고 말했지. 이제 그 말을 마저 하자면, 하나는 이미 밝혔듯이 우리가 물이 차오르는 개펄을 함께 달렸다는 것이고, 또 다른 하나는 그와 내가 삼각형의 두 꼭짓점이었다는 거야. 달리 말하자면, 한 여자를 사이에 두고 삼각관계를 이루었던 것인데, 그 한 여자는 바로 내가 칠 년 전에 모텔에 버려두었던 그 사람이었지. 나와 그녀와의 관계가 사실상 끊어진 거나 다를 바 없게 된 지 몇 달이 지났을 때, 나는 우연히 그녀가 나의 개펄 친구와 사귀고 있다는 말을 들었어. 처음에는 그 말에 별로 동요하지 않았어. 하지만 시간이 지날수록, 평소에 조금은 무시하는 마음으로 대하던 친구와 내가 버린 옛 애인이 연인 관계가 되었다는 그 사실이 내 속에서 점점 더 많은 가지를 치고 더욱더 깊이 뿌리를 내리기 시작했지. 더욱이 그 무렵에 나는 유난히 외로운 시간을 보냈는데, 고독하다는 사실이 내게 모욕을 당한 듯한 기분을 느끼게 했어. 하기야 그게 바로 나의 특징이었지. 고독할 때 모욕을 느끼고 무사태평할 때 분노를 느끼고 그저 견딜 만하다 싶을 때 과격하게 슬퍼지는 것 말이야.

여하튼 내 속에서는 통제할 수 없는 착잡한 감정이 차츰 암세포처럼 퍼져나가다가 마침내 커다란 종양을 만들고야

말았어. 그보다는 나 자신이 하나의 거대한 종양이 된 기분
이었어. 그러자 미쳐버릴 정도로 그녀를 간절히 되찾고 싶
었고, 그럴 수만 있다면 무슨 짓이든 할 수 있는 상태가 되
었지. 사실 거기에는 그 친구에 대한 일종의 원한과 복수심
같은 것도 작용한 셈이었어. 그동안 어쩌다 간간이 만나게
될 때면 그는 오늘 피로연장에서도 그랬던 것처럼, 어렸을
적부터 친구였다는 사실을 내세워 나의 행동과 태도에 대해
은근히 우려하고 질책하는 표정으로 나를 바라보곤 했지.
말로 드러내지는 않았지만, 마치 내가 저지른 죄를 잘 알고
있고, 내가 원한다면 자기가 그 죄를 대신 짊어질 용의가
있다는 듯이 말이야. 당연히 나는 그런 그의 행동을 참을
수 없었고 참고 싶지도 않았지. 그건 내 순수한 격렬함에
흠집과 오점을 남기는 일이었으니까. 게다가 결과적으로 그
친구는 나의 대속을 위해 희생하는 마음으로 그 여자를 거
두어들인 게 되는 셈이었어. 평소에 마음에 두고 있던 여자
를 마침내 손에 넣고 그런 명분까지 얻는다는 건 대단한 행
운이자 교묘한 능력이라고 할 수 있지. 그런저런 생각으로
점차 나는 그들 남녀의 기만적인 행동에 분노해서 격렬한
감정에 사로잡히게 되었는데, 예기치 못하게 찾아든 그 격
렬한 감정이 오랜만에 내 속에서 희열감을 일깨우더니, 급

기야 그 여자에 대한 절실하고 절망적인 욕구를 되살려낸 거야.

하지만 한 가지 더 짚고 넘어가야 할 것이 있지. 사실 그들 두 남녀는 서로 잘 어울렸어. 그래서 두 사람이 사귄다면 분명 안정된 관계를 이룰 것이고, 그렇게 되면 그 관계가 그녀의 머릿속에서 나에 대한 기억을 완전히 덮어버릴 거라는 생각이 들었어. 그 생각만으로도 나는 숨이 막혀버릴 지경이 된 거야.

칠 년 전의 어느 날 저녁 무렵에 나는 그녀가 중학교 교사로 재직하고 있는 작은 마을에 도착했다. 내 손에는 그녀의 주소가 적힌 편지 봉투가 들려 있었다. 모텔 사건 이후로 그녀는 처음이자 마지막으로 내게 편지를 한 장 보냈다. 그 편지는 절교를 선언하는 내용을 담고 있었는데, 이제 그 편지가 역설적이게도 그녀와 나를 이어주는 통로 역할을 하고 있는 것이었다. 물론 나는 사전에 그녀를 방문하겠다는 사실을 말하지 않았다. 동네 초입에서 차를 세우고 한 늙수그레한 남자에게 길을 물었는데, 그 남자가 그 마을 중학교의 교감선생인 줄은 나중에 알았다. 그가 뻔뻔스럽고 노골적인 눈길로 내 위아래를 훑으면서 필요 이상으로 꼬치꼬치 캐물었기 때문에, 나는 그와 헤어진 뒤 불쾌감을 삭이기 위해 적잖이 애를 먹어야 했다.

죽기 몇 달 전에 아버지는 내게 편지를 쓴 적이 있었어. 학교에서 돌아오니 내 방의 책상 위에 노란색 편지 봉투가 놓여 있었는데, 그 안에는 아버지가 연필로 흘려 쓴 편지가 들어 있었어. 지금 나는 그 내용이 어떤 것이었는지 잘 기억하지 못해. 아마도 딱히 내용이랄 것이 없이 그저 가족들의 건강과 장차 겪게 될 일들에 대한 이런저런 우려를 담담하게 써내려갔던 게 아닌가 싶어. 그런데 놀랍게도 방금 내 머릿속에 그 편지의 한 구절이 떠올랐어. '어제 약수터에 오를 때 산길에 뜻하지 않게 돌계단이 있어서 올라가보니 풀로 위장된 참호가 있더구나.' 대충 그런 내용이었는데, 대체 아버지는 그런 말로 아들과 무슨 대화를 하기를 원했던 걸까. 그 속에 삶의 진실이라도 들어 있다고 생각했던 것일까.

여하튼 나는 다 읽고 나서 잠시 망설이다가 별생각 없이 그 편지를 두어 차례 찢어서 쓰레기통에 넣어버렸어. 그러고는 그 편지에 대해 잊어버렸지. 그런데 다음 날 학교에서 돌아와 대문을 들어서는데 문득 그 편지가 다시 생각나는 거야. 그러자 까닭 모르게 조바심이 나더군. 나는 서둘러

내 방으로 들어가서 책상 옆의 쓰레기통을 뒤졌지. 그런데 없었어. 며칠 전에 버렸던 휴지는 그대로 있는데, 전날 찢어서 버린 편지는 한 조각도 남아 있지 않았던 거야. 그게 어디로 갔겠어. 아버지가 도로 가져간 거지. 생각해봐. 아들이 찢어버린 편지를 찾는 아버지, 하나의 쓰레기통을 뒤지는 아버지와 아들을 말이야.

그 기억이 없었다면, 아마도 나는 그녀의 편지도 분명 찢어버렸을 거야. 그녀가 편지에 썼던 구절도 생각나는군. 생명이 떠난 몸의 부패, 사랑이 떠난 영혼의 부패 운운하는 뭐 그런 내용이었어. 나는 그 글에서도 여전히 싸구려 향수 냄새를 맡을 수밖에 없었어. 그래서 답장을 할 생각은 애초에 하지도 않았는데, 하지만 편지를 버리지는 않았던 거야.

그녀는 열 시쯤에 집으로 돌아왔다. 그때까지 나는 차 안에서 의자 등받이를 뒤로 젖히고 반쯤 드러누운 자세로 그녀를 기다렸다. 나는 그녀의 발소리를 알아들었고, 그녀가 흰 페인트가 칠해진 철제문 앞에 서서 열쇠를 꺼내들 때 등 뒤에 나타났다. 나를 보고 깜짝 놀라는 그녀의 얼굴은 아주 잠깐 마치 반가워서 웃음을 짓는 것처럼 보였다. 그러나 곧 그녀는 나를 어떻게 대해야 좋을지 몰라 심각한 고민에 빠진 표정을 드러냈다. 착각과 진부함은 한통속인 셈이었다.

348

내가 그녀의 스튜디오에 들어서서 세번째로 한 말은 아주 짧았다. "그게 바로 나거든요." 거기에 비해 다섯번째 말은 좀더 길었다. "나는 내가 왜 이 모양인지 몰랐어요. 그런데 알고 보니 나는 꼭 당신에게 맞게 설계가 되어 있었어요. 그 걸 나중에야 알게 된 거예요. 그래서 찾아왔지요." 나는 성 년이 지난 여자들에게 반말을 써본 적이 전혀 없었다.

나의 일곱번째 말에 대한 그녀의 대답: "당신이 운전하는 차를 타고 있을 때도 그랬지요. 몸이 심하게 이리저리 쏠리는 건 그런대로 참을 수 있었는데, 그때마다 짐승들이 짖는 소리가 들리는 건 정말 견디기 어려웠어요." 그녀의 세번째 질문에 대한 나의 대답: "변명같이 들리겠지만, 그 때 내겐 뭔가 격렬한 게 필요했기 때문이지요." 그녀의 네 번째 말에 대한 나의 대꾸: "그건 바로 출산에 대한 두려움 때문이었지요. 아이가 태어나서 겪게 될 삶의 고통이 어찌 두렵지 않다는 말인가요." 지금 돌이켜보면, 그리고 나서 나는 성행위를 하되 출산의 욕구가 없는 창녀들의 순결에 대해 떠들었던 듯싶다. 나는 뒤늦게 그녀를 다시 찾아올 수 밖에 없었던 나 자신에 대해 화가 나 있었던 모양이었다.

그녀의 다섯번째 질문에 대한 나의 대답을 듣고서 그녀가 말했다.

“지금 나가요, 그러지 않으면 영원히 당신을 내보내주지 않을 수도 있어요.”

그때만 해도 나는 그 말이 그저 농담인 줄로 알았다. 때문에 나는 전에 모텔에서 방의 정령이 되어 그녀를 기다리는 상상을 했던 기억을 떠올리며 오히려 행복한 미소를 지었다. 적어도 그 순간에는 그 방에 머물 수만 있다면 어떤 방식이든 마다하지 않을 용의가 있었던 것이다. 그러자 그녀는 씁쓸한 표정을 지으며 내 미소를 물끄러미 바라보더니, 그럼 먼저 욕실을 쓰라고 내게 말했다. 나는 그녀의 말에 따라 순순히 주방의 의자에서 일어나 욕실로 들어갔다. 그곳에서 나는 상의를 벗고서 세수를 하고 목과 발을 씻었다. 그러고 나서 욕실에서 나가기 위해 문손잡이를 돌리고 잡아당겼을 때, 뭔가가 잘못되었다는 것을 깨달았다. 문이 꼼짝도 하지 않는 것이었다. 어느새 그녀가 밖에서 문손잡이를 끈과 접착테이프 같은 것으로 비끄러매어놓은 모양이었다. 손에 좀더 힘을 주자 손잡이가 반쯤 돌아가고 문이 약간 열리기는 했으나 그 이상은 허락되지 않았다. 내가 빠끔히 열린 문틈을 통해 바깥을 내다보자 거실은 어느새 캄캄해져 있었다. 그녀는 욕실 밖의 불을 모두 끄고 거실 어딘가에 앉아서 나의 행동을 주시하고 있음이 분명했다. 내가 있는 힘을 다해 문을 밀고 당기며 요란스레 덜그럭거리는 소리를 내자 어두운 구석 어디에선가 그녀가 낮지만 단호한 어조로 말했다. "오늘 밤은 이렇게 보내는 편이 낫겠어요. 그러니 당신은 그냥 거기에 그렇게 있어요. 그만 포기하고 얌전히 있는 편이 나을 거예요. 계속 소란을 피우면 경찰을 부를 테니까."

그 말에 나는 행동을 멈추지 않을 수 없었다. 그녀가 한 말은 결코 그냥 해본 소리가 아닐 터였다. 그렇지 않다고 하더라도 나로서는 갑자기 더 이상 아무런 행동도 취할 수 없었다. 나는 뒷걸음질로 문에서 멀어져서 좁은 욕실 안을 왔다갔다하기 시작했다. 그러다가 세면대 앞에 멈춰 서서 후끈거리는 얼굴에 찬물을 끼얹었다. 고개를 쳐들 때, 왼쪽 벽에 나 있는 창문이 눈에 들어왔다. 바깥은 지상으로부터 삼층 높이이고, 창문은 내 몸이 겨우 빠져나갈 수 있는 크기였다. 욕실에 비치되어 있는 수건들, 거기에 커튼도 함께 사용한다면 땅에 닿을 만큼의 줄을 만들 수 있으리라 생각되었다. 방충망이 설치되어 있기는 했지만 어렵지 않게 떼어낼 수 있는 것은 물론이었고, 창틀에 고정이 되어 있다면 찢어버리면 되는 것이었다. 그러나 나는 세면대를 두 손으로 짚은 채 고개를 떨구었다. 그러고는 얼굴에서 뚝뚝 떨어

지는 물방울을 바라보며 고개를 저었다. 나는 욕실 안에 갇
혔을 뿐만 아니라, 내 속에 갇혀버렸음을 깨달았기 때문이
었다.

그때 불이 꺼지면서 욕실 안은 완전한 암흑의 공간으로
변해버렸다. 그녀가 밖에서 스위치를 내려버린 것이었다.
나는 다시 문 쪽으로 다가가서 주먹으로 문을 두드리며 소
리쳤다. "이거 너무하는 거 아닌가요? 아무리 그래도 이럴
수는 없는 거잖아요. 얌전히 있을 테니까 불을 다시 켜줘
요." 그러나 바깥에서는 아무런 대답도 돌아오지 않았다.
나는 몇 번 더 문을 주먹으로 치고 발로 걷어찼다.
그때 문 아주 가까이에서 그녀의 목소리가 들려왔다.
"이 정도면 우리 사이도 격렬한 관계가 되는 게 아닌가
요?"
순간 나는 온몸에서 맥이 빠져버렸다. 그녀의 말대로 우
리 관계에 결핍되어 있던 격렬한 것이 이렇게 욕실에 갇힘
으로써 비로소 충족되었음을 나 자신도 인정하지 않을 수
없었기 때문이었다. 지금 내 행동은 그토록 격렬함을 고대
하다가 막상 그 순간이 오자 견디지 못해 발버둥을 치고 있
는 꼴이 아닌가. 게다가 어둠 속에서 벌이고 있는 내 행동

이 나 자신에게도 터무니없다 못해 기괴하게까지 여겨졌다. 결국 나는 문에서 떨어져 타일 바닥의 마른 곳을 골라 마른 수건을 두 장 깔고서 그 위에 주저앉았다. 그러자 곧 하반신이 묵직하게 마비되는 익숙한 고통이 찾아들었는데, 그 때문인지 어두운 욕실에 앉아 있는 것도 무척이나 익숙한 상황으로 여겨졌다. 그뿐만이 아니야. 하반신의 마비가 가부좌를 틀고 오래 앉아 있는 데 오히려 큰 도움이 되었던 거야.

그날 나는 어두운 욕실에서 밤을 보냈다. 날이 흐려 하늘도 어두웠던 탓에 창을 통해 스며 들어오는 빛도 거의 없었다. 계절이 늦가을이어서 이내 으슬으슬 한기가 느껴지기 시작하여 창문을 닫고 상의를 다시 걸쳐야 했다. 욕조에 뜨거운 물이라도 받아놓을까 하는 생각이 들었으나 그만두기로 했다. 욕조에 기대앉아 눈앞의 어둠을 응시하고 있노라니, 저 앞쪽 바닥 어딘가에 있는 수챗구멍이 자꾸 나의 의식을 자극하기 시작했다. 눈을 감으면 오히려 그 구멍의 모습이 선명하게 떠올랐는데, 나중에는 눈을 감으나 뜨나 시야 한가운데에 그 구멍이 턱하니 자리를 잡아버렸다. 더욱이 그 구멍은 시간이 갈수록 점점 더 커져갔고, 나는 당장이라도, 혹은 잠이 들면 곧바로 그 속으로 빨려 들어갈 듯한 위기감에 시달리지 않을 수 없었다. 행여 그렇게 되면 나는 방의 정령이 아니라 수챗구멍의 정령이 될 것이었다. 그러면 나는 그곳에 머물며 그녀가 샤워할 때를 기다렸다가 그녀의 몸에서 분비된 노폐물이나 그녀의 몸에서 빠져나온 터럭 따위를 먹으며 살아가게 될 것이다. 하기야 내게는 차라리 그 편이 더 잘 어울린다고도 할 수 있었다. 그동안 내 속에는 그 어느 것도, 여자들과의 사랑도 고이는 적이 없었다. 모래 속으로 빠지는 물처럼, 손가락 사이로 흘러내리는 모래처럼, 모든 것이 전혀 걸러지지도 않은 채 나를 투과했을 뿐이었다. 나는 그 허전함을 격렬함으로 메우려 했다. 내가 바로 수챗구멍이었다.

다음 날 잠시 선잠에 들었던 나는 욕실 문 건너편에서 덜그럭거리는 소리를 듣고 정신을 차렸다. 아마도 그녀가 문을 막아놓았던 것들을 치우는 모양이었다. 그러나 이윽고 다시 조용해지더니 얼마 후 출입문이 닫히는 소리가 들려왔다. 그녀는 나를 풀어주고서 아무 말 없이 출근을 한 것이 분명했다. 나는 끙 소리를 내며 몸을 일으켰다. 그러고는 소변을 보고서 문 쪽으로 걸어갔다. 그때 내 속의 무엇인가가 격렬하게 저항했다. 그 무엇인가가 내게 욕실 안에 머물러 있으라고 강력하게 요구하는 것이었다. 분명 그녀는 이제 그만 내가 그녀의 방을 떠나리라고 생각했을 것이다. 아마도 그녀는 방 안 어딘가에 쪽지를 남겨놓았을 것이다. 그 옆에는 열쇠도 놓여 있을 것이고, 쪽지에는 그 열쇠로 문을 잠근 뒤 어딘가에 놓아두거나 누군가에게 맡기라는 메모만 간략하고 건조하게 씌어 있을 것이었다. 그런 생각이 들자, 그리고 그 생각이 틀림없다는 확신이 들자, 나는 갑작스레 졸음이 쏟아지는 것을 느꼈다. 그런저런 모든 사정을 떠나서 적어도 그 순간에는 방 안의 침대보다 그동안 내내 앉아 있던 그곳이 오히려 더 편안하게 여겨졌다. 결국 나는 그동안 내내 앉아 있던 그 자리에 다시 주저앉았다.

그 후로 나는 반쯤 졸고 반쯤 멍한 상태에서 낮 시간을 보냈다. 타일이 붙어 있는 맞은편 벽은 커다란 바둑판처럼 보였다. 몸과 마음은 그런대로 편안했는데, 한 가지 힘든 것은 수시로 몸이 녹아서 수챗구멍 속으로 빨려 들어갈 듯한 느낌과 싸워야 하는 것이었다. 시간이 지날수록 내 몸은 차갑게 식어갔고, 덕분에 나는 내 몸속 깊은 곳에 자리 잡은 열기를 식힐 수 있었다. 열기가 가라앉자, 내 몸은 아무런 감정도 성욕도 느끼지 않는 타일의 일부가 되어갔다.

다시 창밖이 어두워지고 밤이 얼마나 깊어졌는지 전혀 가늠할 수 없는 어느 순간에 출입문 열리는 소리가 들렸다. 나는 그녀의 발소리를 알아들었고, 곧 방 안의 불빛이 욕실 안으로 쏟아져 들어왔다. 나는 고개를 들어 찌푸린 눈으로 그녀를 올려다보았다. 나는 그녀가 욕실 바닥에 앉아 있는 나를 보고서 별로 놀라지 않았으리라는 것을 알고 있었다. 현관에 그대로 놓여 있는 나의 신발을 보고서 이미 놀랐고, 이미 사태를 파악했을 것이기 때문이었다. 나는 그녀가 내게 '그러고 있으니 정말 잘 어울리는군요'라는 말을 해주기를 간절히 바랐다. 그러나 그녀는 아무 말도 하지 않고서 눈에 힘을 주어 나를 바라보고 있을 뿐이었다. 대신 내가 그녀에게 말했다. "미안해요." 그 말은 진심이었다. 내가 그곳에 있어서 그녀가 욕실을 사용하는 데 방해가 되리라는 것은 두말할 나위가 없었기 때문이었다. '두려워하지 말아요'라는 말도 하고 싶었으나 그만두기로 했다.

곧 다시 문이 닫혔고, 욕실 안은 어둠에 잠겼다. 밤하늘은 여전히 흐려서 내게 별빛이나 달빛을 허락하지 않았다. 주방 쪽에서 한동안 인기척과 물소리가 들려오더니 이내 잠잠해졌다. 그 후로 전날 밤과 똑같은 시간이 이어졌다. 나는 수챗구멍과 힘겨운 싸움을 벌이며 밤을 보냈다. 간간이 허기가 찾아들었으나, 이내 과거의 기억이나 몸의 통증이나 엉뚱한 욕구, 이를테면 뜬금없이 편지를 쓰고 싶다는 충동에 의해 밀려나버렸다.

다음 날 아침에 문이 열리면서 그녀가 들어왔다. 그녀는 나의 존재를 아랑곳하지 않고서 좌변기에 걸터앉아 소변을 보았고, 그러고 나서 이를 닦고 세수를 했다. 나는 그녀의 행동을 조용히 지켜보았다. 그녀는 세수를 마치고서 주위를 두리번거렸다. 수건을 찾고 있었던 것인데, 내가 수납장 속에 있는 수건을 모두 꺼내어 바닥에 깔고 그 위에 누워 있었던 터라 여분의 수건이 있을 리 없었다. 나는 상체를 약간 일으켜서 그 밑에 깔려 있던 수건 하나를 빼내어 그녀에게 건네주었다. 그녀는 말없이 수건을 받아들었는데, 그때 나는 그녀의 얼굴에 자기도 모르게 잠깐 고맙다는 뜻의 표정이 어리는 것을 놓치지 않았다. 그녀는 자신의 반응에 제풀에 놀란 듯 얼른 얼굴을 닦고는 서둘러 욕실을 나갔다. 그리고 얼마 후 다시 철제문 닫히는 소리가 들렸고, 나는 다시금 혼자가 되었다.

나는 비몽사몽의 상태에서 수없이 많은 꿈을 꾸었다. 어떤 꿈속에서 나는 그녀의 욕실에 갇힌 채 천천히 죽어가고 있었다. 또 어떤 꿈에서는 그녀가 나를 수없이 많은 나날 동안 욕실에 가둔 채 정성스럽게 사육을 했다. 그녀는 외출을 할 때면 비록 문은 여전히 막아놓았으나 먹을 것을 가져다주고 방 안에 음악을 틀어놓는 배려를 했다. 또 다른 꿈에서 나는 뿌리를 수챗구멍 속에 드리운 수생식물이 되어가고 있었다. 그녀가 욕실에 들어와서 샤워를 할 때면 수생식물인 나는 그녀의 매끄럽고 균형 잡힌 나신을 바라보며 욕정으로 식물성의 몸을, 그러니까 잎과 줄기를 부르르 떨었다. 그녀는 내게 자주 물을 흠뻑 뿌려주었지만, 나는 그녀의 몸을 훑고서 수챗구멍 속으로 흘러드는 물을 뿌리로 흡수하는 데서 더 큰 희열을 느꼈다. 이제 나는 욕실을 떠나면 살 수 없는 존재가 되어 있었다.

그날 저녁 늦게 귀가한 그녀는 욕실 문을 열고서 내게 소리를 질러댔다. 그러나 나의 귀는 그녀가 하는 말을 한 마디도 알아들을 수 없었다. 언제까지 이러고 있을 셈이냐, 그러다가 죽으려고 하느냐 정도로 대충 짐작하면서 입가에 흐릿하게 미소를 지었을 뿐이었다. 그날 밤 그녀는 욕실의 불을 내내 켜두었다. 아마도 환하게 불을 밝혀서 내가 잠에 드는 것을 방해하려는 요량이었을 것이다. 하지만 나는 바닥과 벽의 타일들에 부딪혀 반사되는 빛의 흐름을 타고 공중에서 둥둥 떠다니는 즐거움을 누렸으므로, 그녀에게 감사하는 마음을 가질 따름이었다. 방에서는 늦게까지 그녀가 누군가와 전화로 두런거리는 말소리가 들려왔다. 그리고 창밖이 희뿌옇게 밝아오기 시작했을 무렵에 욕실 문이 다시 열리고, 한 사내가 안으로 들어왔다. 그는 나의 개펄 친구였다. 그는 언제나 그러했듯이, 수건을 모두 바닥에 깔고 탈진하여 누워 있는 나를 보고서도 별반 놀라는 기색을 보이지 않았다. 대신 그는 나를 부축하여 욕실을 나오고 그녀의 스튜디오를 나오고 계단을 내려가서, 나를 나의 자동차로 데려갔다. 그러고는 나를 뒷자리에 태우고서 자신이 운전을 하여 그 마을을 떠났다. 지금도 칠 년 전의 그때를 떠올리면, 나는 욕실 안에서 이틀 밤낮이 아니라 그보다 훨씬 오랜 시간 동안, 적어도 몇 주일 몇 달을 보낸 것처럼 여겨지곤 하는 것이다.

"네가 응급실로 올 줄 알았지." 나의 개펄 친구가 내게 가까이 다가서며 말했다. 이번에도 그는 응급실 앞에서부터 나를 부축하려 했다. 나는 그가 내미는 어깨를 가볍게 밀어내고서, 그와 나란히 걸음을 옮기기 시작했다. 나는 그가 작년에 그녀와 결혼하여 함께 살고 있다는 사실을 알고 있었다. 이윽고 그는 자신의 소형차에 나를 태웠고, 나는 칠 년 전에 그러했듯이 그가 운전하는 차에 실려 어딘가로 이끌려가고 있었다. 사실 나는 이제 곧 그녀를 다시 만나게 되리라는 것을 알고 있었다. 욕실 사건 이후로 나는 한 번도 그녀를 만나지 못했고, 만나고 싶다는 생각을 해본 적도 없었다. 그런데 그녀와의 대면을 앞두고 있자, 다시금 그녀를 만나고 싶다는 욕망이 강하게 나를 휘감았다.

잠깐 졸다가 눈을 떠보니 자동차는 어느 후미진 지역의 연립 주택 앞에 멈춰 서 있었다. 어딘가 가까운 곳에서 기차가 달리는 소리가 들려오는 듯했다. 그를 따라 계단을 오르면서 나는 왠지 그곳이 낯설지 않다는 느낌을 받았다. 이윽고 집 안에 들어섰을 때 나는 그곳이 예전의 모텔 방과 시골에 있던 그녀의 스튜디오를 합쳐놓은 것 같다는 인상을 받았다. 그래서인지 거의 즉각적으로 다시금 매캐한 냄새가 코를 찔렀다. 말하자면 모든 것이 반복되고 있다는 기이한 느낌이 들었던 것인데, 그 사실이 나를 적잖이 긴장시켰다. 그러나 나를 맞이하는 그녀의 표정과 태도는 지극히 자연스러웠고, 덕분에 나는 안정을 찾을 수 있었다. 이윽고 나는 별다른 감정의 동요 없이 그들과 마주 앉아 차를 마셨다.

그런데 문제는 그 후부터였어. 얼마 후 그들에게 양해를 구하고서 손을 씻으려고 욕실에 들어갔을 때 마침내 사건이 터진 거지. 욕실용 슬리퍼를 신고서 문을 닫자마자 나의 눈에 수챗구멍이 들어왔어. 나는 머리카락 같은 것들이 엉겨 있는 그 말라붙은 구멍을 잠시 바라보며 서 있었어. 그때 나는 욕조에서 물이 출렁거리는 소리를 들었어. 고개를 그 쪽으로 돌리자 뭔가 검푸른 것이 욕조 안에서 부풀어 오르고 있었어. 방금 전에 얼핏 보았을 때 분명 욕조 안은 텅 비어 있었는데, 그런데 그곳에 저절로 물이 차면서 서서히 올라오는 수면 밑에서 커다란 물고기의 등판 같은 것이 모습을 드러내고 있었던 거야.

욕조는 곧 물과 물고기의 몸통으로 가득 찼는데, 그때 한쪽 끝에서 커다란 꼬리지느러미 같은 것이 솟아올랐어. 그 지느러미는 상어의 것 같기도 하고 고래의 것 같기도 하더니, 꿈틀거릴 때면 여러 갈래로 갈라지는 것이 오징어 같은 연체동물의 다리 같아 보이기도 했어. 그런데 그 지느러미가 마치 부채처럼 천천히 위아래로 움직이기 시작한 거야. 부챗살이 각기 제멋대로 따로 노는 묘한 모양의 부채였지.

나는 펄렁거리는 그 지느러미를 뚫어지게 바라보지 않을 수 없었어. 마치 최면에라도 걸린 것처럼 눈길을 돌릴 수 없었지. 그 지느러미는 쉬지 않고 움직이면서 찰싹찰싹 수면을 쳤어. 그 모습은 어찌 보면 내게 어서 오라는 환영 인사를 보내는 것 같기도 했고, 달리 보면 이제 그만 가보라고 작별을 고하는 것 같기도 했어. 칠 년 전의 그날, 그녀의 욕실에서도 나는 욕조 속에서 바로 그 등판과 부채 모양의 지느러미를 보았어. 내가 이틀 밤과 이틀 낮 동안에 그 욕실을 떠날 수 없었던 것도 그 때문이었지. 그때 욕조 속에 들어 있던 그 심해 물고기의 등판과 지느러미는 바로 나 자신의 것이었어. 그리고 칠 년 후의 오늘 그들의 욕실에서 보았던 것도 마찬가지로 나 자신의 것이었지. 나는 남들에게 내가 그런 모습으로 보인다는 것을 알고 있었어. 아니, 그렇게 보이려고 애를 쓰고 있었어. 그런데 저 쇠로 만들어진 느낌을 주는 저 다리들, 저 다리들에 붙어 있는 대가리는 어디에 있을까.

나는 핏기가 없는 얼굴로 욕실을 나왔어. 그러고는 욕실 문을 등지고 그 자리에 우뚝 서서 두 사람을 바라보았어. 그들은 찻잔을 든 채 놀란 얼굴로 나를 바라보았지. 하지만 나는 꼼짝도 하지 않았어. 친구가 내게 다가와서 무슨 일이냐고 물었을 때, 나는 손을 뒤로 뻗어 욕실 문을 약간 열고는 들어가보라는 시늉을 했지. 그러고는 그가 욕실 안으로 들어가자마자 문을 닫고 손잡이를 힘껏 움켜쥐었어. 그 친구를 그곳에 가둬버린 거야. 얼마 후가 그가 안에서 손잡이를 돌리려 했어. 하지만 나는 더욱 힘껏 손에 힘을 주었어.

온몸의 힘이 내 두 손에 집중되어서 엄청난 완력이 생기는 것을 나 자신도 느낄 수 있었어. 간혹 손잡이가 돌아가면서 문이 조금 열리기도 했지만, 그때마다 나는 다시 문을 잡아당기고 손잡이를 비틀었지. 결국 그가 주먹으로 문을 두들겨대기 시작했어. 그 쿵쾅거리는 소리를 듣고 있자니, 욕실 안에서 그 친구가 심해 물고기 모양의 괴물에게 뜯어 먹히며 발버둥을 치고 있는 것처럼 여겨졌어. 그 상태로 나는 그녀를 마주 바라보며 서 있었고, 그녀는 여전히 찻잔을 든 채로 눈을 크게 뜨고서 나를 응시하고 있었지. 그러다가 마침내 잠잠해져버렸어. 그 친구는 결국 그 괴물에게 잡아먹히고 만 거야. 내가 그 친구를 잡아먹어버린 거야.

나는 여전히 그 자세로 버티고 서서 조금 소리를 높여 그녀에게 말하기 시작했지. 아까 응급실 앞에 쭈그리고 앉아 있는 저 친구를 보았을 때, 그때 이미 나는 이렇게 되리라는 걸 알고 있었어요. 저 친구의 편편한 정수리를 내려다보고 있자니 마치 하늘을 날다가 먹잇감을 발견한 매의 기분이었지요. 지금 욕실 안에는 물고기 모양의 괴물이 들어 있어. 아까 쿵쾅거리던 소리는 당신의 남편이 그 괴물에게 뜯어 먹히며 발버둥을 치던 소리였지. 이제 잠잠해진 건 결국 그가 그 괴물에게 잡아먹히고 말았기 때문이야.

내가 지금까지 한 모든 말이 바로 너와 나를 위한 거라는 걸 모르겠어? 내가 언제까지 이런 미친놈의 넋두리를 늘어놓아야 하는 거야? 그래, 좋아, 네가 원하는 대로 해주지. 나는 오래전부터 내 삶을 좀먹기 시작한 불안 증세 때문에 완전히 지쳐버렸어. 너도 알고 있겠지? 오늘 나는 상을 받았어. 상을 받았다구. 상을 받을 자격이 있었거든. 아버지가 우리 남매를 문 앞에 두고 떠난 날, 그날 어머니가 바둑을 두고 있을 때 결국 나는 그 바둑판을 뭉개버렸지. 그러고 나서 바둑알을 손에 잡히는 대로 입 안에 처넣었어. 내가 그것들을 삼켜버리려 하자 외할아버지가 내 목을 조르고 내 혀를 잡아 뽑더군. 아버지가 죽던 날 나는 아버지를 미행했었어. 그러다가 아버지가 머리에 피도 마르지 않은 내 또래의 불량배에게 맞아 죽는 걸 보았지. 아버지가 그 녀석에게 치근거렸거든. 그 녀석은 피를 흘리며 쓰러진 아버지를 계단의 난간 너머로 던져버리더라고. 하지만 나는 그 사실을 잊어버리려 했어. 아버지는 자기 분노 때문에 스스로 머리가 터져서 죽은 것으로 생각하기로 했지. 그러고서 나는 끝내 입을 다물어버렸어. 당신 남편과 물이 차오르는 개펄 위를 달릴 때, 그때 나는 내가 죽고 말리라고 생각했지.

364

그래서 급기야는 그 자리에 주저앉아서 마구 울부짖었어. 오금이 저려서 뛸 수가 없었어. 미지근한 바닷물에 하체가 마비되어버린 것 같았지. 내가 살 수 있었던 건 당신 남편이 나를 업고 뛰었기 때문이야. 아직 할 말은 얼마든지 더 있어. 나는 어린 시절부터 과도한 성욕으로 고통받았어. 그날 당신이 사라져버린 뒤에 나는 그 모텔 방으로 그 여자, 내게 작가시냐고 묻던 그 여자를 끌어들였지. 고통과 분노 때문에 나는 그 여자의 드러난 뱃살을 보고 저항을 할 수 없었어. 아직도 더 계속하기를 원해? 나는 당신뿐만 아니라 내 어머니도 버렸어. 나는 어머니를 견딜 수 없었지. 그래서 결국 그동안 몰래 숨겨두었던 아버지 옷을 어머니에게 입히고 얼굴에 숯으로 검댕 칠을 해서 집에서 쫓아냈지. 어머니는 아버지가 죽은 후 우리 남매를 흩어지게 했어. 나만을 거두었는데, 나는 그것이 사랑인 줄 알았는데, 알고 보니 사랑이 아니라 분노였어.

이렇게 말을 하고 있자니 너무나 행복하군. 그래, 너를 사랑해, 그리고 모두를 사랑해. 지금까지 나는 '격렬'이라는 말을 모두 서른한 번 사용했어. 그것도 다 너를 사랑했기 때문이야. 하지만 사랑한다는 말은 얼마나 무모하고 일방적인 말인지 치가 떨릴 지경이야. 살아생전에 나를 가장 고통스럽게 한 건 내 이기심에 대한 자책감이었어. 이기심이 큰 만큼 자책감도 컸지. 이기심이 있으면 자책감이 없거나, 자책감이 있으면 이기심이 가라앉아야 할 텐데, 그 둘이 항상 공존해 있었어. 내 속에 천국과 지옥이, 삶과 죽음이 함께 들어 있었던 거야. 그런데 역설적이게도 이기심이 삶이고 자책감이 죽음이었어. 그 둘을 내내 함께 끌어안고 있는 나라는 인간은 힘이 엄청나게 센 것이 분명해. 그래서 나는 항상 악마처럼 화가 나 있는 상태였던 거야.

나는 말을 마치고 숨을 헐떡거리며 그녀를 노려보았다. 그러나 그녀는 똑같은 자세, 똑같은 표정으로 눈을 크게 뜨고서 나를 응시하고 있었다. 그때 문득 내 눈에는 그녀가 투명한 방충망처럼 보였다. 나는 그 방충망에 매달려 있는 한 마리 벌레였다. 내가 하는 말은 그녀를 그냥 통과하고 있었고, 내 몸만이 그녀의 그물에 걸려 있었다. 나는 욕실 문의 손잡이를 놓고서 그녀를 향해 천천히 걸음을 옮기기 시작했다. 그때 나는 이해할 수 없는 엄청난 희열이 내 몸을 휘감는 것을 느꼈다. 그것이야말로 그동안 내가 매 순간 간절히 바라던 감정이었다. 뒤에서 문이 열리는 소리가 들렸지만, 나는 걸음을 멈추지 않았다. 그러나 내가 막 그녀 앞에 이르렀을 때, 옆구리에 누군가가 칼을 박아 넣는 듯한 통증이 느껴졌다. 그 통증이 얼마나 큰지 나도 모르게 그 부분에 손바닥을 가져다 대며 상체를 굽혔다. 얼른 뒤를 돌아보았으나, 나의 개펄 친구는 저만치 떨어진 욕실 문 앞에 서서 나를 지켜보고 있었다. 하지만 손을 떼자 옆구리에서 피가 흘러나와 옷을 검붉게 물들이고 있었고, 손바닥에도 피가 흥건하게 묻어 있었다. 조금 전에 나는 소리를 지르는 동안 내 몸에서 피가 흘러내리고 있다고 상상했다. 그런데 그 상상이 실현되어서 피가 실제로 흘러나오다니, 실로 고통스러우면서도 신기한 일이었다. 나는 상체를 펴고서 주위를 돌아보았다. 그러다가 비틀거리며 현관 쪽으로 걸어가서 문을 열고 밖으로 나갔다. 수직 통로의 건조한 공기가 내 몸을 감싸서, 마치 모래 구덩이 속으로 떨어지는 느낌이었다. 그래서 그렇게 된 거야. 그건 정말이지 최악의 시뮬레이션이었어.

그런데 어느새 계단은 사라지고 눈앞에는 철길이 펼쳐져 있다. 뒤를 돌아보지는 않았어도, 나는 내 뒤에서 방금 내가 열고 나온 그 문이 사라지고 없음을 알고 있다. 현실이, 현실의 전경을 이루고 있는 벽들이 얇은 마분지처럼 뒤로 퍽퍽 쓰러지고 먼지가 일어난다. 나는 옆구리에 피를 흘리며 철로 위를 걸어가고 있다. 나는 시간에 쫓기고 또한 누군가에게 쫓기고 있다. 주위에 보이는 건물들의 모든 창문들은 촘촘한 쇠창살로 가로막혀 있다.

철로들은 여전히 좌우로 움직이고 있다. 게다가 이제는 꿈틀거리기까지 하는 것이 여러 갈래로 갈라진 물고기의 지느러미와 흡사하다. 그런데 그 철로가 내 발에 밟힐 때마다 곧바로 다시 수많은 갈래로 갈라지고 있다. 그런데 이 다리들에 붙어 있는 대가리는 어디에 있는가. 삶의 의미를 묻는 이 세상의 모든 질문은 인간에게 분노란 무엇인가, 라는 질문과 동일한 것이다. 이 세상의 모든 분노는 기실 자기 자신에 대한 분노일 뿐이다. 남에 대한 분노도 기껏해야 자신에 대한 분노를 잠시 잊기 위한 술책일 뿐이다. 미쳐버리는 것은 분노하지 않기 위해서다. 그리고 이 세상은 몇몇 사람이 미치는 대가로 다른 모든 사람들이 살아가도록 되어 있다.

오랫동안 사용하지 않아 녹이 슨 철로가 달빛을 받아 검붉은 핏빛으로 빛나고 있다. 내 옆구리에서 흘러나온 피가 철로 위로 떨어진다. 나의 이 미친 이야기를 가능하게 한 것도 바로 이 핏빛 철로다. 나는 이것의 이미지가 어린 시절부터 줄곧 내 망막에 새겨져 있었다는 예감이 든다. 과거의 예감이 현재의 진실이 된다.

이제 나는 마침내 저 멀리에서 기차가 달려오는 것을 본다. 수십 년 동안 방치되었던 철로 위를 빠른 속도로 달리느라 조금은 위태로워 보이지만, 검은 불덩이처럼 위용을 지니고 있다. 좀더 가까이 다가왔을 때 나는 그 기차가 거대한 심해 물고기임을 알아본다. 어찌 보면 피 냄새를 맡고 맹렬하게 돌진해오는 상어처럼 보이기도 하는데, 기이하게도 몸통은 없고 대가리뿐이다. 그 대가리에 눈은 없고 아가리는 커다란데 이빨은 보이지 않고 대신 컴컴한 동굴 같은 목구멍만 있다. 그 동굴 속에서부터 트림 소리 같은, 깊은 골짜기에서 저절로 울려퍼지는 메아리 같은, 뱃속에서 죽어가는 동물들의 비명과도 같은 기적 소리가 울려나온다.

나는 움직이는 철로 위에 단단히 버티고 서서 나를 향해 달려오는 기차를 마주 보며 선다. 내가 미친 것은 이 갈라지는 철로들을 사랑했기 때문이다. 지금까지 삶의 딜레마가 나를 기쁘게 했고, 앞으로도 그러할 것이다. 내게 대가리 따위는 중요하지 않다. 바로 이 순간 비로소 깨닫게 된 사실이다. 마침내 기차가 내 몸에 부딪치고, 그와 동시에 바닥의 철로들이 일어나 내 옆구리를 꿰뚫고서 몸 안으로 들어온다. 뱀처럼 구불거리는 그 철로들이 내 속에서 창자가 된다. 내 창자가 그것들과 뒤섞여서 또 다른 철로가 된다.
이제 나는 내 몸속의 철로에 실려 어디론가 달려간다. 아마
도 서서히 죽어가는 기분이 이러할 것이다. 그리고 보면 나
는 항상 이곳, 이 자리에 서 있었다는 느낌이 든다. 앞으로
도 내내 그러할 것이다.

첫사랑에 관하여

지금부터 하고자 하는 이야기는 내가 지금보다 좀더 젊었을 때 겪었던 일에 관한 것이다. 예전에 나는 갑자기 온갖 충동적인 망상에 빠져들었고, 그로 인해 오랫동안 고통을 겪은 적이 있었다. 이 글은 그때의 경험에 대한 가급적 상세한 보고서의 형식을 취하게 될 것이다. 그리고 짐작컨대, 아마도 확실할 것인데, 나중에 나는 이 글의 말미에서 나의 첫사랑에 대해서도 이야기하게 될 것이다. 하지만 그 전에 먼저, 그 무렵에 내 친구로부터 들은 다른 이야기를 하나 하는 것으로 이 글을 시작하도록 하겠다.

어느 날 저녁, 그가 회사를 나와 운전을 하여 집으로 돌아가던 중의 일이었다. 그는 사거리에 이르러 신호등이 바

꿰기를 기다리고 있었는데, 문득 자신이 이제 무엇을 해야하는지 알 수 없었다. 그러자 곧 자기가 지금 어디에서 무엇을 하고 있는지조차 가늠을 하기 어려워 가슴이 막막하고 눈앞이 캄캄해지는 상태로 빠져들었다. 자동차가 직진 차로위에 서 있는 것으로 보아, 이번 사거리에서는 직진을 하면될 터였지만, 그 후에는 어떻게 해야 할지 판단을 내릴 수없었던 것이다.

지난 몇 년 동안 아침저녁으로 오가던 그 길을 달리고 있었던 것이었으니, 그가 길을 잃었다고 할 수는 없는 노릇이었다. 그러나 그의 머릿속에서는 논리적인 사고가 완전히정지되어 있었다. 이윽고 앞의 차들이 움직이기 시작했고,순간 그는 눈앞에서 시간이 빠른 속도로 흐르는 것을 보았다. 마치 사물들 위로 시간이 빗물처럼 흘러내리는 듯한 느낌이었다. 그는 그 흐름을 따라 무작정 차를 출발시킨 후에다른 온갖 차량과 앞서거니 뒤서거니 하면서, 되는대로 방향을 잡아 달리기 시작했다.

그때 문득 그날 아침 신문에서 읽었던 한 기사가 떠올랐고, 그 후로 그 기사의 내용은 그의 머릿속을 완전히 점령해버렸다. 동남아시아의 한 젊은 여자가 전갈 삼천 마리와삼십이 일 동안 유리방 속에서 생활을 하여 기네스북에 올랐다는 것인데, 그녀는 뱀 농장에서 조련사로 일하는 동안 전갈 독에 면역이 생겨 항독소가 피 속에 흐르고 있기 때문에 전갈에게 물려도 살아남을 수 있었다고 했다. 그 항독소가 그녀에게서 아이를 가질 수 있는 능력을 빼앗기는 했지만 말이다. 그 기사에 따르면, 그녀가 말하길 자신에게 정작 견디기 어려웠던 것은 전갈의 독이 아니라, 전갈의 배설물에서 나는 냄새였다고 했다. 그런데 특히 뒤늦게 상기된 바로 그 말이 내 친구의 감정 상태를 단번에 뒤흔들어버렸다. 말하자면, 그 전갈 배설물의 냄새라는 것이 그의 코에 생생하게 감지되면서, 감각과 생각의 기본적인 체계에 혼란을 불러일으킨 것이다. 그리고 그때부터 그는 온갖 희한하고 불온한 생각들, 이름 하여 망상들 속으로 빠져들게 되었다.

그는 그때 자신의 머릿속을 스쳐 지나간 망상들에 대해 자세히 말하지 못했다. 말 그대로 망상들이어서 어지러이 떠올랐다가 스산하게 흩어져버렸기 때문이었다. 그러나 당연히 그 망상들은 주로 그 전갈 여인과 관련된 것이었다. 무엇보다도 그는 도처에서, 그리고 특히 자기 몸에서 풍겨 나오는 심한 악취에 시달렸고, 그 냄새에 온몸이 마비될 정도였다고 했다. 그러다가 급기야 그 자신이 전갈이 되어 여인의 몸 위로 기어오르는 망상에 빠졌고, 전갈인 그가 아무리 그녀의 살을 꼬리로 찌르고 집게로 물어도 아무런 반응이 없자 그 막막함에 절망한 나머지 엄청난 분노에 사로잡혔다는 것이다.

그날 그는 비록 시간이 평소보다 훨씬 늦어지기는 했어도 다행히 별 탈 없이 귀가를 할 수 있었다. 그러나 일단 그렇게 시작된 망상들은 줄곧 그를 떠나지 않았다. 아침에 일어나면 어디선가 마당에서 빗질하는 듯한 소리가 들리고, 곧이어 누군가의 거친 손바닥이 그의 몸을 썩썩 쓸어내리는 느낌을 받곤 했다. 저녁 어스름에 길을 걸을 때면, 눈에 보이는 사물들이 팔을 내뻗어 춤을 추듯 휘휘 내저으며 다가와, 두려워 말라, 두려워 말라, 라고 속삭였다. 그는 내게 이제 자기는 뉴스나 신문을 못 본다고 말했다. 그러고서 눈을 치뜨고 목소리를 낮추어 덧붙이기를, 남들의 세계를 섣불리 들여다보면 낭패를 겪는다고, 한 발 떨어져 있다고 안심해서는 안 된다고 내게 충고를 하는 것이었다.

그의 말을 듣는 동안, 나는 인간이란 제 망상에 쫓기다가 스스로 겁에 질리는 존재라는 말을 떠올리며 그에게 연민과 동정을 느꼈다. 하여 내 쪽에서도 입을 열어, 망상이 찾아드는 것은 그만한 이유가 있기 때문일 것이라고, 마음의 병

을 일으키는 생활상의 어떤 문제가 있을 터이니 그것을 찾
아서 다스려보라고, 나름대로 제법 진지한 충고를 되돌려주
었다. 하지만 결국 그는 심각한 우울증에 빠져들었고, 얼마
후부터는 정신과 치료를 받게 되었다. 지금도 그는 항우울
제와 신경안정제의 도움을 받으며 살아가고 있는데, 그나마
다소 증세가 완화되는 듯 보이는 것이 다행스러울 따름이었
다. 그 무렵에 내가 새삼스레 인간에게 행복과 불행이란 어
떤 것일까 하는 생각에 자주 잠기곤 했던 것도 그 친구의 영
향이었다.

그런데 그 친구가 병원을 드나들기 시작한 지 채 한 달도
지나지 않았을 무렵의 어느 날, 그가 겪었던 것과 거의 유
사한 정신의 위기가 내게도 들이닥쳤다. 그날, 나는 어렸을
적부터 나를 보살펴준 한 친척 어른의 집을 방문했다. 그는
대장암 환자였는데, 이미 화학 요법 치료는 포기한 상태였
고, 영양식 음료로 연명하고 있었다. 저항력이 심하게 약화
되어 식도에 곰팡이균성 염증이 생긴 탓이었다. 더욱이 하
반신의 근육 위축 증세로 인해 실금 상태에 있었으므로 누
군가가 대소변을 받아내야 했다.
그날 간병인과 함께 살고 있는 그 어른의 집에서 조촐한

파티가 열렸고, 나도 초대를 받았다. 그 자리에는 내가 알고 있는 몇몇 친척과 그의 친구들이 모여 있었는데, 음식이 차려진 식탁에서 우리가 식사를 하는 동안, 그는 휠체어에 앉아 푸른 액체가 담긴 컵을 앞에 놓고서 입에 빨대를 물고 있었다. 모처럼 몸의 상태가 나쁘지 않아서 기분이 좋았는지 그는 줄곧 입가에 싱긋이 미소를 띠고 있었다. 그는 사람들의 말을 알아들을 수 있었지만, 우리는 그가 하는 말을 알아들을 수 없었다. 때문에 그가 몸집이 큰 중년 여인인 간병인의 귀에 대고 뭐라고 말을 하면, 그녀가 우리에게 통역을 해주었다.

내가 인사치레로 그에게 요즘 심기가 어떠냐고 묻자, 그는 여전히 웃는 얼굴로 대답했다. 간병인이 옮긴 말에 따르면, 주기적으로 하반신에 찌르르 하는 자극이 느껴질 뿐, 별문제는 없다는 것이었다. 누군가가 부르는 신호 같겠군요. 내가 그렇게 웃으며 말을 받자, 다시 간병인이 그의 말을 옮겼다. 죽음이 부르는 신호지. 그러자 주위의 사람들이 질책하는 표정으로 나를 바라보았고, 순간 나는 괜한 말을 했다는 자책감을 느꼈다.

얼마 후에야 비로소 나는 그 파티의 의미를 알 수 있었다. 이제 남은 날이 얼마 남지 않은 그는 친하게 지내던 사람들을 한자리에 불러 모아 마지막 만남을 가지고자 했던 것이니, 말하자면 그것은 임종 파티였던 것이다. 그러고 보니 사람들은 가급적 죽음이나 질병에 대한 화제를 피하고 있었다. 분위기가 그런대로 화기애애할 수 있었던 것은 파티의 주인공 자신이 시종 즐거운 기색을 보여주었기 때문이었다. 덕분에 나 또한 다소 숙연해지고 우울해지기는 했지만 크게 놀라거나 상심하지는 않았다.

식사가 끝나고 차를 마신 후에 나는 양해를 구하고서 먼저 자리에서 일어났다. 어차피 그는 오랜만에, 그리고 마지막으로 비슷한 연배의 사람들과 홀가분한 시간을 가지고 싶어하리라 생각되었기 때문이었다. 내가 사람들과 작별을 하고 문을 나설 때, 환자의 절친한 친구인 한 노인이 따라 나와서 내 오른쪽 어깨를 툭툭 두드렸다. 그러고는 뜬금없이 말하기를, 평소에도 느꼈지만, 내가 말을 참 잘한다는 것이었다. 밖으로 나와 가로등이 켜져 있는 골목길 안의 지나치게 환한 계단을 내려갈 때, 나는 방금 전에 들은 말에 대한 생각에 잠겨 있었다.

그러나 곰곰이 생각해보아도, 나로서는 내가 왜 그런 말을 듣게 되었는지 알 수 없었다. 그러다가 문득 아까 나름대로 몇 마디 재치를 부려서 말을 한 기억이 떠올랐다. 그 어른의 친구 부인이 이런 말을 했다. 젊은 시절에 그들이 신혼살림을 차렸을 때, 남편의 친구인 그가 놀러 와서 재워 주었는데, 아침에 일어나 거실로 나가 보니 그가 완전히 벌거벗은 몸으로 냉장고 문을 열고 그 안을 물끄러미 들여다보고 있더라는 것이었다. 그 말을 듣고 내가 이렇게 대꾸했다. 벌거벗고 글을 쓰는 사람들도 있고, 그림을 그리는 사람들도 있고, 또 어떤 사람들은 벌거벗고 춤을 추기도 하는데, 벌거벗고 냉장고 문 여는 것쯤이야 아무것도 아니잖아요. 사람들은 내 말을 듣고 어색하게 서로를 돌아보다가, 파티의 주인공이 환하게 웃고 있는 것을 보고서 그제야 자기들도 소리 내어 웃기 시작했다.

그들의 웃음소리를 귓가에 다시 느끼며 계속 계단을 내려가던 나는 도중에 걸음을 멈추었다. 계단이 끝나는 곳에 털이 북슬북슬한 고양이 한 마리가 웅크리고 있는 것이 눈에 들어왔던 것이다. 비쩍 마른 그 고양이는 살아 있는 것이 분명했지만, 늙고 병들어 눈이 멀었는지 가까이에 인기척이 있을 때마다 고개를 약간 쳐들어 주위를 둘러보는 시늉을 하다가 이내 목을 잔뜩 움츠리고 있었다. 계단 아래쪽의 길 위에서는 열 살쯤 되어 보이는 두 아이가 고양이를 들여다보며 말을 주고받고 있었다. 저 고양이 죽은 거야? 아니,

늙어가는 거야. 그러니까 아직 안 죽은 거야? 이제는 너무 늙었어. 너무 늙었으니까 죽은 거야? 여자아이와 사내아이는 서로 손을 꼭 잡고 서서 호기심과 긴장감으로 가득 찬 눈길로 고양이를 뚫어지게 바라보고 있었다.

그 순간 나는 내가 비열한 인간이라는 생각이 들었다. 아버지가 일찍 타계한 후로 나는 그 어른의 도움을 많이 받았다. 그러나 나는 그에게 이렇다 하게 보답을 하지 못했다. 내 딴에는 노력을 해보았지만, 이미 많은 것을 가지고 있던 그에게는 그저 하찮게 여겨졌을 것이었다. 때문에 그동안 나는 마음속으로 그런 나와 그에게 동시에 분노를 느끼고 있었다. 내가 아까 어설프고 허튼 농담을 했던 것도 그 분노를 감추기 위한 것이었다. 나는 결코 말을 잘하는 사람이 아니었다. 그런데 대체 나는 남들에게 듣기 좋은 소리를 하기 위해 왜 이토록 애를 쓰고 있는 것인가. 방금 전에 그 어른의 친구가 내게 한 말은 나를 비웃기 위한 게 아니었을까. 사람들은 남들의 약점에 지극히 민감하다. 나는 섣불리 약점을 내보였고, 그 늙은이는 그것을 간파한 것이다.

나는 이쯤에서 생각을 멈추는 편이 낫다는 것을 알고 있었다. 그러나 점점 더 고통이 커지는데도 나는 더욱더 그 속으로 깊이 빠져들었다. 그는 왜 자신의 임종 파티에 굳이 나를 불렀을까. 왜 내게 자기가 죽어가는 모습을 보여주려 했을까. 그런데 그는 왜 남의 집에서 벌거벗은 채 냉장고를 열어보았을까. 그 속으로 들어가려고 했던 게 아닐까. 죽으려고 냉장고 안으로 들어간다. 냉장고가 그에게는 시체를 썩지 않게 보관하는 냉동고로, 얼음으로 만들어진 관으로 여겨졌던 것일까. 그때 그가 냉장고 안에서 얼어 죽은 편이 내게도 더 좋지 않았을까. 그런데 이 얼마나 기이하고 허황된 발상인가. 망상인가. 망상. 그 순간, 나는 뒤통수를 얻어맞은 듯한 충격을 받았다. 나는 터무니없이 분노하고 있었다. 분노가 내게 망상을 일으키고 있었다. 내 친구의 머릿속에 출몰했던 망상들이 내 머릿속에서도 창궐하기 시작한 것이었다.

돌이켜보자면, 정확히 바로 그날부터 나는 온갖 망상에 시달리게 되었다. 나의 친구가 그러했듯이, 나 또한 그 망상들에 대해 조리 있게 말을 할 수가 없다. 설득력 있게 말할 자신이 없는 것이다. 그래도 기왕에 이야기가 시작되었고 아직 갈 길이 머니, 먼저 그중 몇 가지만 생각나는 대로 말해보기로 하겠다. 아침에 신문을 들고 화장실의 좌변기에 앉아 있다 보면, 문득 내가 얼마나 오랫동안 앉아 있었는지 기억나지 않는 경우가 종종 있었다. 그럴 때면 나는 이대로, 좌변기에 앉은 채로, 똥통 속으로, 지옥으로 떨어지고 말 것이라고 나 자신에게 악담을 퍼붓곤 했다. 그런가 하면 때로는 내가 깔고 앉아 있는 이 좌변기의 플라스틱판이 엉덩이에서 떨어지지 않을지도 모른다는 생각이 들기도 했다.

일단 그런 생각이 찾아들면 그 결과로 벌어지게 될 일들에 대한 온갖 망상이 지긋지긋할 정도로 나를 물고 늘어졌고, 결국 내가 플라스틱판을 엉덩이에 붙인 채 남들의 도움과 비웃음을 동시에 받으며 병원 응급실에 실려 가서 온갖 수모를 당하는 장면에까지 나아가곤 했다. 그러고 나면 나는 마치 실제로 그런 경험을 겪은 것처럼 나 자신에 대한 모멸감과 세상에 대한 적대감을 씹으며 화장실을 나와야 했다.

사무실에서 의자에 앉으려 할 때 먼지 같은 것이 묻어 있으면, 누군가가 그 의자를 밟고 올라서서 그 위에 구두 발자국을 남겨놓았다고 믿기도 했다. 분명 눈에는 보이지 않았지만 일단 그렇게 믿고 나면, 그 누군가의 흉포한 구둣발이 내 엉덩이를 걷어차고, 그것도 모자라 의자와 책상과 서류를 마구 짓밟는 광경이 눈앞에서 한동안 끝없이 재현되었다. 그러다가 나중에는 그 구둣발이 나의 것이 되어버려,

나 자신이 세상의 모든 것을 짓밟고 있기에 이르렀다. 전기
면도기로 면도를 할 때도 그랬다. 면도기가 털을 깎고 살갗
을 찢고 살과 뼈를 부수고 계속 파고들어 결국에는 나의 뇌
속에서 강력한 터빈처럼 저 혼자 덜덜거리며 돌아가는 것이
었다.

그런가 하면 정수기 위에 올려져 있는 생수통도 자주 스
스로 소리를 냈다. 생수통이 마치 공복 상태의 커다란 위장
처럼 꾸르륵거리며 소리를 내곤 했는데, 나는 그 소리가 남
들의 귀에는 들리지 않는다는 것을 알고 있었다. 하지만 여
하튼 그럴 때 내가 긴장된 손으로 그 밑에 종이컵을 들이대
면, 어김없이 그 꾸르륵 소리가 갑자기 더욱 크고 요란하게
울리면서 갑자기 폭포처럼 물이 쏟아져 나오는 듯한 착각이
드는 것이었다. 그리고 그 순간 나는 번번이 컵을 놓쳐버렸
는데, 내가 흥건히 젖은 바닥에서 컵을 집어 들며 주위를
살피면 아무도 나를 이상한 눈길로 지켜보지 않는 경우가
대부분이었다. 그러니 문제는 내가 나 자신의 망상에 빠져
서 헤어나지 못하고 있다는 사실일 따름이었다.

요컨대 나는 양은냄비와도 같은 존재가 되어 있었다. 불
도 켜지 않은 가스레인지 위에 올려진 양은냄비가 제풀에

뚜껑을 들썩거리는 것과 다를 바 없는 상황이었다. 그렇게 하루 중에 적지 않은 시간을 망상에 빠져 보내다 보니, 당연한 말이 되겠지만, 나 자신이 어처구니없는 일을 벌이거나 내 주변에서 예기치 못한 일이 벌어지기 일쑤였다. 예를 들어 한여름에 얼굴에 동상이 걸린 사람이 있을 수 있을까. 그런데 그 사람이 바로 나다.

망상이 찾아들기 시작한 후부터 이상한 습관이 생겼는데, 자동차 운전을 할 때면 에어컨 바람이 나오는 구멍을 다른 곳은 모두 막아버리고 내 몸에서 가장 가까운 쪽의 것만 열어놓은 뒤에 바람의 방향이 정확히 얼굴을 향하도록 맞춰놓는 것이었다. 내가 생각하기에, 자동차 안에 앉아서 망상에 빠져 있는 동안 얼굴에 열이 심하게 나는 모양이었다. 그렇지 않고서야, 유독 얼굴에 화끈화끈 열이 나서 에어컨 바람으로 식히지 않고서는 견디지 못하게 될 수가 있겠는가.

그로 인해 나는 자주 얼굴이 얼얼해지는 것을 느꼈다. 그러나 망상이 깊어질수록 열이 더 심해졌으므로, 나는 바람의 강도를 점점 더 높이지 않을 수 없었다. 그렇게라도 얼굴을 식히지 않으면 어떤 일이 벌어질지도 모른다는 두려움에 속절없이 사로잡혀 있었던 탓이었다. 그러다 보니 자동차에 내려서 걸음을 옮기다가 나도 모르게 손으로 내 얼굴을 만질 때면, 그 차가움에 깜짝 놀라지 않을 수 없었다. 그리고 그 순간 또 다른 망상이 시작되는 것이었다. 말하자면, 나는 얼굴이 차가운 남자였다. 누군가가 내 얼굴에 손을 대면 시체를 만진 듯 손을 움츠리며 섬뜩한 표정을 지을 것이다. 내 얼굴은 죽은 자의 얼굴이다.

그 상태로 얼마 지나지 않아서 급기야 나는 얼굴이 붓고 안면 근육에 마비가 오는 증세를 겪게 되었다. 실제로 죽은 자답게, 얼굴이 뻣뻣하게 굳어져서 표정을 짓는 데 어려움을 느끼게 된 것이다. 한동안 망설인 끝에 병원을 찾아갈 수밖에 없었는데, 병원 건물에 들어설 때는 두통도 심해져서 마치 머리에 불의 관을 쓴 듯했다.

진찰을 마친 의사는 스스로도 믿기지 않는다는 표정으로, 동상이라고 말했다. 아마도 그는 내가 냉동 창고 같은 곳에서 일을 하는 것으로 생각했는지, 내게 어쩌다 그렇게 되었느냐고 묻지도 않고서 곧바로 처방전을 쓰기 시작했다. 의사가 내게 아무런 질문도 던지지 않았다는 사실이 그 순간 내게 또 다른 망상의 계기가 되었으나, 이 자리에서 굳이 그 이야기까지 할 필요는 없을 것이다.

얼굴에 동상이 걸리는 줄도 모르고 망상에 몰두하고 있었다니, 나 스스로 생각해도 이해할 수 없는 노릇이었다. 여하튼 그 후로 나는 가급적 얼굴에 찬 바람을 직접적으로 쐬지 않기 위해 노력했다. 병원에서 처방한 연고제를 바르고서 거울을 보면 얼굴이 마치 유약을 바른 도자기, 혹은 방부 처리한 시체의 머리를 보는 것 같아서 영 기분이 좋지 않았다. 하지만 그보다는 피부가 가렵고 근육이 아팠기 때문에 얼굴이 아무리 달아올라도 그냥 참고 견딜 수밖에 없었다. 그러나 육체의 실제적인 고통에도 불구하고, 어쩌면 오히려 그로 인해 더욱더, 망상은 내 속에서 활발하게 활동을 하고 있었다.

사실, 망상에 빠지는 일은 제삼자가 보기에는 위험하고 우려되는 것이겠지만, 정작 당사자는, 적어도 그 순간에는 쾌락 원칙에 지배당하는 것이라고 할 수 있다. 망상의 결과는 끔찍한 것이지만, 우리의 정신이 그러한 망상을 절실히 요구하고 욕망한다는 말이다. 거기에는 자신의 혀로 자신의 상처를 핥을 때 느끼는 쾌감과 흡사한 것이 있다. 감히 말하건대, 인생의 고통은 인생이 무엇인지 모르는 상태에서 살아가야 한다는 데서 생겨난다. 그로 인해 무수히 상처를 입는 것이고, 망상에 빠지는 것은 그 상처를 핥는 행위다. 요컨대 인생이란 망상이라는 모래를 시간이라는 시멘트와

섞어 쌓아올린 담이다. 수시로 망상에 잠기면서 비로소 나는 인간이 망상을 얼마나 좋아하는지, 어찌나 즐기고 심지어 탐닉하는 존재인지를 깨닫게 되었다.

따라서 처음에 나는 내게 수시로 찾아드는 망상을 긍정적으로 생각하려 했다. 갑자기 모든 것에 대해 예민한 반응이 일어나면서, 정신의 활동이 왕성해지고 상상력이 발달한 것이라고 여기기까지 했던 것이다. 비록 그 상상력이 다소 이상한 방향으로 나아가고 있다는 것이 문제이긴 해도, 분명 그것은 나의 뇌가 살아 움직이고 있다는 사실의 확실한 증거이기도 했다. 실제로 그 무렵에 나는 망상과 더불어 간혹 감미로움을 느끼기도 했다. 물론 그 감미로움에는 두려움과 불안함이 섞여 있었지만, 그 두려움과 불안함에 힘입어 내 온 감각 기관이 더욱더 활성화되는 것이라고 느꼈던 것이다. 말하자면 죽어가던 나무가 다시 살아나듯, 내 몸속에서 수액이 넘쳐나는 듯한 기분이었다고 할 수도 있을 것이다.

그러나 문제는 시간이 지날수록 망상의 정도가 심해지더니, 마침내 그 망상이 나 자신을 공격하기 시작했다는 점이었다. 망상이 스스로 거침없어지면서 외부 현실에 대해서는 물론이고 나 자신까지도 제물로 삼아서 제멋대로 날뛰기 시작한 것이다. 그와 더불어 내 몸은 어느 순간부터 다시 갑작스레 말라붙기 시작했다. 실세로 피부가 나무껍질처럼 건조하고 딱딱하게 변해가면서 각질화되거나 곳곳에 버짐 같은 것이 생겨났고, 호흡도 쉽게 가빠졌다. 이를테면 심신상관의 질병이 생겨나게 된 것이다.

사실, 내가 처음 이 글을 쓸 생각을 한 것은 바로 그때였다. 고삐 풀린 듯이 내달리는 망상들을 글이라는 그물로 포획하여 나 스스로 고통으로부터 벗어나기 위해서였다. 처음에는 제목을 '망상에 대하여'라고 붙일 생각이었으나, 그때 이미 나는 '첫사랑에 관하여'라는 제목을 결정해두었던 터였는데, 그렇게 된 연유에 대해서는 이 글의 말미에서 밝히게 될 것이다.

어찌 되었든, 그렇듯 공격성을 드러내기 시작한 나의 망상들은 온갖 방식으로 점점 더 파행적인 쪽을 향해 치달았다. 한번은 업무상으로 전화 통화를 하던 중에 갑자기 내 속에서 가시에 찔리는 듯한 고통이 위로 치받는 것을 느끼고는, 나도 모르게 외마디 비명을 내지르고서 욕설을 내뱉었다. 난데없이 봉변을 당한 상대방은 당연히 깜짝 놀라서 무슨 소리냐고 되물었고, 나는 지금 운전 중인데 방금 옆

차선에서 자동차 한 대가 난폭하게 끼어들었노라고, 놀라게 해서 미안하다고 얼버무렸다. 비교적 훌륭한 임기응변이었던 셈이었다. 그러나 전화를 끊자마자, 입술 사이로 잔뜩 억눌린 신음 소리가 오열처럼 흘러나왔다.

그 결과, 죽음에 대한 충동, 말하자면 자살 충동에 대한 망상이 생겨난 것은 어찌 보면 당연한 귀결이었다. 언젠가부터 눈에 보이는 모든 것이 죽음과 관련되었다. 예컨대 두루마리 화장지를 보고 있노라면, 내가 그 화장지를 풀어서 입에 마구 쑤셔 넣어 기도가 막혀 죽는 장면이 눈앞에 떠오르곤 했다. 그런가 하면 어떤 때는 내가 화장지를 길게 풀어서 그것의 한쪽을 높이 매달고 다른 쪽 끝을 내 목에 묶어서 공중에 매달린 채 죽어가는 상황이 상상 속에서 반복적으로 떠오르기도 했다. 그럴 때면, 화장지가 끊어지지 않을 정도로 가벼운 내 몸은 마른 나뭇잎이나 잘려진 나비의 날개처럼 허공에서 나풀거렸다.

물론 나는 우리의 무의식이 밤에 꿈을 이용하여, 혹은 벌건 대낮에도 정신착란을 통해, 갖가지 부질없는 몽상과 기이하고 공포스런 상념, 정신을 어지럽히는 허상을 마음으로 올려 보내고, 그것들이 곧 망상으로 이어진다는 사실을 알고 있었다. 그럼에도 불구하고 나로서는 내 속에서 시도 때도 없이 들끓고 있는 그 망상들, 그로 인해 비롯되는 불안, 초조, 분노, 자학, 회한, 질투, 의심 등등의 감정들로부터 좀체 벗어날 수가 없었다. 내가 물리치려 하면 할수록, 오히려 그런 부정적이고 자기 파괴적인 감정들이 비온 뒤의 죽순처럼 점점 더 쑥쑥 자라나서 급기야는 내가 미쳐가고 있다는, 내가 미쳐가고 있는 게 분명하다는 생각이 들게 만드는 것이었다. 내 속에 그토록 많은 울화가 들어 있었을 줄은 나로서도 전혀 알지 못한 노릇이었다.

그럴 때면, 예전에 보았던 두 아이, 계단에 쭈그리고 앉아 있는 고양이를 보고서 자기들끼리 말을 주고받던 그 아이들이 눈앞에 나타나곤 했다. 내가 병든 고양이처럼 바닥에 웅크리고 있고, 그 아이들이 호기심 어린 눈길로 나를 바라보고 있다. 이번에도 여자아이가 먼저 말한다. 저 남자 미친 거야? 아니야, 미쳐가고 있는 거야. 그러니까 아직 미치지 않은 거야? 미쳐가고 있다는 건 이미 미쳤다는 뜻이야.

당연한 말일 수도 있겠지만, 나는 망상에 저항하기 위해 내가 할 수 있는 거의 모든 노력을 했다. 우선 나는 전에 내가 친구에게 했던 충고를 떠올려보았다. 망상이 찾아오는

것은 그 사람에게 그 자신의 존재 의미를 밝혀주는 상징이
다가서는 순간이다. 망상은 그가 필요로 하여 스스로 불러
들이는 것이다. 망상 속에 망상을 극복하여 영적으로 성숙
하는 길이 있다.

또한 나는 정신의학자들과 고대의 지혜에 귀를 기울였다.
어느 심리학자는 분노를 안으로 삭이려고만 하지 말고 세상
에 대해 공격적인 용서를 하라고 권했다. 그러나 내게는 정
작 그 대상이 명확히 존재하지 않았다. 나는 자주 오래된
기도문을 암송했다. 저는 망상에서 기쁨을 얻고자 했습니
다. 저는 근심을 기쁨으로 잘못 알았습니다. 사막 위로 나
타나는 신기루를 시원한 샘물로 알았습니다. 그것들을 제
것으로 만들지 못하여 제 본성을 그것들에게 빼앗기고 말았
습니다.

불가의 가르침도 마음에 새기고자 노력했다. 생각이 실체
가 아니다. 생각은 사라지는 것이다. 나의 감각 기관이 세
상의 진실에 대한 이해를 좌절시킨다. 이 모든 고통이 내게
깨어나라고 소리치는 나 자신의 외침이다. 절망한들 이득이
없는데도 사람은 저에게 득 될 것을 알지 못하는구나. 나는
그런 말들을 통해 자기 암시를 가하고자 애썼다. 심지어 어
느 책에선가 부처가 오른쪽 옆구리를 바닥에 대고 사자처럼

누워 두 발을 포갠 뒤 명상에 빠져들었다는 구절을 읽고 그로부터 강한 영감을 받아서 한동안 내내 그런 자세로 잠을 자기도 했다.

그런 시도들은 내게 어느 정도 도움이 되기는 했다. 잠시 동안이나마 내 심정에 일종의 부적과도 같은 역할을 한 것이다. 하지만 모두가 다분히 추상적이어서, 구체적인 것들이 강력한 환각으로 만들어놓는 망상 앞에서는 그리 큰 힘을 발휘하지 못했다. 게다가 추상적인 것들은 또한 쉽게 망상과 결탁하거나 망상에 길을 내주고 말았다. 요컨대 망상을 이겨내려는 시도도 쉽사리 망상이 되어버려서, 망상을 망상으로 이겨내려는 망상에 빠져버리는 결과에 이르게 되는 것이었다. 그렇듯 망상에는 인간의 의지를 근본적으로 무화시키는 힘이 있었다. 그렇다면 의지가 아닌 뭔가 다른 것이 필요할 터인데, 그것이 무엇인지 나는 알지 못했다.

그보다는 차라리 동물들의 울음소리가 내게 좀더 힘이 되었다. 언젠가 인터넷에서 동물들의 울음소리를 모아놓은 사이트를 발견한 후로, 나는 수시로 그 사이트에 들어가서 고래, 낙타, 물개, 부엉이, 고릴라, 물총새, 코끼리, 코뿔소 등등이 우는 소리를 한없이 반복적으로 듣기도 했다. 특히 짝을 부르는 고래들의 울음소리는 내 속의 어두컴컴한 동굴 속에 신비한 울림을 일으키면서 달뜬 기운을 가라앉혀주었다.

나는 그 소리를 들으며 내가 알고 있는 한 소설가의 이야기를 떠올렸다. 그는 짧은 글을 쓴 뒤에 며칠 후 그 글을 다시 쓰면서 처음 것과 똑같이 써보려는 시도를 해오고 있다고 했다. 그 또한 일종의 광기에 가까운 망상일 터이지만, 내게는 무척 신선하게 들렸다. 망상을 망상으로 이겨내려 한다면 바로 그런 방식이 되어야 하지 않을까 싶었다. 나 또한 그처럼 나의 망상을 정신의 힘겨운 노동으로, 발전적이고 생산적인 구상으로, 그리고 가능하면 즐거운 상상으로, 이른바 타나토스에서 에로스로 변화시켜야 할 필요를 느꼈던 것이다.

그리하여 나는 일에 몰두하고 책에 심취하고 적극적으로 운동을 하고자 했다. 그러나 그것들 역시 근본적인 치유책이 되지 못했다. 나는 쉽게 무기력해져서 그런 상태를 지속시킬 몸과 정신의 힘을 가질 수 없었다. 결국 내게 남은 것은 의학적 치료에 나를 맡기는 것이었다. 실제로 나는 약은 물론이고, 전기 충격 요법과 심지어 전두엽 제거 수술에 대해 자세한 정보를 얻고자 책과 인터넷을 뒤지며 며칠 밤을 지새우기도 했다.

그러나 어느 날 새벽에 거울 속에서 내 두 눈이 두텁고 푸르스름한 눈꺼풀에 짓눌려 벌겋게 충혈되어 있는 것을 발견한 순간, 문득 적어도 지금으로서는 그런 식으로 문제를 해결하려는 생각 또한 망상일 뿐이라는 것을 깨달았다. 그 가시덤불과도 같은 망상을 껴안고 끝까지 가는 것, 내게 필요한 것은 그것이었다.

그렇게 몇 주가 흐르는 동안, 나는 지칠 대로 지치고 말았다. 그 와중에도 망상은 여전히 기승을 부려서, 나로서는 심지어 정신이 흐트러지는 것을 막기 위해 정수리에 말뚝이라도 박고 싶은 심정이었다. 그렇게까지는 할 수 없었지만 여하튼 나는 내 정신의 음침한 구석을 말리기 위해 가급적 바쁘게 시간을 보냈다.

그러던 어느 날 아침에 깨어났을 때, 나는 평소에 비해 머릿속이 훨씬 맑다는 것을 느꼈다. 그때 나는 마침내 망상이 잠시 진정 국면에 들어섰음을 본능적으로 예감했다. 최근 몇 달 동안 그렇게 머리가 가벼웠던 적이 한 번도 없었기 때문이었다. 문제는 그런 상태가 얼마나 지속될 것인가 하는 것이었는데, 거기에 대해서는 나 자신도 전혀 예측할 수 없는 노릇이었다.

　과연 나는 편안한 심정으로 며칠을 보낼 수 있었다. 마치 금단 현상을 겪듯이 머릿속이 다소 멍하긴 했지만, 나는 나 자신이 자랑스럽기까지 했다. 그동안 나는 망상에 속수무책으로 시달려오긴 했어도, 약물 치료를 거부한 것은 물론이고, 심각한 우울증에 빠져들어 완전히 무기력해지거나 자살 충동에 사로잡혀 죽음으로의 도피를 꿈꾸게 되는 것을 경계해왔다. 그런데 이제 마침내 그 시도가 성공을 거두었다는 생각이 들었던 것이다. 나는 중증 우울증 환자가 되거나 자살을 기도하는 자들의 경우에 그들 삶에 모종의 오류가 발생한 결과라는 견해에 전적으로 동의하고 있었던 터였다.

　그러나 나흘째 되는 날, 퇴근 시간을 조금 앞두고 사무실에 앉아서 먼지 낀 커튼과 유리창을 바라보고 있을 때 망상이 다시 찾아들었다. 이번에는 생수통이 소리를 내지도 의자에 발자국이 남아 있지도 좌변기 플라스틱판이 엉덩이에 들러붙지도 않았는데, 망상은 슬그머니 모습을 다시 드러내고서 제자리로 돌아온 것이었다. 망상이 본격적으로 시작되기도 전에 나는 내가 지금까지보다 훨씬 큰 위기에 처하게 되리라는 것을 짐작할 수 있었다. 그 예감만으로도 나는 몸이 덜덜 떨렸다. 그런데 그것이야말로 망상이 나를 새롭게 공격하는 방식임을 깨닫는 데에는 많은 시간이 걸리지 않았다. 잠시 소강 상태를 만들어 나의 방심을 유도한 망상은 이제 내가 드러낸 빈틈과 허점을 날카롭게 찌르고 들어오기 시작한 것이었다.

나는 책상 위를 정리하는 것은 고사하고 컴퓨터도 끄지 않은 채 사무실을 나와 지하 주차장으로 가서, 차를 몰고 건물을 빠져나왔다. 그러고는 곧바로 고속도로 진입로로 향했다.

나는 공포에 질려 있었다. 특히 혼자 있다는 사실이 무척 두려웠다. 나는 점차 복잡해지기 시작하는 거리를 달리면서 실로 오랜만에 누군가를 절실히 그리워했다. 이제라도 흩어져 살고 있는 가족들을 찾아가볼까 하는 생각도 들었다. 그러나 망상의 큰 폐해 중에 하나는 다른 사람들과의 관계가 원만하지 못하게 되고 그 결과 대인기피증이 생기게 된다는 점이었다. 어떤 면에서 그런 증상은 차라리 필요한 것이었다. 그렇듯 분노와 회한과 자기모멸감에 사로잡힌 상태에서는 마치 사혈을 위해 몸에 상처를 내어 피를 뽑듯이, 자기 자신이나 남에게 상처를 입히지 않고는 결코 진정된 상태를 얻을 수 없는데, 그런 경우에 가족이나 친구가 쉽사리 만만한 대상이 되기 마련인 것이다.

그러니 그동안 의식적으로 나 자신을 친지들로부터 격리

시켜온 터에, 새삼스레 그들에게 기댈 수도 없는 노릇이었다. 더욱이 내가 친지들이나 친구들을 멀리했듯이, 얼마 전부터 그들도 나와 거리를 두고 있었다. 아까 망상이 다시 찾아온 순간 잠시도 더 사무실에 머물러 있을 수 없었던 것도 그 때문이었다. 동료들에게 나는 혼자 웃고 혼자 울며, 주변을 아랑곳하지 않고서 완전히 자족적인 삶을 사는 인물이었다. 그렇다고 집으로 갈 수도 없었다. 이럴 때 자신의 빈집으로 돌아가는 것, 닫힌 공간에 혼자 머무는 것, 그것이 바로 정신의 위기에 처한 사람들이 범하는 '모종의 오류'에 속하는 것이기 때문이었다. 하기야 사람은 누구나 나름대로 미친 짓을 하기 때문에 미치지 않는다, 따라서 우리 모두가 반쯤 미친 사람들이다, 그러니 누가 누구에게 도움을 줄 수 있다는 말인가, 나는 그렇게 중얼거렸다.

이윽고 나는 고속도로로 진입하여 긴 차량 행렬을 따라 중간 정도의 속도로 달리기 시작했다. 내가 무엇보다도 먼저 고속도로를 나의 행선지로 선택한 것은 단 한 가지 이유에서였다. 아침에 사무실에서 동료들 사이에 오가던 대화에서 들은 말, 비둘기들도 고속도로를 따라 여행을 한다더라는 그 말, 귀소본능이 뛰어난 비둘기들이 길을 찾기 위해 고속도로를 이용한다는 그 말이 까닭 모르게 내내 귓가에 살아남아서 끊임없이 되풀이되어 들려오고 있었기 때문이었다. 그러나 일단 고속도로로 들어선 후로, 비둘기들과 달리 내게는 더 이상 목적지가 있을 수 없었다. 그저 나는 멈출 수가 없어서 계속 앞으로 달려 나가고 있을 뿐이었다.

지금까지 나는 내가 나 자신의 삶을 살아가고 있다는 사실을 잘 실감할 수 없었다. 나는 나의 인생에 애착을 느끼지 못했다. 나는 남의 인생에도 관심이 없었다. 그동안 내 속에 숨어 있던 말들이 계속하여 부글거리며 끓어올라왔다. 그러자 이제 어쩌면 나는 더 이상 견딜 수 없을지도 모른다는 생각이 들었다. 내게는 미래가 없었다. 남들에게는 분명히 존재하고 있는 그것이 언젠가부터 내게는 사라지고 없었다.

게다가 돌이켜보니 내 지난 삶은 온통 망상으로 채워져 있었다. 내 과거 전체가 하나의 거대한 망상의 소용돌이였다. 다른 사람들의 삶 또한 그러할지도 모르지만, 지금 내게 그것이 무슨 상관이랴. 나는 수시로 그 소용돌이 속으로 끌려 들어가고 있었다. 나는 내 몸에 남겨진 과거의 상처가 사금파리처럼 반짝거리는 것을 보았다. 그 반짝거림 속에 과거의 치욕과 희열이 함께 들어 있었다. 치욕은 잊을 수 없고 희열은 되살릴 수 없어서, 시도 때도 없이 낮고 깊은 오열 속으로 잦아들었다. 그 와중에 과거는 훼손되고 삶의 진실은 왜곡되거나 편집될 수밖에 없었다.

나는 죽음이 두려웠다. 죽음에 대한 두려움이 망상을 만들어냈다. 나는 그 망상들로 죽음에 저항하고자 했다. 그러나 나비가 꿀을 빠는 데 탐닉하여 죽음의 위협이 다가오고 있음을 모르거나, 혹은 상존하는 죽음의 위협을 잊기 위하여 나비가 꿀을 빠는 데 탐닉하듯, 나비와 나의 관계가 그러했고, 또한 망상과 죽음의 관계가 바로 그러했다. 분명 망상은 죽음에 저항할 수 있는 힘이 될 수도 있겠으나, 하지만 삶이 망상이거늘, 망상은 나의 반대편 귀에 대고 죽음을 겸허히 받아들이라고 속삭였다.

이윽고 나의 자동차는 고속도로를 벗어나서, 언덕을 넘고 들과 강을 가로지르는 국도를 지나, 산을 감고 도는 지방도로로 접어들었다. 거의 지그재그로 구불구불한 산길을 올라간 끝에 고갯마루에 거의 이르렀을 때, 나는 숲 속의 어두운 공터에 차를 세웠다. 그러고는 차의 시동을 끄고 차창을 내렸다.

숲 속의 공기는 나의 체온처럼 눅눅하고 미지근했으며, 나뭇잎들은 헐떡거리는 개의 혓바닥처럼 길게 늘어뜨려져 있었다. 오랜 흥분 상태로 거의 탈진 상태였던 나는 등받이를 뒤로 젖힌 후에 곧바로 잠이 들었다. 잠이 들기 직전의 순간까지 피로감이 사지를 강하게 짓눌러서, 마치 땅바닥에 결박당한 기분이었다.

아마도 꿈을 꾼 모양이었는데, 내 몸은 텅 빈 들판을 가로질러 걷고 있었고, 저만치 앞에는 폐가처럼 보이는 집 한 채가 서 있었다. 가까이 다가가 보니, 현관문은 시멘트 기둥이 양쪽으로 세워졌을 뿐 문짝은 모두 떨어져 나갔고, 마당 안쪽의 한옥 건물도 성한 문이 하나도 없었다. 모든 문이 깨지고 찢어지고 떨어지고 사라져버린 상태였다. 나는 기둥과 지붕과 터만 남은 방들을 자유로이 드나들었다. 내가 발을 들여놓을 때, 각각의 크고 작은 방은 먼지를 풀썩이며 나를 맞이했다.

다시 정신이 들었을 때, 나는 차 밖으로 나와 길과 숲의 경계선에 서 있었다. 달빛이 세상을 맑은 금빛으로 밝히고 있었다. 나는 허리가 몹시 결리는 것을 느꼈다. 포장된 도로는 청동의 강물처럼 푸르스름한 인광을 발하며 고갯마루에서부터 굽이굽이 아래쪽으로 흘러 내려가고 있었다. 고개를 반대편으로 돌리니, 공터 안쪽에 산길의 입구가 빛의 세상으로 통하는 관문처럼 열려 있는 것이 눈에 들어왔다.

나는 천천히 걸음을 옮겨 그 환한 녹색의 통로 안으로 걸어 들어갔다. 그리로 가면 방금 전에 보았던 폐가가 나올지도, 아니면 과거나 미래의 지극히 구체적인 어떤 것이 비밀의 열쇠처럼 나를 기다리고 있을지도 모른다는 생각이 들었던 것도 같았다. 차문을 열어두었고 차 안에 열쇠도 그대로 꽂아둔 상태였지만, 그런 데 생각이 미치는 것 자체가 내게는 기이하게 여겨졌다.

나는 숲 속으로 난 길을 따라 계속하여 미끄러지듯 나아갔다. 길이 개울처럼 나를 수면에 띄우고 부드럽게 출렁거리며 어디론가 깊이 흘러 들어가고 있는 듯한 느낌이었다. 경사진 길이 나타나자, 이제 그 길은 뱀으로 변하여 나를 등에 태우고 몸통 전체를 꿈틀거리며 위로 기어 올라갔다.

그러나 어느 순간부터 개울은 바닥의 빈틈으로 흘러들어 말라붙어가고, 뱀은 빠른 속도로 늙고 병들어 가쁜 숨을 내쉬기 시작했다. 세상이 차츰 어두워지고 있는 것이었다. 하늘을 올려다보니 달은 이미 반 이상 구름에 가려져 있었다. 나의 걸음은 점점 느려졌고, 그에 따라 주위의 사물들도 조금씩 모습이 지워지거나 변하기 시작했다.

마른 소나무 가지를 붙들고 잠시 쉬고 있을 때, 벼랑 쪽의 한 아담한 바위는 어린 소년이 벼랑 끝에 서서 아래를 내려다보고 있는 것처럼 보였다. 어찌 보면 그렇게 서서 오줌을 누고 있는 것 같기도 하고, 원초의 언덕 위에 홀로 서서 자위행위를 통해 무질서한 혼돈의 바다 위에 뭇 생명을 만들어내고 있는 것 같기도 했으며, 또 달리 보니 자살을 하려고 세상의 모서리에 서서 발밑의 어두운 심연을 내려다보고 있는 것 같기도 했다.

나는 그쪽으로 걸음을 옮기려 했다. 그러나 그 순간 세상은 갑자기 완전히 캄캄해지고, 그 바위와 소년도 시야에서 사라져버렸다. 곧 나는 내가 이제 올라갈 수도 내려갈 수도 없는 것은 물론이고, 그 자리에서 꼼짝도 할 수 없게 되었음을 알았다. 산에서 적절한 장비도 없이 달도 없는 밤을 맞으면 조난을 당하기 십상이라는 이야기를 들은 적이 있었지만, 막상 그런 상황에 처하고 보니 실감을 단번에 뛰어넘어 전율이 나를 사로잡았다.

높은 산의 능선은 희끄무레하게 윤곽을 드러내고 있었으나, 나의 목 아래는 완전한 암흑 속에 들어 있었다. 아무리 한 발 한 발 바닥을 조심스럽게 짚으며 걸어 내려간다 해도 자칫하면 발을 헛디뎌 몸이 꺾일 수도 있으니 위험한 일이었다. 그렇다면 무릎을 꿇고서 두 손으로 바닥을 더듬으며 네 발로 기어 내려갈 수밖에 없는 노릇이었는데, 공처럼 굴러 떨어질 위험이 있기는 마찬가지였다.

결국 나는 봉사처럼 두 손을 휘저어 가까이에서 편편한 바위를 찾은 후에 그 위에 걸터앉았다. 새삼스레 온몸이 땀에 젖어 있는 것을 느꼈으나, 이제는 아예 굵은 땀방울이 목과 등줄기를 타고서 줄줄 흘러내리고 있었다. 모기들, 날벌레들이 네 방향, 여덟 방향에서 앵앵거리며 달려들었고, 아예 맨살에 툭툭 부딪쳐왔는데, 쫓아도 소용없으니 쫓을 수도 없고, 그렇다고 견딜 수도 없으니 하릴없이 쫓는 시늉을 할 수밖에 없었다. 곧 숲 속의 가시덤불 속에서부터 곤충들과 동물들의 울음소리가 들려왔고, 그 소리가 초원과 사막과 바다 위로 퍼져나가면서, 다른 온갖 짐승들, 고래, 낙타, 물개, 부엉이, 고릴라, 물총새, 코끼리, 코뿔소 등등의 울음소리와 합쳐져서 콜타르처럼 시커먼 바람을 타고 대기를 헤집기 시작했다.

그때 바위를 짚고 있는 내 손에 작은 생물들의 부산한 움직임이 느껴졌다. 그것들은 개미들임이 분명했다. 손으로 더듬어보니 수많은 개미들이 바위 위에서 분주히 움직이고 있었다. 나는 손가락으로 그것들을 하나씩 집어 올려 입으로 가져갔다. 그러고는 혀로 굴리고서 이로 씹었으며, 그때마다 시큼하면서도 화한 맛이 입 안 전체에 퍼졌다. 짐승들의 울음소리가 귓속으로 들어갔다가 눈을 통해 다시 밖으로 튀어나오며 온갖 기이한 환영들로 뒤바뀌고 있었고, 개미들이 제 몸을 터뜨리며 내 혀에 가하는 자극이 뇌로 전달되어 온갖 헛된 영상들을 만들어내고 있었다.

그렇게 캄캄한 어둠 속에서 바위 위에 앉아 개미를 잡아먹으며 나는 깊은 생각에 잠겼다. 망상의 한복판에서 내가 할 수 있는 것은 아무것도 없구나. 나는 어두운 숲, 그 망상의 복마전 한가운데에 내내 머물러 있었다.

시간은 계속 흘렀고, 땀에 젖은 몸이 서늘하게 식으면서 마침내 천천히 검은 안개가 스러지고 시야가 열리기 시작했다. 나는 잠에서 깨어나듯 몸을 일으켜서 물속을 걷는 기분으로 두 발과 두 팔을 앞으로 휘저으며 천천히 아래로 내려갔다. 그러나 여전히 길은 눈에 잘 들어오지 않았다. 나는 그저 물이 좀더 낮은 곳으로 흘러 내려가듯, 앞으로 두 발을 내딛고 있을 뿐이었다. 사위는 조용했다. 이제 동물들이나 곤충들의 울음소리는 어디에서도 들려오지 않았고, 내 몸에서도 열이 가라앉듯 망상들이 사라지고 없었다. 다시금 잠시 소강 상태가 찾아든 모양이었다.

얼마 후, 앞을 가로막고 있는 넓은 관목 숲을 지났을 때,

나는 작은 물웅덩이를 발견했다. 늪이나 소와는 달리 물이
맑고 수생식물도 보이지 않았다. 나는 단지 물과 돌과 모래
로 이루어진 그곳에서 걸음을 멈추고서, 물가의 고목 등걸
에 걸터앉아 물속을 들여다보았다. 나는 내가 원하는 방향
으로 내려온 것이 아님을 알고 있었다. 나를 태운 타임머신
은 고장이 났고, 이제 나는 우주의 미아, 시간 속의 방랑자
가 되어 어느 후미진 곳에 유폐되어 있었다.

잔잔하게 흔들리고 있는 푸른 수면에 비친 내 얼굴은 훨
씬 젊었다. 낯빛이 푸르스름하고 윤곽이 흐릿해져서 나이를
초월하여, 이를테면 내 얼굴의 원형을 내비치고 있는 듯했
다. 희끗희끗하게 생겨나고 있는 새치와 조금씩 더 선명해
지고 있는 주름살과 눈 밑에서 자라나기 시작한 지방 주머
니도 보이지 않았다.

그때 문득 나는 나의 첫사랑에 대해 생각했다. 처음에는
그저 머릿속을 스쳐 지나가는 정도에 불과했다. 그러나 그
기억이 점점 더 선명해졌다. 수면에 어린 나의 젊은 모습이
과거를 떠올리게 했고, 그중에 첫사랑의 기억이 내 의식의
표면에 그림자를 드리운 것이었다.

그리하여 이제 이 이야기는 마지막 굽이를 눈앞에 두고
있다. 비로소 내가 나의 첫사랑에 대해 이야기할 때가 된

것이다. 사실 나는 그동안 첫사랑의 기억을 의식적으로 머릿속에서 물리치려 하였다. 돌이켜볼 적마다, 이미 적잖은 시간이 흘렀음에도 불구하고, 매번 그것은 한 순간에 온갖 착잡한 감정의 포자를 퍼뜨리는 포자낭과도 같은 것이기 때문이었다.

그렇다고 내가 어린 나이에 남들의 경우보다 더 심각하고 비극적인 어떤 상황을 겪은 것은 아니었다. 그러나 누구에게도 그러하겠지만, 첫사랑의 경험은 결코 만만하게 다룰 대상이 아니었다. 말하자면 잡초를 뽑을 때, 처음에는 가녀리고 연약해 보여서 무심히 줄기를 잡고 잡아당기는데, 의외로 그 뿌리가 땅속 깊이 박혀 있어서 쉽사리 뽑히지가 않고, 하는 수 없이 훨씬 더 큰 힘을 주어보지만 기껏해야 줄기가 끊어지고 손바닥만 아픈 결과만을 얻는 것과 흡사했다. 그리고 나중에 보면 놀랍게도 그 풀은 다시 지난번만큼 커져 있는 것을 발견하게 된다. 게다가 그 첫사랑이라는 풀은 뿌리를 내 가슴속에 내리고 있었던 것이니, 그 뿔을 뽑으려다가 실패를 하면 마른 땅에 균열이 가듯 내 가슴에 얼얼한 고통과 상처가 남게 되는 것이다. 뿐만 아니라 그 풀이 항상 일정한 크기 이상으로 자라는 법이 없다는 사실도 우리로 하여금 끊임없이 미망에 빠지게 하는 요인이라고 할

406

수 있을 터이다.

나는 십대 후반에 처음으로 한 여자를 가깝게 사귀게 되었고, 이 년 반쯤 지난 뒤에 그녀와 헤어졌다. 굳이 말하자면, 내 쪽에서 그녀를 버렸다고 할 수 있을 것이다. 그런 의미에서 지금 나는 정확히 말하자면 첫사랑에 대한 이야기가 아니라, 첫사랑의 파경에 대한 이야기를 하려는 것인 셈이다.

나나 그 여자나 피차 마찬가지였지만, 나로서는 내 또래의 이성과 처음 맺는 관계였던 탓에 처음부터 감정적 파행과 육체적 미혹에 시달렸다. 말하자면 아직은 모든 것이 새롭고 순결했기 때문에 그만큼 과도하거나 미흡했다. 그 결과 이 년의 시간이 채 되지 않았을 때부터 이미 나는 그녀로부터 도피하여 새로이 시작하고 싶은 욕망에 시달리고 있었다.

게다가 나는 그녀를 지킬 힘과 의지가 내게 없다는 것을 알고 있었다. 언젠가 우리가 함께 버스를 타고 몇 시간을 달린 끝에 어느 한적한 산길을 걷고 있을 때의 일이었다. 그날 우리는 어쩌면 우리가 처음으로 함께 밤을 보내게 될지도 모른다는 생각을 각기 품고 있었다. 아마도 장마철이 막 끝나가던 무렵으로 기억되는데, 도중에 젊은 청년 네댓이

웃통을 벗어젖히고 삽을 들고서 지난밤에 내린 비로 무너져 내린 도랑을 손보고 있는 곳을 지나가게 되었다. 우리는 그들 중의 하나와 우연히 눈이 마주치게 되었고, 그러자 그들 모두가 일제히 몸의 움직임을 멈추고서 우리를 빤히 바라보았다.

마침 우리는 서로 손을 잡고 있었는데, 내가 손을 빼내려 하자 그녀는 더욱 힘껏 내 손을 잡았다. 그때 한동안 아무 말도 없이 우리를 지켜보고 있던 그 청년들 중의 하나가 물에 젖은 흙을 한 삽 퍼서 우리 쪽으로 던졌다. 그 순간 나는 충분히 모욕을 당했고, 지나칠 정도로 고통을 받았다. 비록 우리의 발에 닿은 것은 아니었지만, 그 젖은 개흙이 우리 앞에 철벅하며 떨어져 내려 바닥에 흩어지는 것을 본 순간, 내 속에서는 그녀와 나 사이의 관계가 무참하고 불결하게 으깨어져버린 것이었다.

청년들은 잠시 자기들끼리 돌아보며 히히거리고 웃고서 아무 일도 없었다는 듯이 다시 삽을 들고 일을 하기 시작했다. 내가 그 자리에 멍하니 서 있자, 그녀가 나를 잡아끌었다. 곧 우리도 아무 일도 없었다는 듯이 다시 걷기 시작했지만, 그러나 당연히 나로서는 정신을 가다듬을 수도 마음을 다스릴 수도 없었다. 나는 온갖 망상에 빠져들고 있었다. 특히 그녀가 내 눈앞에서 유혹당하고 유린당하는 환영이 그 망상들 속으로 수시로 어지러이 끼어들었다. 나는 땀에 젖은 손으로 그녀의 손을 강하게 움켜쥐고 있었다. 이번에는 그녀가 손을 빼려 했지만, 나는 놓아주지 않았다.

우리의 목적지인 절이 그리 멀지 않아서, 길 양편으로는 키 큰 나무들이 빽빽하게 늘어서 있었는데, 그 나무들의 높은 가지 위에는 원숭이들이 매달려서 우리를 내려다보고 있었다. 물론 그 또한 내 눈에만 보이는 환영에 불과한 것들이었지만, 그 원숭이들은 긴 팔로 나뭇가지를 잡고서 휙휙 몸을 돌리기도 하고 이 가지에서 저 가지로 넘나들기도 하면서 나를 향해 조롱과 야유를 보내는 것이었다. 그중에 어떤 놈들은 수시로 가까이 다가와 날카로운 소리를 지르며 내게서 가방을 채가려 하였다. 그러나 이미 나는 충분히 모욕 받고 과도하게 고통을 받은 터라, 그들은 내게 전혀 위협적이거나 성가신 존재가 아니었다.

얼마 후 절의 경내에 들어섰을 때, 나는 다소 안정을 되찾을 수 있었다. 약수를 한 모금 마시고 난 후에는 기분이 한결 나아졌다. 그때 그녀는 내게 옆모습을 보이며 가만히 서서 대웅전 앞의 탑을 바라보고 있었는데, 그녀를 바라보고 있는 동안 내 속에서는 지금까지 느껴보지 못한 낯설고도 억누르기 힘든 욕망이 갑자기 치솟아 올랐다. 나는 그녀에게 달려들어 그녀를 있는 힘껏 끌어안고 싶었다. 그와 동시에 또한 나는 머리가 갈라지는 듯한 현기증을 느꼈다. 그녀를 지킬 수 없다는 자책감에 시달리고 있으면서도 그녀에 대한 육체적 욕망에 사로잡힌 것이니, 내 자신이 거리의 치한과 하등 다를 바 없다는 생각이 들었던 탓이었다. 그러나 다음 순간 나는 그녀를 지키지 못했다는 그 자책감이 내 속에서 엉뚱한 쪽으로 방향을 틀어 더 늦기 전에 그녀의 몸을 차지하고 싶다는 공격적인 정욕으로 뒤바뀌어버린 것임을 깨달았다.

흥분하여 떨리는 손으로 다시 약수를 떠서 입으로 가져가며, 나는 그렇듯 약한 모습과 비열한 태도를 함께 지니고 있는 나 자신에게 환멸과 구역질을 느꼈다. 또한 내게 그런 느낌을 불러일으키는 그녀가 두려웠고 진절머리가 났다. 나는 그녀를 떠나고 싶었고, 필요하다면 버리고 싶었으며, 요컨대 모든 것을 다른 누군가와 다른 곳에서 처음부터 새로이 시작하고 싶었다. 인간은 그런 식으로 자신의 순결함을 저버린다는 사실을 그때는 알지 못했던 것이다.

며칠 후에 나는 그녀에게 그만 만나고 싶다는 의사를 밝혔다. 결별을 선언한다느니 통고한다느니 하는 말은 적절치 않았다. 아직 어린 나이였던 우리 사이에는 애초에 그런 무거운 단어를 지탱할 만한 다리가 놓인 적이 없었기 때문이었다.

나는 묵묵히 앉아 있는 그녀에게, 나는 너를 보호할 수가 없다고 말했다. 보호할 수 없으니 사랑할 수도 없다고 덧붙였다. 그때 나는 내 말이 삽에 떠서 던진 젖은 흙처럼 그녀 앞에 털썩 떨어져서 굵은 모래알이 튀어 오르고 탁한 물이 주변으로 번져나가는 것을 보았다.

그녀는 여전히 아무 말도 하지 않은 채 눈을 약간 내리깔고 입술을 오므리고서 가만히 앉아 있었다. 그러나 그녀가 겪고 있는 고통은 내게 너무도 생생하게 전달되고 있었다. 이윽고 먼저 자리에서 일어나 찻집을 나서면서 나는 어쩌면 훗날 그녀를 첫사랑이라고 부르게 될지도 모르다고 생각했다. 그렇다면 아마도 후회와 미련을 느끼게 될 수도 있을 것이었다. 하지만 나는 그날 산길에서 경험했던 망상들을 떠올리며 마음을 다잡았다. 그 망상들에 다시 빠져들지 않으려면 이것이 유일한 방법이었다. 그러나 그때 이미 나는 어쩌면 앞으로 평생 동안 그 망상들과 싸움을 벌이게 될지도 모른다는 예감을 막연하게나마 가지고 있었다.

돌이켜보면, 그때의 예감이 틀리지 않았다. 실제로 그 후에 내 삶에는 사랑이 제대로 찾아들지 않았다. 삶의 비극은 우리가 사랑이 뭔지도 모르면서 사랑을 해야 한다는 데서 비롯된다. 사랑은 죽음과 흡사하다. 죽음은 그 너머로 넘어가기 전에는 아무도 알 수가 없다. 사랑도 그 너머로 넘어가야만 비로소 사랑이 무엇인지 알 수가 있다. 그러나 안타깝게도 우리는 사랑을 하면서 쌀을 끓여야 하고 화장실에 다녀와야 한다. 사랑을 하면서 생존도 해야 한다. 그렇기 때문에 때로 우리는 사랑이 단지 생존을 위해 필요한 어떤 것일지도 모른다고 생각하게 된다.

오, 이 끊이지 않는 망상이여! 삶 속에서 무수한 죽음을 경험하지만, 그러나 그것이 진짜 죽음이 아니듯이, 마찬가지로 우리는 삶 속에서 무수히 많은 사랑을 경험하지만, 그것은 진짜 사랑이 아니다. 죽음에 대해서 그렇듯이 사랑에 대해서도 온갖 해석이 분분한 것도 그 때문이다. 사랑으로 완전히 넘어가는 사랑. 사랑이 죽음과 더불어 오는 게 아니라, 사랑으로 넘어갈 때 생존도 넘어가는 것이니까 그 결과로 죽음이 오는 것이다.

내가 사람들을 대하는 방식에 문제가 있다는 것을 나는 잘 알고 있었다. 내게 삶이란 언덕에서 굴러 떨어지는 울퉁

불퉁한 바위와도 같은 것이었다. 내 삶은 사랑이 없는 자리에서 무성하게 피어오르는 망상들로 채워졌고, 고작해야 사랑을 부르는 엉터리 굿거리와 다를 바 없게 되었다. 나는 밤이고 낮이고 나 자신의 어지러운 심성이 만들어놓은 폐쇄된 미궁 안에서 살아갔다. 밖으로 나가는 문은 막힌 지 이미 오래였다. 그때마다 내 의식 깊은 곳에서 문득문득 첫사랑의 기억이 되살아나 나를 괴롭혔다. 내게 첫사랑은 온갖 착잡한 감정의 근원적인 불이었고, 망상을 일으키는 치욕의 씨앗이었다.

어느덧 세상은 완전히 밝아졌고, 나뭇잎 사이를 통과한 햇살이 은빛 화살처럼 수면 위로 무수히 떨어지고 있었다. 나는 그동안 내내 앉아 있던 나무 등걸에서 일어나 구두와 양말을 벗고 물속으로 걸어 들어갔다. 발에 닿는 차가운 물과 부드러운 진흙의 감촉이 나의 오감을 일깨웠다. 칼이라고 해도 벨 수 없고 불이라고 해도 태울 수 없고 물이라고 해도 적실 수 없고 바람이라고 해도 시들게 할 수 없는 무엇인가가 내 속에서 천천히 되살아나고 있는 듯한 느낌이었다. 마치 눈에서 차가운 피가 분수처럼 쏟아져 나오는 듯한 느낌이 잠시 얼굴을 훑고 지나갔다.

그때 나의 머릿속에 어쩌면 이 모든 망상들이 나를 첫사랑으로 이끌어오기 위한 것이었는지도 모른다는, 혹은 내가 이 온갖 망상들 끝에서 마침내 운명처럼 첫사랑에 도달하게 되었다는 생각이 찾아들었다. 그 순간, 나는 내가 처음 그녀를 만났을 때 보았던 그녀의 눈빛과 미소와 손짓과 걸음걸이가 생생하게 되살아나는 것을 감지했다. 나의 기억 속에서 그것들은 변함없이 그 자체로 빛나고 있었다.

그러나 아무런 회한도, 어떤 마음의 고통도 없었다. 그리고 그때 비로소 나는 내 속에서 망상을 달래려던 노력과 망상으로부터 달아나려던 노력이 하나로 만나는 것을 느꼈다. 망상의 근원이 첫사랑일 수 있지만, 그러나 첫사랑은 풀벌레 울음 속에서 청정하게 울리는 독경 소리처럼, 그 온갖 망상들의 숲 속에서, 바로 나 자신의 속에서 온전히 살아남아 있었다. 그것은 내가 지키거나 보호하지 않아도 되는 것이었다.

아침을 맞은 깊은 숲 속에서 맑은 물로 채워진 웅덩이 주변을 서성이며, 그렇듯 나는 첫사랑에 대한 깊은 생각 속으로 빠져들었다. 그동안 내내 서늘한 정적이 사방에서 나를 옥죄어들고 있었다. 하지만 이것으로 내 이야기가 다 끝난 건 아니다.

그녀와 헤어진 후 계절이 두 번 지났을 때, 그녀의 친구들 중에 하나가 내게 전화를 했다. 그녀가 나를 한번 만나고 싶다고 하여 대신 전화를 했다는 것이었다. 그러고는 내게 날짜와 시간과 장소를 알려주고서, 아마 자기도 그 자리에 나가게 될 것이라는 말을 짧게 덧붙였다. 아마도 그렇게 말하여 나의 심적 부담을 미리 덜어주는 편이 나를 약속 장소로 끌어내는 데 도움이 되리라 생각했던 모양이었다.

약속된 날이 되어 약속 장소로 나가면서, 나는 버스에 앉아 혼잣말을 중얼거렸다. 그 무렵에 나는 타고난 소심함으로 인해 누군가를 만나기 전에 그와의 대화를 미리 소리 내어 연습하는 버릇이 있었다.

그녀가 먼저 와 있는 경우에, 내가 그녀 앞에 앉으며 묻는다. 잘 지냈니? 그러고는 탁자 위를 내려다보며 그녀가 무엇을 마시고 있는지 살핀 뒤에, 맥주를 주문한다. 만약 그녀가 내게 술을 많이 마시냐고 물으면, 나는 그녀에게 요즘도 잠자리를 잘 잡느냐고 물을 것이다. 그녀는 나보다 훨씬 민첩하여 특히 잠자리를 잘 잡았다. 손가락 전체를 사용하여 마치 그물을 치듯 잠자리를 낚아챘는데, 잠자리는 날개는 물론이고 다리 하나도 전혀 상하는 법이 없었다. 나의 엉뚱한 질문에 그녀는 방금 자기가 물은 말에 대답을 제대로 하라는 듯한 표정으로 나를 빤히 바라볼 것이다. 평소에 그녀는 자기가 나보다 사리분별이 뛰어나다고 믿고 있어서, 쉽게 흥분하는 내게 자주 가볍게 나무라는 말을 하거나 짐짓 장난스레 냉소적인 태도를 보이곤 했다. 내가 내 쪽에서 먼저 헤어지자고 말하고도 거의 죄책감을 느끼지 않은 것은 그 때문이기도 했다. 그녀의 그런 말과 태도가 줄곧 내 속에 거북한 앙금으로 가라앉아 있었던 게 사실이었던 것이다.

예상했던 대로 그녀는 먼저 자리에 나와 있었고, 그녀의 친구는 보이지 않았다. 그녀의 앞에는 주스가 놓여 있었으며, 무슨 주스였는지 기억나지 않는데, 여하튼 나도 무슨 주스였는지 기억나지 않는 것을 주문했다.

그녀는 여전히 머리를 다듬지도 않았고, 화장을 전혀 하지 않은 얼굴에 수수한 옷차림을 하고 있었다. 예전과 전혀 다를 바 없는 그 모습이 나로 하여금 그녀와 내가 함께 보낸 지난 시간들을 놀랍도록 생생하게 상기시켰다. 내가 그녀에게 결별의 뜻을 밝힌 후에 죄책감을 느끼지는 않았어도 한동안 막막한 고통을 느낄 수밖에 없었던 것은, 자기를 전혀 꾸미거나 보살피려 하지 않는 그녀의 그런 점 때문이기도 했다.

주스를 마시는 동안 우리 사이에서 오갔던 대화나 그녀가 취했던 자세나 행동에 대해서는 그다지 이야기할 것이 없다. 하기야 딱히 떠오르는 것이 없기도 한 게 사실이다. 여하튼 나는 잔을 비우고서 그녀에게 왜 직접 전화를 하지 않고 친구를 시켰냐고 물었다. 스스로 생각해도 궁색하고 무의미한 질문이었다. 그 편이 너를 더 편안하게 해줄 것 같아서. 네 목소리를 듣고 싶긴 했지만, 너도 내 목소리를 듣고 싶어할지 알 수 없었거든.

그녀의 대답을 듣고서 내가 말했다. 그럼 너는 나를 사랑하는 거니? 그러자 그녀는 자기 잔에 담긴 주스를 내 잔에 따라주며 대꾸했다. 사랑이라니, 그건 망상이 아니니? 그리고서 그녀는 가볍게 나무라는 표정과 짐짓 장난스레 냉소적인 표정을 번갈아 지어 보였다. 그 말로써 우리 사이에는 더 이상 할 말이 없었다.

혼자 돌아오는 길에 버스 안에서 나는 다시 혼잣말을 중얼거렸다. 그 무렵에 나는 타고난 집요함으로 인해 누군가를 만났다가 헤어진 뒤에, 그 자리에서는 미처 꺼내지 못한 말을 가지고 대화로 엮어서 다시금 소리 내어 복습하는 버릇이 있었다.

그녀가 다시 반쯤 채워놓은 나의 잔을 일부러 옆으로 멀

찌감치 밀쳐놓으며 내가 묻는다. 사랑이 망상이라니. 그럼
왜 나를 찾아온 거니? 그러자 그녀가 눈을 약간 내리깔고
입술을 오므리고서 한동안 가만히 앉아 있다가 대답한다.
나는 망상을 사랑하니까.

　나는 자신의 머리에 떠오른 그 말에 나 스스로 깜짝 놀라
서 눈을 번쩍 떴다. 그와 동시에 '나는 망상을 사랑하니까'
라는 그 말은 '너는 망상을 사랑하니까'로 바뀌어버렸고,
그 순간 내게 하나의 확신이 찾아들었다. 그녀는 나의 첫사
랑이 된 것이다. 왜냐하면 그 말이 내게는 저주로 들렸고,
앞으로 내 삶에서 새로운 사랑이 시작되기보다는, 시간이
지날수록 사랑이 조금씩 빠져나갈 것임을 예감했으니까. 좀
더 제대로 된 사랑으로 채워질 줄 알았던 내 삶이 삽으로 퍼
서 던지는 개흙으로 가득 차게 될 것임을 똑똑히 깨달았으
니까.

　그 후로 나의 귓가에서는 그녀가 한 말이 반복하여 울리
고 있었다. 사랑이라니, 그건 망상이 아니니. 그러나 숲 속
물웅덩이 옆에서 보냈던 그날 밤 이후로, 이제 그 말은 불
가에서 말하는 애어(愛語), 부드럽고 따뜻하며 사랑이 담
긴 말이 되어 나를 부드럽게 감싸고 있다. 사랑이 망상이라
니. 사랑이 망상이라면, 망상도 사랑일 수 있을 터이다. 이

많은 망상들이 모두 사랑이라니.

지금 이 순간, 나는 전에 내가 친구에게 했던 충고를 새롭게 떠올리고 있다. 망상이 찾아오는 것은 그 사람에게 존재 의미를 밝혀주는 상징이 다가서는 순간이다. 그 순간은 곧 첫사랑의 순간이다. 한 여인에 대한 첫사랑은 삶에 대한 첫사랑과도 같은 것이어서, 우리로 하여금 망상을 넘어서고, 망상을 사랑으로 바꾸고, 나아가 고통을 진실로 바꾸도록 도와준다고 나는 믿고 있는 것이다.

물론 요즘도 나는 간간이 종잡을 수 없는 어지러운 환영들에 빠져들고 있다. 그러나 내가 지금보다 좀더 젊었을 때 겪은 그 경험은 그 헛것들 사이에서 빛을 잃지 않고 있다. 간혹 그 빛이 망상들에 가려져서 흐릿해질 때면, 첫사랑, 달리 말하여 삶에 대한 첫사랑의 기억 속으로 다시금 깊이 빠져들어야 하기는 하지만 말이다. 이 글을 쓴 것은 그 때문일 것이다.

거인

때로 한 인간의 삶은 단 한 가지 사실을 깨닫는 데 전적으로 바쳐지기도 한다. 그럴 경우, 죽음 앞에 이르러, 그동안의 삶 전체가 단지 그 한 가지 사실의 확인 행위로 응축되는 것이다. 내가 온 생애를 통해 최종적으로 받아들이게 된 사실은, 한때 내가 진정한 의미에서 거인이었다는 것이다.

일찍이 내 몸은 수시로 무한히 확장되었고, 그때마다 나는 내 몸의 크기를 정확히 가늠할 수 없을 정도였다. 때로 나는 그 엄청나게 늘어난 몸으로, 그 길고 긴 다리를 움직여, 성큼성큼 산을 넘고 강을 건너, 말 그대로 세상이 좁다

하고 돌아다니곤 했다. 도중에 나는 땅 위에 뒤집혀 있는 자동차를 손가락 끝으로 바로 세워주거나, 심지어 내 커다란 발로 운하를 파주거나 도로를 뚫어준 적도 있었다.

때로 몸이 그토록 확장된 상태에 오랫동안 머물러 정상으로 돌아오지 못하는 경우도 있었는데, 그럴 때면 나는 가장 몸집이 컸던 것으로 알려진 공룡 세이스모사우르스, 걸으면 쿵쿵하고 지진이 일어난 것처럼 땅을 울렸을 것으로 상상되어 지진공룡이라고 이름 붙여진, 쥐라기의 그 희귀종 중에 마지막 남은 한 마리라도 된 것처럼, 혼자 외로이 깊은 산속을 배회하곤 했다. 그런가 하면, 머리가 구름에 닿을 만큼 몸의 길이가 죽 늘어난 상태에서 까마득하게 멀어진 지상을 내려다보느라 현기증을 느끼곤 했으며, 그럴 때면 삶과 죽음의 경계가 내 속에 있음을 깨닫고서, 보통 사람들의 호연지기를 넘어서서 거인에게 걸맞게, 이를테면 초연지기의 경지를 홀로 넘나들기도 했다.

2

물론, 평소에 나는 생존을 위하여 가능한 한 나 자신을 위장했다. 나는 오랫동안 보험회사 직원과 자동차 판매원으로 일했다. 그러나 내가 우연히 그 직업에 종사하게 된 것은 아니었다. 예전에는, 코끼리인간 따위의 이야기에서 그러하듯이, 특별한 외모나 기형의 사람들이 서커스단으로 흘러들었다. 그런데 내가 보기에 현대의 서커스단은 보험과 세일즈 분야에 자리 잡고 있었다. 그곳에서는 인간들, 혹은 인간들의 감정 또한 자동차나 보험 상품들 사이에 섞여 물건처럼 전시되어 있기 때문이었다. 심지어 단지 고객의 관심을 끌기 위하여 온갖 술수와 마술과 곡예를 부리기까지 하는 것도 다를 바 없지 않은가. 그런 의미에서 나는 내가 보험과 자동차의 세일즈맨이 된 것이 당연한 노릇이라고 여기고 있다.

나는 내 본색을 공공연히 드러내지는 않았어도 남들이 눈치 채지 못하는 선에서 교묘하게 내 고유의 힘을 발휘했다. 거인인 나는 남들보다 더 빨리 더 많은 것을 더욱 다양한 각도에서 파악하여 거기에 더 신속하고 더 정확하고 더 강력하게 반응했다. 덕분에 나는 내 숨겨진 신분에 잘 맞는 그 분야에서 뛰어난 수완을 발휘했다. 나는 첫눈에 고객을 적절히 선별하여 거의 매번 증권과 차를 동시에 팔았고, 당연히 높은 실적을 쌓을 수 있었다.

그렇듯 나는 능력도 있었으나 또한 관대했다. 어쩌면 그 관대함은 내 비정상적인 상태에서 비롯되는 것인지도 모르는 일이었는데, 왜냐하면 마치 큰 덩치에 가속도가 붙으면 잘 멈춰 서지 못하는 것처럼, 한번 뭔가에 매달리면 나는 내 개인적인 입장을 별로 중요시하지 않았기 때문이었다. 내게는 좋은 성과를 올리는 것 그 자체가 중요할 뿐이지, 그것으로 어떤 실속을 차리려는 욕심은 전혀 없었다. 여하튼 그런저런 사정으로 인해, 나는 내 주변의 사람들이 암암리에 나를 거인처럼 여기고 있다는 사실을 이미 알고 있었다. 누군가가 나를 실제로 '거인'이라고 불렀다면, 나와 가까웠던 사람들은 모두 자기들도 모르게 고개를 끄덕였을 것이다. 그리고 나를 잘 모르던 사람들은 그 말을 듣고서 잠시 의아해할 것이지만, 그러나 나와 함께 한나절을 보내게 되면, 그 호칭에 그들 역시 내심으로, 정확한 이유도 모르면서 차츰 수긍하게 될 것이 분명했다.

하지만 아무리 그렇다 하더라도 세일즈맨에게 '거인'이라니! 게다가 내게는 첫눈에 발견되는 특별함 같은 것도 없었다. 내 외양은 그저 평범했다. 하지만 아주 우연스럽게 일종의 아우라 같은 것이 평범한 외양에 부여될 때, 그리고 그 평범한 외양과 아우라가 서로 부자연스러운 듯하면서도 왠지 모르게 잘 어울린다는 느낌이 들 때면, 거의 항상 특수효과에 가까운 결과가 나타나는 법이었다. 내 주위의 사람들이 대부분 나를 거인처럼 여긴 것도 그 때문일 것이다. 그러나 그들 중에 내가 실제로 거인이라는 사실을 아는 자는 아무도 없었다.

때로 나는 한 쌍의 남녀가 자동차를 사러 왔을 때, 내 저음의 목소리가 일으킬 반응에 대한 확신을 가지고서 부드럽게 다음과 같은 말을 하곤 했다.

"부부나 연인이 이 차에 탈 때면 꼭 침대에 드는 기분을 가지게 될 것입니다. 사랑을 나누기 위해서라기보다, 휴식과 친밀함을 누리기 위해서 침대에 들듯이 말입니다. 때로 휴식과 친밀함은 사랑의 행위보다 우리를 더 행복하게 해줍니다. 이 차는 사랑보다 여러분을 더 행복하게 할 것입니다."

3

어린 시절에 나는 타고난 소심함으로 인해 외부와 차단된 채 일종의 자폐증 상태를 자주 경험했다. 그리고 그때마다 내 온 생각과 감각은 끊임없이 내 몸의 상태에 집중되었다.

나는 틈만 나면 내 손으로 나 자신의 몸을, 신체의 각 부분을 어루만졌다. 그렇게 나는 항상 내 몸을 스스로 확인하고, 몸의 형태를 점검하는 한편, 내 몸의 움직임에 대해서도 관리하고자 했다. 아마도 항상 나 자신에게 불안했고, 나를 둘러싸고 있는 공간이 내게 적대적으로 느껴졌기 때문일 것이다. 특히 나는 나 자신의 행동반경을 항상 의식했다. 예컨대, 몇 걸음을 걸어 나가면 탁자가 있고, 거기에서 오른쪽으로 몸을 돌려 두 걸음 걸어가면 문이 있고, 그 문을 50센티미터쯤 열고서, 왼발부터 움직여 밖으로 나가면 내 몸은 나를 둘러싸고 있는 이 공간의 공격적인 힘으로부터 무사히 빠져나온 셈이 된다, 혹은 이 공간을 멋지게 속여넘긴 게 되는 것이다, 대충 이런 식이었다.

훨씬 후에 나는 인간에게 자기감각이라는 것이 무척 중요하다는 사실을 알게 되었다. 인간에게는 자기 수용기라는 것이 있어서, 자신의 몸이 공간 속에서 차지하는 자리, 위가 비어 있는지 여부, 변을 볼 것인가 말 것인가에 대한 판단, 그리고 팔과 다리와 머리의 위치, 사지의 움직임 그 자체, 자신의 감각이 순간순간 어떻게 느끼는지 등등에 관한 정보를 그 자기 수용기가 제공한다는 것이다. 그리고 보면 어린 시절의 내게 적어도 자기 수용기만은 훌륭하게 제 역할을 한 셈이었다. 나는 문틀에 머리나 몸을 부딪힌 적이 없었고, 바닥의 상태를 알지 못해 넘어진 적이 한 번도 없었으며, 미리 고개를 숙이지 않아서 이마로 뭔가를 받는 일도 전혀 일어나지 않았다.

그러나 그때 이미 나는 나 자신의 자기감각이 반드시 정확한 것은 아니라는 사실도 알고 있었다. 사실, 우리는 자신의 신체상에 대해 과장된 느낌을 가지게 마련이어서, 예를 들어 아이들이 사람을 그릴 때 머리와 손과 입과 때로 생식기를 크게 그려넣는 것도 자신의 몸을, 혹은 타인의 몸을 그렇게 느끼기 때문인 것이다. 그렇듯 나 역시 수시로 내 몸에 대해 터무니없이 과장된 느낌을 가지곤 했다. 그러나 다행스럽게도 내게서는 그렇듯 정확한 자기감각과 부정확한 자기감각이 반드시 서로 상충되는 것은 아니었다.

그 무렵에 읽은 동화 중에 이런 인상적인 것이 있었다. 어느 집에서 기르던 개가 머리에서 꼬리까지, 그러니까 몸통이 너무 길어서 주인 가족이 수시로 그 개의 몸에 걸려 넘어지곤 했다. 그 개가 주방을 나서기 위해 머리를 문밖으로 내밀 때 엉덩이는 아직 주방 식탁 밑을 채 빠져나오지 않은 상태였기 때문이었다. 더욱이 그 개는 수시로 저 뒤에 처져 있는 자기 꼬리를 보고 제풀에 놀라 짖어대기까지 했다. 그로 인해 그 개는 당연히 미움을 받게 되었는데, 어느 날 밤 그 집에 도둑이 들었다가 결국 그 도둑도 그 개의 엉덩이에 걸려 넘어져 정신을 잃는 바람에, 가족들은 화를 면할 수 있게 되었고, 그 후로 그 개는 모두의 사랑을 독차지하게 된다는 내용이었다.

말하자면, 자기 몸에 대한 정확한 감각을 가지고 있지 못하는 경우에, 희극적인 상황이 유발되거나 혹은 예기치 못한 수확이 발생하는 것이다. 그렇듯 자기감각의 정확함과 부정확함이라는 서로 모순되는 두 특징은 내 속에서 서로 보완하며 나를 유지하고 지탱하게 해주었다. 나는 일단 한 번 내 눈으로 익힌 공간 속에서는 눈을 감고도 돌아다닐 수 있었고, 그런가 하면 아주 익숙한 곳에서도 전혀 예기치 못한 공간을 찾아내거나 새로운 상황을 불러낼 수 있었다.

요컨대, 내 몸이 비록 허약했지만, 그러나 감각이 유독 발달한 나로서는 세상을 살아가려면 몸에 의존할 수밖에 없었다. 언제나 몸의 상태가 모든 것을 좌지우지하는 것이었다. 몸에 비해 아직 성숙하지 못한 나의 머리, 나의 정신은 너무도 변덕스러웠다. 정신을 멀리하고, 단지 몸에 집중할 때, 그리하여 그 먹먹한 물질성 속으로 들어설 때, 나는 영혼의 평정을 얻을 수 있었다.

그렇게 하여 어린 시절은 그럭저럭 견딜 수 있었다. 그러나 나이가 들어 청소년기를 지나 청년기에 접어들었을 때, 나와 함께 내 속에서 성장한 그 물질성은 차츰 내게 불면증과 불안증을 일으키기 시작했다. 어찌 되었든 몸은 몸일 따름이었고, 몸은 정신과 관련하여 기계나 물질과 유사한 특징을 지니고 있었다. 언젠가부터 몸은 점점 더 제 스스로의 논리에 따라 움직이기 시작했고, 머리도 나름대로 조금씩 깨어나기 시작하자, 그 둘 사이에 불협화음이 일어나기에 이른 것이었다. 거기에 대해 내가 취한 대책은 수면제를 먹는 것이었다. 불면증으로 인해 수면제를 먹는 것은 당연한 일이었으나, 깨어 있는 동안의 불안증도 치유해야 했으므로 나는 낮에도 자주 수면제를 삼켰다. 말하자면 나는 불면증과 불안증을 잠재우기 위해 수면제를 상복하게 된 것이었다.

당연히 나는 낮이든 밤이든 자주 몽롱한 상태에서 시간을 보내곤 했다. 그 무렵 나는 누군가가 내게 조금이라도 오래 말을 건네면 어김없이 눈을 멀쩡히 뜬 채로 졸음에 빠지곤 했다. 그러면서 나는 뭔가를 기다렸다. 그러다 보니 차츰 내 삶은 기다림으로 채워졌다. 모든 것이 내게는 기다림이었다. 하지만 그 또한 점차 견디기 어려워졌다. 자신의 삶 전체가 수동적으로 이루어진다는 사실에서 오는 고통이 나를 잠식해 들어왔기 때문이었다. 그 고통은 내게 온갖 피해의식을 불러왔다. 내 머릿속에서는 난이 한 그루 자라났는데, 그 난의 이름은 분란이었다. 그 피해의식에서 벗어나기 위해 나는 다시금 다 자란 내 몸을 만지기 시작했다. 그러나 그런 나의 행위는 전처럼 감각 속으로, 몸의 물질성 속으로 숨어들기 위한 것이 아니었다. 그것은 혼란스런 머릿속의 움직임을, 그 피해의식과 분란을 온몸의 감각세포로 분산시키는 방법이었다. 나는 그것을 감각분산법이라고 불렀다.

감각분산법이라는 새로운 시도는 잠시나마 내게 머리와 몸 사이의 반목에서 일종의 휴전 상태를 불러왔다. 하지만 어느 겨울 날, 정확함과 부정확함 사이에서 간신히 균형을 잡고 있던 내 자기감각의 내부에서 갑자기 폭발이 일어난 것은 분명 그 감각분산법의 결과였다. 그날 나는 한 고층 건물의 승강기 안에 서서, 이번에도 피해의식에서 비롯된 엄청난 집중력을 가지고 내 몸, 팔과 어깨와 가슴과 배와 등을 쉬지 않고 어루만졌다. 나는 내 감각에 와닿는 주변의 공격적인 기운과 내 머릿속의 혼란스런 생각에서 동시에 벗어나려 했다. 그때 문득 어떤 상념이 뇌리를 스치고 지나갔다. 머릿속에서 들끓는 잡념을 온몸의 감각으로 분산시키고 그 상태에서 자기 몸을 정확히 감지하면, 누구나 거인이 될 수 있다, 분명 내게는 아주 잠깐, 그러나 아찔할 정도로 강력하게 그런 생각이 들었다. 그때 나는 거짓말처럼 내 몸이 갑작스레 부풀어 오르는 것을 느꼈다. 순식간에 극심한 폐소공포증에 사로잡히게 될 만큼 내 몸은 크게 확대되어 승강기 안을 가득 채웠다. 처음에 나는 그런 답답한 장소에서 으레 그러하듯이, 그 공간 자체가 잔뜩 오그라드는 줄로 알았다.

그러나 그것이 아니었다. 남들이 어떻게 느끼든 상관없이 내 몸은 분명 그 공간이 허락하는 만큼 최대한으로 거대해져 있었다. 게다가 나와 함께 승강기 안에 타고 있던 세 명의 남녀도 이상한 기미를 감지한 것이 틀림없었다. 그들은 자기들도 모르는 어떤 힘에 의해 구석으로 밀리면서 놀라고 두려워하는 눈길로 나를 쳐다보았다. 그러나 나로서도 어쩔 수 없이 마침내 내 몸은 승강기 안의 공간과 하나가 되었고, 그들은 나로 인해 작은 구멍이나 틈을 통해 그 공간으로부터 어딘가로 밀려나가거나, 어쩔 수 없이 그 공간 속에 머물러 납작하게 눌린 후에 내 속으로 흡수되었다. 그 후로 나는 그들이 어떻게 되었는지 알지 못했는데, 그런 일은 나

432

중에도 간간이 일어났다.

 여하튼 이윽고 승강기가 로비에 이르러 문이 열렸을 때, 승강기 안에는 나 혼자 꽉 차 있었고, 당연히 나는 혼자 힘으로는 밖으로 나갈 수 없었다. 문 앞에는 정장 차림의 남자가 서너 명 서 있었다. 그들은 잠시 어안이 벙벙한 표정을 짓고 있다가, 곧 내 몸에 달려들어 잡아당겼다. 물론 나를 끌어내고서 자기들이 들어오기 위해서였다. 그런데 그때 그들이 붙들고 있던 내 몸의 부위들이 죽죽 늘어나기 시작했다. 그들은 그야말로 놀라 자빠졌고, 마침내 내 몸은 승강기 안을 벗어나 꾸역꾸역 매끄러운 로비 바닥 위로 쏟아져 나왔다. 사람들은 놀라면서도 어처구니가 없다는 듯, 심지어 재수가 없다는 듯, 내 쪽을 힐끔거리며 침이라도 뱉을 양으로 인상을 찌푸리며 나로부터 가급적 멀어지기 위해 서둘러 걸음을 옮겼다.

 나는 간신히 몸을 추슬렀다. 그러고는 천장이 높은 로비에서 몸을 일으켜 휘휘 주위를 둘러보았다. 내 안팎의 모든 것이 부자연스러웠으나, 그만큼 생소하고도 새로웠다. 지금도 나는 그 놀라운 첫 경험을 결코 잊지 못한다. 그때 나는 내가 새로운 인간으로 다시 태어났다는 것을 알았다. 그러고 보면 나는 승강기 안에서 성년식을 치른 셈이었다. 하기야 이제 현대 젊은이들의 통과제의는 주로 그런 곳에서 이루어지고 있는 게 사실이 아닌가.

4

처음에 나는 내가 일종의 환지증, 사고로 팔이나 다리를 잃은 사람이 이미 사라진 팔다리에서 가려움 따위의 감각을 느낀다는 그 증세를 겪고 있는 것은 아닌지 생각했다. 물론 내 경우에는 붙어 있다가 잘려나간 것이 아니라, 애초에 존재하지 않았던, 나중에 무의식적으로 상상했던 신체의 부분에 대한 감각을 느끼기 시작한 것이라 할 수 있었다. 하지만 그렇다고 하면 대체 나는 어떻게 늘어나고 커진 내 몸을 이토록 생생하게 감지하고 또 때로 내 눈으로 직접 볼 수 있다는 말인가. 그리고 그때마다 나는 내 몸의 변화에 남들도 역시 놀라거나 심각하게 영향을 받는다는 사실을 매번 확인하지 않았던가. 물론 다른 사람들의 반응은 내가 예상하던 것과는 사뭇 다른 것이 사실이었다. 그러나 나는 그들을 이해한다. 인간은 누구든 자기감각의 한계에서 벗어날 수 없는 존재이고, 그들로서는 여전히 협소하고 제한된 감각의

틀에 갇혀 내 변화된 상태를 제대로 파악하지 못한 채 어쩔 줄 모르고 그저 우왕좌왕할 수밖에 없었을 것이다.

때로는 어쩌면 내가 애초에 거인이었고, 지금 나는 내 몸이 보통 인간의 크기와 같다고 착각하는 이를테면 퇴행적 환지증에 시달리고 있는 게 아닐까 하는 생각이 들기도 했다. 하지만 환지증이든 아니든, 아니면 그것이 어떤 다른 종류의 환지증이든, 나로서는 마침내 내 몸에 일어난 변화를 인정하지 않을 수 없었다.

물론 내 자기 수용기가 완전히 오작동을 일으키고 있는 것에 불과할지도 모른다는 불안감도 없지 않았다. 그러나 단순히 그렇게 치부하기에는 모든 정황이 너무도 실감나고 절실했다. 내 몸의 각 부분은 언제든 내가 원하는 만큼 늘어났다. 초기에는 그런 상태에 빠지게 되면 말도 제대로 할 수 없었고, 예전에 그랬던 것처럼 졸음 속으로 빠져들기도 했다. 그러나 차츰 적응이 이루어지면서 적어도 병든 닭처럼 무기력해지는 증세는 차츰 사라졌다.

그래도 얼떨떨함은 여전했는데, 한번은 다시금 거인이 되어 내 몸을 살펴보다가 깜짝 놀라고 말았다. 몸은 산더미처럼 커졌는데, 내 팔과 손과 성기는 보통 인간들의 것처럼 아주 작게 보였기 때문이었다. 나는 마침내 내 몸에서 균형이 깨졌고, 혹시 그것이 커다란 재앙의 조짐이 아닐까 두려워했다. 하지만 나는 곧 사태를 파악했다. 그 부분들이 여전히 작게 보인 것은, 실제로 작기 때문도 아니고, 착시 때문도 아니며, 단지 내 두 눈이 너무 커져서 시야가 너무 넓어졌던 탓이었다.

거인이 된 후로, 나는 수시로 그런 유의 혼란과 두려움에 봉착했다. 그러던 어느 날, 그 불가해한 사실들의 갈피에서 나는 문득 깨달았다. 무엇보다도 내 눈의 시각과 내 피부의 촉각 사이에서 경계가 사라졌다. 아울러 내 몸이 공간을 극복할 때, 시간도 무너졌다. 그동안 공간 속에 갇힌 상태에서 기다림이 길게 이어졌지만, 공간이 깨지면서 기다림도 스러지고, 이제 기다리며 시간을 보낼 필요도 없으니 시간도 무의미해졌다. 마찬가지로 공간의 폐소공포증에서도 벗어났듯이, 나는 시간의 폐소공포증에서도 벗어났다. 그것은 시간 속에서의 기다림이라는 공포증을 벗어던진 것이었고, 마침내 나는 기다림에서 벗어났다. 나는 새로운 차원으로 들어섰다.

공간의 공포증을 극복하면서 공간에 대한 관습적 논리에서 벗어났듯이, 이제 나는 시간의 공포증을 극복하면서 시간의 한계에서도 벗어났다. 그리하여 나는 논리적인 개념의

틀마저도 넘어선 것이다. 이제 내게서 시간과 공간 개념은 사라졌다. 공간과 시간이 하나가 되어, 내 몸속으로 들어왔다. 그리하여 나는 시공간의 축지법을 자유자재로 쓸 수 있게 되었고, 그것은 바로 나 자신의 정신적 축지법을 얻었음을 의미하는 것이었다. 비록 내 손이, 특히 내 오른쪽 감성 뇌가 왼쪽 이성 뇌를 압도하여 더 이상 내 몸을 정상적으로 감지하지 못하게 된 것이 사실이라 하더라도, 분명 나는 내 몸을 거인의 몸으로 만지고 보게 되었다. 이제 나는 드디어 저 빛나는, 내가 그토록 꿈꾸던 완전한 과대망상의 세계를 얻었다. 나는 거인이 되었다.

5

나는 크다. 자연스레 나는 그렇게 느끼고 생각하고 믿었다. 내 속에는 모든 것이 들어 있었다. 내 뱃속에는 수많은 포도 알들이 넝쿨째 발효 직전의 상태로 가득 들어 있어서, 그로부터 온갖 다양한 요소들이 당장이라도 쏟아져 나올 준비를 갖추고 있었다. 나는 실로 이질적이고 복합적인 것들로 이루어져 있었다. 나는 그것이야말로 진정한 거인의 면

모라고 믿어 의심치 않았다.

이제 나는 내 감각의 자발적인 의지에 나 자신을 맡겼다. 스트레스를 받으면 반사적으로 자기 몸을 줄이려는 사람이 있는가 하면, 반대로 더 크게 보이려는 사람이 있게 마련이다. 동물들의 세계에서는 그런 현상을 좀더 자주 그리고 분명하게 관찰할 수 있다. 따라서 사람들 역시 이를테면 제 몸에 바람을 잔뜩 집어넣어 부풀리는 황소개구리나, 제 꼬리를 떼어놓고 달아나는 도마뱀 같은 두 가지 부류 중에 어느 한쪽으로 분류될 수 있다.

거인이 되어 보통 인간의 성질을 넘어서게 된 후, 나는 자주 나의 변화된 상황과 동물들의 본능적 속성과의 사이에 관계를 설정하고자 했다. 그리하여 내게는 동물성이 나 자신에 대한 정신현상학적 이해로 이어졌고, 요컨대 나는 진정한 의미에서 인간적인 면, 인간성이라는 것을 가질 수 있게 되었다. 이를 두고 감각의 거인에서 감성의 거인으로 발전했다고 표현해도 과언이 아닐 것이다.

그리하여 이제 나는 예전의 나 자신에게 낯선 사람이었다. 내 몸에는 초연함과 강건함과 부드러움이 동시에 스며들었다. 나는 과거의 모든 기억과 경험을 잊고서, 내 현재의 몸을 객관적으로 지켜보고 있다. 과거나 미래가 좋을 수는 있어도, 현재가 좋기란 어렵지만, 마찬가지 이유로 우리가 믿을 바는 현재밖에 없다. 현재는 연금술의 공간이다. 이제 나는 박쥐처럼 내 몸에서 초음파를 발생시켜 공간을 감지한다. 내 긴 다리와 축지법을 이용하여 산을 휙휙 뛰어 넘어 달린다. 십여 미터 떨어진 사과가 내 눈에 들어올 때, 이미 그 사과는 내 손에 들려 있고, 잠시 방심하면 어느새 위장을 통과하여 내 뱃속에서 발효 중인 포도 알들 중의 어느 하나 속에 들어 있게 된다. 나는 언제든 나를 다른 공간으로 옮길 수 있었다. 예컨대, 과거의 기억이나 미래의 상상이나 하다못해 영화 속의 장면을 연상하고서 그 공간을 눈앞에 정확히 재현하고 나면, 나는 자연스레 나 자신을 그 속에 자리 잡게 할 수 있었다.

그러나 자유자재로 몸을 움직인다고 하여 거칠게 함부로 걸음을 옮기는 건 결코 아니다. 커다란 몸집 때문에 어쩔 수 없이 지진을 일으키듯 쿵쿵 소리를 내기는 하지만, 나는 마을을, 그 마을 속의 집이나 사람이나 동물을 짓밟는 일이 한 번도 없었다. 물론 나는 시공간을 극복하고 사물들을 초월했으므로, 비록 내가 원한다 하더라도, 특별하고 위급한 상황이 아니라면 작은 물건 하나 제대로 부술 수 없는 것이 사실이었다. 하지만 나는 거의 본능적이고 반사적으로 내 주위의 것들에 대해 항상 조심하고 배려하고 성심을 다했으며, 그것이야말로 진정한 거인의 행동이 아니겠는가, 그로 인해 나는 더욱더 무한히 팽창했다.

자동차라는 실제 물건과 보험이라는 추상적인 상품을 판매할 때도 나는 황소개구리처럼 당당하고 박쥐처럼 용의주도하고 낙타처럼 포용적이었으며, 대신 도마뱀처럼 내 커다란 몸과 정신의 작은 일부라도 포기하는 행동은 결코 보이지 않았다.

나는 변화 가능한 나 자신의 신체를 이용하여 고객들의 눈에 자동차가 돋보이게 했고, 그들로 하여금 자신들이 진정으로 원하는 것들을 찾게 했으며, 그들 자신이 원하는 경우에는 그들이 보고자 하는 풍경을 만들어주기도 했다. 그러면서 언젠가는 내 몸의 일부로 자동차를 대신할 수도 있지 않을까 하는 생각도 들었는데, 여하튼 내 몸과 정신의 특별한 상태를 가지고 보통 사람들과 공존하기 위하여 내 능력을 최대한 활용하는 것, 그것이 나의 처세술이자 생존술이었다. 그러면서도 나는 사람들을 대할 때마다, 상대방과 내가 입장이 바뀌면 나도 그와 똑같이 행동하고, 그도 나와 똑같이 행동할 수 있다는 사실을 항상 머릿속으로 되새기고자 애썼다. 거인이 되고서야 비로소 얻게 된 그 교훈

은 나로 하여금 다른 사람들과의 벽을 허무는 데 큰 도움이
되었다.

6

　이제 한 걸음 더 나아가, 내가 경험했던 일종의 금단 증
상에 대해 이야기하고자 한다. 내가 예전의 내 몸, 보통 사
람들과 다르지 않았던 그 몸을 포기하여 결과적으로 내 자
아에마저도 수정을 가하고 난 후로, 나는 실로 오랫동안 금
단 증상을 느꼈다. 어찌 보면 당연한 일일지도 모르지만,
그러나 사실 그 점은 성숙한 거인에게는 어울리지 않는, 시
급히 극복해야 할 일종의 약점이었다.
　일반적으로 사람들은 끊임없이 연인의 몸을 애무하고 아
이를 어루만지고 애완동물을 쓰다듬고 싶어하기 마련이고
그럼으로써 즐거움을 얻는 것이 사실인데, 거인에게는 그것
이 불가능했다. 불가능하다면 포기하는 것이 거인다운 행동
이었을 터이지만, 그것이 말처럼 그리 쉽지가 않았다.
　더욱이 애초에 나는 누군가를 애무한다거나 누군가로부
터 애무를 받는 일에 익숙하지 않았다. 나는 남자들이 전쟁

터에 나가서 대부분이 죽거나 행방불명이 되어, 과부들로 넘쳐나는 한 작은 마을에서 태어났다. 물론 실제로 전쟁이 벌어진 것은 아니었다. 나는 삶이라는 전장에서 무수히 버려지는 가족들에 대해 이야기하고 있는 것이다. 여하튼 어머니는 아직 어린 나를 데리고 도시로 나갔다. 그런데, 오랫동안 젊은 과부로 지낸 나의 어머니, 그녀는 나를 자주 만지거나 애무했던가. 그런 기억이 남아 있지는 않다. 아마도 그것은 그녀가 주로 남의 살을 만지는 일을 직업으로 삼았기 때문일 것이다. 그녀가 이를테면 직업병에 시달리던 나머지 내 살도 싫어하게 된 것인지, 아니면 타인들의 살로 더럽혀진 손으로 나를 만지고 싶지 않았던 것인지, 나로서는 알 수가 없다. 하지만 이유가 어떻든 내가 남들의 손길에 의존하기보다 나 자신의 손으로 내 몸을 만지게 된 데에는 어머니의 영향이 크다고 할 수밖에 없다.

다시 말하건대, 나는 거인이 되기 전까지 남들의 손길을 필요로 하지 않았다. 그런데 이제는 내가 원한다 하더라도, 더 이상 타인들의 애무를 받을 수 없게 되었다는 사실이 언젠가부터 내 속에 근거 없는 금단 증상을 불러일으킨 것이었다. 그러고 보면 금단 증상이라는 것도, 마치 전에 환지증이 그러했듯이, 내가 감성의 거인이 되면서 뒤늦게 생겨난, 나 자신의 완성을 위해 필요한 마지막 요소로 다가왔던 것일지도 모른다. 여하튼 그 금단 증상은 무한히 확장되는 내 몸속으로, 마치 돌 속에 실핏줄이 박히듯이 찾아들었다. 하지만 나는 거인다운 인내심과 자제력으로 그 증상을 조금씩 극복해 나갔다. 그리하여 언젠가부터 그 증상은 오히려 내 몸이 다만 허망하게 부풀어 올렸을 뿐인지도 모른다는 나 자신의 의구심을 가라앉히고, 내 존재 자체에 대한 현실감을 부여했다. 그로 인해 때로 나는 어떤 음악 소리가 내 과장된 몸속으로 스며드는 듯한 느낌이 들곤 했고, 또 때로는 내 몸속에서 어떤 맹랑하고 경쾌한 가락이 울리는 듯한 느낌을 받기도 했는데, 이 또한 모두 금단 증상의 결과였으며, 차츰 그런 느낌들이야말로 나를 살아 있게 하고, 살아 있다는 느낌을 받게 하고, 나아가 내 실존의 증거가 되기에 이르렀다.

그런데 공교롭게도, 사실 언젠가부터 내 운명에 공교로움이라는 것도 사라지고 말았는데, 바로 그 무렵에, 그러니까 아직 금단 증상으로부터 완전히 벗어나지 못한 상태에서 나는 한 여인을 만났다. 나를 아는 사람들 중에 거인의 몰락이 그녀로 인해 시작되었다고 말하는 자들도 있을 것이다. 내가 당연히 감수하고 이겨냈어야 할 그 금단 증상에 굴복하여 섣불리 여자를 가까이 함으로써 결국 신세를 망쳤다는 판단을 내릴 터이니 말이다.

사실, 그동안 내게 여자들은 움직이는 병풍이었다. 내가 성큼성큼 산을 넘고 강을 건널 때, 여자들이라는 존재는 잠시 내 눈길을 끄는, 그러나 내 걸음을 멈추게 하지는 않는, 근사하거나 혹은 그렇고 그런 풍경의 일부였을 뿐이었다. 달리 말하자면, 여자들은 내게 가시덤불이나 나무나 의자나 침대나 사과나 때로 휴대폰 따위를 구성하는 사물들 총합의 일부였다.

내가 만난 그 여자도 다른 여자들과 다를 바 없었다. 아마도 사람들 중에는, 내가 겪게 된 사랑이 나로 하여금 정상적인 자기감각을 회복하게 하여 거인을 몰락시켰다고 말하는 자들이 있을지도 모른다. 그런 논리라면, 나는 데릴라에 의해 파멸을 겪게 된 삼손의 운명을 되풀이한 셈이다. 그들의 눈으로 보면, 그녀는 내게 첫 여자였고, 그녀는 암초였고, 나는 그녀로 인해 좌초했다. 사실, 그 말은 얼핏 그럴 듯하게 들리기도 한다.

그러나 그것은 실제와 전혀 다르다. 거인은 초월적인 인간성을 지니고 있지만, 이른바 인간적인 인간성이라는 것도 거인의 여러 속성 중의 하나임에는 변함이 없다. 인간의 비극이란, 내가 나를 감각하는 것만으로는 결코 만족할 수 없고, 누군가가 나를, 나의 상태를 있는 그대로 감각해주어야 비로소 만족을 얻는다는 데 있다. 내가 비록 거인이었음에도 불구하고, 사정은 마찬가지였다. 농담조로 말하자면, 바로 그렇기 때문에 위대한 사람들, 이른바 거인들은 보통 사람들보다 더 많은 여자들을 필요로 하는 건지도 모른다. 거인은 다른 사람들보다 표면적이 넓기 때문에, 반대편 섹스의 존재로부터 확인받아야 할 부분도 그만큼 더 많은 것이다. 그렇게 보자면 거인은 천재와 비슷한 면이 있다.

하지만 그럼에도 불구하고 나는 여자들로부터 항상 거리를 유지하고자 애썼다. 다시금 역설적으로 말하자면, 내 표면적이 너무 넓어서 지상의 여자들로는 모두 채우는 것이 불가능하다고 여겼기 때문인지도 모른다. 그런 내가 유독 그녀에게 깊이 빠져들게 된 계기는, 나 스스로 생각해보아도 납득하기 어려운 것이었다. 나는 그녀를 본 순간, 예전에 내가 겪은 사랑의 크나큰 고통 속으로 단번에 빠져들었다. 그런데 그 고통은 내가 실제로 겪은 것이 아니었다. 실제로 겪지도 않았는데, 예전에 겪은 것으로 기억되는 그런 고통이었다. 처음에 나는 그것이 어머니의 임종 때 느낀 슬픔의 여운이 아닐까 생각했다. 그러나 분명 그것은 아니었다. 틀림없이 누군가를 깊이 사랑했다가 실연을 하게 되어 온 가슴과 온몸으로 경험한 엄청난 통증이었다.

그러나 나는 물러서지 않았다. 마치 정신적 환지증에라도 걸린 것처럼 과거의 그 실연의 고통이 망령처럼 현재의 나를 덮쳤을 때, 나는 그 고통의 극한 속에서 숨을 헐떡이며 있는 힘껏 질주했고, 그 극한의 고통 속으로 가능한 한 더욱 깊이 파고들었다. 나는 그 고통 속의 모든 것을 겸허하게 배우고자 했다. 그것이야말로 거인다운 행동이었다. 내 몸이 팽창을 시작했을 때 멈출 수 없었던 것도, 고통을 있는 그대로 받아들이는 내 성향 탓이기도 했다. 고통은 내 감각과 의식의 무한 팽창을 위한 온상이었다. 이번에도 그녀 앞에서 내 온몸은 고통으로 부풀어 올랐고, 그렇게 나는 자연스레 그녀에게 다가갔다.

그녀는 내가 일하고 있던 매장에 본사로부터 임시로 파견된 경리과 직원이었다. 내가 처음으로 본 그녀의 모습은 다소 특이했다. 인간을 연구하는 자들의 관찰에 따르면, 우리는 항상 무의식적으로 자기 자신을 재고 있다고 한다. 멍하니 앉아서 자기 팔을 쓰다듬고 엄지와 검지로 손목을 잡아보고, 혀를 뽑아서 코에 닿는지 해보고, 하릴없이 머리카락을 꼬고, 손톱을 물어뜯고, 양말에 구멍이 뚫린 것을 의식하고, 속옷의 솔기가 살을 간질이는 것을 끊임없이 느끼고 있다는 것이다.

그런데 그녀는 보통 사람들보다 그 정도가 더 심했다. 쉬지 않고 거울을 들여다보고 제 몸 위로 분주히 손을 움직이며 거의 강박적이다 싶을 정도로 자신의 외적 상태에 신경을 썼는데, 거기에 어울리게 말투도 독특했다. 그녀는 대화가 조금만 사적인 쪽으로 흘러들면, 거의 항상 말 시작에나 끝에서 '나는 말이지요, 이 김형아는 말이지요'라거나, '내가 누구예요, 김형아 아니에요'라는 표현을 빠뜨리지 않았다. 그렇듯 그녀의 외모처럼, 언제나 잔뜩 긴장해 있고 빈틈없는 자의식으로 단단하게 뭉쳐진 그녀의 자아는 흡사 매끄러운 돌멩이처럼 나라는 거인의 확장된 자아와 감각 속으로 날렵하고 민첩하게 굴러 들어왔다.

우리 사이에서 비교적 자연스럽게 대화가 이루어지기 시작했을 무렵에, 그녀는 자신이 한때 좋아했다는 사람에 대해 이야기를 늘어놓다가 두 손으로 자신의 얼굴을 감싸 쥐며 소리쳤다.

"맙소사, 그 사람이 남자였던가, 여자였던가, 이제는 그 사실도 가물가물하네. 내가 한때 사랑했던 그 사람이, 나 김형아가 그토록 그리워했던 그 사람이 어디로 사라졌지?"

그녀가 난데없이 던진 그 말은 내게 깊은 인상을 남겼다. 나는 그녀가 이를테면 증발에 대한 두려움을 가지고 있다는 것을 알았다. 그녀는 구체적인 사물은 물론이고 머릿속의 기억마저도 조금이나마 사라지는 것을 견디지 못하는 것이었으며, 그녀가 예전의 나처럼 자기 몸을 만지는 걸 멈추지 않는 것도 분명 그 때문이었다. 그녀와 내가 다른 점은 나는 거인이 되었고, 반대로 그녀는 자기무장과 자기집착과 자기애의 세계로 깊숙이 들어섰다는 사실이었다. 그러나 나는 그녀와 내가 양극단에서 서로 만나고 있다는 느낌을 받았다.

그녀는 또 이런 말을 하기도 했는데, 이 말은 그녀에 대한 나의 판단을 더욱 공고하게 만들었다.

"솔직히 인정해요. 나는 말이지요, 나 김형아는 말이에요, 누구보다 나 자신을 사랑해요. 자신을 사랑하는 것이야말로 평생 로맨스의 시작이라고 누군가가 말했지요. 그 말이 맞아요. 인간은 자기 욕망의 비닐봉지를 뒤집어쓰고 헉헉거리는 존재니까요."

그러나 그녀는 때때로 평소와는 전혀 다른 모습을 보여서 나를 놀라게 했다. 아주 잠깐씩이기는 하지만, 그녀는 의자에 앉아 창밖을 내다보는 자세로, 자신을 완전히 방기한,

이를테면 의식의 무중력 상태라고도 부를 수 있는 전적인 방심 상태에 빠져들곤 했다. 그러다가 언뜻 정신을 차리고서, 다시금 신경질적으로 자신의 몸을 학대하다가 제풀에 허탈한 표정을 짓는 것이었다.

그때 나는 그녀가 자신을 공격하는 현실의 마비감과 싸움을 벌이고 있음을 알아보았다. 거인의 큰 입과 깊은 목구멍으로 감히 말하건대, 우리는 누구든 현실에 의해, 현실적 조건에 의해 상당 부분 마비된 채 살아가기 마련이다. 우리는 그런 줄 뻔히 알면서도, 그 마비감으로 제한된 공간 속에서 자기 식으로 발버둥치는 것이 삶의 전부라고 스스로 믿고자 한다. 하기야 그 외에 달리 무슨 방법이 있겠는가. 그런 사정은 거인이 되어도 마찬가지다. 거인이라고 해봐야 현실적인 조건의 규모가 조금 더 커졌을 따름이다. 물론 그 규모의 차이는 중요하지만 말이다.

내가 보기에, 그녀가 그렇듯 끊임없이 자기 몸을 의식하고 확인하는 행위도 따지고 보면 그 마비감과 싸우고 그로부터 벗어나고자 안간힘을 쓰는 것이었다. 말하자면, 자기 감각을 통해 자기 자신의 안위를 얻으려는 게 아니라, 반대로 조금이라도 감각이 남아돌거나 겉도는 잉여의 부위가 있는지 살펴서 꼼꼼히 줄여나가거나 자기 속으로 끌어들이려는 것, 그리하여 자신을 끊임없이 축소시켜, 이 제한적으로 주어진 공간에서나마 나름대로 최대한의 자유로움을 누리고자 하는 것이었다. 분명 그녀에게는 외부의 기운에 민감하게 반응하는 미모사와도 같은 면이 있었다. 나는 여러 차례에 걸쳐 그 점을 확인할 수 있었고, 그때마다 그녀의 그런 특징에 남달리 주목한 나 자신이 섬세하고 날카로운 거인의 풍모에 어울린다고 생각했으며, 얼마 지나지 않아 그녀야말로 거인의 배필감으로 적당하다는 생각에 이르게 되었다.

그런데 그런 사실들 못지않게 중요한 점은, 내가 거인이라는 사실을 그녀 또한 오래지 않아 알아보았다는 것이었다. 나는 그녀가 내 정체를 간파했다는 사실을 또한 간파했고, 곧 그 사실을 당연하게 받아들였다. 그 순간, 지상에서 누군가 나를 알아줄 사람이 있다면, 그 누군가가 바로 그녀라는 사실에는 의심의 여지가 없었다. 나는 원한다면 언제든 산을 뛰어넘고 강을 한 걸음에 건너고 고층 빌딩 옥상에 걸터앉을 수 있다고 그녀에게 말했다. 특히 그믐밤에는 눈에 띄는 가장 높은 건물로 올라가 옥상에 웅크리고 앉아 밤을 지새운다는 말도 덧붙였다. 어느 날, 텅 빈 매장에 둘이 앉아 주문한 음식으로 점심식사를 하고 있을 때, 나는 그 말을 했다. 당연한 말이지만, 지금까지 내게는 그런 말을 할 대상이 아무도 없었다. 그러나 나는 아주 자연스럽게, 아무런 거리낌 없이 말을 늘어놓았고, 그녀는 전혀 놀라는 기색이 없이 내 말에 귀를 기울였다. 이제 그녀는 내가 지상에서 내 비밀을 밝힐 수 있는, 아무런 의심도 거북함도 없이 내 말을 들어주는 유일한 인물이 되었다.

며칠 후, 나는 내가 한 말을 그녀가 여자 동료들에게 전하는 광경과 마주쳤다. 그녀는, 내가 입 안에서 밥알을 우물거리며 그녀에게 한 말, 원한다면 언제든 산을 뛰어넘고 강을 한 걸음에 건너고 고층 빌딩 옥상에 걸터앉을 수 있다는 내용의 그 말을, 아주 진지한 표정으로, 입가에 일말의 망설임이나 잠시 스쳐 지나가는 미소의 자취도 없이, 시종일관 느긋한 어조로 주워섬겼다.

그러고는 잠시 뜸을 들였다가 자못 엄숙한 목소리로 이렇게 말했다.

"지금까지 내게는 사랑의 대상이, 단지 내 몸의 감각이 만들어낸, 내 감각 속에서만 존재하는, 내 육체 속에 들어 있는 존재일 뿐이었는데, 앞으로 그 생각이 바뀔 것 같아요. 아니, 이미 바뀌었어요, 이 김형아의 느낌으로, 그래요, 바뀐 게 틀림없어요."

그 순간, 나는 누군가 내 머리카락을 잡아당기는 듯한 느낌을 받았다. 그러자 마치 성적 흥분으로 성기가 부풀어 오르듯이 머리 전체가 팽창하기 시작했다. 그와 동시에 그녀라는 존재가, 그녀의 몸이 내 몸에 부적처럼 들러붙었다.

그러나 적어도 그 순간에는 그녀가 전혀 짐작조차 하지 못한 사실이 있었다. 그날 나는 매장이 들어 있는 십오층 건물의 옥상 위에 앉아서 머리를 아래로 늘어뜨려, 바깥에서 유리창을 통해 삼층에 있는 여성 전용 휴게실을 들여다보고 있었다. 잠시나마 그녀의 모습을 보고 싶어서였는데, 당연한 말이지만, 내가 그렇듯 그녀를 보고 그녀의 말을 들을 수 있었던 것도 거인이었기 때문에 가능한 일이었으니, 나로서는 다만 모든 것에 감사할 따름이었다. 휴게실에서는 창밖으로 스모그와 옅은 구름에 휩싸인 태양이 희끄무레하게 빛나고 있는 것이 보였을 터인데, 사실은 그게 바로 내 왼쪽 눈이었다.

7

다음 날 출근하자마자 그녀가 내게 다가와 말했다.

“당신에게 접근하면 위험하다더군요.”

“내가 위험해진다는 건가요, 다른 사람들이 위험해진다는 건가요?”

그녀는 평소같이 미모사처럼 몸을 움츠리며 소리 내어 웃었다. 그러고는 나만을 위해 은밀하게 제작된 부적처럼 비밀스런 미소를 지으며 나를 똑바로 쳐다보았다. 그리고 그날 이후로 그녀는 내 반려가 되었다.

일상생활에서도 그랬듯이, 사랑을 할 때도 거인의 몸은 곧 새로운 상황에 적응되어 그리 큰 불편함을 겪지는 않았다. 한동안 나는 쾌적했고 단순했고 행복했다. 내 몸이 누군가에게 이렇게 익숙하게 감지된다는 것, 누군가의 몸에 이렇게 편안하게 반응한다는 것, 그것은 내게 실로 놀랍고도 가슴 벅찬 경험이었다. 때로 나는 그녀에 의해 내 몸이 다른 존재로, 다른 동물의 몸으로 감지되고, 전혀 다른 사물의 본체가 나의 것으로 감지되는 듯한 신비로운 느낌을 받기도 했다.

내게 말을 건넬 때면, 그녀는 마치 내 몸속의 깊은 호수 밑바닥에서 천천히 유영하는 미지의 수중동물처럼 여겨졌다.

“산길을 걷는데, 때 이르게 하얀 나비가 한 마리 나타나 나풀거리며 날아갔어요. 그때 저만치 앞에서는 한 늙수그레한 남자가 걸어가고 있었는데, 그 남자가 나비를 보더니 지팡이를 휘둘렀어요. 단 한 번 대각선으로 허공을 그었을 뿐인데, 나비는 거기에 제대로 맞아 바닥에 떨어졌어요. 물론 나비는 잠시 날개를 부르르 떨다가 죽어버렸지요. 나는 끔찍한 느낌으로 진저리를 치며 그 남자를 바라보았어요. 그러자 정작 그 남자 자신도 당황하여 어쩔 줄 몰라 하면서 나비와 자기 지팡이를 번갈아 바라보다가, 나보다 더 끔찍하고 소름끼치는 표정으로 나를 쳐다보았어요. 그 남자가 그곳을 떠난 뒤에도 나는 그 죽어가는 나비에게서 한참 동안 눈을 뗄 수 없었어요. 그 모습은 마치 내가 뭔가를 토해놓은 듯이, 내 속에서 뭔가가 쏟아져 나온 듯했기 때문이에요.

그리고 두꺼비 반점. 조금 더 산길을 걸어 올라갔을 때, 흙바닥에 두꺼비가 납작하게 눌린 채 죽어 있는 걸 보았어요. 사실, 얼핏 보면 눈에 잘 띄지 않았어요. 두꺼비인 건 분명한데, 완전히 말라붙어서 얼핏 보면 두꺼비 모양으로 대충 오려놓은 시커먼 마분지가 바닥에 떨어져 흙과 뒤섞여 있는 것 같았거든요. 아마도 방금 전에 나비가 죽는 걸 목격한 충격이 남아 있었던 탓에, 모든 게 심상치 않게 보였고, 평소에는 그냥 지나쳤을 것들도 특별하게 눈에 띄었던 것일 테지요. 그 두꺼비 반점. 그런데 그 반점이 그 후로 어디를 가나 내 눈앞에서 어른거렸어요. 반점이 나를 따라다 녔고, 나중에는 두꺼비가 내 눈 속에서 뛰어다니는 듯했고, 급기야는 두꺼비의 혼이 내 몸에 옮겨 붙은 것 같았어요.

그 후로 오랫동안 내 눈에는 이 세상의 모든 것이 그 두 모습, 죽어가는 나비와 말라붙은 두꺼비, 그 두 끔찍한 광 경 위로 겹쳐져서 보였어요. 그런데 어느 날 당신의 몸, 그 넓고 거대한 몸을 어루만지고 애무하고 그 위에서 뛰어다니 고 잠들고 하는 동안, 그 말라붙은 두꺼비 반점이 되살아나 나비처럼 날아다녔어요. 그제야 나는 그것들로부터 자유로 워질 수 있었어요. 그리고 나 자신이 그 반점이 되어 당신 몸 위에서 살아가게 되었어요. 그 살아 있는 반점, 그러니 이제 나는 당신 몸에 반점처럼, 배꼽처럼 붙어서 당신이 가 는 곳이면 어디든 함께 가겠네."

우리가 사랑을 나누며 몸을 접촉하고 서로 애무를 할 때 면, 그녀 자신의 말마따나 마치 그녀의 몸이, 그녀의 존재 가 내 살의 한 부분에 딱 들러붙는 듯한 느낌이 들곤 했다. 그것이 특별한 몸을 가진 거인의 특별한 사랑법, 그녀와 내 가 어렵게 습득한 사랑의 기교였다. 사랑의 정점에 다가가 며 내 감각과 의식의 무한 팽창이 일어날 때면, 그때의 내 몸에 비해 그녀는 실제로 고작 배꼽 정도의 크기였다. 물론 나는 내 몸을 방 전체로 확대시켜 그녀가 내 커다란 몸에 새삼스레 위압감을 느끼지 않게 하려고 노력했다. 때로 나는 내 발을 소파처럼, 내 손톱을 액자처럼 보이게 하는 배려도 잊지 않았다. 그러나 그녀는 당연히 나의 그런 시도를 눈치채고 있었고, 내게 고마움을 느끼면서 그 상황을 즐겼다. 그녀에게 나는 '너무도 커서 오히려 숨겨진 몸을 가진 자'였다. 그녀는 나의 확대로 인해 자신을 더욱 축소시킬 수 있었고, 기꺼이 자신을 내 배꼽처럼 만들어 내게 붙어 있으려 했다. 실제로 우리가 함께 있을 때 그녀는 마치 내 배꼽인 양 행동하곤 했다.

"나는 마음을 읽어요. 내 마음을 읽지요. 내가 지금 내 마음을 읽으면 나는 당신 마음을 읽게 돼요."

이제 와서 고백하건대, 내 몸이 부풀어 오르면서 나는 배꼽을 잃어버렸다. 나는 내 넓디넓은 몸에서 배꼽이 어디에 붙어 있는지 찾을 수 없었고, 마침내 나는 내 몸이 변화를 겪으면서 배꼽이 퇴화되어버렸다는 결론을 내렸다. 다시 한 번 거인의 큰 입과 깊은 목구멍으로 감히 말하건대, 우리 남자들의 문제는 우리가 전혀 이해할 수 없는 여자라는 존재로부터 태어난다는 사실이다. 물론 나 또한 여자에게서 태어난 존재이다. 나의 어머니는 나를 낳았을 때, 단 한 번도 소리를 지르지 않은 것은 물론이고, 신음 소리조차 내지 않았다. 탯줄을 끊을 때 가위를 사용하지 못하게 하였고, 스스로 자신의 앞니를 사용하여 나를 당신의 몸으로부터 떼어냈다. 또한 그녀는 며칠 동안 그녀 자신은 물론이고 아무도 내게 말을 걸지 못하게 했다.

사실, 어머니는 지극히 낭만적인 인물이었다. 그러나 전쟁을 겪는 동안, 그녀는 자신의 정신을 포기했다. 그녀에게는 그녀 자신의 몸뚱이만 남았다. 이미 말했듯이, 어머니는 주로 남의 살을 만지는 것으로 생계를 삼았다. 미용실, 목욕탕, 안마시술소, 술집 등등이 그녀가 머물렀던 장소들이었고, 그로 인해 그녀는 자본주의와 몸의 타락한 관계에 민감했다. 그녀가 자기 자신과 남들의 몸에 대해 일찌감치 낭만적인 환멸을 보인 것도 그 때문이었다. 내가 철이 들었을 때, 그녀는 내가 듣건 말건 자주 이런 말을 내게 중얼거렸다. 너는 남들보다 오래오래 살아남을 거야, 어미인 내가 네 몸에 저주를 내렸으니까.

돌이켜보면 어머니의 그 저주야말로 내가 거인이 될 운명을 타고났다는 것과 그로 인해 배꼽을 잃어버리게 되리라는 사실을 예고한 것이었다. 그런데 나는 그렇게 퇴화된 배꼽을 나의 여인 덕분에 다시 얻었다. 그녀가 때로 나비 모양으로 또 때로 두꺼비 모양으로 나의 배꼽이 되었으니, 나는 내가 그녀를 낳고서 그녀의 탯줄을 내 어금니로 끊은 듯했다. 어둠의 공간 속에서, 그 무지막지한 고통의 순간에, 나는 끊임없이 나를 부드럽게 어루만지고 열렬하게 쓰다듬어 마침내 내 몸의 재탄생을, 자가생식, 자가증식을 이루어낸 것이나 다를 바 없었다.

그녀는 나의 자식이자 나의 배꼽이자 나의 어머니였다. 그녀가 나의 배꼽이 되어 나의 어머니가 되었다. 배꼽을 내게 내어준 어머니가 내게 배꼽이 되어 되살아났다. 비로소 나는 내 몸을 낳고서 아무렇게나 던져둔 어머니를 이해하고 용서할 수 있었다. 새로이 어머니를 얻었으니, 아니 어머니를 되살려냈으니, 거인이 되어 생겨난 처절한 외로움에 위안이 생겼다. 마침내 짝짓기의 문제가 해결되었다. 거대한 자연, 어머니 자연, 대지의 모신, 나는 그 속으로 돌아왔네.

8

그녀와 함께 지내게 됨으로 인하여, 무엇보다도 거인으로서 내 몸의 신진대사가 무척 원활하게 되었다는 점은 분명히 밝혀두어야 할 것이다. 이제 비로소 거인은 인간적인 마비 상태에서 비롯되는 금단 증상에서 거의 벗어날 수 있었다. 따라서, 미리 말하건대, 거인의 몰락은 금단 증상을 극복하지 못해서가 아니라, 오히려 그로부터 완전히 벗어났기 때문에 초래된 상황이었다. 여하튼 그리하여 나는 점점 더 진정한 의미에서 거인다워졌다. 더욱이 내게서는 나 자신의 몸에 일어난 비상식적인 현상들과 더불어 신비주의적 경향도 함께 커졌고, 사소한 돌발적인 상황도 쉽사리 황홀경으로 이어졌다. 그녀와 잠자리를 함께할 때, 나는 내 커다란 성기를 감추고서, 내 온몸의 터럭으로 성기를 대신하여 그녀의 벌거벗은 몸을 대왕오징어처럼 감싸 안았고, 그녀가 만족을 얻는 것을 보면서 나 또한 하늘의 은하수처럼 엄청난 양의 정액을 사출하곤 했다. 그럴 때면 나는 어김없이 우리 주위에서 시간과 공간의 초라한 질주를 연민 어린 눈길로 지켜보곤 했다.

더욱이, 그녀의 몸집은 여전히 작고, 아직도 축소된 상태를 지향하고 있었으나, 나 자신을 모두 수용함으로써, 그녀 또한 이를테면 거인에 가까운 존재가 되어가고 있었다.

"이제 나는 몸으로 세상을 읽어요. 내 몸으로도 읽고 당신 몸으로도 읽어요. 세상이 점점 더 넓게 읽혀져요. 어제는 산처럼 쓰러져 잠든 당신 위로 온 우주가 무너져 내리는 걸 보았어요."

모든 것을 얻은 나는 명실 공히 완전한 거인이 되어 득의 양양했다. 그러나 그 자신감과 오만함은 또한 내 속에서 하나의 괴물이 탄생했다는 뜻임을 그때는 미처 몰랐다. 미리 알지 못했기 때문에 대비하지도 못했다. 내가 그녀와 동거를 시작한 지 정확히 열아흐레째 되는 날부터 내 주변에서 괴변이 벌어지기 시작했다. 그날 아침 출근을 해보니, 매장 밖에 세워둔 십여 대 자동차의 앞 유리창이 모두 부서져 있었다. 다음 날은, 새 차로 시승을 하던 고객이 자동차 전복 사고로 사망했다. 그는 나의 오랜 고객이자 기업을 상대로 하는 전문적인 자동차 브로커였다. 다음 날은 유례없이 치밀하고 규모가 큰 보험 사기 시도가 거의 막판에 적발되었고, 또 다음 날은 내 상관인 지점장이 집에서 뜬금없이 요리를 한다고 도마 위에서 칼질을 하다가, 마치 도마뱀이 자기 꼬리를 떼어내듯이, 난데없이 단칼에 자기 손목을 잘라버리는 일도 발생했다.

그리고 그 무렵부터 내 주변에서도 장애가 생겨나기 시작했다. 나는 사람들이 눈에 띄게 나를 피한다는 사실을 감지했다. 그들은 내게서 그동안 보지 못했던 무엇인가를 보는 듯했다. 내가 가까이 가면 마치 내 그림자에마저 짓눌리는 듯한 표정을 지었다. 그러니 실적을 올리기는커녕, 아무것에도 집중하기가 어려웠다. 처음에 나는 내가 정말 거인이라면 이 정도의 문제는 현명하게 처리해야 한다고 생각했다. 그러나 곰곰이 더 생각을 해보니, 이 상황은 바로 내가 거인이기 때문에 벌어지는 것이며, 이제 거인인 내가 인간적인 일을 원만히 처리하는 데 장애가 생기는 건 오히려 당연하다는 결론에 이르렀다.

그제야 나는 이 모든 변괴, 이 괴변들이 나로 인하여, 내 감각과 의식의 무한 팽창으로 인해 일어나고 있음을 깨달았다. 나라는 존재로 인해 세상의 균형이 무너지고 있는 것이었다. 다른 사람들도 그 점을 모르지 않았다. 물론 그들은 모든 게 내 탓이라고 생각하지는 않았다. 그러나 어떤 식으로든 나와 연관되어 있다고 여기고 있는 게 분명했다.

이제 그들의 의구심 섞인 시선에 갇힌 채, 거인은 그들이 보고 있는 앞에서 풍선처럼 부풀어 올라 유리로 만들어진 정육면체 상자 속에 갇혀 있는 느낌이 들었다. 자기 몸을 그렇게 느끼자 그는 실제로 그렇게 갇혀버렸다. 이제 거인은 정육면체가 된 사내였고, 그렇게 서커스단에 팔려버린 신세가 되었다. 그리하여 이제 입술 옆에 귀가 붙어 있고,

두 눈이 각기 다른 면의 귀퉁이에 자리를 차지하고 있었다. 세상이 입체적으로 보였고, 기괴한 입체파 화가의 그림의 일부가 되었고, 스스로 그 그림의 비밀을 풀고 해답을 찾은 듯했다. 그 속에서 그는 수시로 이렇게 중얼거렸다. 1) 내가 보는 세상이 일그러진 것이다. 2) 나라는 세상이 일그러진다. 3) 나는 일그러짐이다. 실로 거인의 풍모답게, 나의 몰락은 그야말로 순식간이었다.

9

내가 어찌 손쓸 여지도 없이, 괴변은 계속하여 이어졌다. 자동차들의 앞 유리창들이 부서진 채 발견된 후 닷새째 되는 날, 나는 평소보다 일찍 귀가하여 그녀를 찾았다. 그날 아침에 그녀는 몸이 아파서 쉬고 싶다고 했고, 나는 그러라고 무심히 대답했다. 돌이켜보면, 그때 나는 그녀에게서도, 그리고 그녀가 나를 대하는 데에서도 이미 모종의 변화가 일어났음을 알았어야 했다. 여하튼 침대는 비어 있었고, 집 안 어디에서도 그녀의 모습은 보이지 않았다.

그러나 나는 그녀가 집 안 어딘가에 있다는 것을 분명히 감지할 수 있었다. 구석구석 샅샅이 뒤지고 난 후에 나는 혹시 그녀가 장난을 치거나, 아니면 나 자신이 부주의해서, 다시금 그녀가 내 몸 어딘가에 배꼽으로 붙어 있는 건 아닐까 생각했다. 나는 욕실로 가서 옷을 모두 벗고 내 몸을 거울에 비춰가며 꼼꼼히 살펴보았다. 그러나 그 예상도 빗나갔다. 집 안은 괴괴했고, 마치 폭우로 인해 침수된 듯했다. 아니, 완전히 침수되었다가 물이 빠져나간 뒤 폐허로 남겨진 것 같았다. 습기 찬 곰팡이 냄새와 썩은 내가 코에 느껴졌다.

잠시 난감한 마음으로 멍하니 거울 속을 응시하다가 고개를 옆으로 돌렸을 때, 나는 뚜껑이 열린 좌변기 속에 그녀가 들어 앉아 있는 것을 발견했다. 그녀는 축구공 반만 한 크기로 몸이 줄어들어서 그 좁은 공간에서도 그리 불편함을 느끼지 않는 듯했다. 마치 좌변기가 그녀에게는 안락한 욕조라도 되는 것 같았다. 그녀는 물에 완전히 잠긴 채 눈을 떠서 나를 올려다보고 있었다. 그 표정은 약간 느긋해 보이기까지 했다. 그녀는 물속의 물고기가 하늘을 나는 새를 보고 있는 듯한 기색이었고, 내 쪽에서는 하늘을 나는 새가 되어 물속의 물고기를 보고 있는 듯한 기분이 들었다.

그때 그녀가 뭐라고 말을 하는 듯 입을 움직였고, 그러자 그녀의 입에서 물방울과 거품이 생겨나 수면 위로 천천히 올라왔으며, 이윽고 물방울이 터지고 거품이 부글거리며 그것이 소리가 되어 내 귀에 들려왔다.

"당신은 기억하지 못하겠지만, 나를 이렇게 만든 건 바로 당신이야. 당신은 나를 저녁식사에 초대해서 이렇게 집에 가두어버렸지. 나는 더 이상 견딜 수 없었어. 엿새째 집 안에 갇힌 내가 머물 곳, 숨을 곳은 이곳밖에 없었어. 당신은 상황의 전말을 정확히 파악해야 해. 당신은 나라는 사람을 견딜 수 없었고, 내가 곁에 없는 것도 견딜 수 없었어. 당신 딴에는 사랑을 지키기 위해 사악해진 거야. 해서 나를 죄수로 만들어버렸지. 이제 당신은 자신의 기만을 깨달아야 해. 그동안 당신은 나를 포함한 다른 사람들의 감각을 흡수해왔어. 흡혈귀처럼 말이야. 흡수한다는 건 기만한다는 거야. 당신이 스스로 믿고 있는 그 거대한 몸, 그 거대한 감각체계는 실은 남들의 감각들에 기대고 그것들을 이용해서 만들어진 기만의 공간, 텅 빈 유리 상자일 뿐이야."

당연히 나는 그녀의 말을 단 한 마디도 이해할 수 없었다. 내가 확인할 수 있었던 것은 단지 마침내 그녀와 나 사이에서도 변괴가 일어나고 있다는 사실이었다. 방금 그녀가 물방울과 거품을 통해 내게 건넨 말, 그 말이 내 귀에 들려온 것도 그 기이한 사건의 한 부분이었다. 거인이 사랑을 성취하고 배필을 얻어 한 쌍을 이루었고, 그 한 쌍이 된 두 거인으로 인해 기변이 일어나고, 그 기변이 두 거인 사이에서도 일어나고 있는 것이었다.

그때 나는 그녀가 점차 스펀지 같은 것으로 변해가는 것을 느꼈다. 보이는 게 아니라 느껴졌다. 사실, 스펀지는 내가 세상에서 가장 두려워하는 물질이었다. 내가 우려했던 대로, 그 스펀지가 오래지 않아 좌변기 속의 물을 모두 빨아들였다. 곧이어 그녀는 온몸이 질척질척한 진흙 반죽 상태로 변했다. 그러더니 곧 빠른 속도로 건조해지기 시작했고, 얼마 후에는 광물질이 되어갔다. 몸이 말라 설화석고처럼 변해갔고, 그녀가 고통을 견디지 못하여 머리를 수시로 세차게 흔들 때마다 온몸에서 석회가루 같은 것이 풀풀 일어났다. 결국 그녀는 인조석으로 된 변기로, 그녀가 들어있던 변기 그 자체가 되어버렸고, 그렇게 되기까지는 채 오분도 걸리지 않았다.

나는 그 모습을 바라보며 눈이 타 들어가는 듯한 고통을 느꼈다. 마치 오디세우스가 시뻘겋게 달군 쇠막대기로 키클롭스의 눈알을 쑤실 때, 나 자신이 바로 그 키클롭스가 된 듯한 느낌이었다. 이제 나는 키클롭스와 나의 입장을 바꾸어놓았다.

그때 변기를 구성하고 있는 그 인조석 광물질 속에서 불그스름한 실핏줄 같은 것 몇 개가 푸르르 떨다가 멈춰버렸다. 하지만 그것으로 끝이 아니었다. 그 변기가 마치 사람의 엉덩이처럼 움찔거리더니 바닥에서 떨어져 공중으로 떠올라 한동안 욕실 안을 둥둥 떠다녔다. 그러다가 슬며시 거실로 나갔고, 곧 창을 통해 밖으로 빠져나가, 거리 위의 공중으로 천천히 떠올랐다. 인간의 엉덩이 모양을 닮은 그 날아다니는 변기는, 마치 소화불량에 걸린 커다란 새처럼 물똥 같은 배설물을 줄줄 흘렸다.

그 믿지 못할 광경에 나는 내 눈이 멀어버린 것 같은 먹먹함에 빠져들었다. 마치 인생의 모순과 도착이라는 사악한 태양을 너무 오래 쳐다보다가 정말로 눈이 멀어버린 것인지도 모를 일이었다. 이제 나의 감각은 나의 머릿속 생각과 마찬가지로 하나의 바닥 모를 지옥이었다. 내 시야에 들어오는 온 세상의 풍경에서 불이 물처럼 흐르고, 물이 불처럼 타오르고, 인간들 몸속에 들어 있는 물과 불이 서로 뒤섞여 그 모든 몸들이 타르처럼 녹아내리고 있었다.

10

그때 거인은 뭔가 거대하고 둥그스름한 것이 시야에 들어오는 것을 보았다. 그것은 아까 본 변기처럼 공중에서 부유하며 천천히 움직였다. 다음 순간, 거인은 그것이 바로 자기 자신의 뒤통수라는 것을 깨달았다. 예전에도 몸이 무한히 확장되던 중에, 그는 자기 뒤통수를 잠깐씩 본 적이 있었다. 그때마다 그는 자신이 몸을 둥글게 말아 자기 꼬리를 물고 있는 뱀, 우로보로스가 된 듯한 느낌을 받곤 했다. 그런데 전에는 그 뒤통수가 멈춰 서 있었는데, 지금은 그것이 움직이고 있었고, 게다가 이내 빠른 속도로 멀어지기 시작했다. 그의 뒷모습이 그에게서 달아나 까마득히 멀어지고 있었다.

그는 다시금 자신의 몸을 무한히 팽창시켜 그 뒤통수를 쫓아갔다. 그는 절체절명의 위기감을 느끼며, 입에서 놓친 그 꼬리를 다시 물기 위해 안간힘을 썼다. 그러나 그는 몸이 확장될수록 점점 더 답답하고 숨이 막히는 것을 느꼈다. 그제야 그는 깨달았다. 그로서는 시간과 공간의 폐소공포증에서는 벗어날 수 있었으나, 삶 자체의 폐소공포증, 그로부터는 결코 벗어날 수가 없었다. 그것이야말로 그가 몰락한 거인이 되고서야 깨닫게 된 사실이었다.

지금까지 그는 공포증에 걸리지 않는다는 이유로 자기가 건강한 것으로 자부하며 살아가는 속물들을 비웃었지만, 그 자신이야말로 가장 지독한 속물이었다. 우로보로스를 흉내내어 제 몸으로 똬리를 틀고 스스로 닫힌 체계를 만들어내 세상에 대해 문을 걸어 잠그는 것, 그 속에서 무한 확장의 착각에 빠지는 것, 그 결과 지금 그는 삶 자체의 폐소공포증이 만들어내는 소용돌이, 그 비정하고 끔찍한 무한 나선 속으로 빨려들고 있는 것이었다. 생각이 생각으로 꼬리를 물고 일어나듯, 고통 속에서 감각이 감각으로 꼬리를 물고서 끊임없이 일어났다. 아, 도저하고도 허망한 팽창, 확장이여!

그 깨달음이 아프게 밀려들자마자, 그는 온몸이 뒤틀리는 것을 느꼈다. 너무도 좁은 지상의 한계가 상상도 못했던 힘으로 그의 몸을 짓눌렀다. 그는 그 고통스런 상황의 원인을 알 수 있었다. 그의 속에 흡수되어 있던 다른 모든 이들의 각기 다른 감각들이 마침내 서로 부딪치며 발광을 일으킨 것이었다. 그는 사지를 버둥거리며 이리저리 뛰기 시작했다. 이 우로보로스 상태를 풀어버리면 뱀 머리 장식 우라에 우스를 보게 되지 않을까. 그때 난데없이 울려 퍼지는 엄청난 두꺼비 울음소리. 거인은 그 소리에 놀라 더욱 허둥거리며 날뛰고, 거인의 발밑에서는 수많은 두꺼비들이 그의 큼직한 발에 밟혀 퍽퍽 소리를 내며 터지고 있었다. 거인은 자신의 몸이 유리벽으로 이루어진 전자레인지 속에서 빙글빙글 돌아가며 갈가리 찢어지고 있는 듯한 느낌이 들었다. 변괴와도 같은 깨달음으로 인해 온 세상이 혼란 속으로 빠져들었다. 마침내 우주의 리듬이 깨졌고, 이제 그는 자신도 모르는 사이에 조심성을 완전히 잃어버리고서 쿵쾅거리며 함부로 걸음을 내디뎠다. 그의 발에 차이고 밟힌 모든 것들이 모래탑처럼 무너지고 부서졌다.

마침내 그는 무너지는 벽에 밀려 바닥에 쓰러졌다. 그는 성벽처럼 육중한 자신의 몸에 깔려 사지가 부서지며 죽음을 맞았다. 죽음의 순간에, 그는 자신이 한없이 작은 하나의 점으로 응축되는 듯한 현기증을 느꼈다. 그러나 역설적이게도 마지막으로 한 번 더 그는 그 오그라드는 현기증 속에서 자신의 감각과 의식이 무한히 팽창하는 느낌을 받았다. 그리고 그때 그는 오직 역설만이 지상의 진실임을, 삶 그 자체의 폐소공포증, 그 고통으로부터 벗어나지 못한다고 해도, 자신의 삶이 단지 그 공포와 고통에 맞서 싸우는 과정이었다는 사실을 받아들였다.

죽기 직전에 마지막으로 한 번 더 시공을 초월한 그의 귀에, 사람들이 그의 주검을 앞에 놓고서 왈가왈부하는 소리가 일종의 후일담처럼 들려왔다. 사람들은 거인이 죽기 직전에 끔찍하게 울부짖으며 소리를 질렀다고 말했다. 처음에는 그 절규가 '나도 인간이다'라는 소리로 들렸다고 했다. 그러나 좀더 귀 기울여 들어보니, 그 소리는, '나는 인간이 아니다'라는 말로 들리기도 했다는 것이었다.

나는 분명 나 자신의 귀로 들은 그들의 말을 그러나 쓴웃음을 지으며 흘려버렸다. 그러고 보면 나의 능력은 실로 상상을 초월하는 것이었고, 내 종말이 이토록 비참할 수밖에 없었던 것도 바로 그 때문이었다. 돌이켜보건대, 이 한평생, 나는 탄생과 영달과 몰락을 한순간에 관통한 거인이었다. 이제 나의 주검은 납작하게 말라붙은 두꺼비 시체 모양의 부적으로 이 세상 어딘가에 붙어 있을 것이다. 이 세상의 모든 허물, 큰 허물을 뒤집어쓴 자, 나는 거인이다.

아담의 말
— 최수철 소설집『몽타주』에 대하여

복도훈

자신의 목을 든 세례요한

독자층의 외면과 거부를 주된 목적으로 삼는 소설을 어떻게 보아야 할 것인가. 소설은 무엇보다도 어려워야 한다고, 소설 읽기는 집중과 인내력, 골치 아픈 두뇌 싸움을 요구하는 행위여야 한다고, 편안한 소파나 침대에 누워 TV 채널 돌리듯 가볍게 소비되는 상품이 절대로 아니라고 항변하는 소설을 어떻게 받아들여야 할까. 물화와 소외를 자초하는 위험에 자신을 내맡겨 자가생식과 무염시태(無染始胎)의 아찔한 즐거움을 향유하는 인상을 주는 소설에 대해 뭐라고 말해야 할 것인가. 더구나 여느 비평의 지적·분석적 언어마저 무화시킬 정도로 소설 쓰기에 대한 치밀한 자의식으로 중무장한 소설을 읽고, 요약하고, 분류해서 하나의 해석으로 정형화하는 행위는 어떤 쓸모가 있는 것일까. 도대체 그런 일이 가능하기나 한 것일까. 혹 그러한 소설에 대한 비평조차도 언어를 통해 언어를, 감각을 통해 감각을 반성하고, 자의식을 통해 자의식을, 문학을 통해 문학을 반성하는 저 이중의 게임을 벌이는 반인반수의 제물이 되고 마는 것은 아닐까. 더군다나 딱딱한 일직선 하나만으로 미로를, 거미줄 엉킨 욕조로 무간지옥을 만드는 소설이 아니던가. 이처럼 최수철의 신작 소설집『몽타주』를 읽으면서 비평 행위의 그 실존이 심한 타격을 받는 듯한 위협감이 드는 것은 어찌된 일일까. 아마 최수철 소설을 비밀스럽게 향유하던 누군가 소수의 독자들이『몽타주』를, 잘려진 자신의 머리를 들고 나타난 세례요한의 말없는 외침을 기꺼이 반길 준비가 되어 있을 거라는 망상에 이르면, 이러한 당혹감은 더욱 증폭되기만 한다. 마음은 갈수록 조급해지지만, 글 걸음을 떼기는 적잖이 힘이 든다.

잘려진 자신의 목을 든 세례요한이라고 했지만, 이렇게 말한 연유는『몽타주』의 표제작이 암시하듯, 남의 얼굴만을 몽타주하던 화가가 짜깁기된 자신의 개성 대신 제 얼굴의 실상을 찾기 위해 누더기가 된 몸을 이끌고 길을 떠나는

모습이 세례요한을 연상시키기 때문이다. 또한, 자신의 잘
려진 목을 든 세례요한이『몽타주』의 소설적 방법을 대표하
는 형상 중 하나이기 때문이다. 우선 전설 속의 세례요한이
예언자, 순교자이자 동시에 자신의 머리를 직접 들고 길을
나서는 부조리한 신체의 형상이라는 점에 주목해야겠다.
『몽타주』에 비추어 이를 다시 번역해본다면, 최수철에게
소설(가)은 그 사용가치를 다한 이 시대의 세례요한(의 외
침)에 가까우며, 그 형상은 너덜너덜하게 으깨어지는 방식
으로 자신을 해체하는 신체에 가깝다고 할 수 있다. 그는
마치 ''나'는 (이미) 죽었다'는 부조리한 문장을 (여전히 살
아) 발화하는 '나'와 참으로 닮아 있다. 잘 알려진 대로, 최
수철 자신은 일찌감치 자신의 소설 쓰기를 "문학의 이름으
로 문학을 위반하는 행위"(『내 정신의 그믐』, 1995, 작가후
기)로 정의한 바 있다. 그것은『공중누각』(1985)과 같은 초
기작들에서는 친숙하다고 여겨진 대상과 현실에 대한 자의
식의 섬뜩한 이격(離隔)을 통해, 『매미』(2000)에서는 존재
와 기억에 대한 직접적인 변신을 통해 행해졌다. 이번 소설
집『몽타주』를 대략 일별할 때, 무엇보다 눈에 띄는 것은
즉자적인 독서를 어지럽히고 방해하는 저 감각의 무수한 혼
란들과 망상들이다. 그 혼란들은 동시에 '누가 진정으로 살

아 있는가'라는 단 하나의 질문을 중심으로 회전한다고 생각된다. 살아 있음, 그것은 삶과 죽음을 둘러싼 실존적 문제이기도 하지만, 이미 최근작 장편『페스트』(2005)에서도 확인된 것처럼, 구원의 문제이기도 하다.

누군가 나는 살아 있다고 말할 때, 그는 외부와 자신에 대한 감각적 확신을 통해 살아 있음을 확신하는가, 아니면 모든 것, 심지어 감각마저도 의심하고 더 이상 의심할 수 없는 자의식의 명징한 확실성을 통해 그렇게 말하는가.『몽타주』이전의 최수철의 어떤 소설들은 주로 후자의 방법론에 근거해 인격, 자아, 개성 등의 허구적 정체성 및 전자의 감각적 확실성 또한 의문시하는 코기토의 현상학이었다. 최수철 소설의 코기토는 데카르트의 그것과 비교해볼 때 결론은 확실히 다르다. 그러나 방법과 절차는 여전히 똑같다. 데카르트가 '사고하는 나'의 확실성을 신이라는 타자에 의해 최후에 보증 받은 것으로 간주하고 안심한다면, 최수철 소설의 주인공들에게는 자신을 보증할 신 또는 타자가 없다는 점에서 그 둘은 분명 차이가 있다. 최수철의 소설에서 '나는 죽었다'고 말하는 그 '나'의 여러 형상들이 스스로를 심문하면서 자백하고 자백하면서 심문하는 악순환의 괴로움을 몸소 체현하고 있는 자들인 것은 그 때문이다. 그들에

474

게 구원은 곧 저주이며, 저주는 구원이고, 죽음이 삶이라면, 삶은 곧 죽음이 된다. 타자(신)가 없으므로, 최수철의 주인공들이 믿을 수 있는 것은 무한히 해체되었다가 복원되는 자기 자신과 말뿐이다. 말 또한 사물을 죽이고 사물의 개념과 이름을 얻지만, 그러한 방식으로 말과 사물은 '불멸과 소멸'을 거듭한다. 말하는 존재인 한, 그들은 이야기를 끝낼 수도 없고 끝내지 않을 수도 없다. 그것은 계속되어야 한다! 지난 20여 년간 최수철의 소설적 노력은 이러한 계속됨, 끝낼 수도 없고 끝내지 않을 수도 없는 괴로운 무한과의 힘겨운 싸움의 노력이었다. 지금까지의 최수철의 작품 분량이 그토록 방대하다는 사실이 그리 놀라운 일은 아닌 것이다. 여하튼 그 절차와 방법은 이랬다. 우선 자신에 의해 지각되는 모든 외적·동물적·인간적 존재로부터 빠져나오는 방법을 통해, 예컨대 『매미』에서처럼 매미의 강한 울음소리로, '자기'의 모든 내용물을 최대한 비워버린 다음, 비가시적 존재를, 최수철의 데뷔작 「맹점」(1981)에서 보듯, 쏘아붙이는 듯한 눈이 그 자신을 볼 수 없는 맹점(盲點)을 형상화하는 것이다. 그렇지만 이러한 방법은 단 하나의 가시적 존재이자 제거할 수 없는 코기토와 필연적으로 맞닥뜨리게 된다. 비록 '텅 빈' 코기토라고 하더라도, 그 코기토마저 지워버릴 수는 없는 것일까. 없다. 물론 『매미』에서처럼, 변신과 기억의 혼란을 통해 코기토의 근간인 인간 존재 자체의 확실성을 의문시하는 방법이 없는 것은 아니다. 그러나 그것은 여전히, 더욱 확장된 코기토로, 마치 뒤집어놓은 매미처럼 요란하게 제자리를 계속 맴돌 뿐이다. 코기토가 아니라 코기토의 담지자인 신체가 문제시되는 것은 바로 여기, 바로 이 지점이다. 그것은 코기토가 자신의 확실성을 세우기 위해 일찌감치 비워버리고 증발시킨 타자이며, 더 나아가 그 타자는 코기토가 미처 알아차리지 못한, 자신의 일거수일투족을 응시하는 시선을 벗어난, 예기치 못한 돌발 상황, '사건'으로 확장된다. 마지막에 다시 이야기하겠지만, 동물들의 울음소리, 여자들, 그들과의 만남과 사랑은 그러한 사건에 대한 다른 '이름'이다.

인력과 척력

　최수철 소설의 주인공들이 일관되게 인격이나 개성을 지닌 인물이라기보다는 코기토를 실연(實演)하는 실험적 주체이거나 분신, 배치의 형상이라는 것은 어렵지 않게 파악할 수 있다. 『몽타주』에 등장하는 인물들은 여전히 작가적 의식과 언어적 실험을 배당받은 주체이지만, 이전의 최수철 소설의 인물들과는 다소 다르다는 점에서 눈길을 끈다. 무엇보다도 이들은 사유하기에 앞서 뭔가를 환각하고 망상하거나 오감(五感)에 민감한 존재들이며, 히스테리성 마비를 느끼거나 존재하지도 않는 팔다리를 감각하는 환지증자이거나 조증 환자, 요컨대 증상적인 인간들이다. 그들은 자신이 물속에 살고 있다고 감각하거나(「확신」), 창자가 없다고 여기거나(「창자 없이 살아가기」), 머리가 떨어져나가는 환영을 느끼거나(「진부한 일상」「몽타주」), 머리에 동상이 걸렸다고 하거나(「첫사랑에 관하여」), 욕조에서 수생식물과 심해의 물고기가 자라나오는 것을 보거나(「격렬한 삶」), 자신의 몸이 누더기처럼 너덜너덜하다고 느끼거나(「채널 부수기」), 자신을 거인이라고 여긴다(「거인」). 믿을 것이 못 되는 게 보통 감각이라고들 하지만, 감각이야말로 최수철 소설의 작중인물들이 시종일관 유일하게 믿고 따르는 어떤 것이다. 더군다나 착란과 혼돈의 감각을. 그렇다면 외부 세계는 그것과 무관하게 자명하고 합리적인 것인가. 최수철 소설의 주인공들이 앓고 있는 환각과 광기는 다만 그들 자신만의 주관적 착각에 불과한 것일까. 그렇지 않다. 『몽타주』는 한 인물에 대해 1·2·3인칭 시점을 다각도로 교차하는 방법을 씀으로써 자칫 있을 법한 인물들의 비현실감에 입체감을 부여한다. 그리고 그들이 보고 감각하고 체험하는 딱딱하고 견고한 현실은 삐딱한 각도로 조명을 받아 물속에 비친 금속막대마냥 구부러진다. 도시는 머리 없는 시체들이 낙하하는 전시장이(「진부한 일상」), 법정은 똥물이 우글거리는 창자 속이(「창자 없이 살아가기」), 최첨단 정보관리시스템은 삭막한 무덤이(「메신저」) 된다.

「확신」과 같은 단편에서처럼, 최수철 소설의 주인공들이 만나는 외부 세계는 우선 선험적 죽음과 폐허의 이미지들로 가득 차 있다. 「확신」에서 불혹을 맞은 주인공 '그'는 언젠가부터 자신의 귓가와 얼굴에 파도치는 소리와 바닷바람이 부는 환각을 강렬하게 느끼기 시작한다. 물가에 있으면 이상하게도 온몸에 힘이 빠져나가고 무기력감에 빠져들게 되면서 물은 그에게 "죽음의 감각"을 일깨운다. 불혹의 나이가 뜻하는 것과는 정반대로 그는 도리어 삶에 확신이 없어지는 것을 느낀다. 불혹(不惑)의 나이에 미혹(迷惑)이라니! 이상한 낌새를 챈 친구는 청별도에 있는 자신의 고향집에서 요양을 권유하고 그는 섬에 머무르기 시작한다. 그러나 섬 도처에서 그가 실제로 보게 되는 것은 "체액이 빨린 뒤 껍질만 남은 곤충들" "동그랗게 오그라든 채 죽어 있는 거미들" "마당 곳곳에 죽어 있는 지렁이들" "반쯤 채워진 누르스름한 물

478

속"의 벌레들, 그리고 "사람의 몸에서 뼈만 남기고 살을 발라내고 있는 듯한 인상"을 주는 유물 발굴 현장 등 온통 죽어 있는 것들뿐이다. 그 밖에도 '그'는 미각(식욕을 앗아가는 곰팡이의 푸르스름한 솜털), 후각(욕조에서 풍기는 시큼한 냄새)을 차츰 잃어버리게 되면서 "죽음이라는 것이 그의 주변에 물처럼 존재"하는 것을 느낀다. 물은 그에게 공포와 동시에 매혹의 대상이 되며, "물속에서 삶과 죽음"은 하나가 된다. 물기가 빠진 주검의 딱딱한 각질들로 표상되는 생명력 없는 세계는 한편으로는 '그'가 집주인인 노인의 요구로 어쩔 수 없이 함께 들으러 간 면장의 연설, "확신 없는 삶은 지옥"이라는 명제가 표상하는 세상살이의 냉정한 법치와 연결된다. 다시 말해, 면장의 확신에 가득 찬 연설에 따르면, '그'에게 확신 없는 삶이란 세상이 운행하는 법칙에서 밀려난 삶이며, 더 나아가 그 법칙으로부터 스스로를 추방시켜야 마땅한 듯한 위압감을 주는 삶이다. 그런데 '그'가 도처에서 본 주검과 무덤의 세계는 도리어 면장처럼 삶에 확신을 요구하는 세계와 등가인 셈이 된다. 이쯤 되면, '그'가 체험한 수많은 물의 환각과 자신이 "점토 인형처럼" "끈적끈적하게 녹아가고 있다는 느낌"이 단순히 감각상의 주관적 착란이 아니라, '확신 없는 삶은 지옥'이라는 식의 세상의 이치에 대해 주체가 품는 이질감과 위화감이라는 것은 능히 짐작 가능하다. 배를 타고 물이 손짓하고 유혹하는 곳으로 나아 가는 환각 속 주인공의 마지막 모습은 확신을 강요하는 세상 으로부터의 자발적 유배이자, 자기소멸의 제스처다.

「진부한 일상」과 같은 단편에서는「확신」에서의 면장의 말과 이에 대한 주인공의 반작용이 더욱 격렬하게 변주되어 표현된다. "세상은 진부함의 관습에 참여하느냐 마느냐라 는 잣대로 인간을 판단한다. 그 관습을 거부하는 자는 악한 자, 미친 자, 홀린 자다"(「진부한 일상」).「확신」이 확신으 로 가득 찬 삶과 세상에 대한 주체의 일방적인 척력의 산물 이라면,「진부한 일상」은 진부한 일상 쪽에서 주체에게 강 요하고 그를 잡아당기는 인력에 대한 반작용을 그리고 있는 소설이다. "삶은 부조리하지도, 지리하지도 않다. 단지 진 부할 뿐이다"라고 반복해서 되뇌는 이 소설의 주인공과 그 를 둘러싼 세계는 어떠한 모습인가. 회사와 아내의 눈총 때 문에 어쩔 수 없이 강연 요청을 수락하고 어느 도시로 가야 하는 자유기고가 '그'는 강연 요청과 수락이 "일종의 실수" 라고 생각하는 남자이다. 그에게 결혼 후의 삶이란 진부함 으로 가득 차 있으며, 진부한 세상과 표현만이 강요되는 곳 에서 그는 "수행을 한다는 수도승처럼 살아갈 수밖에 없"는 처지이다. 그런 점에서 이번의 강연은 유폐된 자신의 삶을 잠시 청산하고 "사회에 복귀하고 싶은 욕구"의 표현으로도 볼 수 있다. 그렇지만 도시로 가는 비행기에 오르자마자 그에게 "목이 뻣뻣해지는" 증상이 나타나기 시작한다. 급기야 그는 "목 위에 머리가 잘못 붙어 있다는 느낌"에 사로잡히고 나중에는 "거울 속의 그의 얼굴이 메두사의 머리가 되어 그에게 최면을" 가해 꼼짝할 수 없도록 만드는 것을 경험한다. 증상은 강연 도중에도 계속되며, 강연이 끝난 후 자신을 초대한 회사 간부들과의 회식자리에서 진부한 말들은 계속 이어진다. 만취한 채 찻집 여주인과 하룻밤을 보낸 그에게 자신이 되돌아가야 하는 세계, 비정한 도시는 이렇게 표현된다. "목격자가 없는 도시. 그를 불러들였지만 그에게 관심조차 없는 도시, 그러면서도 그를 보내주지 않고 붙들어두려는 도시, 메두사의 잘린 머리와도 같은 도시." 결국, 목 위에 머리가 잘못 붙어 있다는 잉여의 느낌, 나아가 떨어진 자신의 목을 들고 세상을 야유하는 (나중에 「몽타주」에서도 변주되는 저 세례요한을 닮은) 주인공의 최후의 모습은 그가 진부함으로 가득 찬 세상과 도시에서 잉여의, 쓸모없는, 낭비된 존재에 다름 아니라는 것에 대한 증상적 표출이자, 메두사의 머리로 메두사와도 같은 세상의 진부함을 되비추고 되돌려주려는 주체의 저항으로 읽을 수 있다.

그렇지만 『몽타주』에서 주인공들을 느닷없이 엄습하여 그들을 지배하는 망상과 광기, 감각의 착란은 현대인의 자기소외와 실존의 불우함을 증명하는 돌발적인 상황이라기보다는 그들에게 "존재 의미를 밝혀주는 상징이 다가서는 순간" "첫사랑의 순간"(「첫사랑」), 하나의 사건으로 읽어야 한다. 그 전에 우선 『몽타주』의 주인공들을 사로잡아 놓아주지 않는 데다가 그들마저 삼켜버리는 감각의 착란과 반란, 어지러운 망상들의 중추를 더듬을 필요가 있다.

모두가 왕이라고 하는……

"거지인데도 왕이라고, 벌거벗고 있으면서 황금과 자색(紫色) 의상을 걸치고 있다고 계속 주장하거나 자신이 항아리라고 혹은 유리 몸을 가지고 있다고 상상하는 그러한 사람들"이 있다. 데카르트의 『성찰』의 첫번째 항목에서 만날 수 있었지만 곧 침묵 속으로 빠져버리고 마는 이 전설적인 광인들은, 데카르트에 따르면, 감각을 기만하는 '사악한 천재Malin Genie'가 부린 속임수의 희생자들이다. 그들은 자신들이 뭔가를 보고 있다고 상상하는 자들이 아니다. 오히려 그들은 상상해야 하는 것을 실제로 느끼고 감각하는 존재들이다. 이에 비해서 근대철학의 '아버지' 데카르트는 어떤가. 그는 실내복을 입고 종이를 들고 난롯불 곁에 앉아 있으면서 이렇게 말한다. "어떻게 여기 이 두 손과 여기 이 종이가 내 것이라는 바를 부인할 수 있겠는가. 만일 내가 나를 정신이 돈 사람들과 같다고 여기면 또 모르겠지만." 그러나 감각상의 증거로, 자신의 따뜻한 손과 발을 만지고 종이를 들고 있음을 통해 데카르트가 저 형이상학적 착란자들을 조롱할 때, 그는 한 가지 중대한 실수를 저지르고 있다. 당신이 실제의 당신과 같다고 말할 때, 대부분 그렇게 하듯이 당신이 자신의 신체를 직접 만지고 느끼는 감각상의 확실한 증거를 통해 당신 자신을 정상인으로 판단할 때, 그러한 판단은 광인들이 자신의 신체를 실제로 감각하고 느끼고 판단하는 것과 다른 절차와 추론 과정을 갖고 있는 것인가. 물론, 당신의 몸이 유리이거나 항아리가 아님을 당신 자신을 포함한 정상인인 사람들은 매우 잘 알고 있다. 그렇지만 광인이 자신의 몸이 유리이며 항아리라고, 실제로 유리와 항아리로 느끼고 감각할 때 감각상의 확실한 증거를 갖고 있는 당신과 정상인인 다른 사람들은 광인이 감각하는 바가 틀렸다고 말할 수 있는 근거가 있는 것일까. 마침내 이리하여 당신이 유리 몸을 지니고 있다고 믿는 사람을 광인이라고 판단할 때, 광기를 판단하는 유일한 기준이 되는 것은 당신을 포함한 다수의 암묵적인 동의뿐이다. 다수에 속한다고 자부하는 당신의 광기는 당신이 소수에 속하는 타인의 광기를 의심할 때, 가장 명백해진다(미란 보조비치, 『암흑지점』, 이성민 옮김, 도서출판 b, 2004, p.132). 그렇다면 자신이 항아리라고 주장하는 사람을 광인이라고 판단하고 의심하는 데카르트적 코기토는 곧 또 다른 광기이거나 광기의 다른 제스처일 수 있다. 어떻게 보면, 자신을 아버지라고 생각하는 아버지 또한 자신을 왕이라고 생각하는 거지 못지않게 미친 자다.

다소 길게 서술된 감이 있지만, 『몽타주』의 모든 주인공들은 말할 것도 없이 데카르트가 철학적으로 기각해버린 저 광인들과 닮아 있다. 물론 다른 점이 없는 것은 아니다. 데카르트의 저 광인들이 자신의 몸이 유리로 만들어졌다는 사실에 대해 한 톨의 의심도 보이지 않는다면, 『몽타주』에 등장하는 감각의 착란자들은 자신들에게 벌어진 기괴한 감각상의 혼란과 광기, 망상에 놀라워하며 곧 그것들을 점검한다. 물론 그 노력은 대개 실패로 돌아가지만 말이다. 「거인」의 주인공의 경우, 확장되는 몸의 감각은 그것을 통제하려는 수많은 계산법, 예를 들면 자신의 신체의 움직임을 낱

낱이 파악하려는 "자기 수용기"와 미쳐 날뛰는 혼돈의 감각을 정리하려는 "감각분산법"을 일일이 물리친다. 감각은 그 정확함과 부정확함의 경계를 광기와 정상만큼이나 가늠하기 힘든 몸의 반응이다. 여기에 그 결정적인 단서가 될 만한 구절이 씌어 있다.

그러나 그때 이미 나는 나 자신의 자기감각이 반드시 정확한 것은 아니라는 사실도 알고 있었다. 사실, 우리는 자신의 신체상에 대해 과장된 느낌을 가지게 마련이어서, 예를 들어 아이들이 사람을 그릴 때 머리와 손과 입과 때로 생식기를 크게 그려넣는 것도 자신의 몸을, 혹은 타인의 몸을 그렇게 느끼기 때문인 것이다. 그렇듯 나 역시 수시로 내 몸에 대해 터무니없이 과장된 느낌을 가지곤 했다. 그러나 다행스럽게도 내게서는 그렇듯 정확한 자기감각과 부정확한 자기감각이 반드시 서로 상충되는 것은 아니었다. (p.428)

「거인」은 한때는 자폐증을 경험했지만, 언젠가부터 몸이 수시로 무한히 확장되어 그 크기를 도저히 가늠할 수 없는 상태에서 시공간의 폐소공포증을 극복하고 마침내 산과 강을 넘고 한 여자와 사랑도 나누었으나 "삶 자체의 폐소공포증"은 끝내 극복하지 못한 채 마침내 무너지는 벽에 깔려죽게 된 한 자동차 세일즈맨의 이야기이다. 소설은 1인칭과 3인칭, 거인이 된 '나'의 대부분의 고백과 거인이 된 '그'를 이따금씩 관찰하는 소설 후반부 제3의 시선으로 교차 서술되면서 거인의 이야기에 사실적 신빙성을 더한다. 주인공에게 일어난 몸의 확장이 환지증, 즉 "사고로 팔이나 다리를 잃은 사람이 이미 사라진 팔다리에서 가려움 따위의 감각을 느낀다는 증세"와 비슷하다는 점에서 우선 흥미를 끈다. "물론 내 경우에는 붙어 있다가 잘려나간 것이 아니라, 애초에 존재하지 않았던, 나중에 무의식적으로 상상했던 신체의 부분에 대한 감각을 느끼기 시작한 것이라 할 수 있었다. 하지만 그렇다고 하면 대체 나는 어떻게 늘어나고 커진 내 몸을 이토록 생생하게 감지하고 또 때로 내 눈으로 직접 볼 수 있다는 말인가"(p.434). 앞서 서술하고 요약한 철학적 일화로 다시 한 번 더 돌아가는 것이 허락된다면 환지증, 정확한 정신의학적 명칭으로는 환영수족환각(phantom limb hallucinations) 역시 감각의 착란과 관련되어 새로운 명상을 요구한다. 비가시적 신체, 잃어버린 팔다리의 부위에서 실제적인 고통이나 생생한 가려움증을 느끼는 환영수족환각은 일단 물질적 신체를 잃어버리고 난 후에 느끼고 감각하기 시작하는 어떤 것처럼 보인다. 그럼 환지증자들이 느끼고 감각하는 것은 실제로 무엇인가. 데카르트적 광인들의 사례에서 살펴보았듯 그것을 단순한 의미에서 환각이라고 말하는 것이 더 이상 허락되지 않는다면, 추가적인 성찰이 그만큼 요구된다. 인용문에서처럼, 거인의 환각은 환지증의 환각과는 정반대의 순서로 이루어진다. 환지증자는 잃어버린 팔다리를 감각하는 것을 통해 죽은 신체가 재생하는 것을 경험한다. 이에 비해 거인은 애초부터 상상했던 신체의 부분이 확장되고 커지는 감각을 통해 죽기 이전의 신체가 재생하는 것을 경험한다. 과감히 말해보면, 거인과 같은 신체의 재생은 물질적이고도 유한한 신체의 죽음을 기다릴 필요가 전혀 없다. 거인은 죽음이나 절단을 필요로 하지 않는 신체 재생의 극적인 예다. "나는 내가 새로운 인간으로 다시 태어났다는 것을 알았다"고 거인은 말한다. 그렇다면, 물질적 신체는, 거인의 편에서 볼 때, 혹시 처음부터, 죽어 있던 신체는 아닐까. 거인과 같은 신체의 부활에 어떠한 효력도 주지 않는다면, 물질적 신체, 또는 감각적 외부 경험의 현상 모두는 애초부터 환영들이거나 죽음의 증거들은 아니었을까. 광기의 주인공들의 환각이 정상인들의 감각, 살아 있음의 실체를 드러내는 것처럼 말이다. 이제, 감각의 착란은 감각의 반란이 된다.

「거인」은 이처럼 환지증 또는 거인 됨의 형이상학적 비밀을 드러내는 동시에, 『몽타주』에서 현실이나 일상, 외부 세계라고 부르는 것의 진정한 실체를 드러낸다. "우리는 누구든 현실에 의해, 현실적 조건에 의해 상당 부분 마비된 채 살아가기 마련이다"라고 거인은 주장한다. 거인의 이 말은 외적 현실, 일상, 그에 대한 감각적 경험 모두가 이미 처음부터 죽어 있었다는 뜻이다. 『몽타주』에서 그토록 수없이 되풀이되는 '마비'라는 말은 '죽음'이라는 단어와 이제 얼마든지 바꾸어 쓸 수 있게 되었다.

······당신은 살아 있는가

따라서 최수철 소설의 주인공들은, 이를테면, 죽음을 살고 있는, 죽음을 살아갈 수밖에 없는 역설적인 운명을 타고난 사람들이다. 이렇게 된 바에야 『몽타주』의 산송장과 같은 주인공들은 차라리 스스로 죽음을 선택하는 것이 나을 법도 할 텐데, 과연 그들은 상당수 자발적인 죽음과 사라짐을 택한다. 「창자 없이 살아가기」와 「첫사랑에 관하여」에서처럼 당장 글을 써야 하는 주인공들을 제외하고는. 그렇다면 나머지, 글을 쓸 줄 모르는 무지한 대다수는 어떻게 되는가. 어떻게 자신들이 죽었다는 사실을 모르고서도 사람들은 현실을 살아갈 수 있는가. 유일하게 가능한 답변은 현실 또한 적당히 죽음과 환각, 광기를 품은 채로 그 나름의 시스템을 운영하고 있다고 말하는 것이다. 다른 말로, 현실은 광기를 결코 배제하지 않는다. 약간의 광기, 환각이야말로 현실을, 그 안에서 살아가는 사람들을 제정신으로 만든다. "사람은 누구나 나름대로 미친 짓을 하기 때문에 미치지 않는다, 따라서 우리 모두가 반쯤 미친 사람들이다"(「첫사랑에 관하여」)라는 말은 그래서 극히 온당하게 들린다. 이것은 한편으로는, 「채널 부수기」와 같이, TV, 휴대폰과 같은 현대의 통신문명이 지배하는 삶에 대한 우언(寓言)이 말하고자 하는 바이기도 하다. 현대인들은 어머니의 뱃속에서 태어나는 것이 아니라 채널에서 태어난다. "채널이 나의 어머니다." 그들은 정적 상태보다 TV에서 흘러나오는 잡음과 화면이 있을 때, 그 공간을 더 편안히 여기며 안심한다. 채널을 돌리는 행위는 당신이 이 세상과 소통하고 있다는 것에 대한 명백한 증거이며, 그래서, 「채널 부수기」의 주인공의 일상은, 만일 채널 돌리는 행위에 주기적으로 부과하는 일정한 의식(儀式)이 없다면, 순간에 무너져버릴 것이다. 그래서 채널 돌리기는 "채널 강박증"을 필연적으로 낳을 수밖에 없다. 데카르트가 말한 바 있었던, 정신과 신체(및 그 연장된 사물)를 연결해준다는 두뇌의 송과선(松科腺)처럼, 채널은 약간의 광기(강박증)를 허용하면서 당신이 다른 사람들과 연결되어 있다는 공통감각을 느끼게 해주는 매체다. 한 줌의 소음과 소량의 정신이상이야말로 사람들을 제정신이게 만드는 마취제이다. 시스템이나 시스템과의 소통이란 그런 것이다. 대부분이 잠든, "채널이 무화"되는 새벽의 산책이야말로 가장 위험하고도 무책임한 짓이다.

『몽타주』의 주인공들 대부분이 가장 많이 앓고 있는 선험적 증상이 있다면, 그것은 당연히 정체 모를 마취, 또는 마비감이다. 마취, 또는 마비감이란, 달리 말하면 앓고 있는 자가 이렇게도 저렇게도 꼼짝달싹할 수 없는 선택의 기로에서 뭔가를 결정하거나 돌파해야 할 처지에 놓여 있음을 반증하는 증상이다. 그것은 '삶이냐, 죽음이냐'라는 선택 앞에서의 격렬한 망설임이다. 「진부한 일상」에서 "세상은 진부함의 관습에 참여하느냐 마느냐라는 잣대로 인간을 판단한다. 그 관습을 거부하는 자는 악한 자, 미친 자, 홀린 자다"라는 구절 다음에 볼 수 있는 것은 주인공의 결단과 선택이다. "내가 나와 저들을 진부함의 굴레에서 벗어나게 해줄 것이다. 내가 곧 괴물이고 악신이고 미친 자이고 홀린 자

다. 이제 내가 모든 것을 주관한다.” 이러한 반전을 통해
『몽타주』의 인물들은 기존의 최수철 소설의 주인공들에 대
한 상투화된 오해, 즉 그들은 보통 관념적이며 사변적인,
따라서 관찰자적이며 수동적인 의식 주체라는 식의 편견을
불식시키고도 남는다. 결단이 광기의 행위(키르케고르)라
면, 『몽타주』의 주인공들은 그 어떤 소설의 주인공들보다
숙주처럼 자라나 자신을 집어삼키는 광기와 망상에 과감히
몸을 내맡기는 자들이다. 그들 특유의 박해망상과 구원망
상, 이른바 아틀라스 콤플렉스는 거기에서 연유한다. 최수
철 소설에 대한 논평에 따라붙을 법한 저 흔한, 그만큼 잘
못 오해된 수식어인 ‘관념’은 더 이상 추상이나 현학적 말
놀음이 아니라, 마비된, 죽어 있는 세계에 대한 과감한 돌
파 또는 그를 통해 언뜻 보이는, 삶의 핵심, 지금의 삶과 죽
음의 조건 속에서 태어나는 완전히 다른 삶, 삶을 진정으로
살아 있게 만드는 어떤 창조력과 연결된다. 그것은 낭만적
생기론이나 생철학 따위와는 무관하다. 「격렬한 삶」과 같
은 소설에서 주인공이 던지는 다음과 같은 항변은 정말 문
자 그대로 취할 필요가 있다. “지금 나는 다분히 관념적인
말을 늘어놓고 있다는 걸 알고 있어. 하지만 내게 있어서
관념적인 것은 이를테면 지극히 격렬한 것이야. 관념이 추

상적인 말놀음이라고 하는 건 잘못된 생각이야. 왜냐하면 관념은 우리 정신 속의 어떤 움직임을 노골적이고 직설적으로 표현하는 방식이니까"(「격렬한 삶」). 사실, 환지증자들이야말로 보이지도 않는 손발, 비가시적 신체의 '관념'에 의해 생기는 격통(激痛)을 호소하는 자들이 아닌가.

『몽타주』의 주인공들은 이구동성으로 "지금까지 나는 내가 나 자신의 삶을 살아가고 있다는 사실을 잘 실감할 수 없었다"(「첫사랑에 관하여」)고 말하는 듯하다. 그들 특유의 망상은 죽음에, 활력이 없지만 끊임없는 인력으로 구속하는 현실에 "저항할 수 있는 힘"이지만, 어떻게 보면 죽음에 저항하는 그러한 삶 또한 망상의 산물이기도 하다. 아마도 '내 안의 가시가 있어 그것이 나를 죽이기도 하고 살리기도 하도다. 오호라, 나는 참으로 곤고한 자로다'라는 사도 바울의 말에 『몽타주』의 주인공들이라면 필시 고개를 끄덕였을 것이다. 이러한 구속은 『몽타주』의 주인공들을 옴짝달싹할 수 없게 만드는 저 강력한 메커니즘이다. 「격렬한 삶」은 『몽타주』에서 드물게 오이디푸스 서사를 통해 삶을 죽음으로 죽음을 삶으로, 마비를 격렬함으로 격렬함을 마비로 되돌리는 악순환의 고리를 치밀하게 탐색하는 작품인데, 다음과 같은 구절은 특히 인상적이다.

　　살아생전에 나를 가장 고통스럽게 한 건 내 이기심에 대한 자책감이었어. 이기심이 큰 만큼 자책감도 컸지. 이기심이 있으면 자책감이 없거나, 자책감이 있으면 이기심이 가라앉아야 할 텐데, 그 둘이 항상 공존해 있었어. 내 속에 천국과 지옥이, 삶과 죽음이 함께 들어 있었던 거야. 그런데 역설적이게도 이기심이 삶이고 자책감이 죽음이었어. 그 둘을 내내 함께 끌어안고 있는 나라는 인간은 힘이 엄청나게 센 것이 분명해. 그래서 나는 항상 악마처럼 화가 나 있는 상태였던 거야. (pp. 365~66)

「격렬한 삶」에서 다른 무엇보다도 주목할 만한 부분은 어릴 적부터 "하체가 극심할 정도로 마비되는 느낌"을 갖고 있던 주인공 '나'를 옭아매는 부모의 수수께끼 같은 형상, 그리고 그에 대한 '나'의 일체의 반응들이다. 중학시절 친구들과 바닷가에서 놀다가 하체마비 증세가 일어나 익사할 뻔한 경험에서 '나'는 "감각적인 충동" "고통과 쾌감이 뒤섞인 아스라한 감각"으로 자신을 엄습한 마비 증세를 물리친다. 그때부터 '나'에게 "격렬한 반응"은 "상처를 소독하거나 치유하는 행위"가 된다. 마비가 죽음이 된다면, 격렬한 감각은 삶이 된다. 이러한 원초적 경험은 부모와의 애증 관계 속에서 한층 복잡해진다. 시청 직원이었던 아버지는 '나'의 서술에 따르면, "빈민들과 창녀들과 부랑자들과 거지들과 깡패들이 모여 있는" "수상한 지역"에서 알 수 없는 쾌락을 즐기던 자다. 그에 비해 어머니는 "감정이 배제된 기하학적인" 바둑판처럼 냉정한 금욕의 형상이다. 아버지와 어머니는 서로를 외면하며, 각자에게 냉담하다. 부모의 모습에 대한 '나'의 서술에서 그들의 형상은 마치 해답을 요구하지만 결코 풀 수 없는 수수께끼로 던져진다. 정신분석에서 언급하는 오이디푸스 콤플렉스는 아버지를 살해하고 어머니와 동침하고 싶다는 통념이 아니라, 부모가 던지는 이러한 수수께끼가 아이의 평생을 지배하게 된다는 불길한 예언이다. "너는 남들보다 오래오래 살아남을 거야, 어미인 내가 네 몸에 저주를 내렸으니까"라는 「거인」의 어머니의 말 또한 그런 예언이다. 아이는 그 수수께끼에 대해 답을 해야 한다. 거인의 환상은 그 수수께끼에 대한 아이의 해답이다. 마찬가지로, 「격렬한 삶」에서 불량배에게 "치근"거리다 맞아 "비명횡사한 아버지"는 "내 속에 격렬함으로" 자리를 잡으며, 어머니는 아버지의 은밀한 삶을 구속하는 마비로 '나'에게 재해석된다. 따라서 '나'의 '격렬한 삶'이란 감각과 마비, 쾌락과 금지가 자승자박(自繩自縛)하는 것에 대한 필사적 응답이다. 인용문으로 돌아가면, '나'의 이기심이 '격렬한 감각'에서 비롯된 것이라면, '나'의 자책감은 '격렬한 감각'이 늘 실패하는 데에 대한 마비감에서 연유한 것이다. '내 이기심에 대한 자책감'이 천국과 지옥, 삶과 죽음의 공존이라는 문제로 치환되면서 '격렬한 삶'은 삶과 죽음이 공존하는 어떤 상태라기보다는 이 둘이 배치되는 삶의 형식으로 구체화된다. 그렇지만 「격렬한 삶」의 마지막 대목에서 '나'의 자살의 제스처가 '격렬한 삶'의 최종 돌파구로 과연 유일무이한 선택인지는 묻지 않을 수 없다. 평생을 헛것과 싸워왔다면 그것은 헛것이 아닐 수도 있다. 소설이란, 문학이란 저 치열한 싸움의 기록에서 일어나는 참담한 패배의 아이러니와 역설, 지붕에 올라가자마자 내려다보지도 않고 치워버린 사다리 이외의 그 어떤 것도 아니기에. 그러나 그 명명백백한 진실을 증명하기 위해『몽타주』의 주인공들이 그리도 애써 멀리 돌아왔다는 말인가. 그 도정(道程)에 무엇인가 설명되지 않은 결정적인 사건이 빠져 있었다.

여자들, 만남들, 사건들

『몽타주』의 주인공들은 어느 날 갑작스럽게 삶의 위기를 맞은 자들이며, 이야기와 사건은 그 위기의 기록들이다. 불혹을 맞은 남자는 미혹에 빠져들며(「확신」), 사회로 복귀한다는 의미에서 오랜만에 강연을 하러 간 남자는 목이 떨어져나가는 환각에 삼켜진다(「진부한 일상」). 증인으로 참석한 조증 환자는 법정에서 발광하며(「창자 없이 살아가기」), 자신의 시상식장에서 남자는 격렬한 환각에 사로잡혀 뛰쳐나간다(「격렬한 삶」). '채널 강박증자'는 채널이 잠든 시간인 새벽 산책 도중에 불도저의 습격을 받고(「채널 부수기」), 몽타주 화가는 서른일곱 살이 되던 생일날, 자신의 얼굴이 지워지는 환각에 빠져든다(「몽타주」). 그 시공간과 명명이 특히 관심을 끈다. 강연회, 법정, 시상식장, 채널의 시공간, 생일, 나이. 이 모두는 상이하더라도 한 가지 공통점이 있다. 그것들은 사람들을 사회적으로 호명하고 인정하려는 임명, 또는 임관의 절차와 관련이 있다는 것이다. 사람들을 특정한 주체로 호출하는 바로 그 순간, 『몽타주』의 주인공들은 그 호명으로부터 이탈하고, 탈락되고, 도망가는, 주체화되기 이전의 주체가 된다. 그리하여 『몽타주』에서 주체화되기 이전의 주체들은 형상에서 질료로 복귀하려는 강렬한 움직임을 보인다. 마비된, 딱딱한 산송장의 형상에서 부드럽고 축축한 "진흙" "점토"(「확신」), "스펀지"(「거인」)와 같은 질료로의 복귀. 실제로 「확신」의 공수병(恐水病) 환자는 "태초의 진흙으로 빚어진 인간"으로 회귀하려는 움직임을 보이고 있으며, 「진부한 일상」의 남자는 하룻밤을 보낸 찻집 여주인으로부터 들었던 "회색과 푸른색의 경계"인 바다에 대한 몽환적인 이야기를 상기해낸다. 「채널 부수기」의 남자 역시 새벽의 산책에서 "차갑고 축축한 흙의 감촉"에 이끌린다. 바야흐로 그들이 '진흙에서 태어난 자'라는 어원을 가진 '아담'이 되려는 찰나이다.

그런데, 그들, 『몽타주』의 주인공들인 남자들은 혼자서 아담이 되려 한 것인가. 그렇지 않다. 『몽타주』의 남자들 옆에는 늘 여자들이 있었고, 드물게는 동물들이 있었다. 동물들의 울음소리가 존재의 의식을 강하게 일깨운다는 것은 『몽타주』 이전에도 최수철 소설의 주된 모티프이며, 『몽타주』에 등장하는 경찰견(「진부한 일상」), 울음소리를 내는 고양이와 다른 동물들(「첫사랑에 관하여」 「채널 부수기」)도 최수철의 여타 소설에서와 마찬가지로 주체의 정체성과 감각을 일깨우고 뒤흔드는 기능적 존재들이다. 호메로스의 『오디세이아』에서 향수병에 걸린 뱃사공들이 세이렌의 아름다운 노래를 듣고 하얀 뼈 무덤의 질료 상태로 되돌아 가버렸듯이, 『몽타주』의 주인공들 또한 목소리의 존재들에게 이끌리고 질료 상태로 회귀한다. 그러나 『몽타주』에서 그들은 이제 더 이상 기능적 타자로 머무르지 않고 남자들이 불현듯 조우하고 사랑에 빠지는 여자들처럼, 사건적 타자로 변한다. 「확신」에서 "세이렌"의 형상으로 그려진 노래를 부르는 실성한 여자와 여종업원은 동물들과 여자들을 잇는 중간자적 존재(반인반수)일 것이다. 「진부한 일상」에서 하룻밤을 같이 보낸 찻집 여주인은 주인공에게 '회색과 푸른색'이라는 원초적 질료의 감각을 일깨우는 존재로, 물과 육지의 경계에 서 있었다는 데서 또 다른 세이렌이다. 『몽타주』는 동물에서 반인반수(세이렌)로, 반인반수에서 여자로 타자의 형상을 대체하고 확장한다는 점에서, 타자와의 만남에 관한 한 진일보한 측면이 있다. 『몽타주』가 최수철의 이전 소설들과 변별점이 있다면, 그것은 자기 내부에서 벌어지는 저토록 집요한 허구적 성찰을 반복하기보다는 예기치 못한 타자와의 만남, 사랑, 사건, 우연에 대해 더욱 열려 있으려고 노력한다는 진실이다. 예를 들어, 「거인」의 주인공은 완전한 거인 됨, 자신의 삶에 대해 전부이고자 하는 욕망을 결코 달성하지 못한다. 그러나 그것은 실패가 아니다. 거인 됨을 통해서 시공간의 폐소공포증과 자신을 시시때때로 엄습하는 마비를 극복했다고 하지만, 실제로 그것은 "흡혈귀"처럼

"다른 사람들의 감각을 흡수"한 결과에 지나지 않았던 것이다. "모든 것을 얻은 나는 명실 공히 완전한 거인이 되어 득의양양했다. 그러나 그 자신감과 오만함은 또한 내 속에서 하나의 괴물이 탄생했다는 뜻임을 그때는 미처 몰랐다." 완전한 자는 사랑하지 못한다. 라캉의 말처럼, 사랑은 자신에게 결여된 것을 타자에게 주는 행위이기 때문에 특히 그러하다. 정말로, 거인을 사랑한 여자는 도리어 거인의 오만함과 부주의함으로 슬프게도 몸이 완전히 수축되어 소멸되어버린다. 사랑은 둘의 신비한 합일이 아니라, 차라리 다른 누구도 아닌 둘만의 함께 있음이다. 거인 됨은 "우로보로스를 흉내 내어 제 몸으로 똬리를 틀고 스스로 닫힌 체계를 만들어내 세상에 대해 문을 걸어 잠그는" "삶 자체의 폐소공포증"으로부터 결코 벗어나지 못한다. 따라서 거인의 몰락은, 역설적으로는 남자로서 완전해지고자 하는 욕망과의 결별이며, 비(非) 전체로서, 완전한 자가 아닌 결여된 남자로 여자와 만난다는 뜻이다. 믿기지 않게 들릴지도 모르겠지만, 바야흐로 최수철 소설의 남자들은 여자들과 진정으로 사랑하는 법을 배우기 시작했다! 자신의 오만함이 자라나기 전, 거인이 "나는 말이지요, 이 김형아는 말이지요"라는 독특한 자기명명법을 가진 여자와 나누는, 한 존재가 다른 존재를 압사하거나 소멸시킬 것처럼 위태위태하지만, 그런 일이 결코 일어나지 않는 저 '거인의 특별한 사랑법'을 보라.

우리가 사랑을 나누며 몸을 접촉하고 서로 애무를 할 때면, 그녀 자신의 말마따나 마치 그녀의 몸이, 그녀의 존재가 내 살의 한 부분에 딱 들러붙는 듯한 느낌이 들곤 했다. 그것이 특별한 몸을 가진 거인의 특별한 사랑법, 그녀와 내가 어렵게 습득한 사랑의 기교였다. 사랑의 정점에 다가가며 내 감각과 의식의 무한 팽창이 일어날 때면, 그때의 내 몸에 비해 그녀는 실제로 고작 배꼽 정도의 크기였다. 물론 나는 내 몸을 방 전체로 확대시켜 그녀가 내 커다란 몸에 새삼스레 위압감을 느끼지 않게 하려고 노력했다. 때로 나는 내 발을 소파처럼, 내 손톱을 액자처럼 보이게 하는 배려도 잊지 않았다. 그러나 그녀는 당연히 나의 그런 시도를 눈치 채고 있었고, 내게 고마움을 느끼면서 그 상황을 즐겼다. 그녀에게 나는 '너무도 커서 오히려 숨겨진 몸을 가진 자'였다. 그녀는 나의 확대로 인해 자신을 더욱 축소시킬 수 있었고, 기꺼이 자신을 내 배꼽처럼 만들어 내게 붙어 있으려 했다. (pp.455~56)

참으로 『몽타주』의 더러 건조하게 느껴지는 산문이 드물게 경이로운 시로 변하는 유일무이한 순간이 아닐까 싶다.

…… 문학, 사라지는……

사랑이 거기 있었다면, 문학은 그렇다면? 앞 절에서 잠깐 언급한 것처럼, 『몽타주』의 주인공들은 사회적 호명과 임관의 바로 그 순간에 이탈하고, 망상과 광기에 사로잡히며 더러는 자멸하는 주체들이다. 그러한 주체의 양태가 언어와 관련된다면 어떤 일이 일어날까. 호명과 임관은 다른 무엇보다도 행동을 전제로 하는 명명 행위다. 예를 들어, '두 사람은 이제부터 부부입니다'라는 결혼식 주례사의 끝말은 '두 사람이 부부로 살아야 한다'는 미래의 사회적 행위와 책임을 전제한다. 그런데 『몽타주』에서 실제로 일어난 일은 그와는 정반대다. 불혹, 생일, 법정 증인, 강연자, 수상자임을 요구하는 사회적·현실적 요구는 주체에게 하나의 정체성을 강요한다. 불혹과 생일은 그 나이에 맞는 삶을 요구하고 지금까지의 자신을 돌이키는 행위를 수반할 것을 요구하며, 법정 증인과 강연자, 수상자는 각각 그에 어울리는 사회적 지위에 필요한 말과 행동으로 사회에 응해야 한다. 『몽타주』에서 호명기제, 이데올로기적 장치들이 작동하려는 바로 그 순간 주인공들에게 들이닥친 망상과 광기는, 다르게 말하면, 선포·대표·임명 등 언어 고유의 행위, 언어의 수행능력에 하나의 위기, 즉 말의 위기, 더 나아가 문학의 위기를 낳는 현실과도 암암리에 연결되는 증상이다.

이러한 위기는 최수철의 소설적 실험에서 하나의 전환이 일어났음을 암시하는 것일까. 글을 시작하면서도 인용했지만, 작가가 생각하는 '문학의 이름으로 문학을 위반하는 행위'에도 어떤 변화가 일어난 것일까. 문학의 효용가치가 「메신저」에서처럼 무용지물이 되고 심지어는 유해하다고 낙인찍힌 시점에서 문학으로 문학을 위반한다는 것은 어떤 의미를 지닐까. 이미 역력히 보여주었지만, 『몽타주』가 재현하는 현실은 언어의 수행적 힘이 정지된, 죽은 현실이다. 위반으로서의 말(문학)의 힘이 중지된 현실의 한 단면은 「메신저」에서 메신저 대신에 출현한 정보전달시스템의 모습과 기능을 묘사하는 대목에서도 엿보인다. "메신저들의 장례식을 상징"하는 그 시스템이 "거대한 공동묘지"를 닮았다는 것, 그리고 메신저에게 메시지를 전달하도록 명령한 것이 시스템이며, 그 메시지가 바로 시스템에게 마지막으로 전달될 메시지라는 것은 참으로 아이러니다. "한때 메신저가 되는 일은 일개 보통 인간에서 두 존재 사이의 관계가 되는" 매개적·대표적 기능을 수행하는 일이었다. 메신저의 임무는 사물을 죽이면서 동시에 사물을 본뜨고 대표하는 말의 임무로 바꿔 말할 수 있다. 따라서 공동묘지를 닮은 정보시스템의 설립은 말의 본질에 대한 점진적인 망각이 최대치로 도달한 결과다. 『몽타주』의 언어는 사회적 호명, 수행으로서의 언어와 그를 실행할 수 없는 광인들의 무언(無言)과 요설 사이 그 어딘가에 있었다. 따라서 『몽타주』의 아담들이 보여주는 과격한 자기소멸의 제스처는 다른 한편으로 "정보의 흐름" 속에서 그 본질이 망각이 되어버린 말이 아무도 읽어낼 수 없는 "상형문자"로 되돌아가는 것이 된다. 「메신저」에서 보듯, 작가 최수철이 그리는 문학의 운명이 있다면, 그것은 더 이상 뭔가를 대표하고 관계를 맺어주는 말의 본질을 필요로 하지 않는 "시스템의 자기장"에 최후의 말로 타격을 가하고자 하는 메신저에게 다가온 역설, 오르자마자 치워져 곧 잊혀버리는 사다리의 운명일 것이다. 메신저들이 "바람이 되고 물이 되고 불이 되듯이, 메시지 그 자체가" 되는 일은, 다르게 말하면, 문학은 부단히 자신을 해체할 경우에만 비로소 문학이 된다는 메시지이기도 하다. 그 와중에 "마침내 이루어졌다"는 태초의 말, 아담의 말이 발음될 때까지.

작가의 말

근 십 년간 써온 소설들을 한자리에 모으면서, 새삼스레 그 제목들을 눈여겨본다. 거인, 확신, 창자, 채널, 메신저, 몽타주, 격렬한 삶, 진부한 일상, 거기에 첫사랑이라.

그 단어들을 가지고 어떤 조합을 이뤄보려 하지만, 쉽지가 않다. 그러나 포기하고 물러서려 하면, 어떤 의미의 흐릿한 윤곽이 눈앞에서 어른거리고, 문득 뇌리를 스친다.

거인, 확신, 창자, 채널…… 그런데 과연 그것이 무엇일까? 뭔가 말하고자 하는 바가 있는 건 분명할 터이니, 부질없는 짓일지도 모른다는 생각을 하면서도, 그 단어들을 가지고 이리저리 꿰맞춰본다.

확신 없는 삶의 와류, 자동 채널처럼 저절로 돌아가다가 제풀에 부서져버리는 과정의 반복, 때로 창자 속의 욕망처럼 격렬하고, 때로 첫사랑처럼 순진하게, 일상의 진부함이

해일처럼 일어났다가 가라앉는 놀라운 광경, 우리 속에 숨어 있는 거인의 몽타주 하나, 벼랑 끝에 위태롭게 서 있는 이 시대 메신저의 운명……

그러나 이 세상에는 현명한 독자들이 많이 있거니와, 그들의 밝고 맑은 뜻은 방금 내가 꾸며본 문장의 영역보다 훨씬 더 멀리까지 미칠 터이니, 이제 나는 짐을 벗는 심정으로 잠시 글 걸음을 멈춘다.

2007년 1월 27일

최 수 철

수록 작품 발표지면

몽타주 『문학사상』 2006년 12월호

메신저 『현대문학』 2005년 12월호

확신 『파라21』 2003년 겨울호

창자 없이 살아가기 『문학사상』 2005년 10월호

진부한 일상 『문학·판』 2004년 봄호

채널 부수기 『동서문학』 2002년 가을호

격렬한 삶 『문학과사회』 2004년 겨울호

첫사랑에 관하여 『현대문학』 2004년 9월호

거인 『문학과사회』 2006년 여름호